BASTEI
LÜBBE

Von Constance O'Banyon erschien bei BASTEI-LÜBBE:

12.395 Highland Love Song

Constance O'Banyon

Süß wie das Lied der Nachtigall

Aus dem Englischen von
Kerstin Winter

BASTEI
LÜBBE

BASTEI-LÜBBE-TASCHENBUCH
Band 12 486

Deutsche Erstveröffentlichung
Titel der amerikanischen Originalausgabe: Song of the Nightingale

Published by arrangement with HarperCollins Publishers Inc.

Printed in Great Britain April 1996
Einbandgestaltung: Roberto Patelli
Titelfoto: DAENI/Agentur T. Schlück
Satz: KCS GmbH, Buchholz/Hamburg
Druck und Bindung: Cox & Wyman, Ltd.
ISBN 3-404-12486-3

Für Bobbi Smith Walton.
Wenn die Treue eines Freundes Wohlstand bedeutet,
dann bin ich in der Tat reich.

Für meinen Ehemann Jim und meine Kinder Pam, Rick, Kim und Jason, die ihrer Mutter zugestehen, sich gegen Ende eines Romans vollkommen zu verwandeln, und die mich immer noch lieben, wenn es vorbei ist. Für Sharon, meine wunderbare Schwiegertochter, die so oft meine letzte Rettung ist.

Ganz besonderen Dank an ein reizendes kleines Mädchen, Kassidy Sullivan, die mir erlaubt hat, ihren wunderschönen schottischen Namen auszuleihen.

Das Lied der Nachtigall

Im zarten Hauch einer Sommerbrise hört man, wenn man aufmerksam lauscht, vielleicht das Lied der Nachtigall.

Und wenn wahre Liebe knospt, singt sie des Nachts von Leidenschaft. Laßt Euch verzaubern, Liebende, vom Lied der Nachtigall.

Voll inniger Sehnsucht, voller Melancholie singt sie ihr nächtliches Lied. Möge die Nacht noch harren und der drohende Winter noch warten.

Constance O'Banyon

Kapitel 1

London, 1810
Ein Haus in der Percy Street

Raile DeWinter stieg die Stufen zu dem eleganten Stadthaus hinauf. Seine Gedanken kreisten um die Frage, warum sein Onkel, der Duke of Ravenworth, ihn so dringend sehen wollte. Sein Onkel war seit drei Jahren krank, und Raile hatte die Befürchtung, daß der alte Duke vielleicht im Sterben lag.

Im Haus reichte er seinen Hut dem Butler, der ihn mit dem üblichen starren Lächeln begrüßte.

»Haben Sie eine Ahnung, warum mein Onkel mich sprechen will, Larkin?« fragte Raile. Er wußte, daß dem Butler so gut wie nichts von dem entging, was im Hause seines Onkels geschah.

Der alte Mann zuckte nicht einmal mit der Wimper. »Seine Gnaden vertraut sich mir nicht an.«

»Möchte er mich sofort sehen?«

»Mir wurde gesagt, ich solle Sie heraufbringen, sobald Sie eingetroffen sind. Der Doktor, Lord John und … Ihre Stiefmutter sind bereits bei Seiner Gnaden.«

Railes Miene verhärtete sich. »Also ist der Clan bis auf meinen Bruder Hugh versammelt.«

»Ihr Halbbruder wird nicht erwartet«, bemerkte der Butler. Er wandte sich um, ging zur Treppe und stieg diese unverzüglich empor. Raile folgte ihm.

Als sie das Zimmer seines Onkels erreicht hatten, hielt Raile Larkin auf. »Sie können sich wieder Ihren Pflichten widmen. Ich brauche keine Ankündigung.«

Der Butler sah ihn einen kurzen Moment mißbilligend an,

machte dann aber gehorsam kehrt und ging davon, während Raile die Tür öffnete und eintrat.

Der Duke hatte eine Aversion gegen Sonnenlicht, und so überraschte es Raile nicht, daß das Zimmer im Dunkeln lag. Das einzige Licht kam von einer Lampe auf dem Nachttisch, die nur das Bett beleuchtete, aber die Zimmerwinkel nicht erreichte. Obwohl es ein warmer Tag war, brannte in dem Kamin aus schwarzem Marmor ein Feuer, das den Raum unerträglich heiß und drückend machte und den Geruch von Krankheit verstärkte.

Niemand hatte Railes Eintreten bemerkt, und so blieb er im Dunkeln stehen, um die Menschen im Zimmer zu betrachten.

Seine Gnaden, William DeWinter, der Duke of Ravenworth, lag in dem massiven Bett und hatte sein gichtiges Bein auf einen Kissenstapel postiert. Sein Gesicht mit den tiefen Falten war vor Ärger verzerrt.

Dr. Worthington trat mit einem nervösen Blick auf den Duke zum Fußende des Bettes und begann, die Bandagen um das Bein zu wickeln. Als er versehentlich eine empfindliche Stelle berührte, schoß der Gehstock des Dukes vor, und dem Arzt gelang es gerade noch rechtzeitig, sich zu ducken und dem Schlag auszuweichen.

Railes Lippen zuckten. Nein, der Duke lag gewiß nicht im Sterben. Raile atmete erleichtert auf, denn er mochte den verbitterten alten Mann wirklich gern.

Raile wandte seine Aufmerksamkeit nun den anderen Personen im Raum zu. Sein Vetter John, der den Titel erben würde, war seit der Kindheit mit Raile befreundet. Er stand neben dem Bett und redete aufmunternd auf seinen Vater ein.

Nur widerwillig richtete Raile nun den Blick auf seine Stiefmutter Lavinia, die ein wenig abseits stand und die Szene scheinbar ungerührt beobachtete. Ihre Augen verrieten keinerlei Gefühl, als gingen sie die Ereignisse nichts an.

Raile hatte dieser Frau, die sein Vater nach dem Tod seiner richtigen Mutter geheiratet hatte, niemals nahegestanden. Er hatte jedoch auch wenig Möglichkeiten bekommen, seine Stiefmutter wirklich kennenzulernen. Sein Vater war kurz nach der Geburt von Hugh, seinem Halbbruder, gestorben, und Lavinia und ihr Sohn waren in London geblieben, während er, Raile, weiterhin auf dem Landsitz seines Onkels gelebt hatte, wo er nach dem Tod seiner Mutter ein neues Zuhause gefunden hatte.

Raile versuchte, Lavinia unvoreingenommen zu betrachten. Es war nicht schwer zu verstehen, warum sein Vater von ihr fasziniert gewesen war. Ihr dunkles Haar umrahmte in dicken Ringellocken ihr Gesicht, und ihre Figur war so schlank und geschmeidig wie die eines jungen Mädchens. Sie hatte ein ausdrucksvolles Gesicht, und in ihrer Jugend mußte sie eine außergewöhnliche Schönheit gewesen sein, denn sie war immer noch eine attraktive Frau. Die Härte in ihren Augen und die Art, wie Lavinia die Lippen schürzte, war jedoch etwas, das Raile abstieß.

Raile konnte Hugh nur bedauern. Sein Halbbruder hatte nie eine Chance bekommen, für sich selbst zu denken, denn Lavinia beherrschte sein Leben mit eiserner Hand. Hugh war zu einem unfähigen Schwächling herangewachsen, der sich jede ihrer Meinungen und Aussagen aneignete, als besäße er keinen eigenen Kopf. Raile mochte beide nicht besonders, tolerierte sie aber, da sie zu seiner Familie gehörten.

In diesem Augenblick stieß der Duke ein obszönes Schimpfwort aus und schleuderte dem Doktor ein Glas entgegen. Es verfehlte Dr. Worthingtons Kopf nur um Millimeter, spritzte ihn aber mit Wasser voll. Der arme Doktor tupfte sich das Gesicht mit seinem Hemdsärmel ab.

»Euer Gnaden, wie soll ich Ihre Gicht behandeln, wenn Sie ständig meine Methoden kritisieren? Wenn es mir gelungen ist, Ihre Schmerzen ein wenig zu lindern, mahnen Sie mich, ja nichts von meinen sogenannten ›neumodischen Wissenschaften‹ anzuwenden. Schlage ich Ihnen dann vor, Ihr Bein in feste Bandagen zu wickeln, dann beschuldigen Sie mich, mit veralteten Methoden zu arbeiten. Ich frage Sie, Euer Gnaden, was soll ich da noch tun?«

»Verschwinden Sie, Mann – gehen Sie raus!« brüllte der Duke. Vor Zorn traten die Adern an seinem Hals hervor. »Machen Sie, daß Sie rauskommen, Sie Quacksalber, und quälen Sie einen anderen Narren mit ihrer Hexenmedizin!«

Das ließ sich der Doktor kein zweites Mal sagen. Er rauschte an Raile vorbei, riß die Tür auf und verließ fluchtartig den Raum.

»Guten Morgen, Onkel«, sagte Raile vergnügt und trat ins Licht. »Wie ich sehe, hat Doktor Worthington immer noch unter dir zu leiden. Es wundert mich wirklich, daß er überhaupt noch kommt.«

Die Augen des Dukes schleuderten zornige Blitze. »Ich habe vor über drei Stunden nach dir geschickt. Du hast dir reichlich viel Zeit gelassen, herzukommen«, fuhr er Raile an.

»Ich habe mich auf den Weg gemacht, sobald ich deine Nachricht erhalten habe, Onkel. Offenbar war meine Sorge um deinen Gesundheitszustand unbegründet, wenn du immer noch in der Lage bist, den armen Doktor zu terrorisieren und zu quälen.«

Einen Augenblick lang leuchtete Respekt in den Augen des alten Mannes auf, doch seine Stimme war schroff. »Du bist der einzige, den ich niemals habe beherrschen können, Raile.«

Ihre Blicke trafen sich, und ein kleines Lächeln umspielte Railes Mundwinkel. »Das stimmt nicht ganz, Onkel. Wie Doktor Worthington gehorche ich. Du rufst mich, und ich eile zu dir, oder etwa nicht?«

Der Duke hob sich mühsam in eine sitzende Position. Plötzlich war seine Miene hart, und er schien seinen Ärger kaum unterdrücken zu können. »Die Umstände, die mich veranlaßt haben, dich heute herzubestellen, sind alles andere als angenehm, Raile«, grollte er.

»Was ist denn los?« fragte Raile ein wenig verwundert. »Gibt es etwas, das dich beunruhigt?«

»Ich habe dich immer wie einen Sohn behandelt. Ich habe dich in meinem Haus aufgenommen und dich mit meinem eigenen Sohn John aufgezogen, ist es nicht so?«

Seltsam berührt warf Raile John einen Blick zu, bevor er antwortete. »Das hast du getan, Onkel«, stimmte er zu. »Und dafür werde ich dir immer dankbar sein.«

»Und als du einundzwanzig Jahre alt geworden bist, habe ich dir da nicht alle Unterstützung gegeben, die du brauchtest, um dein eigenes Glück zu machen? Antworte mir!«

Raile trat näher an das Bett seines Onkels. »Ja, natürlich. Das hast du getan.«

»Und wie zahlst du mir meine Großzügigkeit zurück? Du bringst Schande über den alten und ehrenhaften Namen der DeWinters!« Er ballte eine Faust und schüttelte sie in Railes Richtung. »Glaub mir, Raile, das lasse ich mir nicht bieten, hörst du?«

Raile starrte seinen Onkel einen langen Augenblick an. »Ich wüßte von keinem Ereignis, bei dem ich Schande über unseren Namen gebracht haben soll«, sagte er schließlich mühsam beherrscht. Es fiel ihm schwer, seine eigene Verärgerung im Zaum zu halten. »Wenn man mich eines Vergehens beschuldigt, dann möge der Kläger vortreten!«

»Du bist in Begleitung von Lady Harriet Pinsworthy gesehen worden – ist es so oder nicht?« verlangte der Duke zu wissen.

Raile warf seiner Stiefmutter einen raschen Blick zu. Lavinia schien ganz damit beschäftigt, den Saum ihres Kleides zu inspizieren, doch Raile konnte sehen, daß sie hämisch grinste. Lavinia wußte sehr gut, daß es Hugh war, den man mit Lady Harriet erwischt hatte – ganz London wußte es, doch offensichtlich dachte sie nicht daran, seinen Onkel in dieser Hinsicht aufzuklären.

Wortlos wandte er sich wieder dem Duke zu.

Der alte Mann steigerte sich in seinen Zorn hinein. »Wie man mir mitteilte, hast du nicht nur öffentlich mit dieser schändlichen

Verbindung geprahlt, sondern auch noch den Gatten der Frau in einem Duell herausgefordert.«

Das Gesicht des Dukes war vor Wut aschfahl geworden, und seine knotigen Hände zitterten, als er sie nun zu Fäusten ballte. Seine Stimme stieg fast schrill an. »Ein Duell, Raile, in dessen Verlauf du deinem Gegner feige *in den Rücken* geschossen hast! Es ist ein Wunder, daß Lord Pinsworthy überlebt hat! Hattest du denn ernsthaft geglaubt, daß diese Schande meiner Aufmerksamkeit entgehen würde, nur weil sie sich in irgendeinem unbedeutenden kleinen Dorf zugetragen hat? Hast du geglaubt, ich würde es zulassen, daß unser ehrenhafter Name mit widerwärtiger Feigheit in Verbindung gebracht wird?«

Railes Miene verriet nichts von dem Sturm der Gefühle, der in seinem Inneren tobte. Der Schmerz, daß sein Onkel ihn wahrhaftig einer solchen Tat für fähig hielt, war fast unerträglich. Doch seine Augen waren kalt und seine Stimme ungerührt, als er sprach. »Darf ich fragen, von wem du diese Information bekommen hast?«

Das Gesicht seines Onkels wurde noch eine Spur grauer. Er legte sich zurück und schloß die Augen. »Du kannst fragen, aber ich gedenke nicht, dir eine Antwort darauf zu geben.«

Raile warf John einen Blick zu, der eine fast unmerkliche Kopfbewegung in Lavinias Richtung machte. Raile wirbelte zu seiner Stiefmutter herum, die ihn nun mit unverhülltem Triumph in ihren kalten, blauen Augen ansah. Hatte sie seinen Onkel vorsätzlich angelogen? Aber warum?

Railes Stimme war immer noch beherrscht, doch das Funkeln seiner Augen verriet seinen Zorn. »Du warst es, die Onkel dies erzählt hat, Lavinia?«

Lavinia eilte an die Seite des Dukes, so daß das Bett sich zwischen ihr und Raile befand. »Ich wollte es nicht tun, aber dir diese Tat ungestraft durchgehen zu lassen, hätte unser aller Ruin bedeutet«, erwiderte sie mit bebender Stimme.

»Und was ist mit meinem Bruder?« fragte er grimmig.

»Warum ist er nicht anwesend, wenn meine Familie mich einer solchen Tat beschuldigt?«

»Ich beschuldige dich nicht, Raile«, warf John ein. Raile warf ihm einen überraschten Blick zu. Es kam äußerst selten vor, daß John offen gegen seinen Vater Position bezog.

»Deine Ansicht ist hier nicht gefragt, John«, knurrte der Duke. »Du hältst den Mund, bis ich mich mit deinem Vetter auseinandergesetzt habe!«

Einen Augenblick sah es so aus, als wollte John protestieren, doch dann senkte er den Blick und trat einige Schritte zurück.

Raile begriff, daß von John keine weitere Unterstützung zu erwarten war. In dieser Angelegenheit stand er also allein da. Wie sollte er das Lügengeflecht zerreißen, das Lavinia gewoben hatte? »Du hast mir noch nicht geantwortet, Lavinia. Wo ist mein Bruder?« fragte er noch einmal.

»Mein Sohn ist in der Schule. Wie man es erwarten sollte, widmet er sich ganz seinen Studien.« Lavinia warf mit einer Kopfbewegung die Haare zurück und begegnete trotzig Railes verächtlichem Blick. »Ich habe deinem Onkel prophezeit, daß du die Tat abstreiten würdest.«

In seinem Inneren kämpfte der Stolz mit dem Schmerz. »Nein«, erwiderte er schließlich. »Wenn mein Onkel etwas Derartiges glaubt, nur weil du es behauptet hast, Lavinia, dann werde ich es nicht abstreiten.«

Der Duke stützte sich auf einen Ellenbogen. »Natürlich glaube ich ihr. Im Gegensatz zur ersten Frau meines Bruders stammt Lavinia aus einer sehr alten und ehrwürdigen Familie. Ich habe deinen Vater damals oft genug gewarnt, daß aus der Verbindung mit der Tochter eines Handelsmannes nichts Gutes entstehen kann, aber er wollte ja nicht auf mich hören. Ich bin nur froh, daß er nicht mehr miterleben muß, wie der Sohn aus dieser Ehe Schande über seine Familie bringt!«

Voller Zorn trat Raile einen Schritt auf seinen Onkel zu, der erschrocken in die Kissen zurückfuhr. »Über mich kannst du sagen, was immer du willst, aber sprich kein schlechtes Wort mehr über meine Mutter! Als sie starb, war mein Vater ein gebrochener Mann! Diese erste Ehe war nicht nur von echter Liebe gekennzeichnet, sondern hat ihm auch einiges an Wohlstand eingebracht, und du weißt das sehr gut!«

Die Hand des Dukes bebte sichtlich. »Was ich weiß, ist vor allem eines, Raile DeWinter. Ehrbarkeit kann man nicht kaufen. Oh, ich bin mir bewußt, daß du seit fünf Jahren für meinen Unterhalt aufkommst, aber ich habe dich nie darum gebeten, also erwarte von mir auch keine Dankbarkeit!«

»Ärgert dich das Wissen, lieber Onkel, daß es das Geld meiner Mutter ist, das die DeWinter-Familie davor bewahrt, möglicherweise Abstriche in ihrem augenblicklich angenehmen Lebensstil zu machen?«

Die Augen seines Onkels funkelten. »Behalte dein Geld, und sei verflucht, Raile!«

»Warum sollte ich? Ich will, daß du dich mit jedem Bissen, den du dir in den Mund schiebst, daran erinnerst, wessen Geld es möglich macht, daß du genug zu essen hast. Ich will, daß du daran denkst, wovon der Butler, der dich bedient, bezahlt wird. Du sollst niemals vergessen, daß es das Geld meiner Mutter ist, das ihr Vater durch Handel verdient und ihr vererbt hat! Nur durch dieses Geld kannst du so leben, wie du es jetzt tust.«

»Du bist eine Schande für uns alle!« fauchte der Duke, der nun außer sich war. »Verlaß dieses Haus, und komm niemals wieder, solange ich lebe. Und ich hoffe inständig, daß mein leiblicher Sohn nicht so dumm ist, dich nach meinem Tod wieder willkommen zu heißen!«

Der Zorn erstickte Raile fast, als er sich zum Gehen wandte. Er wünschte sich im Augenblick nichts mehr, als auf irgend etwas oder irgend jemanden einschlagen zu können.

Die Stimme seines Onkels folgte ihm, als er durch die Tür in den Korridor trat und die Treppe hinabging. »Verschwinde aus diesem Land. Du tust gut daran, niemals nach England zurückzukehren!«

Raile war schon an der Eingangstür, als John ihn einholte.

»Warte, Raile. Ich muß mit dir reden!«

Raile schüttelte die Hand ab, die der andere ihm auf die Schulter gelegt hatte, schob den verdatterten Butler beiseite und riß die Tür auf. Er hatte keinerlei Bedürfnis, mit jemandem zu reden. Er fühlte sich verraten und wollte nur allein sein.

Doch John ließ sich nicht beirren. Er griff nach Railes Arm und zog ihn herum. »Wir wissen doch beide, daß es Hugh war, der sich mit Lord Pinsworthy duelliert hat!«

Raile wandte den Blick zum Himmel und versuchte, seine Wut unter Kontrolle zu zwingen. »Ganz London weiß, daß Hugh dafür verantwortlich ist! Ich kann einfach nicht glauben, daß dein Vater nichts von dem Gerede gehört hat. Und noch weniger kann ich begreifen, wieso er es für gesichert hält, daß ich eine solche Tat begangen habe. Denkt er so gering von mir?«

»Er hört doch nur, was Lavinia ihn hören lassen will. Du weißt, wie sie sich stets um ihn bemüht, ihn um den Finger wickelt«, erwiderte John voller Bitterkeit. »Und Vater läßt sich nur allzu leicht von ihr täuschen.«

»Ich hätte gedacht, daß wenigstens Hugh mit der Wahrheit herausrückt.«

Johns Gesicht wirkte wie versteinert. »Verdammt, Raile, wann wirst du endlich begreifen, daß Hugh *alles* tut, was Lavinia ihm sagt?«

Raile zuckte zusammen. Er wollte lieber glauben, daß in seinem Halbbruder wenigstens noch ein Funken Anstand existierte. »Aber wenn er heute hiergewesen wäre, dann hätte er zugegeben, daß er derjenige war, der der Familie Schande gemacht hat. Mein Bruder hätte niemals zugelassen, daß ich einer Tat beschuldigt werde, die er begangen hat!«

»Ich fürchte doch, Raile. Denk nur einmal an die Zeit damals, als dieses Mädchen in Ravenworth ein uneheliches Kind geboren hat. Es war Hughs Baby, aber er hat allen Leuten erzählt, daß du es gezeugt hast. Du hast damals die Schuld auf dich genommen, wie du es heute wieder getan hast! Wann geht es endlich in deinen Kopf, daß Hugh deiner Loyalität nicht würdig ist?«

»Nicht bevor er es mir selbst beweist, John.«

»Hugh ist ein Bastard, Raile. Das ist er immer gewesen, und es wird sich nicht ändern!«

»Ich bin überzeugt, daß er von Lavinias Lügen nichts weiß.« Raile holte tief Luft. Hugh war immerhin sein Bruder. Das mußte doch auch ihm etwas bedeuten. »Nun, wie auch immer. Ich werde ohnehin verschwinden.«

»Das soll doch wohl nicht heißen, daß du Vaters Drohung ernst nimmst? Du willst England verlassen?«

»Ich spiele schon seit einiger Zeit mit dem Gedanken, mir ein Offizierspatent zu kaufen. Der Vorfall heute hat mir nur bei der Entscheidung geholfen.«

John schob die Hände in die Taschen. »Ich kenne dich lange genug, um zu wissen, daß nichts, was ich sagen könnte, dich von deinem Vorhaben abbringen kann, wenn du dich einmal entschlossen hast. Ich wünschte nur …«

»Es ist vorbei, John. Laß es gut sein. Paß du nur gut auf dich und meinen Onkel auf, denn ich kann ihm trotz allem nichts Böses wünschen. Setz dich einfach mit meinem Anwalt in Verbindung, wenn einer von euch etwas braucht. Er wird dafür sorgen, daß ihr es bekommt.«

John wirkte plötzlich peinlich berührt. »Ich bin froh, daß letztendlich herausgekommen ist, wer den Unterhalt der Familie bezahlt.«

»Dabei hatte ich gehofft, daß mein Onkel es niemals zu erfahren bräuchte. Woher weiß er es?«

»Letzten Sommer war ich einen Nachmittag beim Anwalt. Der Mann beschwor mich, daß Vater dringend seine Ausgaben einschränken müßte. Nach einigen Finten und Bitten und Flehen verriet er mir endlich, daß du es bist, der der Familie die finanzielle Unabhängigkeit ermöglicht. Ich sagte es Vater. Ich fand, daß er wissen sollte, was du seit Jahren für uns getan hast. Nun weiß es auch Lavinia.« John schüttelte verbittert seinen Kopf. »Wir haben dir so viel zu verdanken. Und was bieten wir dir dafür?«

Raile wollte nun nur noch fort. »Ihr schuldet mir nichts. Ich bin es, der dir und deinem Vater viel zu verdanken hat! Er hat mir damals ein neues Zuhause gegeben.«

»Warum hast du meinem Vater nicht die Wahrheit gesagt? Warum hast du ihm nicht erzählt, daß Hugh es war?«

Raile blickte einen Moment in den klaren Himmel, bevor er in Johns ernsthafte blaue Augen sah. »Warum hast *du* es ihm nicht gesagt?«

Ohne ein weiteres Wort wandte Raile sich um und ging davon.

Kapitel 2

Sechs Monate später
Ein anderes Haus in der Percy Street

Die dreizehnjährige Kassidy Maragon stürmte die Stufen des eleganten Stadthauses ihrer Tante hinunter. Der Handabdruck ihres Bruders prangte noch deutlich auf ihrer Wange, und sie war so wütend, daß sie kaum auf die empörten Rufe der Kutscher achtete, die ihre Wagen bremsen mußten, als sie auf die andere Straßenseite zum Park hinüberstob.

Henry war ein verständnisloser Schuft. Seine kleine Tochter Trudy war am Boden zerstört gewesen, als sie hatte feststellen müssen, daß eine unachtsame Spielgefährtin ihre Lieblingspuppe kaputtgemacht hatte. Das Kind hatte zum Steinerweichen geschluchzt, doch anstatt sie in den Arm zu nehmen, hatte ihr Vater sie nur getadelt, daß sie nicht besser auf ihre Besitztümer aufgepaßt hatte. Als Strafe hatte sie Hausarrest bekommen: Sie durfte einen ganzen Monat lang nicht mehr draußen spielen.

Kassidy bereute nicht, daß sie das weinende Mädchen gegen Henrys strikten Befehl getröstet hatte. Sie hatte ihren Bruder ein gefühlloses Ungeheuer geschimpft, wofür er ihr eine saftige Ohrfeige verpaßt hatte.

Nun wischte Kassidy sich die Tränen von den Wangen und holte tief Luft. Noch einen Tag, dann hatte sie nie mehr unter Henrys strenger Herrschaft zu leiden. Ihre Eltern waren ein langes Jahr in Indien gewesen, und morgen würden sie endlich nach Hause zurückkehren.

Zähneknirschend war Henry der Bitte ihrer Eltern nachgekommen, seine Schwestern nach London zu bringen, um dort mit ihnen zusammenzutreffen. Es war Kassidys erster Besuch in London, und sie dachte nicht daran, sich von ihrem Bruder diese aufregende Reise verderben zu lassen. Und so vergaß sie auch vollkommen, daß sie sich gerade noch so sehr über Henry geärgert hatte, als sie einen farbenprächtig gekleideten Händler sah, der seine Waren in einem Singsang anpries.

Dann hörte sie jemanden ihren Namen rufen und wandte sich um. Ihre ältere Schwester Abigail stand auf der anderen Seite der Straße und winkte ihr. Kassidy bedeutete ihrer Schwester, mit ihr in den Park zu kommen.

Die zwei waren so unterschiedlich, wie Schwestern nur sein konnten. Abigail hatte blondes Haar und edle Gesichtszüge. Sie fiel niemals aus dem Rahmen, und ihr Benehmen war stets tadellos. Kassidy fand ihre Schwester soviel schöner als sich selbst, und obwohl sie ebenfalls blond war, hielt sie ihr Haar für langweilig und unattraktiv. Zudem wußte sie, daß sie sich alles andere als damenhaft benahm.

Obwohl die Schwestern sich im Wesen so unterschieden und Abigail drei Jahre älter war als Kassidy, waren sie die besten Freundinnen. Kassidy schrieb ihre enge Beziehung dem sanften Wesen ihrer Schwester zu. Abigail war stets freundlich und geduldig, während sie ausgesprochen aufbrausend war und eine Abneigung gegen Dummheit aller Art hatte.

»Hat er dir weh getan, Liebes?« fragte Abigail nun. Ihr hübsches Gesicht zeigte Sorgenfalten.

»Nein. Heute kann er mir nicht weh tun. Ich bin viel zu glücklich!«

»Henry ist wirklich das Ungeheuer, als das du ihn bezeichnet hast, und ich werde Mutter und Vater sagen, wie er dich mißhandelt hat.« Abigail zog Kassidys Kopf an ihre Schulter. »Er wird dich nie wieder schlagen, das verspreche ich dir. Er hat bloß Glück, daß Tante Mary das nicht mit angesehen hat. Sie hätte ihm schon anständig die Meinung gesagt.«

»Tante Mary hätte ihm die Ohrfeige wahrscheinlich zurückgegeben, und das weißt du!«

Beide Mädchen kicherten.

»Schau mal«, sagte Kassidy nun. Die Grobheit ihres Bruders war schon wieder vergessen. »Da oben im Baum! Ein Eichhörnchen!«

»Wir müssen zurück, Kassidy«, ermahnte Abigail sie. »Du weißt doch, daß Tante Mary Gäste zum Tee erwartet.«

»Was kümmert es mich? Es geht doch nur um Henrys alte Schwiegermutter und ihre ›reizenden‹ Töchter, die so affektiert sind, daß ich kaum ertragen kann, mich längere Zeit in demselben Raum mit ihnen aufzuhalten.«

»Das kann ja durchaus sein, aber wir sollten Tante Mary dennoch nicht enttäuschen. Sie hat sich wegen Henry sehr viel Mühe gemacht.«

»Sieh doch.« Kassidy zeigte auf den Baum über ihnen. »Das Eichhörnchen ist in das Loch im Stamm geschlüpft. Meinst du, es lebt das ganze Jahr über dort?«

Abigail stand mit ihren sechzehn Jahren über solchen kindischen Dingen. »Ich habe absolut keine Ahnung. Und ehrlich gesagt interessiere ich mich auch nicht für die Angewohnheiten eines Nagers.«

»Ich würde zu gerne wissen, was ein Eichhörnchen in London zu fressen findet.«

Abigail lächelte. Die Begeisterung ihrer Schwester für die Natur war auf jeden Fall ansteckend. »Onkel George kann es dir garantiert sagen.«

»Glaubst du, Mutter und Vater werden uns mit in die Drury Lane nehmen?« fragte Kassidy, griff über ihren Kopf und brach einen Zweig ab. »Ich möchte zu gerne die Blumenmädchen sehen, die dort Lavendel verkaufen, und die Limonade der Straßenhändler probieren.«

»Ich möchte lieber den Palast sehen. Onkel George hat mir schon versprochen, daß ich das Parlament besichtigen darf«, sagte Abigail, während sie anmutig einen Fuß vor den anderen setzte. »Und ganz besonders gerne würde ich mit einem der überdachten Boote die Themse hinabfahren.«

»Und ich will nach Ascot und dort die edlen Pferde bewundern«, erwiderte Kassidy. »Was glaubst du – werden Mutter und Vater wohl sofort aufs Land zurückkehren wollen?«

Abigail dachte einen Augenblick nach. »Eigentlich finde ich es nicht besonders wichtig, was wir machen. Hauptsache, wir sind endlich wieder zusammen«, sagte sie schließlich. »Sie haben mir schrecklich gefehlt.«

»Ja, und stell dir nur vor, Abigail. Wir müssen uns nie wieder von Henry herumkommandieren lassen. Ein Jahr kann entsetzlich lang sein, wenn man unter seiner strengen Herrschaft leben muß.«

Abigail nickte. »Henry kann nicht wirklich glücklich sein. Er lacht nie und kann es nicht leiden, wenn andere sich amüsieren. Mir tun unsere Nichten furchtbar leid. Warum, glaubst du, ist er wohl so?«

»Ich weiß nicht. Auf jeden Fall kommt er weder nach Vater noch nach Mutter«, erwiderte Kassidy nachdenklich. Dann, plötzlich, grinste sie schelmisch. »Vielleicht ist er von Zigeunern ausgesetzt worden.«

»Wahrscheinlich müßten wir Mitleid mit ihm haben«, meinte Abigail ernsthaft. »Patricia behandelt ihn schließlich nicht gerade nett.«

»Manchmal bist du einfach zu gut für diese Welt«, sagte Kassidy mit einem Stirnrunzeln. »Ehrlich gesagt habe ich keine Lust, mir über Henry *oder* seine Frau Gedanken zu machen. Ich will Spaß haben, und mit den beiden ist das einfach nicht möglich. Henry ist der Meinung, daß London vom Teufel errichtet wurde. Nichts paßt ihm – in seinen Augen ist hier alles schlecht. Wenn er unglücklich ist, dann hat er es auch verdient.«

Kassidy und Abigail tauschten einen Blick. »Wir aber nicht!« sagten sie einstimmig und brachen dann in Gelächter aus.

»Wir gehen jetzt besser ins Haus zurück, Kassidy.« Abigail blickte zur Sonne hinauf. »Du wirst dir deinen Teint ruinieren, wenn du noch länger draußen bleibst.«

»Geh du schon vor. Ich möchte noch ein bißchen bleiben. Aber ich verspreche dir, daß ich zum Tee zurück bin.«

Abigail sah sie einen Moment unschlüssig an. Es gehörte sich schließlich ganz und gar nicht, wenn Kassidy allein im Park herumspazierte. Doch als sie einige Kindermädchen mit ihren Schützlingen in der Nähe entdeckte, gab sie schließlich nach. »Also gut. Aber mach dir dein neues Kleid nicht dreckig. Du willst doch bestimmt tadellos aussehen, wenn wir Mutter und Vater wiedersehen.«

Kassidy sah Abigail hinterher, die die Straße überquerte und im Haus verschwand. Dann ließ sie sich auf eine Marmorbank am Teich fallen und betrachtete eine ganze Weile einen Goldfisch, der zwischen den Seerosen hin und her schwamm, während sie über ihre erste Reise nach London nachdachte. Zwar liebte sie das Leben auf dem Land, aber die Stadt hatte auch ihre Reize. In London war jeder Tag wie ein Abenteuer.

Kassidy war zu sehr in Gedanken verloren, um die beiden Jungen zu bemerken, die sich ihr von hinten genähert hatten. Sie sah sie erst, als einer von ihnen zwischen die Bank und den Teich trat.

»Guck mal, Elmer, was ham wir denn hier? Meinst du, das is' eine von den reichen Ladys von der anderen Straßenseite? Vielleicht ist die ja zu vornehm, um sich mit Jungens wie uns abzugeben!«

Kassidy blinzelte und starrte dann die beiden frechen Burschen an, die Besen und runde Bürsten in einer Art Geschirr über ihren Schultern trugen. Ihre Kleider waren verdreckt und ihre Gesicht geschwärzt. Offenbar handelte es sich um Kaminkehrer.

Kassidy wandte ihnen demonstrativ den Rücken zu. Was bildeten die beiden sich ein, so mit ihr zu sprechen?

»He, guck's dir an. Die ist zu fein, um mit uns zu plaudern«, rief der eine spöttisch.

»Richtig. Mit Ihnen werde ich bestimmt nicht reden. Lassen Sie mich in Ruhe«, erwiderte Kassidy hochnäsig.

»Komm schon, Hank«, sagte der andere nun. »Laß sie in Frieden. Sie hat dir doch nichts getan.«

Der Junge namens Hank grinste schmierig. »Ich würd' ja gern wissen, ob die immer noch so große Töne spuckt, wenn ich sie in den Teich schmeiße.«

Kassidys Kopf wirbelte herum, und ihre grünen Augen funkelten den Jungen furchtlos an. »Das wagen Sie nicht!«

Natürlich konnte Hank jetzt erst recht nicht mehr kneifen. Er trat vor sie, packte sie am Arm und zerrte sie auf den Teich zu. »Soll'n wir mal wetten, Miss? Hm, soll'n wir?«

Kassidy trat nach ihm und traf sein Knie. Durch den Schmerz lockerte er seinen Griff ein wenig, und sie nutzte den Moment, um ihren Arm zu befreien. Gleichzeitig ballte sie die andere Faust und rammte sie dem Jungen in die Eingeweide. Der Bursche heulte vor Schmerz auf. Sein Kamerad konnte sich das Grinsen nicht verkneifen.

»Jetzt hast du gekriegt, was du verdienst. Laß sie doch in Ruhe. Pa erwartet uns bestimmt schon!« Mit diesen Worten wandte Elmar sich um und marschierte ohne einen Blick zurück davon.

Doch Hank war nun erst richtig wütend. Er brauchte nur einen kurzen Moment, um sich wieder zu erholen, dann stürzte er sich voller Zorn auf Kassidy. Doch bevor der arme Kerl sie erreicht hatte, wurde er in die Luft gerissen, und seine Füße baumelten im Leeren. Verdattert starrte er auf einen Offizier der Armee Seiner Majestät, dessen Uniform die Insignien eines Colonels aufwies.

»Tja, mein Freund, hast du wirklich nichts Besseres zu tun, als hilflose kleine Mädchen zu quälen? Was für eine großartige Heldentat, sie in den Teich zu werfen.« Der Offizier betrachtete Kassidy. »Du bist mindestens doppelt so groß wie sie!«

Hank versuchte, sich freizustrampeln. »Die ist überhaupt nicht hilflos. ’ne richtige Hexe ist das!«

Raile warf dem Mädchen einen weiteren Blick zu. Es stand da mit trotzigem Blick und geballten Fäusten, und seine Augen schienen Blitze zu schleudern. Raile ließ den Jungen los. »Ja, jetzt begreife ich, was du meinst. Dennoch … wenn du dich schlagen willst, dann tritt der Armee bei und bekämpfe die Franzosen!«

Plötzlich überzog Schamesröte das Gesicht des Jungen. »Tut mir leid, Sir«, sagte er, dann warf er Kassidy einen raschen Blick zu. »’tschuldigung, Miss.« Rasch sammelte er Besen und Bürsten zusammen und trollte sich, ohne einen weiteren Blick zurückzuwerfen.

»Hat er Ihnen weh getan?«

Kassidy musterte ihren Retter nun genauer und hielt den Atem an. Er war der umwerfendste Mann, den sie je in ihrem Leben gesehen hatte, Oh, wenn nur Abigail noch ein wenig länger geblieben wäre, um ihn auch kennenzulernen. Gewiß wäre der Mann von ihrer Schönheit bezaubert gewesen und hätte sich auf der Stelle in sie verliebt.

»Nein, er hat mir kein bißchen weh getan. Danke schön, Sir!«

Er lächelte, als er sich nun vor sie kniete. »Vielleicht haben Sie sich nicht weh getan, aber das hübsche weiße Kleid ist ziemlich verschmutzt.«

Kassidy blickte an ihrem Ärmel herab, sah die großen schwarzen Flecken und schüttelte entsetzt den Kopf. »Oh, nein. Tante Mary hat mir das Kleid gekauft. Sie hat mich extra ermahnt, es nicht schmutzig zu machen. Ich sollte es doch morgen tragen, wenn ich Mutter und Vater endlich wiedersehe.«

Raile zog ein Taschentuch aus seiner Uniform, tauchte es in den Fischteich und begann, den Ärmel damit abzutupfen. »Vielleicht kann ich ja helfen.« Und während Kassidy hoffnungsvoll zusah, rubbelte der Mann sanft an ihrem Ärmel.

Voller Erleichterung sah sie, wie die Flecken verblaßten. Am liebsten hätte sie ihren Retter umarmt. Aber das konnte sie natürlich nicht tun, und so strahlte sie ihn nur bewundernd an. Er war so freundlich und mitfühlend! Was für ein Glück, daß er im rechten Moment vorbeigekommen war!

»Na bitte«, sagte Raile DeWinter, als er sich wieder zu voller Größe aufrichtete. »Wenn Sie Ihrer Tante Mary nichts sagen, dann muß sie niemals von dem kleinen Zwischenfall erfahren.«

Er reichte ihr das Taschentuch. »Auf Ihrer Stirn ist auch noch ein Fleck, aber das machen Sie am besten selbst.«

Kassidy nahm das Taschentuch und rieb sich damit die Stirn, bis er zufrieden nickte. Als sie ihm sein Tuch zurückgeben wollte, schloß er ihre Hand mit seiner darum. »Behalten Sie es als ein Andenken«, sagte er mit Lachfältchen an den Augen. »Wer weiß, wann Sie es das nächste Mal brauchen.«

»Vielen Dank.« Kassidy beobachtete einen Moment lang fasziniert, wie der Wind sein dunkles Haar zerzauste, dann bewegte sie sich rückwärts auf den Spazierweg zu. »Ich muß jetzt gehen. Aber ich vergesse bestimmt nie, was Sie für mich getan haben.«

»Na, nun laufen Sie schon.«

Kassidy tat, was er gesagt hatte, wandte sich nach einigen Schritten aber noch einmal um. »Werde ich Sie jemals wiedersehen?«

Seine Augen wurden plötzlich dunkel und traurig. »Ich fürchte nicht. Ich verlasse England morgen.«

»Und Sie kämpfen gegen die Franzosen?«

»Ja.«

»Dann werd' ich an Sie denken und dabei wissen, daß mir nichts passieren kann, weil Sie zwischen mir und Napoleon stehen«, erwiderte Kassidy mit kindlichem Ernst.

Raile konnte das Lächeln nicht unterdrücken. Dieses kleine Gör war ausgesprochen bezaubernd. »Ich werde mein Bestes geben, um Sie zu beschützen.«

»Gut. Ich werde Sie als meinen Ritter in Erinnerung behalten«, sagte sie.

Er verbeugte sich förmlich vor ihr, während er sich Mühe gab, eine unbewegte Miene beizubehalten. »Es ist mir eine Ehre, Ihr Ritter zu sein. Ich verspreche Ihnen, ich werde mich Ihres Vertrauens als würdig erweisen, denn ich bin mir meiner Pflicht voll bewußt. Aber nun muß ich Abschied nehmen.«

Kassidy lief schon über die Straße und machte erst auf der anderen Seite wieder halt. Als sie sich umwandte, war er fort.

Ein wenig traurig blickte sie auf das Taschentuch in ihrer Hand und sah erst jetzt, daß ein Buchstabe darauf eingestickt war. Mit einem Finger zeichnete sie das geschwungene »R« nach. Warum hatte sie ihn nur nicht nach seinem Namen gefragt?

Aber nun war es zu spät. Kassidy schob ihren Schatz in ihre Tasche und rannte die Treppe hinauf.

Sie freute sich schon darauf, Abigail von dem phantastischen Offizier zu berichten, der sie vor einem unfreiwilligem Bad im Teich bewahrt hatte. Ob sie wohl neidisch sein würde?

Kassidy saß beim Abendessen neben ihrer Tante Mary – so weit entfernt von Henry wie möglich. Henry hatte Kassidy zum Essen zu den Kindern schicken wollen, aber Tante Mary hatte sich durchsetzen können, daß ihre Nichten am Tisch der Erwachsenen essen durften. Dementsprechend schlecht war Henrys Laune.

Kassidy tauchte ihren Löffel in das Zitroneneis und erwiderte das Lächeln ihres Onkels George. Er war ein wunderbarer Mensch! Obwohl ihr Onkel keinen Titel trug, saß er im House of Commons und war, wie man ihr gesagt hatte, ein höchst wichtiger und einflußreicher Mann im Parlament. Doch auch wenn es sie mit einem gewissen Stolz erfüllte, war es ihr im Grunde genommen egal. Für sie reichte es, daß er ihr Onkel George war, den sie seit eh und je für seine Wärme und seinen Humor liebte.

Sie sah, wie ihr Onkel und ihre Tante einen zärtlichen Blick austauschten. Tante Mary war die Schwester ihrer Mutter. Sie behauptete stets, daß ihre Lieblingsnichte ganz nach ihr kam, aber Kassidy bezweifelte sehr, daß sie jemals zu einer solchen Schönheit wie Mary heranwachsen würde. Nun, immerhin hatten sie beide blondes Haar, und sie verstanden sich auf eine Art und Weise, die über das normale Nichte-Tante-Verhältnis hinausging.

Während sie einen weiteren Löffel Zitroneneis nahm, blickte sie verstohlen zu ihrem Bruder Henry und seiner Frau Patricia hinüber. Henry war in den Dreißigern, von großer und schlanker Statur, und obwohl er ihrem Vater äußerlich ähnelte, waren die beiden so unterschiedlich wie Tag und Nacht. Henry war im gleichen Maße sauertöpfisch, wie ihr Vater liebenswert war.

»Ich halte es für unverantwortlich, Kinder an einem Erwachsenentisch essen zu lassen«, verkündete er nun nicht zum ersten Mal, wobei er Kassidy einen verärgerten Blick zuwarf. »Sie werden dadurch nur verzogen und sind irgendwann nicht mehr zu bändigen!«

Die blasse, farblose Patricia bekräftigte die Worte ihres Mannes mit einem eifrigen Nicken.

»Unsinn«, erwiderte Tante Mary und lächelte auf ihre Lieblingsnichte herab. »Kassidy ist aus dem Alter heraus. Sie wächst langsam zu einer wunderschönen jungen Lady heran. Und solange sie in meinem Haus ist, muß sie nicht mit den Kindern essen und bei Sonnenuntergang zu Bett gehen.«

Kassidy suchte Abigails Blick und sah, wie ihre Schwester

grinste. Selbst Abigail genoß es, daß Henry diese Niederlage einstecken mußte. Er hätte es niemals gewagt, sich in Georges Haus gegen Tante Mary zu wenden.

Der Butler trat ein und lenkte die allgemeine Aufmerksamkeit auf sich. Mit ernster Miene trat er zu Onkel George und reichte ihm einen Brief. »Verzeihung, Sir, daß ich Ihre Mahlzeit störe, aber der Bote sagte, der Brief sei dringend.«

George überflog die Nachricht, dann weiteten sich plötzlich seine Augen. Er warf seiner Frau einen beunruhigten Blick zu. »Wir sollten uns ins Arbeitszimmer zurückziehen«, schlug er vor.

Sofort erhoben sich alle und begannen, nacheinander den Raum zu verlassen. George griff nach der Hand seiner Frau, um sie zurückzuhalten, und wandte sich an die anderen. »Geht schon vor. Eure Tante und ich werden gleich nachkommen.«

Im Studierzimmer setzten sich Abigail und Kassidy auf das breite Ledersofa nebeneinander. Abigail nahm Kassidys Hand und drückte sie ängstlich. »Vielleicht ist die Nachricht von Mutter und Vater«, sagte sie. »Ob sie sich verspäten?«

»Höchstwahrscheinlich«, grummelte Henry. »Ich hoffe nur, daß es nicht zu lange dauert. Ich habe London satt!«

Kurz darauf betraten auch Onkel und Tante das Studierzimmer. Es war deutlich zu sehen, daß Tante Mary geweint hatte.

»Ist etwas mit Vater und Mutter, Onkel George?« fragte Kassidy mit dumpfer Vorahnung. »Kommen sie etwa später, als wir gedacht haben?«

Onkel Georges Augen wurden weich, als er sie ansah. »Ich fürchte, sie werden überhaupt nicht kommen«, sagte er traurig. »Wir haben gerade die Nachricht bekommen, daß das Schiff auf See gesunken ist. Leider ist es an mir, euch mitzuteilen, daß es keine Überlebenden gibt.«

Bleiernes Schweigen legte sich über das Zimmer. Kassidy schüttelte nur ungläubig den Kopf. Sie war wie betäubt und bemerkte nicht, daß ihr die Tränen die Wangen herabströmten. Sie konnte es nicht glauben – es tat einfach zu weh!

»Nein!« schrie sie plötzlich auf. »Das kann doch nicht sein! Nicht Mutter und Vater!«

Tante Mary trat zum Sofa, kniete sich nieder und legte ihre Arme um beide Mädchen. »Oh, meine Lieblinge! Was soll ich nur sagen?«

Schluchzend klammerten sich die beiden Schwestern aneinander, während Tante Mary, selbst wieder den Tränen nahe, leise tröstende Worte sprach.

Der Tag hatte so wunderbar begonnen und so tragisch geendet. Kassidy konnte es einfach nicht fassen. Sie sollte Vater und Mutter niemals wiedersehen dürfen? Ihr war, als sei damit auch ihr Leben vorbei … Oder hatte sie nur einen entsetzlichen Alptraum?

Abigail war vollkommen zusammengebrochen; sie weinte unbeherrscht, und die Tränenströme schienen nicht enden zu wollen. Ihr Kummer war so tief, so erschreckend absolut, daß Kassidy plötzlich etwas begriff. Sie mußte stark sein! Sie mußte ihrer Schwester helfen! Die Sorge um Abigail gab ihr Kraft, und so gelang es ihr, ihre eigene Trauer ein wenig zurückzudrängen. Ihre Finger strichen zärtlich über das seidige Haar ihrer Schwester. »Komm, Liebes«, murmelte sie, »du und ich, wir haben uns. Wir werden das überstehen. Gemeinsam schaffen wir es, du wirst schon sehen!«

Henry kam auf die Füße und bemühte sich sichtlich um Fassung. Mit bebender Stimme sagte er: »Nun, es scheint, als wäre nun ich das Familienoberhaupt. Ich … ich werde versuchen, alles so zu machen, wie Vater es von mir erwartet hätte.«

Kassidy und Abigail sahen sich verzweifelt an. Es kam also noch schlimmer. Sie hatten ihre Eltern verloren und sollten sich in Zukunft der Herrschaft eines lieblosen, kalten Mannes beugen …

Plötzlich wußte Kassidy nicht mehr, ob sie und Abigail es wirklich durchstehen konnten.

An dem Tag, als die Kutsche London verließ, regnete es. Kassidy saß neben Abigail und hielt ihre Hand. Henry und Patricia saßen ihnen gegenüber, während die Kinder mit ihrer Amme in einer zweiten Kutsche folgten.

Henry hatte in der Tat den Platz als Oberhaupt der Familie eingenommen. Er hatte von seinem Vater den Titel des Viscount geerbt und nahm seine neue Verantwortung ausgesprochen ernst.

Tante Mary hatte ihn angefleht, Kassidy und Abigail bei ihr zu lassen, aber er hatte sich starrsinnig geweigert. Seiner Ansicht nach brauchten Mädchen in diesem Alter eine starke Hand und eine Person, die ständig ein Auge auf sie hatte.

Abigail legte ihren Kopf an Kassidys Schulter und flüsterte: »Ich weiß nicht, ob ich den Schmerz ertragen kann. Es tut so weh.«

»Du hast mich, Abigail. Und ich werde dich niemals im Stich lassen.«

»Ich glaube, ich würde es ohne dich nicht schaffen, Kassidy. Bitte hilf mir.«

Kassidy schloß die Augen und legte ihren Kopf in die Polster zurück. Es kam ihr vor, als hätte sie ihre Kindheit ein für allemal hinter sich gelassen. Abigail war so zart und so schwach, und sie würde zerbrechen, wenn niemand ihr in ihrem Kummer beistand. Und Abigail hatte nur noch einen Menschen auf der Welt, der das tun konnte.

Sie, Kassidy, mußte die Kraft für sie beide aufbringen.

Kapitel 3

Belgien, 17. Juni 1815
Waterloo

Düstere Gewitterwolken hatten sich vor die untergehende Sonne geschoben, so daß die Nacht schneller als gewöhnlich hereingebrochen war. Blitze zerrissen den tintenschwarzen Himmel und tauchten das Land für Sekundenbruchteile in grelles weißes Licht, auf das kurz darauf das ohrenbetäubende Krachen des Donners folgte.

Zu Tode erschöpfte und kampfesmüde britische Soldaten kauerten unter provisorischen Zelten in der Hoffnung, dort vor dem Regen, der mit Gewißheit niedergehen würde, Schutz zu finden. In der Ferne erklang sporadisch das Geräusch von Gewehrfeuer, wenn Soldaten beider Parteien aus ihrer Deckung eine Salve abfeuerten.

Ein Bündel gezackter Blitze jagte über den Himmel, und dann ging ein leichtes, seltsames Rauschen über das Land. Die ersten dicken Regentropfen fielen vom Himmel und begannen, das fruchtbare Ackerland zu tränken.

Colonel Raile DeWinter zog seinen Mantel über den Kopf und bewegte sich auf die Biwakfeuer zu. Er war zwei Tage lang geritten, um zu seinen Männern zu gelangen, und auf der Strecke in zwei Gefechte hineingeraten. Er hatte genug!

Bei jedem Schritt hörte er das leise Klirren seiner Sporen. Er hätte sie längst abschnallen sollen, aber er war selbst dazu zu müde gewesen, als er vom Pferd gestiegen war. Er wollte nur noch zu seinem Zelt, zu seiner Pritsche, wollte nur noch schlafen.

Nun kam er an einer Gruppe Soldaten vorbei, die hastig zum Gruß aufsprangen.

»Rührt euch, Männer. Spart euch eure Kräfte für die morgige Schlacht auf«, wies Raile sie freundlich an.

Am Eingang seines Zeltes hielt er an, um einen Blick über das Lager und den Wald dahinter zu werfen. Die Kundschafter hatten berichtet, daß Napoleon Wellington dicht auf den Fersen war. Am nächsten Tag würden sie unweigerlich mit dem Feind zusammenstoßen. Und viele von den Soldaten, die in dieser Nacht hier lagerten, würden am nächsten Tag um dieselbe Zeit tot sein.

Der Sieg würde wie immer dem Stärkeren gehören, und Raile hatte wie die meisten Engländer größtes Vertrauen in Wellingtons Kriegsführung.

»Denen machen wir morgen die Hölle heiß, nicht wahr, Colonel?« rief einer der Soldaten, der eben noch versucht hatte, die Messingknöpfe seiner zerlumpten Uniform auf Hochglanz zu polieren.

Raile musterte den Mann aufmerksam. Er war noch sehr jung – kaum alt genug, um sich rasieren zu müssen. Seine Kleider waren durchnäßt, und wahrscheinlich fror er erbärmlich, doch in seinen Augen funkelte eine Begeisterung, um die Raile ihn nur beneiden konnte.

»Das tun wir, Soldat! Wenn wir davon nicht überzeugt wären, dann würden wir jetzt nicht hier sein!«

Das 34. Regiment der Leichten Dragoner stand seit dem Portugalfeldzug unter Railes Kommando, und er hatte jeden Grund, mit der Leistung seiner Männer zufrieden zu sein. Mochten ihre Uniformen auch zerlumpt und verdreckt, ihre Gesichter auch von Erschöpfung gezeichnet sein, so besaßen sie immer noch das gewisse innere Feuer, und Raile wußte, daß sie in der bevorstehenden Schlacht ihr Bestes geben würden.

»Denken Sie, daß es morgen vorbei ist, Sir?« fragte der junge Soldat in der Hoffnung, von seinem Befehlshaber aufmunternde Worte zu hören. »Können wir Bonaparte diesmal aufhalten?«

»Ich glaube genau wie General Wellington, daß wir Napoleon diesmal einen vernichtenden Schlag versetzen werden. Wenn die Preußen dazukommen, werden wir ganz sicher siegen«, antwortete Raile zuversichtlich.

Dann wandte er sich um und betrat sein Zelt, wo Oliver Stewart, sein Kammerdiener, der hier als Bursche fungierte, bereits auf ihn wartete.

Ein leichter Vorwurf lag in Olivers Begrüßung. »Ich hatte früher mit Ihnen gerechnet, Sir!«

»Ich wäre auch schon gegen Mittag hier eingetroffen, wenn wir nicht auf dem Weg durch feindliche Truppen aufgehalten worden wären«, antwortete Raile müde, während er seinen roten Uniformrock aufknöpfte. »In den Wäldern wimmelt es nur so von Franzosen.«

»Moment.« Oliver hastete vor und nahm Raile den Mantel ab. »Ich mache das schon für Sie, Sir. Sie sind ja bis auf die Knochen durchnäßt. Ganz sicher werden Sie sich den Tod holen!«

»Mach nicht soviel Getue«, sagte Raile nicht unfreundlich und ließ sich auf die Kante seiner Pritsche nieder, damit Oliver ihm die schlammigen Stiefel ausziehen konnte.

»Haben Sie wenigstens etwas gegessen, Colonel?«

»Danke, ich möchte nichts«, antwortete Raile, den die Erschöpfung plötzlich übermannte. »Ich will nur schlafen.«

Oliver musterte einen Moment die dunklen Ränder unter den Augen seines Herrn und nickte schließlich. »Ihre Stiefel müssen dringend poliert werden, Colonel. Sie möchten morgen doch sicherlich tadellos gekleidet in die Schlacht ziehen.«

Raile wand sich aus seinem Rock und ließ sich auf die Pritsche zurückfallen. »Geh du auch schlafen, Oliver«, sagte er gähnend. »Wir alle brauchen morgen unsere ganze Kraft.«

Oliver, ganz der ergebene Diener, nahm die Stiefel und die nassen Kleider, löschte die Lampe und zog sich zurück.

Raile schloß die Augen und wünschte sich, daß der Schlaf rasch kommen würde. Doch aus irgendeinem unerfindlichen Grund drangen ausgerechnet jetzt unerwünschte Erinnerungen an die Vergangenheit in sein Bewußtsein und verweigerten ihm die dringend benötigte Ruhe. Wenn er doch nur das Denken einfach hätte abschalten können!

Er atmete tief und gleichmäßig und versuchte, sich auf die bevorstehende Schlacht zu konzentrieren. Die Franzosen würden morgen all ihre verfügbaren Kräfte mobilisieren – das mußten sie, denn es war ihre letzte Chance.

Raile hatte genug vom Krieg – er wollte wieder nach England zurück. Wenn der Kampf vorbei war, würde er nach Hause zurückkehren und sich seiner Vergangenheit stellen.

Seit Monaten hatte er nicht mehr an sein Vaterland gedacht – zumindest nicht bewußt! Warum mußten ihn die schmerzvollen Erinnerungen jetzt heimsuchen? Vielleicht lag es daran, daß ihm zum ersten Mal bewußt geworden war, daß er sterben könnte, bevor er die Gelegenheit hatte, seine Ehre wiederherzustellen. Er wollte seinem Onkel beweisen, daß er unrecht gehabt hatte, ihn, Raile, zu verstoßen.

Voll Bitterkeit verzog er die Lippen. Oh, ja, er hatte nicht die Absicht, zu sterben, bevor er nicht seinen Namen von der Schande reingewaschen hatte.

Nicht zum ersten Mal kam ihm in den Sinn, wie unbedeutend sein Leben gewesen war, bevor er in den Krieg gezogen war, um unter Wellington zu dienen. So oft hatte er seitdem Menschen sterben sehen und selbst dem Tod ins Auge geblickt. Dies hatte ihn entscheidend verändert. In London hatte er die Nächte in den Armen schöner Frauen verbracht; die Tage waren mit Alkohol und Glücksspiel in Gesellschaft des Prinzen of Wales und seiner Günstlinge ausgefüllt gewesen.

Ja, sein früheres Leben hatte keinerlei Bedeutung mehr – es schien nicht mehr zu ihm zu gehören. Und während der Regen auf das lederne Zelt platschte, nickte Raile schließlich ein und fiel in einen traumlosen Schlaf, der seinem unruhigen Geist endlich ein wenig Frieden brachte.

Sonntag, 18.Juni
Es war fast Mittag, als der erste Schuß durch das Tal hallte.

Raile hob sein Fernglas, um die Position des Feindes auf dem offenen Feld zu studieren. Der gepflügte Boden war durch das Gewitter der vergangenen Nacht aufgeweicht, und die Alliierten hatten ziemliche Schwierigkeiten, ihre schwere Ausrüstung vorwärtszubringen. Die Kanonen waren zum Teil bis zu den Achsen in die Erde eingesunken, so daß die Soldaten sie nur mühsam drehen und auf den vorrückenden Feind richten konnten. Irgendwann waren die schweren Geschütze jedoch endlich in Position gebracht, geladen und feuerbereit.

Jedesmal, wenn eine Kanone gezündet wurde, blitzte grelles Feuer auf, und ein Donnerschlag hallte durchs Tal. Der beißende Gestank des Pulvers durchdrang die Luft. Rauchschwaden waberten träge über dem ausgedehnten Feld und lösten sich nur zögernd auf. Als das Kampfgetümmel heftiger wurde, vermischten sich die Schwefelwolken mit dem über dem Tal hängenden Nebel und verliehen dem Schlachtfeld das unheimliche, geisterhafte Aussehen einer Höllenszenerie. Bald war der Acker übersät mit Toten, Sterbenden und Verwundeten.

Raile nahm voll bitterer Ironie die sprießenden Kartoffeln und die Gerste wahr, die auf dem Acker gediehen – ein bißchen Wirklichkeit in einer Welt, in der der Wahnsinn herrschte; ein bißchen Wirklichkeit, das bald von den schweren Stiefeln der vorrückenden Armeen zertrampelt werden würde.

Er beobachtete, wie die französischen Streitkräfte sich sammelten, um über das offene Feld zu stürmen. Glaubten sie ernsthaft, sie könnten an diesem Tag siegen? Er hatte in genügend Schlachten gekämpft, um zu wissen, daß der Tod keine Nation bevorzugte, keine Loyalität ehrte, keinen noch so heeren Beweggrund respektierte. Alle tapferen Narren mußten am Ende erkennen, daß nur der Stärkere triumphierte. Und Gott allein wußte, wer der Stärkere war. Napoleons Strategie gegen Wellingtons Geschick – darauf lief es wohl im Endeffekt hinaus.

Seit vier Stunden tobte der Kampf nun schon, und keine der beiden Parteien hatte an Boden gewonnen. Napoleon schickte ständig Kolonnen von gewaltiger Stärke in die Schlacht, die die vorderen Reihen der Briten gefährlich ausdünnten.

Es war schon später Nachmittag, als Railes Aufmerksamkeit auf die französischen Infanteristen gelenkt wurde, die gegen Wellingtons Rechte marschierten. Ein grausamer Kampf entbrannte, in dessen Verlauf Wellington zurückgetrieben wurde.

Raile und seine Männer warteten mit gezogenen Säbeln auf die französischen Ulanen. Das Klirren und Rasseln der Säbel übertönte sogar den Kanonendonner, der immer wieder durch das Tal rollte. Dann hörte Raile jemanden rufen, daß die Preußen eingetroffen wären.

Gott, laß es wahr sein, betete Raile im stillen. Und in diesem Augenblick traf ihn eine feindliche Lanze an der Schulter und riß ihn von seinem Pferd.

Glühender Schmerz lähmte ihn für einen Augenblick. Dann schüttelte Raile den Kopf, um wieder klar zu werden, und sprang auf die Füße. Er sah, daß mehrere hundert Preußen zur Rechten auf das Schlachtfeld geströmt waren, doch dann bemerkte er, daß etwas nicht stimmte. Offenbar war der Befehlshaber gefallen, denn in den preußischen Reihen herrschte plötzlich Unruhe. Dann brach das Chaos aus, und schon begannen die ersten, sich in den Schutz der Wälder zu flüchten.

Raile schätzte rasch die Lage ab. Wenn die Preußen ihre Position nicht hielten, dann konnte der Feind durch die Reihen brechen und Wellingtons rechte Flanke, seine schwächste Stelle, angreifen.

Raile zögerte nicht. Er packte die Mähne seine Pferdes, schob den Fuß in den Steigbügel und schwang sich auf den Rücken des Tieres. Unter dem ohrenbetäubenden Getöse einer Kanone wendete er sein Pferd und stürmte in die Richtung, in der der Feind gegen die flüchtenden Preußen vorstieß.

Railes Männern war sein Manöver nicht entgangen. Das Donnern der Pferdehufe mischte sich mit dem Krachen der Kanonen, als sie sich ihm anschlossen und wagemutig hinter ihrem Colonel herstürmten. Die Sonne funkelte auf den gezogenen Säbeln, während sie auf die Franzosen zustoben.

Raile ließ sein Pferd weiterlaufen, beugte sich blitzschnell seitlich aus dem Sattel und riß im vollen Galopp die zu Boden gefallene Lanze mit der preußischen Flagge an sich. Ohne das Tempo zu verlangsamen, raste er in eine Mauer französischer Kavalleristen hinein. Ein Franzose, dessen Schwert bereits blutverschmiert war, startete einen Angriff auf ihn. Ohne nachzudenken, stieß Raile dem Feind die Lanze mitten durchs Herz.

Der Franzose fiel mit einem überraschten Gesichtsausdruck vornüber und anschließend vom Pferd zu Boden. Die blutbefleckte preußische Flagge ragte aus dem niedergemetzelten Körper wie ein Banner des Sieges.

Der Anblick ihrer Flagge, die aus einem getöteten Feind ragte, erfüllte die Preußen plötzlich mit neuem Mut. Erst wandten sich einige um, dann folgten andere, und schließlich rannten sie als geeinte Front den Hügel hinab, um sich mit frischem Elan erneut auf die Franzosen zu stürzen.

Bald schon entbrannte ein Mann-zu-Mann-Kampf, und Raile, inmitten des tobenden Pulks, feuerte sowohl Briten als auch Preußen an, den Feind endgültig und vereint zu vernichten.

Irgendwann traf eine Kugel sein Pferd, und es brach unter ihm zusammen, so daß Raile seinen Kampf zu Fuß fortführen mußte. Schweiß brannte ihm in den Augen, und er wußte nicht, ob er sein eigenes Blut oder das des Feindes schmeckte, aber es zählte ohnehin nicht. Railes Schwert mähte durch Fleisch und Knochen, bis er einen plötzlichen Schmerz spürte. Er blickte an sich herab und sah Blut aus einer klaffenden Wunde an seinem Oberschenkel fließen. Doch einen Moment später zwang er sich schon, den Schmerz zu ignorieren, und er schwang erneut den Säbel gegen jeden Franzosen, der in seine Nähe kam.

Zeit hatte keine Bedeutung mehr – das einzige, was zählte, war töten oder getötet werden.

Plötzlich explodierte neben Raile eine Kanonenkugel, und ein gewaltiger Schlag gegen seinen Kopf ließ ihn taumeln. Er sank auf die Knie, kam mühsam wieder auf die Füße und stolperte vorwärts. Dann, mit einem Mal, kam ihm der Boden entgegen, und Raile stürzte in eine tiefe Schwärze.

Er sah nicht mehr, daß die Männer einen schützenden Kreis um ihn bildeten und den Feind zurückschlugen. Er hörte nichts von den klagenden, unheimlichen Tönen der Hörner, die den französischen Rückzug ankündigten. Er merkte nichts von dem Tumult, der in den feindlichen Reihen ausbrach, erfuhr nicht mehr, daß das Blatt sich gewendet hatte und die Franzosen nun von Wellington zurückgedrängt wurden.

Raile kam wieder zu Bewußtsein, als ein paar Männer ihn aufhoben und ihn zum Lazarettzelt hinter den Linien trugen. Durch einen Schleier von Schmerz und Blut betrachtete er ein Land, das in ein Inferno verwandelt worden war und das noch sehr, sehr viele Jahre die Narben dieses Krieges tragen würde. Einen Moment lang fragte er sich, ob er nicht doch in der Hölle gelandet war.

Für die Franzosen hatte sich alle Hoffnung zerschlagen, und mit der Verzweiflung kam die Erkenntnis, daß ihr Kaiser eine vernichtende Niederlage erlitten hatte. Raile entdeckte französische Flaggen, die unter den Stiefeln der Soldaten auf dem Rückzug in den Boden gestampft wurden.

Nun erschien Oliver an seiner Seite. Er gab sich sichtlich Mühe, seine Sorge zu verbergen und seiner Stimme einen zuversichtlichen Tonfall zu verleihen. »Sie werden wieder auf die Beine kommen, Sir! Es ist bestimmt nur ein Kratzer.«

Oliver verschwieg seinem Herrn die Tatsache, daß dessen Gesicht eine blutige Masse war und daß die Wunden an Schulter und Schenkel viel zu stark bluteten.

Raile versuchte, sich aufzusetzen, doch der Schmerz war so stark, daß er kraftlos wieder zurückfiel. »Meine Männer?«

»Sieben tot, zwanzig verwundet. Sie haben Ihnen heute alle Ehre gemacht, Sir«, versicherte Oliver ihm. »Aber Sie dürfen nicht sprechen. Sie müssen still liegenbleiben, bis sich die Sanitäter um Ihre Wunden kümmern können – dann werden Sie im Handumdrehen wieder gesund und munter sein!«

Raile sog bebend die Luft ein. Er wußte, daß er schwer verwundet war, und Oliver wußte es genausogut.

»Haben wir gewonnen?« fragte er eindringlich.

»Allerdings, Colonel. Zwar habe ich gehört, daß die Garde Napoleons auf ihrem Posten geblieben ist, um den Rückzug ihres Kaisers zu decken, aber auch sie wird nicht mehr lange durchhalten können.«

»Bemerkenswert im Kampf, bemerkenswert in der Niederlage«, murmelte Raile, der immer noch den Griff seines Säbels umklammert hielt. Dann glitt sein Blick wieder zu Oliver. Es kostete ihn große Mühe, zu sprechen. »Dieser heutige Tag bedeutet den endgültigen Niedergang des Korsen, Oliver. Davon wird er sich nicht mehr erholen.«

Raile blickte über das Schlachtfeld, das mit gefallenen Männern – Kameraden wie Feinde – und toten Pferden übersät war. »So viele Tote …, es kommt mir so schrecklich sinnlos vor …«

Die Männer legten ihn behutsam auf einen Karren, der Verwundete in das Feldlazarett bringen sollte. Oliver setzte sich neben seinen Herrn und hielt seinen Kopf, als das Gefährt über die zerfurchten Straßen rumpelte. Als der Schmerz unerträglich wurde, hüllte eine gnädige Ohnmacht Raile ein.

In den frühen Morgenstunden holte das Messer des Sanitätsoffiziers das Geschoß aus Railes Bein, doch die Kopfwunde sah übel aus. Der Arzt reinigte und verband sie, bevor er sich zu dem besorgten Oliver umwandte.

»Ich habe alles für ihn getan, was in meiner Macht steht«,

sagte er, während er sich seine blutbeschmierten Hände an der Schürze abwischte. »Nun ist es an Gott, ob er gesund wird oder nicht.«

»Er ist sehr kräftig. Er wird es schaffen«, sagte Oliver zuversichtlich.

»Wenn ich ein Freund des Wettens wäre, würde ich mein Geld nicht darauf setzen. Die Kopfwunde ist schwer, und es steckt noch ein Splitter darin, den ich nicht zu entfernen wage, weil ich Angst habe, ich könnte das Gehirn verletzen. Selbst wenn er durch irgendein Wunder überlebt, kann es sein, daß er nie mehr aufwacht oder vielleicht erblindet.«

Oliver packte den Doktor am Arm. »Sie müssen ihn retten! Er ist ein außergewöhnlicher Mann, er ist tapfer und entschlossen. Er ist ein Held!«

Der Offizier dehnte seine verspannten Muskeln und blickte auf die lange Reihe von Pritschen, auf denen Verwundete und Sterbende lagen. »Jeder, den Sie hier sehen, ist ein Held, aber die meisten werden sterben. Und dieser hier, fürchte ich, auch.«

Den ganzen langen Tag und die folgende Nacht wachte Oliver am Bett des Colonels, während draußen vor dem Lazarettzelt die Männer des 34. Regiments im Regen auf Nachricht warteten, ob ihr befehlshabender Offizier leben oder sterben würde.

Am nächsten Morgen schien die Sonne gar nicht aufgehen zu wollen. Dicke, finstere Wolken verdüsterten den Himmel und verzogen sich auch bis Mittag nicht. Die Männer des 34. waren bedrückt und in düsterer Stimmung, als man ihnen befahl, mit den anderen Truppen auszurücken. Sie mußten wohl oder übel gehorchen und ihren Colonel zurücklassen, ohne über sein Schicksal Bescheid zu wissen.

Oliver blieb neben seinem Herrn sitzen und lauschte nachdenklich dem Regen, der gegen das Zeltfenster trommelte, während seine Kameraden davonzogen.

Es war später Nachmittag, als ein britischer Offizier neben

dem Bett auftauchte. Der Bursche sprang augenblicklich in Habtachtstellung, knöpfte seinen Rock sorgsam zu und versuchte, sein zerzaustes Haar mit den Fingern zu glätten.

»Stehen Sie bequem, Soldat«, sagte der Mann und blickte eine Weile auf Raile hinab, bis er sich wieder dem Burschen zuwandte. »Ich bin General Greenleigh von General Wellingtons Stab. Er hat mich geschickt, um mich über den Gesundheitszustand von Colonel DeWinter zu informieren.«

»Der Doktor meint, es besteht wenig Hoffnung, daß er überlebt, Sir.«

»Ihr Colonel hat in der gestrigen Schlacht viel Ruhm geerntet.«

»Ja, Sir, das hat er«, stimmte Oliver stolz zu. »Er hat uns allen Mut gemacht und den richtigen Kampfgeist eingegeben.«

»General Wellington weiß von seiner wagemutigen Tat und will dafür sorgen, daß er dafür öffentlich geehrt wird.«

Oliver begegnete dem freundlichen Blick des Offiziers. »Was nützt ihm der Ruhm, wenn er tot ist, Sir?«

General Greenleigh starrte auf die Spitze seines polierten Stiefels.

»General Wellington selbst hat mich instruiert, dafür zu sorgen, daß Colonel DeWinter nach Brüssel gebracht wird, wo er die bestmögliche ärztliche Hilfe bekommt.«

»Aber ich bin nicht sicher, ob er eine solche Reise übersteht, Sir.«

»Der General läßt Ihnen eine seiner eigenen Kutschen zur Verfügung stellen. Sie sind ausgesprochen gut gefedert. Die Tatsache, daß der Colonel nicht bei Bewußtsein ist, kann sich durchaus als ein Segen erweisen. So wird er nichts von der für ihn unangenehmen Reise mitbekommen.«

Oliver nickte grimmig. Es freute ihn, daß Colonel DeWinter eine solche Sonderbehandlung bekam – doch es blieb fraglich, ob er überhaupt bis Brüssel überlebte.

In diesem Augenblick kam auch der Doktor heran und schüttelte traurig den Kopf. »Innerhalb der nächsten Stunde ist er von uns gegangen, General.«

»Oh, nun ja«, erwiderte der General abwesend. Offenbar waren seine Gedanken schon bei anderen Aufgaben. »Dann werde ich mich darum kümmern, die notwendigen Briefe an seine Familie aufzusetzen. Verdammte Schande. Er war ein guter Mann!«

Oliver schaute auf Raile. Der Mann war totenbleich, sein Gesicht selbst in seiner Bewußtlosigkeit schmerzverzerrt. Der Atem ging abgehackt und mühsam.

»Sie werden es ihnen allen zeigen, Colonel«, flüsterte Oliver wütend. Wie konnten diese beiden Männer ihn so einfach aufgeben? Sicher – dem Colonel ging es schlecht, und es war in der Tat fraglich, ob er den nächsten Tag überleben würde … Aber noch war er nicht tot! »Die wissen doch nicht, was wahrer Kampfgeist ist. Die haben nie gesehen, wie Sie aus ausweglosen Situationen noch Triumphe gemacht haben. Sie schaffen das, Colonel, ich weiß es! Sie haben schon Schlimmeres durchgestanden!«

Kapitel 4

Kassidy befand sich gerade im Garten, als die Kirchenglocken im Dorf die wundervolle Nachricht verkündeten. England feierte den Sieg über Frankreich. Endlich war der Krieg vorbei, und Napoleon war geschlagen!

Sie lächelte, als sie unwillkürlich an den Offizier denken mußte, den sie als junges Mädchen im Park vor Tante Marys Haus kennengelernt hatte. Es war kindisch gewesen, ihn damals als *ihren* Ritter zu bezeichnen, aber seltsamerweise hatte sie die ganzen Jahre über immer wieder an ihn in dieser Eigenschaft gedacht. Obwohl sie sich nicht erinnern konnte, wie er ausgesehen hatte, war es ihr zur Gewohnheit geworden, jede Nacht um seine Unversehrtheit zu beten – sie hoffte inständig, daß er den Krieg lebendig überstanden hatte. Es war wirklich schade, daß sie niemals sicher wissen würde, ob ihr Ritter zu denen gehörte, die sich über den Sieg freuen durften.

Sie ging in das Schlafzimmer, das sie mit Abigail teilte, trat vor den Spiegel und betrachtete ihr Abbild, während sie ihre Haube abnahm. Ohne eitel zu sein, wußte sie, daß sie hübsch war. Die Sommersprossen waren verschwunden; ihr Teint war nun seidigweich, hell und makellos. Ihr Haar fiel ihr in dicken Locken über die Schultern, und das leuchtende Goldblond war außergewöhnlich. Sie war schlank und zart gebaut. Ihr Kampfgeist war noch immer vorhanden, aber sie konnte inzwischen besser damit umgehen. Schließlich war sie auch kein Kind mehr, sondern eine junge Lady.

Kassidy hatte sich an die bewundernden Blicke der jungen Gentlemen gewöhnt. Jeden Sonntag in der Kirche konnte sie spüren, wie sie sie anstarrten, doch bisher war in Henrys Augen noch keiner der Richtige gewesen. Und niemand würde es wagen, sich ihr zu nähern, denn ihr Bruder war allgemein gefürchtet. Weder Abigail noch Kassidy waren je allein mit einem jungen Mann gewesen, und wenn es nach Henrys Willen ging, dann würde dies auch niemals geschehen. Er regierte in seinem Haushalt, als wäre er der König persönlich, und seine Schwestern waren kaum mehr als unbezahlte Dienstboten. Auch Tante Marys Flehen, die Mädchen auf ihre Kosten für eine Saison nach London zu schicken, hatte ihn nicht gerührt. Abigail und Kassidy mußten bei ihm bleiben, daran gab es nichts zu rütteln.

Kassidy wußte, daß es in den Straßen des Dorfes nun Musik und Tanz und allerlei Lustbarkeiten geben würde, und die Festivitäten würden gewiß bis tief in die Nacht gehen. Sie seufzte voller Bedauern. Sie und Abigail konnten natürlich nicht daran teilhaben, denn Henry würde das niemals erlauben.

Kassidy stieß das Fenster auf, um dem Jubel und den Hochrufen zu lauschen. Nachdem sie eine Kerze angezündet hatte, ging sie ans Fenster zurück, zog die Vorhänge beiseite und beobachtete den glühendroten Untergang der Sonne. Gleichzeitig hielt sie ängstlich Ausschau nach ihrer Schwester. Abigail war in den Ort gegangen und noch nicht zurückgekehrt. Ob sie mitten in den Trubel hineingeraten war?

Als gottesfürchtiger Mann, der er war, erlaubte Henry Abigail, sich um die Kinder des Vikars zu kümmern, bis dessen Frau ihr fünftes Baby auf die Welt gebracht hatte. Aber als Kassidy den Vikar heute auf dem Markt getroffen hatte, hatte dieser sich nach Abigail erkundigt und erwähnt, daß er sie seit letztem Sonntag nicht mehr gesehen hatte. Wenn Abigail nicht zum Vikar ging, wenn sie das Haus verließ, wo verbrachte sie dann die Zeit, die sie nicht daheim war?

Kassidy hörte Schritte im Flur und huschte rasch zur Tür. Endlich. Da war Abigail, und ihr Gesicht war gerötet, als ob sie gelaufen war.

»Wo bist du gewesen?« flüsterte Kassidy und zog ihre Schwester ins Zimmer, dann schloß sie die Tür. »Henry hat schon nach dir gefragt. Er war richtig aufgebracht!«

»Das ist mir ziemlich egal.«

Kassidy bedachte Abigail mit einem prüfenden Blick. »Das sollte dir aber nicht egal sein. Ich habe heute den Vikar getroffen!«

Abigail vermied es, ihrer Schwester in die Augen zu sehen. »Oh«, sagte sie nur, als sie ihre Haube abnahm und an einem der Bänder am Finger baumeln ließ. »Er hat dir vermutlich gesagt, daß ich die ganze Woche nicht bei ihm war.«

»Abigail, wir haben niemals Geheimnisse voreinander gehabt. Warum jetzt auf einmal? Bist du in Schwierigkeiten?«

»Oh, Kassidy, ich kann es nicht länger für mich behalten. Ich bin verliebt!« Lachend umarmte Abigail ihre Schwester. »Er ist so wunderbar, das kannst du dir gar nicht vorstellen. Ich bin glücklich, wenn ich nur in seiner Nähe sein darf.«

Kassidy war wie vom Donner gerührt. »Aber wann hattest du denn die Gelegenheit, so jemanden zu treffen? Die Gentlemen, die du kennst, kenne ich auch, und keinen davon würde ich als wunderbar bezeichnen.«

Abigails blaue Augen begannen zu leuchten. »Ich habe ihn letzten Dezember auf der Weihnachtsfeier von Lady Broadwick kennengelernt. Weißt du noch? Du wolltest nicht mitkommen, weil du ihre Partys so langweilig findest. Ich bin damals trotzdem hingegangen, weil es die einzige gesellschaftliche Zusammenkunft ist, zu der Henry uns gehen läßt.«

»Ja, ich weiß es noch.«

»Er … wir fühlten uns auf den ersten Blick zueinander hingezogen. Alle Ladys flirteten ganz unverhüllt mit ihm, aber er hatte nur Augen für mich. Lady Broadwick war schon ganz empört, weil er dreimal mit mir und kein einziges Mal mit ihrer Tochter Emily getanzt hat.« Abigail hielt inne, um Atem zu holen. »Noch am gleichen Abend verabredeten wir, uns am nächsten Tag zu treffen. Ich wußte, daß Henry das niemals erlauben würde, also machten wir als Treffpunkt den Friedhof hinter der Kirche aus.«

Kassidy fühlte sich irgendwie betrogen. »Du hast mir nie davon erzählt.«

Abigail blickte ihre Schwester schuldbewußt an. »Normalerweise lädt Henry seinen ganzen Zorn immer auf *dich* ab. So entschied ich, mich dir nicht anzuvertrauen, denn wenn er herausgefunden hätte, daß ich ihn hintergehe, dann hätte er auch nur mich dafür bestrafen können.«

»Aber Abigail! Du mußt diese Treffen sofort einstellen! Wenn Henry wirklich davon erfährt – wer weiß, was er dann mit dir tun wird?«

»Es ist zu spät, Liebes.« Abigails Gesicht leuchtete auf. »Bitte freu dich für mich, Kassidy. Ich werde heiraten!«

Kassidys wußte nicht, was sie empfinden sollte. Wenn Abigail heiratete, dann konnte sie endlich Henrys Herrschaft entkommen. Aber was wurde dann aus ihr, Kassidy? Wie sehr würde sie ihre Schwester vermissen! Wie einsam würde sie sich fühlen!

»Und was ist, wenn der Mann deiner gar nicht wert ist, Abigail? Du weißt doch noch so wenig vom Leben – und noch weniger über Männer. Du siehst in allem und jedem doch immer nur das Gute. Wie willst du denn einen Mann vernünftig beurteilen, wenn dein Herz verrückt spielt?«

Abigail zog ihre Schwester neben sich aufs Bett. »Du würdest nicht so reden, wenn du nur wüßtest, um wen es sich handelt. Er ist nämlich ein überaus bedeutender Mann! Oh, Kassidy, freu dich einfach nur für mich. Ich werde mit dem Mann zusammensein, den ich liebe.«

»Wer ist es?«

»Das kann ich dir nicht sagen, Kassidy – wenigstens noch nicht. Aber wenn wir erst einmal verheiratet sind und uns irgendwo niedergelassen haben, dann ziehst du zu uns.«

»Ich … ich verstehe das alles noch nicht, Abigail. Wie kannst du denn einen Mann lieben, den du kaum kennst?«

»Seit unserem ersten Treffen ist es uns gelungen, uns mehrmals in der Woche zu sehen. Wir trafen uns an den Nachmittagen, an denen ich Mrs. Hardys Tochter Gesangsstunden geben sollte.«

Kassidys Stimme war vorwurfsvoll. »Du hättest es mir sagen sollen. Du weißt ganz genau, daß ich dir in jeder Hinsicht geholfen hätte.«

»Bitte glaub nicht, daß ich dich hintergehen wollte. Aber er und ich haben über diese Sache gesprochen und gemeinsam entschieden, daß wir niemandem etwas sagen. Er hat mir das Versprechen abgenommen, daß ich es nicht einmal dir erzähle. Du mußt wissen, daß seine Mutter eine ganz eigene Vorstellung von der richtigen Braut für ihn hat. Er glaubt nicht, daß sie mich als Schwiegertochter akzeptieren würde. Aber was kann sie schon tun, wenn wir bereits verheiratet sind?«

»Das gefällt mir überhaupt nicht, Abigail«, sagte Kassidy

mißtrauisch. »Wenn er ein Mann von Ehre ist, dann sollte er doch wenigstens bei Henry vorsprechen und richtig um deine Hand anhalten. Was ist denn, wenn er dir nur die Ehe verspricht, damit du mit ihm davonläufst?«

Abigail lachte auf. »Wo du immer deine Ideen herbekommst, Kassidy! Ich vertraue ihm, kannst du das nicht verstehen?« Abigail schüttelte den Kopf. »Du weißt doch, daß Henry niemals seine Einwilligung geben würde. Er würde mich eher einsperren und mir untersagen, meinen Geliebten jemals wiederzusehen.«

Kassidy wußte, daß Abigail recht hatte. »Also gut. Dann will *ich* ihn kennenlernen. Jemand aus der Familie muß diesen Mann schließlich schon einmal gesehen haben.«

»Dazu ist keine Zeit mehr, Kassidy. Ich werde heute nacht mit ihm davongehen.«

Entsetzt ergriff Kassidy die Hand ihrer Schwester. »Tu nichts, was du nachher bereuen wirst.«

»Ich werde niemals bereuen, dieses Haus zu verlassen. Henry hat es geschafft, daß unser sogenanntes Zuhause einem Gefängnis gleichkommt. Aber was mich traurig stimmt, ist, daß ich dich verlassen muß.« Sie legte ihre Wange an die Kassidys. »Ich verspreche, dir eine Nachricht zu schicken, sobald ich dazu in der Lage bin. Aber mach dir keine Sorgen, wenn du eine ganze Weile nichts von mir hörst. Ich muß mir erst eine Möglichkeit ausdenken, wie ich dir meine Briefe zukommen lassen kann, ohne daß Henry es bemerkt.«

»Ich kann dich doch nicht gehen lassen, wenn ich nicht weiß, wo du hinwillst!«

»Kassidy, ich werde mit dem Mann zusammensein, den ich liebe und der mich glücklich machen will. Du mußt dir um mich keine Sorgen machen.«

Mit schwerem Herzen gab Kassidy auf. »Was habt ihr geplant?« fragte sie schließlich resigniert.

»Ich treffe ihn um Mitternacht an der Wegkreuzung. Noch vor morgen früh bin ich seine Frau.«

Kassidy seufzte. »Dann packen wir jetzt besser deine Sachen zusammen. Komm, ich helfe dir.«

Abigails Augen füllten sich mit Tränen. »Ich wußte, daß du mich verstehen würdest. Ich kann nur hoffen, daß Henry seinen Zorn über mein Verschwinden nicht an dir ausläßt.«

»Mach dir um mich keine Sorgen. Ich werde schon mit ihm fertig.«

»Ich werde nie verstehen, was er gegen dich hat! Er scheint dich richtig zu hassen, Kassidy. Immer bist du es gewesen, die bestraft wurde, wenn er auf einen von uns wütend war.«

»Es liegt daran, daß ich ihm Widerworte gebe. Männer wie Henry möchten, daß andere Leute vor ihnen buckeln. Er will, daß man ihn fürchtet. Ich habe aber keine Angst vor ihm, und das kann er nicht ertragen.«

»Bitte sei trotzdem vorsichtig.« Abigail zog einen versiegelten Briefumschlag aus ihrer Tasche. »Ich wollte dies hier für ihn auf dem Tisch im Foyer zurücklassen. Darin habe ich ihm erklärt, warum ich davonlaufe.«

Kassidy öffnete die hölzerne Truhe am Fußende von Abigails Bett. »Es ist eine Schande, daß deine Ausstattung so mager ist. Vater hat Henry genug hinterlassen, aber er ist so geizig, daß er jeden Penny mehrmals umdreht, bevor er ihn ausgibt.«

Abigail zog einen kleinen Koffer unter ihrem Bett her. »Das macht nichts. Ich brauche nicht viel. Mein Geliebter hat mir eine neue Garderobe und alles, was ich sonst noch begehren könnte, versprochen.«

Wieder stieg das Mißtrauen in Kassidy auf. »Wenn ich nur mehr von diesem Mann wüßte.«

»Wenn du erfährst, wer er ist, dann wirst du wissen, daß ich eine gute Partie gemacht habe. Er ist gerade zu einem Vermögen gekommen und wird bald einen sehr alten, sehr ehrbaren Titel erben.«

Kassidy verweigerte sich die Tränen, als sie Abigails Schuhe in den Koffer legte. Sie durfte nur daran denken, wie glücklich

Abigail sein würde. Doch es war alles andere als leicht, die schreckliche Furcht vor der drohenden Einsamkeit zu unterdrücken. Ein Leben ohne Abigail ... Was blieb ihr noch, wenn ihre Schwester nicht mehr bei ihr war?

Henrys Gesicht war wutverzerrt. Er riß die Zimmertür auf, stürmte hinein und zerrte Kassidy am Arm hoch, während er ihr mit der anderen Hand Abigails Abschiedsbrief vor das Gesicht hielt.

»Was, bitte schön, soll das hier bedeuten, Lady?«

Kassidy hatte fast die ganze Nacht wachgelegen, denn der Gedanke an die Konfrontation mit ihrem Bruder hatte ihr den Schlaf geraubt. Nun war es also soweit, und sie war fast erleichtert darüber.

»Du weißt so gut wie ich, daß das ein Brief von Abigail ist«, sagte sie, während sie ihren Arm aus seinem Griff wand. »Sie ist fort, und du kannst ihr nichts mehr antun!«

Henry holte aus, um sie zu schlagen, doch der trotzige Blick in ihren Augen ließ ihn mitten in der Bewegung erstarren. »Ich finde sie schon, verlaß dich drauf. Und bald genug wirst du mir freiwillig erzählen, wohin sie gegangen ist.«

Kassidy schüttelte den Kopf. »Selbst wenn ich es wüßte, würde ich es dir nicht sagen. Ich bin froh, daß sie frei ist.«

Er stieß sie so heftig von sich, daß sie aufs Bett zurückfiel und ihr Schädel gegen das Kopfteil des Bettes schlug. Doch noch immer lag Trotz in ihren Augen. »Vater und Mutter haben dich bestimmt nicht so erzogen. Warum bist du nur so grausam? Wenn du mit Abigail freundlicher umgegangen wärest, dann hätte sie nicht davonlaufen müssen.«

Er schnaubte verächtlich. »Was wißt ihr beide schon von meinem Leben? Auch wenn ich von euch nie Dank zu erwarten hatte, so habe ich euch doch Schutz und ein Heim gegeben. Und was unsere Eltern angeht – wenn sie nicht gerade nach Ägypten oder Florenz unterwegs waren, dann eben nach Indien. Stets war es mir überlassen, auf euch beide aufzupassen. Nun, sie sind gestorben, wie sie gelebt haben – sie haben einmal mehr alle Verantwortung auf mich abgeschoben!«

»Du hast eine verschrobene Auffassung vom Leben und der Welt, Henry. Du glaubst, alles dreht sich um dich. Wenn du etwas sagst, dann fängt es immer damit an, was *du* willst, und hört damit auf, was *du* brauchst. Du kannst nicht genießen, du kannst dich nicht freuen, und du verabscheust es, wenn andere es tun. Du siehst niemals das Gute im Menschen – immer weist du nur auf die Schwächen und Untugenden anderer hin. Selbst deine eigenen Töchter fürchten sich vor dir.«

Seine Unterlippe bebte vor Wut. »Du bist diejenige, die wirklich Grund hat, mich zu fürchten, Fräulein. Du widersetzt dich mir ständig. Ich kann nur Tante Mary die Schuld an deinem verdorbenen, rebellischen Charakter geben. *Sie* hat dich ja immer noch dazu ermutigt.«

»Und ich werde dir immer Widerstand leisten, Henry. Bis zu dem Tag, an dem ich sterbe, werde ich dir trotzen!«

»Nur wirst du am Ende verlieren, Kassidy. Ich werde nämlich nicht aufgeben, bis ich dich da habe, wo ich dich hinhaben will. Du wirst brav und gefügig werden, das verspreche ich dir.«

Mit wenigen Schritten war er an der Tür, zog den Schlüssel ab und steckte ihn auf der anderen Seite ins Schloß. »Und ich bin sicher, daß dieser Tag bald kommen wird! Ich werde dich nämlich erst wieder aus diesem Zimmer lassen, wenn du mir gesagt hast, was ich wissen will.«

Kassidys Augen sprühten Funken. »Von mir wirst du nichts erfahren, Henry.«

Er schloß die Tür hinter sich, und sie hörte, wie der Schlüssel umgedreht wurde. Eine Träne fiel auf ihre Wange, und sie wischte sie wütend mit dem Handrücken ab. Sie wußte, wie skrupellos Henry sein konnte. Doch was auch immer er tun mochte – sie würde nicht betteln und flehen, damit er sie wieder freiließ.

Plötzlich zu Tode erschöpft, rieb sie sich die Schläfen, die zu pochen begonnen hatten. »Eines Tages werde ich davongehen«, flüsterte sie, während sie in die Wärme ihres Bettes kroch. Voller Verzweiflung starrte sie aus dem Fenster auf die aufgehende Sonne, die sich just über einer dicken Wolkenbank erhob.

Kapitel 5

Die kabbelige See bedeutete für den Rahsegler *Middlesex,* der sich auf dem Weg nach England durch den Ärmelkanal befand, kein Problem. Raile stand an Deck, starrte in den sich verdichtenden Nebel und empfand eine seltsam gedämpfte Stimmung. Nach so langer Zeit befand er sich endlich auf der Heimreise, doch er konnte sich nicht darüber freuen.

Seine Kameraden waren vor einigen Monaten schon zurückgekehrt, um sich von einer dankbaren, siegreichen Nation feiern zu lassen und im Kreis ihrer glücklichen Familien willkommen geheißen zu werden. Ihn würde niemand willkommen heißen – er war ein heimkehrender Held, den niemand erwartete, um den niemand gezittert hatte.

Der scharfe Wind, der die Segel zum Knattern brachte, zerzauste Railes dunkles Haar. Plötzlich wurde die Kälte, die er in seinem Herzen fühlte, fast unerträglich, und er fragte sich, ob es ein Fehler gewesen war, nach England zurückzukehren.

»Sie sind immer noch schwach, Colonel«, vernahm er Olivers Stimme hinter seinem Rücken. »Halten Sie es nicht auch für besser, unter Deck zu gehen, bis wir angelegt haben? Sie müssen doch kräftig genug sein, um die vielen Feiern durchzustehen, die man ohne Zweifel Ihnen zu Ehren abhalten wird.«

»Nenn mich nicht Colonel, Oliver. Du weißt, daß ich mein Offizierspatent abgegeben habe.«

»Tut mir leid. Ich vergesse es immer wieder. Wir waren so

lange im Dienst Seiner Majestät, daß es mir schwerfällt, mich daran zu gewöhnen, daß es nun anders ist.«

Raile wandte sich zu seinem Diener um und sah ihn an. Der lebhafte, kleine Mann war fähig, absolut treu und mit einem unerschütterlichen Optimismus gesegnet. In den langen Monaten, in denen Raile ans Bett gefesselt war, hatte Oliver an seiner Seite ausgeharrt und ihm beigestanden, wenn er sich wegen der unerträglichen Schmerzen nichts mehr als den Tod gewünscht hatte. Oliver war es gewesen, der ihm gesagt hatte, daß er nicht aufgeben durfte – nicht *sterben* durfte –, der nicht zugelassen hatte, daß Railes Lebenswille erlosch. Es war allein Olivers Hartnäckigkeit gewesen, die Raile den Mut eingegeben hatte, die Schmerzen durchzustehen.

Während der langen Genesungsphase hatten Raile und Oliver die Barrieren, die einen normalen Soldaten von einem Offizier, einen Diener von seinem Herrn trennten, überwunden. Doch an jenem Tag, als Oliver erkannte hatte, daß Raile nun wirklich wieder gesunden würde, hatte er wie selbstverständlich wieder die Rolle des Dieners angenommen.

Raile hätte nicht sagen können, an welchem Punkt in dieser langen Zeit er wieder zu leben begonnen hatte. Eines Morgens war er aufgewacht und hatte draußen vor seinen Hospitalfenster Vögel zwitschern hören und den süßen Duft von Geißblatt wahrgenommen.

Vor zwei Wochen war er aus dem Krankenhaus entlassen worden und war nun auf dem Heimweg.

»Sie sollten jetzt wirklich nach unten gehen«, sagte Oliver fast flehend. »Die Kopfschmerzen, die Sie noch von der Schädelwunde haben, werden nicht besser, wenn Sie hier im kalten Wind stehen!«

»Hör auf, mich zu verhätscheln, Oliver. Ich habe Monate in diesem verdammten Krankenhaus in Brüssel verbracht. Ich sehne mich nach frischer Luft, die nicht nach Medizin stinkt!«

Oliver wußte, daß es keinen Sinn hatte, seinen Herrn weiter

zu drängen, und so wechselte er das Thema. »Fahren wir direkt nach Ravenworth Castle, Sir?«

Railes Augen verengten sich. »Ja. Das ist die einzige Zeit im Jahr, in der wir meinen Onkel dort antreffen können. Immer vorausgesetzt, daß er seine Gewohnheiten inzwischen nicht geändert hat.«

Oliver konnte nicht anders, als eine heftige Antipathie für die DeWinter-Familie zu empfinden. Es tat ihm im Herzen weh, daß diese Menschen dem Colonel so übel mitgespielt hatten. Er wußte, daß Raile noch immer für den Lebensunterhalt der Familie aufkam und für Notfälle vorgesorgt hatte, obwohl sein Onkel ihn verstoßen hatte. In Olivers Augen war dies ein Akt der Selbstlosigkeit, der seinesgleichen suchte. Raile war ein Mann von Ehre und Anstand, und es war unmöglich, daß er die Tat, deren man ihn beschuldigte, begangen hatte.

»Wenn Sie mir diese Bemerkung verzeihen wollen, Sir, aber … Ich verstehe nicht, warum Sie überhaupt nach Ravenworth gehen wollen. Sie sind ein reicher Mann und ein Held Englands. Sie haben es doch gar nicht nötig, sich mit diesen Leuten auseinanderzusetzen!«

Die wabernden Nebelschwaden lichteten sich nun ein wenig, und Raile konnte die vagen Umrisse anderer Schiffe erkennen, die im Hafen angelegt hatten. Eine lange Weile sah er den Wellen zu, die im endlosen Rhythmus gegen das Land anstürmten und die Küstenlinie stetig veränderten. Er schwieg so lange, daß Oliver die Hoffnung auf eine Antwort schon aufgegeben hatte. Doch dann verzog Raile spöttisch die Lippen. »*Diese Leute* sind meine Familie.«

Oliver sparte sich jeglichen Kommentar dazu. Raile DeWinter würde immer nach seinen Überzeugungen handeln, und nichts und niemand würde ihn davon abbringen.

Railes Augen verdüsterten sich, als er sich fragte, was ihn tatsächlich auf Ravenworth erwarten würde. Er war nicht die Sorte Mensch, die sich an der eigenen Verbitterung ergötzte, aber fünf Jahre waren eine lange Zeit, wenn man im Exil lebte.

Wie in Trance beobachtete er, wie sich die Küste Englands aus dem sich auflösenden Nebel materialisierte. Einen Helden hatte Oliver ihn genannt. Er hatte dem Tod ins Auge geblickt und seinen Feind mit größtmöglicher Gleichmut niedergemetzelt. Doch nun seinem Onkel zu begegnen, würde weit schwieriger sein.

Plötzlich fröstelte er, und er zog sich den Mantel enger um den Körper. Hätte er die Wahl gehabt, hätte er sich lieber einem Dutzend feindlicher Soldaten gestellt, als dem Duke gegenüberzutreten.

Der Morgenhimmel war bewölkt, als die Kutsche den Hügelkamm erreichte und der Fahrer die Pferde zügelte, um in gemächlicherem Tempo in das Dorf Ravenworth einzufahren. Raile blickte aus dem Fenster des Wagens. Er hatte sich den Dorfbewohnern immer schon verbunden gefühlt. Er liebte das Kopfsteinpflaster der Straßen, die strohgedeckten Dächer und die Steinhäuschen. Als er das Rasthaus und den hohen Kirchturm von St. Matthew's entdeckte, hatte er das angenehme Gefühl, nach Hause zu kommen.

Bei näherem Hinsehen stellte er fest, daß einige Häuser dringend einen neuen Anstrich und einige Reparaturen benötigten. Das Dorf war offenbar wie so viele englische Orte verfallen, als die Männer gegen die Franzosen in den Krieg hatten ziehen müssen.

Raile blickte hinauf zu dem alten Familiensitz der DeWinters. Er ragte über dem Tal auf wie eine uneinnehmbare Festung, die sie in den vergangenen Jahrhunderten auch gewesen war. In den Zeiten des Kriegs und der Unruhen hatte die Burg vielen Angreifern getrotzt und den Dorfbewohnern Schutz und Unterschlupf geboten, und es war traurig, sehen zu müssen, daß die Jahre auch mit diesem Bauwerk nicht freundlich umgegangen waren. Selbst aus der Entfernung konnte Raile entdecken, daß das Mauerwerk abbröckelte.

In Railes und Johns Kindheit war der Turm im Westflügel gesperrt worden, weil Einsturzgefahr bestanden hatte. Raile empfand Ärger, als er sah, daß die Fenster noch immer vernagelt waren. Das konnte nur bedeuten, daß an dem Schloß in all den Jahren, die er fortgewesen war, keinerlei Reparaturarbeiten durchgeführt worden waren, obwohl er einen ausreichenden Betrag für die Kosten zur Verfügung gestellt hatte.

Als sein Großvater noch über Ravenworth geherrscht hatte, waren Schloß und Ländereien in gutem Zustand gewesen, doch Onkel William hatte sich als schlechter Treuhänder des Familienvermögens erwiesen. Er hatte wenig für das Landleben übrig und zog es vor, die meiste Zeit des Jahres in London zu wohnen. Das mangelnde Interesse zeigte sich deutlich in der Vernachlässigung des Hauses.

Die Kutsche begann nun den steilen Anstieg zur Burg hinauf. Raile blickte zu den Zinnen und stellte enttäuscht und verärgert fest, daß das Banner seines Onkels nicht über dem Bauwerk flatterte. Also war der Duke noch immer in London. Wie konnte William von Familienehre reden und gleichzeitig zulassen, daß der alte Stammsitz verfiel?

Oliver saß Raile gegenüber, blickte ebenfalls aus dem Fenster und nickte nun zufrieden. »Es tut gut, wieder auf dem Land zu sein, Sir. Die Luft hier ist so viel besser. Sie stärkt die Lebensgeister!«

»Ja«, stimmte Raile zu, während die Pferde ihr Tempo mäßigten, um das letzte steile Stück zu bewältigen. Dann hatten sie den Vorhof erreicht, und die Hufe klapperten auf dem Kopfsteinpflaster.

Der Kutscher hielt vor dem Haupteingang. Raile holte tief Atem.

Oliver kletterte als erster aus der Kutsche und klappte das Treppchen aus. Als Raile ausstieg, entdeckte er den Butler, der in der Tür stand und vollkommen verdattert auf die Neuankömmlinge starrte.

»Guten Tag, Ambrose«, rief Raile dem steifen, kleinen Mann zu, der auf Ravenworth arbeitete, so lange Raile denken konnte. »Sie sehen aus, als hätten Sie ein Gespenst gesehen. Wahrscheinlich ist Ihnen zu Ohren gekommen, daß ich schwer verwundet war.«

Ambrose, dessen Ruhe sonst unerschütterlich war, konnte es immer noch nicht fassen. »Wir alle dachten …, das heißt …, man informierte uns, daß Sie … tot sind. Aber das sind sie natürlich nicht!«

Raile lächelte. »Nein. Wie Sie sehen, bin ich höchst lebendig.« Er zog seinen Mantel zurecht und ging die Treppe hinauf, bis er vor Ambrose stand. »Wie es scheint, ist mein Onkel nicht anwesend.«

Ambrose packte plötzlich den Türknauf fester und schien seltsam angespannt. »Nein, Sir. Aber Sie werden Ihre Stiefmutter und Ihren Halbbruder im Salon vorfinden.«

Die Verachtung machte Railes Tonfall beißend. »Das nenne ich ein angemessenes Begrüßungskomitee«, murmelte er, während er auch schon in die kühle Halle des Schlosses trat. Mit resoluten Schritten durchquerte er das Foyer und ging auf den Salon zu.

Er öffnete die Tür und ließ seinen Blick ruhig durch das große Zimmer gleiten. Seine Stiefmutter saß neben dem Fenster und wandte ihren Kopf nun erwartungsvoll zur Tür. Als sie Raile erblickte, wich alle Farbe aus ihrem Gesicht, und ihre Hand fuhr unwillkürlich zur Kehle, als hätte sie plötzlich Mühe, zu atmen.

»Mein Gott, Raile! Was tust du denn hier?« Langsam kam sie auf die Füße. Ihr Gesicht war inzwischen leichenblaß. »Man hat uns gesagt, du wärest tot!«

Raile blickte an seiner Stiefmutter vorbei zu Hugh, der ihn ruhig anlächelte. »Weißt du noch, Mutter? Als ich klein war, hat mir meine Amme immer erzählt, daß die Geister der verstorbenen DeWinters in den Korridoren von Ravenworth umgehen«, sagte er respektlos. »Vielleicht hat sich Raile ja zu ihnen gesellt.«

Raile konnte sich im Augenblick etwas Interessanteres vorstellen, als eine belanglose und unsinnige Unterhaltung mit Lavinia und Hugh zu führen. Seine Stimme war emotionslos, als er nun sprach: »Was denn – kein ›Willkommen daheim, Bruder‹? Oder vielleicht ›Ich freue mich, dich zu sehen‹?«

Hugh zuckte die Schultern. »Wenn ich letzteres sagen würde, dann wüßten wir beide, daß es Heuchelei wäre. Du und ich haben es doch niemals für nötig befunden, gegenseitige Zuneigung zu mimen, nicht wahr, Bruderherz?«

Raile sparte sich einen Kommentar und sah von Hugh zu Lavinia. »Wo ist mein Onkel?«

Lavinia warf ihrem Sohn einen betroffenen Blick zu. »Aber du wirst doch sicher erfahren haben, daß dein Onkel vor sechs Monaten gestorben ist.«

Raile fühlte sich, als hätte man ihm einen heftigen Schlag versetzt. Es war ihm niemals in den Sinn gekommen, daß sein Onkel sterben könnte, während er, Raile, fort war – er hatte einfach angenommen, daß der Duke ewig leben würde.

Und er hatte gedacht, daß er für seinen Onkel nichts mehr empfunden hätte, seit dieser ihn vor fünf Jahren ungerechterweise vor die Tür gesetzt hatte. Doch wenn es so war …, woher kam dann jetzt seine tiefe Traurigkeit? So vieles zwischen ihm und dem Duke war unausgesprochen geblieben, und nun war es zu spät, es nachzuholen.

»Du weißt ja, daß es mit Onkel Williams Gesundheit nicht allzu gut bestellt war«, erklärte Hugh, wobei er hinter vorgehaltener Hand gähnte. »Dennoch gab es Zeiten, als ich schon glaubte, der alte Mann würde uns alle überleben.«

Raile hatte noch immer Mühe, die Nachricht vom Tod seines Onkels zu verdauen. »Das heißt, John ist der neue Duke of Ravenworth«, sagte er schließlich nachdenklich. »Wo ist er denn?«

Hughs Augen blickte ihn seltsam an. »Armer Raile. Ich fürchte, wir müssen dir noch einen weiteren Schlag versetzen. Als dein Vetter erfuhr, daß sein Vater im Sterben lag, machte er sich unverzüglich auf den Weg zu ihm. Doch leider wurde er auf dem Weg von Straßenräubern überfallen, die ihm sein Geld und sein Leben nahmen.«

Der Freund seiner Kindheit tot ... Wie konnte das nur möglich sein? »Mein Gott, nein! Nicht John!«

»Ja, es ist eine Schande, so jung sterben zu müssen«, bemerkte Lavinia. »Doch da John und ich uns niemals besonders mochten, werde ich keine tiefe Trauer heucheln.«

So hatte Raile sich seine Heimkehr gewiß nicht vorgestellt. Sein bester Freund und der Mann, der ihm wie ein Vater gewesen war, lebten beide nicht mehr. Doch er wollte Hugh und Lavinia nicht die Freude gönnen, ihnen zu zeigen, wie tief ihn das traf.

»Nun«, sagte er schließlich grimmig, »jetzt verstehe ich, warum ihr beide im Schloß seid, anstatt euch um diese Zeit in den Londoner Trubel zu stürzen. Du, Hugh, hast dich bereits als neuer Duke von Ravenworth gesehen, und du Lavinia«, er drehte sich zu seiner Stiefmutter um, »gefällst dir sicher in der Rolle der Hausherrin. Es wundert mich nicht, daß mein plötzliches Auftauchen nicht euren Beifall findet.«

Plötzlich warf er den Kopf zurück und lachte laut. Wahrhaftig! Es gab doch einen Hauch Komik in dieser Tragödie! »Ja, jetzt verstehe ich, warum du, lieber Bruder, mich nicht mit offenem Armen empfangen hast. Du dachtest, ich wäre tot – aber da ich noch immer am Leben bin, gehört der Titel des Duke of Ravenworth mir!«

Lavinia starrte Raile voller Haß an. »Nun, *Euer Gnaden*«, sagte sie mit beißendem Spott. »Ich nehme an, Sie wünschen, daß mein Sohn und ich unsere Sachen packen.«

Raile knöpfte seine Jacke auf. Er fühlte sich plötzlich so müde. »Es kümmert mich nicht, was ihr tut, Lavinia. Aber hinauswerfen werde ich euch sicher nicht. Von unserer Familie sind nur wir drei übriggeblieben, und ich werde für euch sorgen, wie ich es immer schon getan habe.«

Ob ich will oder nicht, dachte Raile. Er war nun Duke of Ravenworth. Er hatte Verantwortung zu tragen.

Kapitel 6

Raile war vom Prince of Wales, der die Nation regierte, seit sein Vater dem Wahnsinn verfallen war, ins Carlton House bestellt worden. Der Brief des Regenten war voller Lob für Railes Tapferkeit gewesen, und er pries die ›Heldentat des Colonels, der schier übermenschlichen Mut beweisen hat‹, in höchsten Tönen.

Raile kannte ›Prinny‹ gut genug, um zu wissen, daß dieser aus dem Nachmittag ein öffentliches Spektakel machen würde, und Raile freute sich überhaupt nicht darauf. Am liebsten hätte er im Augenblick Ravenworth Castle nicht verlassen, aber man konnte eine Aufforderung des Regenten natürlich nicht einfach ignorieren.

Ein livrierter Diener stand vor dem fackelbeleuchteten Portikus, um Raile zu empfangen. Er führte ihn an reich ausgestatteten Zimmerfluchten vorbei, von denen jede prächtiger als die vorherige schien. Schließlich erreichten sie das Blaue Samtzimmer, das als Audienzsaal des Prinzen diente.

Raile mußte unwillkürlich an die vielen Abende denken, die er hier mit oberflächlichem Geplänkel und in unbekümmerter, guter Laune verbracht hatte. Seltsam, aber er fühlte sich plötzlich viel älter als der Prinz, der um die Fünfzig sein mußte.

Der Saal war erfüllt von lautem Geplauder und noch lauterem Gelächter. *Prinnys vergnügungssüchtige Günstlinge,* dachte Raile verächtlich. Einst hatte er zu den wenigen Privilegierten gehört, die sich um den Prinzen scharten, doch nun konnte er keine Freude mehr in diesem oberflächlichen Zeitvertreib finden.

Railes Füße sanken in dem dicken, blaugrauen Teppich ein, als ihn der Diener, der ihn hereingeführt hatte, laut ankündigte.

Als der Prinz seinen Namen hörte, steuerte er sofort auf Raile zu. Er trug eine Feldmarschallsuniform mit einem juwelenbesetzten Säbel, der an einem Gurt um seinen ausladenden Bauch befestigt war, und die vielen Orden an seiner Brust, die ihm alliierte Fürsten und Regenten verliehen hatten, zeugten von seinem Bedürfnis, sich mit militärischen Ehrenzeichen zu schmücken.

Mit echter Freude begrüßte der Prinz den Neuankömmling, der im Gegensatz zu ihm bis auf die weiße Spitze am Hals ganz in Schwarz gekleidet war.

»Endlich haben wir mal einen wirklichen Helden unter uns«, ließ der Prinz verlauten, als Raile sich verbeugte. »England ist stolz auf seine Helden, Raile – wir sind sehr stolz auf *Sie!*«

»Ich danke Ihnen, Euer Hoheit«, erwiderte Raile, während sich seine alten Freunde um ihn scharten, um ihn ebenfalls willkommen zu heißen.

Ein Bote kam und verlangte einen Augenblick die Aufmerksamkeit des Prinzen, und so wandte sich Raile Lord Justin Callaret zu, der mit ihm in Portugal gedient hatte und seit vielen Jahren sein Freund war.

»Raile. Wir haben hier in London noch nicht viel von dir gesehen, seit du zurückgekehrt bist!«

»Mir gefällt mein früheres Leben nicht mehr besonders«, antwortete Raile mit leiser Stimme, so daß nur Lord Justin ihn verstehen konnte. »Du bist eher dafür gemacht als ich.«

Lord Justin blickte sich um, um sich zu vergewissern, daß niemand zuhörte. »Nicht so sehr, wie du denken magst. Nach zahlreichen Schlachten, in denen mir klar war, daß ich jeden Moment sterben könnte, hat sich meine Meinung über das, was im Leben wichtig ist, ziemlich verändert.«

Der Prinz war nun mit dem Boten fertig und wandte sich wieder Raile zu. Als er sprach, war seine Stimme ohne Begeisterung, als hätte er diese Worte schon viele Male zuvor gesprochen. »Raile, wir haben Wellington für seine Dienste zum Duke gemacht, aber da Sie den Titel ja bereits besitzen, hat das Parlament verfügt, Ihnen unseren Dank in Form von hunderttausend Pfund auszudrücken. Auch Preußen möchte seine Anerkennung für Ihren Mut aussprechen und gewährt Ihnen zusätzlich einen Betrag von umgerechnet hunderttausend Pfund.«

Eine Frau, die in der Nähe stand, schnappte überrascht nach Luft, und die Männer, die um Raile herumstanden, klatschten Beifall.

Der Prinz – ganz Schauspieler – erwärmte sich für die Rolle des Wohltäters. »Morgen wird eine Zeremonie stattfinden«, tönte er laut, so daß alle ihn hören konnten, »in der Ihnen der Hosenbandorden verliehen wird. Zudem wünscht der preußische Botschafter, Ihnen die höchste Auszeichnung seines Landes zu verleihen.«

Raile verbeugte sich erneut. »Sie sind zu gütig, Euer Hoheit!«

Der Prinz winkte einen Diener heran. »Bring uns Wein! Dies ist wirklich eine trockene Angelegenheit.« Dann lächelte er Raile an. »Ich wußte schon immer, daß Sie ein Mann sind, der sich eines Tages auszeichnen würde. Und Sie haben mich nicht enttäuscht.«

»Ich bin selbst vollkommen überrascht, Euer Hoheit«, erwiderte Raile trocken.

Der Prinz lachte laut. »Kommen Sie mit mir in die Galerie, Raile. Ich würde gerne mehr über Ihren berühmten Vorstoß an jenem Tag in Waterloo hören.«

Sie setzten sich in Bewegung. »Eigentlich versuche ich, diesen Tag zu verdrängen«, begann Raile, während sie nebeneinander hergingen. »Zudem muß ich zugeben, daß das meiste von dem, was geschehen ist, in meiner Erinnerung verschwommen ist.«

»Ich habe immer gedacht, daß ich eine brillante militärische

Karriere gemacht hätte, wenn ich als gewöhnlicher Soldat geboren worden wäre. Statt dessen wurde mir diese lästige Verantwortung, ein Land zu regieren, auf die Schultern geladen, die mir das unmöglich machte«, sagte der Prinz voller Bedauern. »Was meinen Sie?«

Es war erstaunlich; obwohl der Prinz intelligent war und drei Sprachen beherrschte, obwohl er Dichter und Künstler am Hof förderte, war er manchmal wie ein Kind, das dringend Lob und Bestätigung brauchte.

Raile gab ihm die erwartete Antwort. »Bestimmt, Euer Hoheit. Aber ich glaube, die Rolle des Strategen hätte besser zu Ihnen gepaßt als die des gewöhnlichen Soldaten.«

Die Augen des Prinzen leuchteten auf. »Ja, ich glaube auch. Wellington hat viele Fehler gemacht, die ich niemals begangen hätte. Er hatte mehrere Gelegenheiten, seinen Vorteil auszubauen und Bonaparte mit einem Schlag zu vernichten.«

Einst hatte Raile den Prinzen für einen humorvollen, nicht ganz ernst zu nehmenden Gefährten gehalten; nun erkannte er überdeutlich, daß es ihm traurigerweise an all jenen Fähigkeiten mangelte, die einen guten König ausmachten. Er würde immer seine Bestätigung und Schmeicheleien brauchen, und Raile würde ihm weiterhin den Respekt erweisen, der ihm seinem Rang entsprechend gebührte; er würde jedoch von nun an keiner seiner Gefolgsleute mehr sein.

»Euer Hoheit, es war ein weiser Schachzug, Wellington das Kommando zu übergeben«, erwiderte er daher nun. »Ein großer Mann weiß, daß er sich mit fähigen, weitsichtigen Kämpfern umgeben muß.«

Der Prinz schwieg eine Weile nachdenklich. »Ihr kluger Rat hat mir gefehlt, Raile. Sie waren immer einer der wenigen, die ehrlich zu mir waren. Ich habe daran gedacht, Sie in mein Kabinett zu holen.«

»Bitte nicht, Euer Hoheit. Ich bin nicht für das Leben am Hof geschaffen. Auf dem Land fühle ich mich wohler.«

»So haben Sie nicht immer gedacht.«

»Ich habe mich verändert, Euer Hoheit. Für die Politik bin ich nicht der rechte Mann.«

Der Prinz nickte. »Vielleicht haben Sie recht. Aber Sie fehlen mir hier, Raile. Sie verbringen zu wenig Zeit in London.«

»Ich habe leider feststellen müssen, daß der Familiensitz der DeWinters, Ravenworth Castle, für die nächste Zeit meine volle Aufmerksamkeit benötigt.«

Der Prinz verzog schmollend die Lippen. »Aber Sie werden uns doch mit einem gelegentlichen Besuch beehren.«

»Wann immer es mir möglich ist, Euer Hoheit.«

Dann funkelten die Augen des Prinzen plötzlich schelmisch. »Ich frage mich übrigens schon längere Zeit, wann Sie sich wohl endlich eine Frau nehmen, Raile. Wir möchten natürlich nicht, daß ein alter und ehrenvoller Titel in, sagen wir, ungeeignete Hände fällt. Es wäre nicht gut, wenn Ihr Halbbruder an Ihre Stelle tritt.« Plötzlich war seine Miene ausdruckslos und kalt. »Habe ich mich klar ausgedrückt, Raile?«

Raile wußte, daß er gerade einen Befehl erhalten hatte. Mußte dieser Mann sich auch überall einmischen? Raile hatte im Augenblick überhaupt keine Lust, sein Leben mit einer Ehefrau zu belasten. »Selbstverständlich, Euer Hoheit.«

»Das nächste Mal, wenn Sie uns beehren, erwarte ich, eine Duchesse an Ihrer Seite zu sehen!«

Raile verbeugte sich. »Ganz wie Sie wünschen, Euer Hoheit«, erwiderte er und dachte dabei, daß er unter diesen Umständen eine ganze Weile nicht mehr am Hof erscheinen würde.

Der Prinz sah ihn nun hochmütig an. »Sorgen Sie dafür.«

Er machte kehrt und ging davon, um sich von der Menge bewundern zu lassen, während Raile ihm zornig hinterherblickte. In diesem Augenblick kam Justin zu ihm herüber.

»Gott möge England helfen«, flüsterte er Raile zu.

»England hat schon Schlimmeres überstanden«, erwiderte Raile. »Ihn werden wir auch schon schaffen.«

Justin mußte grinsen. »Hat der Prinz dir den Befehl erteilt, zu heiraten?«

»Woher weißt du das?«

»Er hat so etwas angedeutet, bevor du eingetroffen bist.«

Raile sah seinen Freund voller Bitterkeit an. »Und wie kommt es, daß er dich noch nicht zum Ehesegen verdonnert hat?«

»Ich bin nie einer seiner Favoriten gewesen. Und ich bleibe ihm, soweit es geht, fern.« Dann setzte er mit gutmütigem Spott hinzu: »Außerdem bin ich kein Held, Raile.«

Raile funkelte ihn wütend an, und Justin lachte auf. »Ich würde mich aber auch darüber freuen, wenn wir dich verheiratet hätten.«

»Das wird noch dauern«, antwortete Raile und schnitt eine Grimasse. »Außerdem habe ich bisher keine guten Aussichten. Wie findet man denn eine Frau?«

»Warum fragst du nicht deine Geliebte?« erwiderte Justin schlagfertig. »Obwohl ich bezweifle, daß sie irgendwelche ehrbaren Jungfrauen kennt. Wenn du dann verheiratet bist und ein volles Kinderzimmer hast, werde ich schon dafür sorgen, daß Gabrielle Candeur sich niemals einsam fühlen muß.«

»Wenn du meinst, du könntest sie mir ausspannen, dann hast du meine Genehmigung, es zu versuchen. Allerdings müßtest du dann deinen Lebenswandel ein wenig mäßigen.«

»Mein Ruf und mein Wesen lassen sich nicht mehr ändern, Raile. Im übrigen ist Gabrielle nicht mein Kaliber – ich habe nicht das nötige Kleingeld, um die Edelsteine zu kaufen, um die kleine Schauspielerin bei Laune zu halten.«

Raile schob seinen Freund beiseite. »Mach du nur weiter deine Witze, Justin. Ich suche mir eine freundlichere Gesellschaft.«

Justins Gelächter folgte Raile durch den ganzen Saal.

Verärgert machte sich Raile auf die Suche nach dem Prinzen, um sich zu verabschieden.

Kassidy tupfte sich mit ihrem Ärmel den Schweiß von der Stirn. Die Hitze in der kleinen Küche war schier unerträglich, und als sie sich über den Topf beugte, um in der brodelnden Flüssigkeit zu rühren, wurde es noch schlimmer.

Ihre Schwägerin war mit dem dritten Kind schwanger, und sie behauptete, nur Kassidy würde das spezielle Rosenöl zubereiten können, das sie brauchte, um ihren inzwischen gewaltigen Bauch einreiben zu können.

Kassidy fügte etwas Bienenwachs in die blubbernde, wasserfreie Lotion. Dann maß sie jeweils ein paar Tropfen Rosenwasser, Lavendel-, Eukalyptus- und Pfefferminz-Essenz ab und fügte es zusammen mit ein wenig Basisöl der Flüssigkeit hinzu. Abschließend nahm sie den Topf vom Feuer, damit er abkühlen konnte, während sie begann, Leinentücher zu falten.

Ihre Gedanken wanderten zu Abigail – wie immer, wenn sie einen Moment allein war. Henry hatte vergeblich versucht, sie zu finden, und sein Zorn war so groß gewesen, daß er allen Familienmitgliedern untersagt hatte, Abigails Namen in seinem Haus auch nur zu erwähnen.

Kassidy hatte bisher nur einen Brief von ihrer Schwester erhalten, und er war ihr durch Tante Mary überbracht worden. Darin hatte Abigail geschrieben, wie glücklich sie mit ihrem Ehemann war. Sie lebten gemeinsam in einem kleinen Haus am Ufer der Themse, und sobald sie dazu in der Lage wäre, würde sie Kassidy nachkommen lassen.

In diesem Moment hörte Kassidy das laute Lachen ihrer Nichten. Rasch öffnete sie die Tür zum Nebenzimmer, und sofort blickten beide Mädchen auf. Kassidy tat es leid, daß sie das Spiel der beiden unterbrechen mußte, aber es ging nicht anders. »Geht hinaus in den Garten, Kinder«, sagte sie freundlich. »Ihr wißt, daß eure Mutter keinen Lärm vertragen kann, wenn sie sich ausruhen möchte.«

»Spielst du mit uns, Tante Kassidy?« fragte die ältere der beiden Schwestern.

»Oh, ja, bitte!« bat die andere.

»Ich kann jetzt nicht. Aber wenn ihr zwei lieb seid und schön leise spielt, dann trinke ich heute nachmittag mit euch Tee.«

Die Mädchen waren einverstanden und trollten sich um das Haus herum zum Garten, der nach hinten hinausging, und Kassidy kehrte zu ihrer Arbeit zurück.

Sie wollte gerade mit dem Arm voller Leinentücher die Treppe hinaufgehen, als die Stimme ihrer Schwägerin aus dem Wohnzimmer zu ihr herüberklang. Kassidy legte die Wäsche auf den Tisch der Eingangshalle und ging zu Patricia, die auf dem Sofa lag. Sie preßte sich einen feuchten Lappen auf die Stirn und sah leidend aus.

»Geht es dir nicht gut?« fragte Kassidy.

»Natürlich geht es mir nicht gut, Kassidy. Wie würdest du dich fühlen, wenn du in anderen Umständen wärst und dich mit dieser drückenden Hitze abplagen müßtest? Du könntest wenigstens die Kinder ruhighalten.« Mißbilligend zog sie die Nase kraus. »Ich werde wohl Henry sagen müssen, wie unmöglich sie sich benehmen.«

»Nein, tu das nicht, Patricia. Ich habe sie in den Garten geschickt. Du wirst jetzt nichts mehr von ihnen hören.«

Ihre Schwägerin sah sie pikiert an. »Glaub nicht, ich hätte nicht bemerkt, daß meine Töchter lieber mit dir zusammen sind als mit mir«, sagte sie verdrießlich.

»Das ist nicht wahr, Patricia. Ich nehme dir nur etwas mehr von der Arbeit ab, bis dein Baby geboren ist.«

Patricia seufzte. »Es ist wohl das Los einer Frau, einem undankbaren Ehemann Kinder zu gebären«, sagte sie salbungsvoll.

Kassidy hatte keine große Lust, sich Patricias Klagen anzuhören. Sie nahm ihr den Lappen von der Stirn, befeuchtete ihn neu und legte ihn ihrer Schwägerin wieder auf. »Du mußt dich jetzt etwas ausruhen. Ich werde dafür sorgen, daß die Kinder dich nicht mehr stören.«

»Bring mir ein Glas Limonade, aber achte darauf, daß sie nicht zu süß ist. Ach, und einen Vanillekuchen, aber mach den Zuckerguß ab. Dabei habe ich der Köchin schon mehrmals gesagt, daß ich Zucker nicht ertragen kann, wenn ich in anderen Umständen bin. Mir wird schlecht davon!«

Kassidy verließ das Zimmer und schloß die Tür. Manchmal fiel es ihr doch sehr schwer, mit ihrer Schwägerin Mitgefühl zu haben, wenn diese bloß leidend herumlag, während Kassidy sich allein um den Haushalt und ihre Töchter kümmerte.

In diesem Augenblick wurde sie gewahr, daß es schon eine Weile an der Tür eindringlich klopfte. Verärgert fragte sie sich, warum noch keiner der Dienstboten darauf reagiert hatte, und ging schließlich zur Tür, um sie zu öffnen. Ungeduldig blickte sie den Mann an, der auf der Schwelle stand. Sie hatte ihn noch nie gesehen.

»Sind Sie Kassidy Maragon?« fragte er und musterte sie nachdenklich.

»Ja, die bin ich.«

»Man hat mir gesagt, ich sollte Ihnen das hier persönlich geben, Miss.« Er reichte ihr einen Brief. »Ich werde an der Kreuzung bis eine Stunde nach Sonnenuntergang auf Sie warten.« Er tippte sich kurz an den Hut, machte dann auf dem Absatz kehrt, stieg in einen offenen Einspänner und fuhr davon.

Kassidy sah dem Fremden verwirrt hinterher. Was für eine seltsame Angelegenheit! Dann blickte sie auf den Brief herab und erkannte Abigails Handschrift. Rasch stopfte sie den Brief in ihre Schürzentasche und beeilte sich, in die Abgeschiedenheit ihres eigenen Zimmers zu kommen.

Dort riß sie den Brief hastig auf und las.

Meine liebste Kassidy,

Der Mann, der Dir den Brief gebracht hat, heißt Tetch. Er und seine Frau arbeiten für uns, und Du kannst ihm absolut vertrauen. Ich hoffe nur, daß dieser Brief Dich noch rechtzeitig erreicht. Mein Baby kann nun jeden Tag zur Welt kommen, und ich brauche Dich dringend! Bitte komm sofort, denn ich bin verzweifelt. Beeil Dich, Schwester!

Kassidy stürzte ans Fenster, von dem aus sie die Kreuzung gerade noch sehen konnte. Ja, dort wartete dieser Mann, ganz wie er es ihr eben gesagt hatte.

Ohne über die Folgen nachzudenken, öffnete sie den Deckel des geschnitzten Kästchens, das ihr Vater ihr zu ihrem zwölften Geburtstag geschenkt hatte. Darin verbarg sie zwischen anderen kleinen Schätzen das Geld, das sie in den vergangenen Jahren zusammengespart hatte. Es war nicht viel, aber Kassidy hatte die dumpfe Ahnung, daß sie es brauchen würde.

Wenn sie Henry fragte, ob sie zu Abigail reisen dürfte, dann würde er es ihr, ohne mit der Wimper zu zucken, verweigern. Zudem würde er ohnehin erst sehr spät am Abend nach Hause zurückkehren, und Abigail hatte geschrieben, daß sie sich beeilen sollte. Sie mußte also verschwinden, bevor er heimkehrte, denn niemand – wirklich niemand! – würde sie davon abhalten, zu ihrer Schwester zu fahren, wenn diese sie brauchte!

Rasch schrieb sie ein paar Zeilen an ihren Bruder und legte den Zettel auf ihr Kopfkissen. Dann zog sie ihr Sonntagskleid und ihre besten Schuhe an. Ihr anderes gutes Kleid, das Geld und ein paar weitere Dinge, die sie möglicherweise auf der Reise brauchen würde, packte sie in einen Strohkorb. Wenn irgend jemand sah, wie sie das Haus verließ, dann mußte er glauben, sie wollte nur eben schnell auf den Markt gehen, um etwas zu besorgen.

Kassidy setzte ihre Haube auf und ging hinunter. Als sie Patricia nach ihr rufen hörte, fiel ihr ein, daß sie vergessen hatte, ihrer Schwägerin die Limonade und den Kuchen zu bringen.

Rasch hastete sie also in die Küche und gab Patricias Anweisungen an die Köchin weiter. Anschließend betrat sie den Garten, suchte ihre Nichten und nahm beide nacheinander in die Arme.

»Denkt immer daran, daß ich euch liebe«, sagte sie, als sie die zehnjährige Trudy fest an sich drückte. »Paß auf deine kleine Schwester auf.«

»Mach' ich ja, Tante Kassidy. Aber wieso denn?«

Kassidy verfluchte sich innerlich. Sie durfte die Kinder nicht mißtrauisch machen. In ihrer Unschuld würden sie hinterher noch ihre Mutter alarmieren, und sie mußte doch schon weit weg sein, bevor Henry nach Hause zurückkam.

»Weil sie nicht so groß und kräftig ist wie du«, antwortete Kassidy also so unbekümmert wie möglich, stand auf und ging mit schnellen Schritten durch den Garten. Ihr Blick war auf die Straße gerichtet. O Gott – was, wenn Henry früher als erwartet heimkehrte?

Dann hatte sie die Straße erreicht und bewegte sich auf die Kreuzung zu. Als sie sich dem Einspänner näherte, sprang der Mann heraus und half ihr ohne Umstände in den Wagen hinein. »Miss Maragon, ich bin sehr froh, daß Sie kommen konnten. Ihre Schwester braucht Sie wirklich dringend.«

Kassidy spürte, wie sich ihre Eingeweide zusammenzogen. »Ist sie krank?«

»Ich weiß nicht viel über Frauenleiden, Miss, aber es geht ihr auf jeden Fall ausgesprochen schlecht. Meine Frau und ich sind angestellt worden, um uns um sie zu kümmern, bis ihr Gatte zurückkehrt, aber nun ist er schon sechs Monate fort.«

Er ließ die Peitsche knallen, und die Pferde zogen an. »Sie wird sich besser fühlen, wenn sie Familie um sich hat, Miss.«

Kassidy konnte sich kaum auf seine Worte konzentrieren – immer wieder blickte sie angstvoll über ihre Schulter, doch kein einziges Mal sah sie Henry, und als sie endlich das Dorf hinter sich gelassen hatten, legte sich ihre Furcht allmählich.

Die Reise verlief ereignislos und recht schweigsam, denn Tetch machte nicht viele Worte. Zweimal übernachteten sie in Gasthäusern, wo Kassidy sich unter falschen Namen eintrug, denn sie war sicher, daß Henry bereits nach ihr suchte. Mit Unbehagen sah sie ihre Ersparnisse schwinden – niemals hätte sie gedacht, daß Reisen soviel kosten konnte. Aber es ließ sich nicht ändern.

Es war fast Mitternacht des dritten Tages, als Tetch die Pferde auf einen kleinen Stall zulenkte und Kassidy zunickte.

»Ihre Schwester ist im Haus, Miss.« Er stieg aus und hob sie aus dem Wagen. »Laufen Sie schon hinein.«

Kassidy hastete auf das Haus zu, auf dessen Treppe eine Frau stand, die wohl Mrs. Tetch sein mußte. Die Frau hob die Laterne an. »Ich bin ja so froh, daß Sie hier sind. Ich fürchte, die Wehen haben bereits eingesetzt.«

»Dann bringen Sie mich sofort zu ihr«, erwiderte Kassidy atemlos.

Die Frau nickte und führte sie ohne ein weiteres Wort hinein und eine schmale Stiege hinauf.

Durch Kassidys Kopf schwirrten unzählige Fragen, doch sie wollte sie weder Tetch noch seiner Frau stellen. Obwohl das Haus hübsch, sauber und ordentlich war, so war es doch gewiß nicht das Heim ›eines Mannes von großer Wichtigkeit‹, als den Abigail ihren Geliebten beschrieben hatte. Doch all diese Fragen mußten warten. Sie wollte erst ihre Schwester in die Arme schließen.

Mrs.Tetch führte sie nun in ein Schlafzimmer und deutete einen Knicks an. »Wenn Sie irgend etwas benötigen, Miss – ich bin unten.« Mit diesen Worten ging sie fort.

Nur eine einzige Kerze brannte in dem Zimmer. Kassidy ging langsam auf das Bett zu. Sie wagte kaum zu atmen.

»Abigail?« flüsterte sie. »Bist du wach?«

»Kassidy!« schrie Abigail auf und riß die Arme hoch. »Ich wußte, daß du kommen würdest!«

Kassidy ließ sich neben dem Bett auf die Knie fallen und nahm ihre Schwester in die Arme. Eine Weile ließen die beiden ihren Tränen freien Lauf. Dann stieß Kassidy hervor: »Jetzt bin ich ja da, Liebes. Nun wird alles gut!«

»Oh, Kassidy, mein Baby kommt, und ich wollte doch nicht allein sein«, schluchzte Abigail.

Kassidy blickte sich in dem sparsam möblierten Zimmer um. »Wo ist dein Mann?«

Abigail schob ihre Finger in die Kassidys. »Er mußte für eine Weile fort, aber er wird sehr bald zurückkehren.«

»Laß mich nach ihm schicken!«

»Ich weiß nicht, wo er ist«, gab Abigail mit trauriger Stimme zu. »Aber ich weiß, daß er längst hier wäre, wenn er wüßte, daß ich sein Kind bekomme.«

Abigail sah den Zorn in den Augen ihrer Schwester aufblitzen. Beruhigend legte sie ihre andere Hand über die Kassidys. »Du darfst nicht hart über ihn urteilen, Kassidy. Er wußte nicht, daß ich in anderen Umständen war.«

Kassidy schloß ihre Augen, als sie Abigail erneut in ihre Arme zog. Ihrer Schwester zuliebe würde sie nicht sagen, was ihr im Kopf umherging. Doch sie würde sich auch nicht von ihrer Meinung abbringen lassen: Was taugte ein Mann, der nicht da war, wenn seine Frau ihn am meisten brauchte?

Kapitel 7

Das hübsche Dorf mit den strohgedeckten Dächern und den mit Wein bewachsenen Fassaden schmiegte sich in ein kleines Tal, das von der nahen Themse nicht einzusehen war. Die mittägliche Sonne hatte den Zenit erreicht, und es war drückend heiß in dem steinernen Häuschen, das Abigail bewohnte.

Nur die Schritte von Mrs. Tetch, die zum Brunnen hastete, um frisches Wasser zu holen, durchbrachen die Stille, die über dem Cottage lastete.

Im oberen Schlafzimmer wand sich Abigail vor Schmerzen. Ihr goldenes Haar klebte feucht an ihrer Stirn, und sie war schweißgebadet, während die Wehen in immer kürzeren Abständen ihren zarten Körper malträtierten.

Kassidy tauchte einen Lappen in eine Wasserschüssel, wrang ihn aus und legte ihn auf Abigails Stirn. »Mach dir keine Sorgen, Liebes. Ich bin bei dir.«

Abigail fuhr sich mit der Zunge über die trockenen Lippen und blickte Kassidy mit furchtsamen Augen an. »O Gott, Kassidy, wenn du mir doch helfen könntest. Aber … aber es ist tröstlich, daß du da bist! Ich brauche deine Kraft, Kassidy – wie ich sie immer gebraucht habe.«

»Du mußt tapfer sein, Abigail«, sagte Kassidy eindringlich. Sie wünschte sich, sie hätte zuversichtlicher klingen können, doch sie selbst war von einer schrecklichen Angst erfüllt. Wenn sie nur gewußt hätte, was sie tun sollte, um die Pein ihrer Schwester zu lindern!

»Die Hebamme wird bald hier sein. Sie weiß, was zu tun ist!«

»Oh, Kassidy, es tut so schrecklich weh.« Abigails Stimme bebte vor Furcht. Erneut wand sie sich vor Schmerz und rollte sich auf dem Bett hin und her, um die Schmerzen erträglicher zu machen. »Hilf mir, Kassidy«, schrie sie plötzlich. »Ich ertrage es nicht mehr.«

Verzweifelt schob Kassidy ihrer Schwester eine feuchte Locke aus der Stirn. »Wenn ich dir nur die Schmerzen abnehmen könnte, Abigail! Ich würde es tun, glaub mir.«

»Das Baby kommt bald«, keuchte sie. »Oh, Kassidy …, man hat mir gesagt, daß all die Schmerzen vergessen sind, wenn man sein Kind erst einmal in den Armen hält.«

Abigails Griff um ihre Hand verstärkte sich, bis Kassidy befürchtete, ihre Schwester würde ihr die Knochen brechen.

»Wer immer dir das erzählt hat – er muß ein Idiot gewesen sein«, murmelte sie. Die Wehe ließ nach, der Schmerz ebbte ab, und Abigail schloß erschöpft die Augen.

»Es ist so gut, daß du da bist«, flüsterte sie. »Was sollte ich nur ohne dich tun? Du hast mir so schrecklich gefehlt!«

»Und niemand wird uns mehr trennen«, erwiderte Kassidy voller Inbrunst. »Jetzt versuch zu schlafen, Liebes. Du wirst all deine Kräfte brauchen.«

Tatsächlich wurde Abigails Atmung gleichmäßiger, und sie sank in einen erschöpften Schlaf, während Kassidy sie mit Tränen in den Augen musterte.

Kurz vor Mitternacht hatten die Wehen eingesetzt, und nun brach schon fast wieder der Abend herein. Kassidy machte sich langsam schreckliche Sorgen um ihre Schwester. Zwar hatte sie wenig Ahnung von Schwangerschaften, aber es war doch nicht normal, daß es derart lange dauerte ... Wenn nur endlich die Hebamme eintreffen würde! Kassidy hatte schon vor Stunden nach ihr geschickt. Wo blieb sie nur?

Kassidy richtete sich auf, ohne die Hand ihrer Schwester loszulassen, und ließ sich in einen Stuhl fallen. Immerhin gab es einen Lichtblick – sie hatte Tetch wieder nach London geschickt, um Tante Mary zu holen. Sicher wußte wenigstens sie, was sie tun konnten, um Abigail zu helfen.

Vielleicht war es ein Glück, daß Abigails Mann nicht anwesend war. Kassidy wußte genau, daß sie ihm deutlich machen würde, was sie von ihm hielt, und das würde Abigail sicher zusätzlich aufregen. Dennoch ..., was für ein Ehemann war er denn? Seiner Frau ein Kind zu machen und sie dann allein zu lassen, wenn sie ihn am meisten brauchte?

An das Ungeborene wollte Kassidy gar nicht erst denken. Sie mußte sich auf Abigail konzentrieren, mußte einen Weg finden, ihr zu helfen.

In diesem Moment stöhnte Abigail im Schlaf, und Kassidy war sofort wieder an ihrer Seite.

Eine leichte Brise bewegte die Spitzenvorhänge, doch es reichte nicht aus, um die drückende Hitze zu vertreiben, und so nahm Kassidy einen Fächer und begann, Abigail Luft zuzufächeln. Das Knarren der sich öffnenden Tür ließ sie zusammenzucken. Sie blickte über die Schulter und sah eine weißhaarige

Frau hereinspähen. Nach einem kurzen Blick schob sie die Tür weit auf und trat ein. Die Frau ging gebückt und wirkte sehr alt und zerbrechlich, aber in ihren blaßblauen Augen lag nichts als Freundlichkeit.

»Ich bin Maude Perkins, die Hebamme. Ich konnte nicht eher kommen, denn ich mußte noch zwei andere Kinder auf die Welt bringen. Aber jetzt bin ich ja da.« Nachdem sie Abigail eine Weile gemustert hatte, nickte sie. »Die Wehen sind sehr stark. Seit wann ist sie in diesem Zustand?«

Kassidy sah die Frau flehend an. »Seit siebzehn Stunden. Im Moment schläft sie wenigstens.« Ihre Stimme brach, und sie hielt inne, um sich wieder zu fangen. »Bitte helfen Sie ihr!«

Die weisen alten Augen blinzelten. »Ich weiß, wie es um sie steht. Wollen Sie, daß ich der Natur Ihren Lauf lasse, oder soll ich etwas nachhelfen?«

Kassidy schluckte den schmerzenden Kloß in ihrer Kehle hinunter. »Ich habe überhaupt keine Ahnung. Bitte tun Sie, was Sie für richtig halten.«

Maude nickte. »Unten wartet eine Lady Mary. Sie hat gesagt, ich solle Sie sofort hinunterschicken. Also gehen Sie ruhig. Ich werde mich um Ihre Schwester kümmern.«

Tante Mary war endlich da! Kassidys Erleichterung war gewaltig, aber sie wollte Abigail keinen Moment allein lassen. »Ich habe versprochen, daß ich bei ihr bleibe«, sagte sie fast trotzig.

Maude stellte ihr Bündel auf dem Boden ab und wies mit dem Kopf zur Tür. »Sie helfen ihr kaum damit, wenn Sie mir hier zusammenbrechen. Gehen Sie hinunter, und stärken Sie sich. Wenn Ihre Schwester Sie braucht, sage ich Ihnen sofort Bescheid.«

Kassidy gab auf. Sie strich sacht über Abigails Wange und wandte sich dann zur Tür. »Sie ist nicht sehr widerstandsfähig. Wird sie … glauben Sie, daß …«

»Ich habe solche Situationen schon oft erlebt«, sagte die Frau zuversichtlich. »Ich habe bisher noch kaum eine Mutter verloren.«

Maude Perkins strahlte etwas aus, das Kassidy tatsächlich neuen Mut einflößte. »Bitte rufen Sie nach mir, wenn sie mich braucht.«

»Habe ich das nicht schon eben versprochen?«

Auf Zehenspitzen verließ Kassidy das Zimmer und ging die Treppe hinunter. Als sie das Wohnzimmer betrat, sprang Tante Mary auf, und Kassidy stürzte ohne Umschweife in ihre tröstenden Arme.

»Ich bin so schnell gekommen, wie ich konnte. Wie geht es Abigail, Kind?«

»Ich mache mir solche Sorgen um sie, Tante Mary. Ich wußte nicht, daß es so schmerzhaft ist, ein Kind zu bekommen!«

»Du mußt keine Angst haben, Liebes. Jeden Tag kriegen Frauen irgendwo auf der Welt Kinder. Schließlich habe ich selbst eine Tochter.«

»Und Patricia bekommt gerade ihr drittes.«

Tante Mary verzog verächtlich die Lippen. »Dann wundert es mich nicht, daß du so eingeschüchtert bist. Wahrscheinlich beklagt sich Patricia jeden Tag bitterlich über ihren Zustand. Aber sprechen wir nicht von ihr. Laß dich anschauen!« Sie lächelte, während sie in anerkennendem Staunen den Kopf schüttelte. »Du bist zu einer wahren Schönheit herangewachsen. Genau, wie ich es prophezeit habe.«

»Man hat mir gesagt, ich würde ganz nach dir kommen.«

»Und das ist absolut richtig«, sagte Lady Mary mit einem fröhlichen Augenzwinkern.

Dann unterzog sie ihre Lieblingsnichte einer eingehenden Musterung. Kassidy hatte tatsächlich die wilde Schönheit des schottischen MacIvor-Clans geerbt. Sie war so stolz und so temperamentvoll wie ihre Ahnen, die im wilden Schottland Lairds gewesen waren. In Kassidys blitzenden grünen Augen spiegelte sich die Charakterstärke, die die Clansherrn, die Häuptlinge der mächtigen Stämme, ausgezeichnet hatte. Voller Stolz erkannte Tante Mary, daß Kassidy sich niemals dem Willen eines anderen beugen würde.

Kassidys Blick wanderte zur Treppe. »Ich kann die ganze Zeit immer nur an Abigail denken. Ich wünschte, *ich* läge statt ihrer in diesem Bett dort oben.«

Ihre Tante stellte eine Tasse mit dampfend heißem Tee vor sie. »Du wärest niemals in eine solche Situation geraten. Kassidy, ich mache mir auch Sorgen um sie, aber du mußt langsam begreifen, daß du sie nicht ewig beschützen kannst. Wo ist ihr Ehemann?«

»Ich weiß es nicht. Ich weiß nicht einmal, wer er ist, sonst hätte ich schon längst nach ihm geschickt.«

»Niemand weiß, wer er ist. Ich war schon ein paarmal hier, aber er war niemals da. Immer, wenn ich Abigail gedrängt habe, sie solle mir seinen Namen verraten, hat sie sich schlichtweg geweigert.«

»Ich finde das alles höchst merkwürdig«, bemerkte Kassidy.

In diesem Moment war von oben ein erstickter Schrei zu hören. Kassidy sprang augenblicklich auf, doch ihre Tante hielt sie zurück.

»Mrs.Tetch hat mir gesagt, daß du den ganzen Tag noch nichts gegessen hast. Ich bestehe darauf, daß du es jetzt tust.« Mit diesen Worten reichte Mary ihr einen gefüllten Teller. »Wenn Abigail uns braucht, wird die Hebamme uns schon rufen.«

»Abigail ist nicht sehr stark, Tante Mary.«

»Und das deswegen, weil du ihr immer erlaubst, sich auf dich zu stützen und deine Kraft zu nutzen. Manchmal hatte ich schon Angst, sie würde dich ganz aufzehren, Kassidy!«

»Aber nachdem Mutter und Vater gestorben sind, hatte sie doch niemanden mehr außer mir. Sie braucht einfach jemanden, an den sie sich anlehnen kann, und ich hatte gehofft, sie würde in ihrem Ehemann eine solche Person finden – offensichtlich war das nicht der Fall!«

»Ihr beide habt eure Eltern verloren, doch während du aus deinem Kummer nur Kraft gezogen hast, hat Abigail sich immer öfter auf dich verlassen. Ich liebe sie genausosehr wie du, Kassidy, aber ich mache mir auch Sorgen um *dich*. Und eines ist leider sonnenklar: Dadurch, daß du hergekommen bist, hast du Henrys Zorn herausgefordert, und dafür wirst du leiden müssen.«

»Das macht nichts. Henry hätte mich nicht davon abhalten können, zu Abigail zu reisen. Aber es ist doch vor allem ihr Ehemann, den sie wirklich braucht! Wenn der sich endlich blicken läßt, dann werde ich ihm schon die Meinung sagen!«

Tante Mary mußte bei Kassidys Anblick unwillkürlich an einen Racheengel denken. Doch sie wirkte auch ausgesprochen müde und ausgelaugt, als hätte sie bereits zuviel kämpfen müssen.

Kassidy schob ihren Teller von sich, stand auf, rieb sich den Rücken und streckte ihre müden Muskeln. »Ich gehe jetzt wieder zu Abigail hinauf.«

Lady Mary blickte auf die Uhr. »Ich muß leider gleich wieder nach London zurück. Ich habe heute abend für Georges Geburtstag eine Gala veranstaltet, und ich muß anwesend sein, falls der Prinz kommt. Ich bin morgen nachmittag wieder hier. Es sei denn, du meinst, Abigail braucht mich eher wieder.«

Kassidy hätte ihre Tante am liebsten nicht wieder gehenlassen, aber die Hebamme hatte sich schließlich zuversichtlich gezeigt. »Ich schicke dir eine Nachricht, sobald das Baby geboren ist. Bitte, richte Onkel George liebe Grüße aus.«

Lady Mary stand auf und korrigierte den Sitz ihrer Seidenhaube. »Versuch bitte, dir nicht allzu viele Sorgen zu machen, Liebes.«

Kassidy brachte ihre Tante zur Kutsche hinaus und sah ihr nach, bis sie außer Sicht war. Dann machte sie kehrt und ging langsam zurück ins Haus. Eine dumpfe Vorahnung erfüllte ihr Herz, und sie fühlte sich seltsam allein gelassen.

Kassidys Blick wanderte von Abigails gewaltigem Bauch zu ihrem schönen Gesicht, das vor Pein verzerrt war. Sie fühlte jeden Schmerz, der den zarten Körper ihrer Schwester schüttelte, tief in ihrer Seele. Tränen brannten in ihren Augen, doch sie wich Maude nicht von der Seite.

»Die Wehen sind jetzt nicht mehr normal«, sagte Maude grimmig. »Das Baby hat sich zur Seite gedreht, und ich muß versuchen, ob ich es wieder in die richtige Lage bringen kann. Ich weiß nicht, ob ich sie beide retten kann.«

»Helfen Sie ihr«, flehte Kassidy. »Bitte, tun Sie Ihr Bestes!«

Maude sah sie finster an. »Halten Sie bloß durch, Mädchen, ich werde Sie nämlich gleich brauchen.«

Kassidy versuchte, ihre Angst im Zaum zu halten. Wenn Abigail sie sah, mußte sie unerschrocken wirken, damit ihre Schwester sich nicht auch noch darüber Sorgen machte. »Sagen Sie mir, was ich tun soll.«

Drei Stunden verstrichen, während Maude sich mit dem Baby in Abigails Bauch abmühte. Kassidys Schwester war inzwischen zu schwach, um noch zu schreien.

Kassidy warf einen Blick auf Maudes blutige Hände und schauderte. Die weißen Bettlaken waren blutdurchtränkt, während aus Abigails Gesicht alle Farbe gewichen war.

»Das Kind bringt sie um!« schrie Kassidy verzweifelt. »Ich weiß es genau!«

Maude zuckte nicht einmal mit der Wimper, und einen Augenblick später durchdrang ein zarter, spitzer Schrei das Zimmer. Abigails Baby atmete zum ersten Mal Luft.

»Sie hat eine Tochter«, stellte Maude sachlich fest. Sie trocknete das Kind ab und wickelte es anschließend in eine weiße Decke.

Während Maude sich weiterhin um das Kind kümmerte, wandte Kassidy ihrer Schwester ihre volle Aufmerksamkeit zu. Sie ließ sich neben dem Bett auf die Knie fallen und packte Abigails kraftlose Hand.

»Die Schmerzen sind jetzt vorbei«, flüsterte sie, obwohl sie wußte, daß Abigail sie nicht hörte.

Dann blickte sie flehend zu Maude auf. »Sie wird doch jetzt wieder gesund, nicht wahr?«

Maude schüttelte traurig den Kopf. »Sie hat viel zuviel Blut verloren. Aber wenigstens das Kind scheint gesund zu sein.«

Kassidy vergrub ihr Gesicht in dem weichen Laken und bewegte den Kopf in stummer Verweigerung hin und her. »Das Kind interessiert mich nicht! Ich will nur, daß meine Schwester durchkommt!«

In diesem Moment spürte sie eine leichte Berührung an ihrem Haar, und sie hob den Kopf. »Arme Kassidy«, flüsterte Abigail mit kaum hörbarer Stimme. »Den Tod kannst du mir nicht vom Leib halten.«

Kassidy leckte sich über die trockenen Lippen. »Sag nicht so etwas. Ich lasse dich nicht sterben!«

Abigail seufzte. »Ja. Wenn es möglich wäre, würdest du für mich sogar mit dem Tod kämpfen. Du bist immer die Quelle meiner Kraft gewesen.«

»Du sollst jetzt nicht sprechen. Ruh dich aus, Liebes.«

»Mein Baby?«

»Ein Mädchen«, sagte Kassidy hölzern.

»Ist sie … wird sie …?«

Maude hielt Abigail das Baby hin, damit sie es sehen konnte. »Sie ist klein, aber gesund.«

Abigail küßte die Kleine traurig auf die winzigen Lippen, und ihre Lider flatterten, als sie die Tränen zurückzudrängen versuchte. Sie wußte, daß sie ihr Baby zum ersten und letzten Mal berühren konnte. »Paß auf sie auf, wie du auf mich aufgepaßt hast, Kassidy. Sie braucht jemanden.«

Kassidy konnte die Pein und die Trauer, die sie empfand, kaum ertragen. Ihre Schwester würde sterben, und sie konnte nichts – gar nichts! – tun. »Red nicht solch einen Unsinn. Du wirst dich selbst um deine Tochter kümmern, sobald du wieder etwas zu Kräften gekommen bist.«

Maude, die das Baby sacht in ihren Armen wiegte, bewegte sich auf die Tür zu. »Ich bin unten, wenn Sie mich brauchen«, sagte sie taktvoll.

Kassidy wußte, wieviel Mühe es Abigail kostete, zu sprechen, und so sagte sie: »Du vergeudest bloß deine Kräfte, und das werde ich nicht zulassen. Du wirst jetzt schlafen, und wir können später über alles reden.«

Abigail versuchte, sich aufzusetzen, fiel aber kraftlos ins Kissen zurück.

»Bitte … du mußt mir zuhören …«

Die Verzweiflung in Abigails Stimme versetzte Kassidy einen heftigen Stich. »Also gut. Wenn ich dir jetzt zuhöre, versprichst du mir dann, dich danach auszuruhen?«

Abigail starrte ihre Schwester an. »Ja. Ich verspreche es.« Sie schloß die Augen für einen Moment, und eine einsame Träne kullerte ihre Wange herab. »Du verstehst nicht. Selbst jetzt, da ich sterbe … liebe ich meinen Mann aus ganzem Herzen.«

Abigail blickte sie so flehend an, daß Kassidy sich Mühe gab, die Verachtung, die sie für diesen Mann empfand, zu verbergen.

»Du darfst ihn nicht hassen, Kassidy. Er wußte nichts von dem Kind. Er mußte fort, um sich um wichtige Familienangelegenheiten zu kümmern, und daher wollte ich ihn nicht noch zusätzlich mit der Sorge um mich belasten.«

»Es interessiert mich nicht, was er für Sorgen oder Familienprobleme hat. Sag mir doch, wer er ist.«

»Ich … ich weiß nicht, ob …«

»Aber wieso, Abigail?«

Abigail blinzelte und versuchte, durch den Tränenschleier hindurchzusehen. »Du hast recht. Ich denke, es ist nun ohnehin egal. Ich werde es dir also sagen. Er ist … er ist der Duke of Ravenworth.« Ihre Augen baten Kassidy stumm um Verständnis. »Er liebt mich, und er wird über das Baby sehr glücklich sein.«

Kassidy hatte von diesem Duke noch niemals gehört, aber sie konnte es kaum fassen, daß ein Mann von solchem Rang seine Frau in derart bescheidenen Verhältnissen wohnen ließ.

Zorn flammte in ihrem Inneren auf. Dieser Mann hatte ihre Schwester versteckt gehalten. Obwohl die Maragon-Familie niemals ein großes Vermögen besessen hatte, so konnte sie doch mit Stolz auf einen langen und ehrbaren Stammbaum blicken. Abigail war die Tochter eines Viscounts und die Enkelin eines schottischen Clansherrn. Ganz sicher war sie gut genug für diesen mächtigen Duke.

Kassidys Blick wanderte unwillkürlich zur Brust ihrer Schwester, und plötzlich bemerkte sie, daß Abigails Atmung nur noch flach ging.

»Bring das Baby nach Ravenworth Castle, Kassidy. Sie soll bei ihrem Vater aufwachsen, aber du mußt sie so oft besuchen, wie du kannst!« Wieder mußte Abigail mit den Tränen kämpfen. »Sie braucht dich – so wie ich dich immer gebraucht habe.«

Kassidy bekam keine Antwort heraus, denn ihre Kehle zog sich schmerzhaft zusammen. Tränen strömten über ihre Wangen und fielen heiß auf ihre verschränkten Hände.

»Versprich es … Kassidy.«

»Ich verspreche es«, preßte Kassidy hervor.

Plötzlich wurden Abigails Gesichtszüge weicher. »Das … ist gut.« Mit einem letzten bebenden Atemzug verstummte sie, und ihre Glieder wurden schlaff.

Ein gequälter Schrei entrang sich Kassidys Kehle.

»Nein! Lieber Gott, nein! Nimm sie mir nicht weg!«

Die ganze Nacht blieb Kassidy am Bett ihrer toten Schwester sitzen und weinte. Als die Sonne aufging, schickte sie Tetch nach London, um Tante Mary die traurige Nachricht zu überbringen.

Sie lehnte Maudes Angebot ab, ihre Schwester für das Begräbnis vorzubereiten. Statt dessen kleidete sie Abigail selbst in ihr bestes Kleid. Dann bürstete sie das goldene Haar, bis es glänzte. Sie kreuzte Abigails Hände über der Brust und küßte ihre kalten Lippen. Im Tod war sie genauso schön wie zu Lebzeiten, und Kassidy betete darum, daß ihre liebreizende Schwester nun endlich Frieden gefunden hatte.

Nach einem langen letzten Blick auf Abigail stieg sie die Treppe hinab, um das Baby zu holen. Ohne in das Gesicht der Kleinen zu sehen, nahm sie sie auf den Arm und wandte sich an Maude.

»Sagen Sie meiner Tante, wenn Sie eintrifft, daß ich das Kind zu seinem Vater bringe. Lady Mary wird alle nötigen Schritte für das …«, sie brach ab, um die Tränen niederzukämpfen, die sie zu ersticken drohten., »… für das Begräbnis einleiten.«

Maude nickte, und ihre weisen Augen schienen direkt in die Seele des jungen Mädchens zu blicken. »Ich habe mitgehört, als Sie und Ihre Schwester miteinander gesprochen haben. Wenn Sie das Kind auf eine längere Reise nehmen wollen, werden Sie Hilfe benötigen.«

»Wenn Sie gehört haben, was Abigail mir erzählt hat, dann können Sie mir vielleicht etwas über den Duke of Ravenworth sagen.«

»Ich kann wiederholen, was ich gehört habe, und das ist nicht viel. Er ist wohl das Oberhaupt der mächtigen DeWinter-Familie, und ich dachte eigentlich, daß es sich um einen alten Mann handelt, aber offenbar habe ich mich geirrt, wenn er das Kind Ihrer Schwester gezeugt hat.«

Zum ersten Mal sah Kassidy sich das Baby genauer an. Goldene Löckchen, die Abigails so ähnlich waren, bedeckten das zarte Köpfchen, und die Ähnlichkeit war jetzt so frappierend, daß Kassidy erneut einen furchtbaren Schmerz in ihrem Herzen spürte. Obwohl sie sich Mühe gab, konnte Kassidy dem unschuldigen Würmchen nicht die Schuld für den Tod ihrer Schwester geben. Dennoch weigerte sie sich, für das Baby Liebe zu empfinden, denn sie wußte ja, daß sie es wieder hergeben mußte.

Fest schloß sie das Kleine in die Arme. Nicht einmal das würde ihr bleiben …

»Sie werden eine Amme benötigen«, sagte Maude und riß Kassidy aus ihren Gedanken heraus. »Ich kenne eine vertrauenswürdige Frau, die vielleicht einwilligt, mit Ihnen zu reisen.«

»Würden Sie sie für mich fragen?«

Die alte Frau nickte. »Ich nehme an, Sie nehmen eine öffentliche Kutsche?«

»Ich habe keine andere Wahl. Tetch hat den Einspänner genommen, und ich weiß nicht genau, wann er zurückkommt. Ich kann aber nicht warten!«

»Sie bleiben nicht, um dem Begräbnis Ihrer Schwester beizuwohnen?«

Kassidy senkte ihren Blick, denn sie konnte der Hebamme nicht in die Augen sehen. »Ich habe Abigail bereits Lebwohl gesagt.«

Maude nickte. »Ich kümmere mich darum, daß Héloise Gibbins Sie innerhalb einer Stunde in der Kutschstation trifft.«

Die Hebamme nahm ihren Beutel und hängte ihn sich über die Schulter, während sie zur Tür ging.

Kassidy hielt sie noch einmal auf. »Ist es weit bis Ravenworth Castle?« fragte sie.

Die alte Frau schürzte die Lippen. »Für Sie könnte es zu einer Reise ohne Wiederkehr werden«, war ihre rätselhafte Antwort.

»Was meinen Sie damit?«

Die alte Frau zuckte die Schultern. »Nichts weiter. Aber geben Sie auf sich acht. Man kann nicht einfach in eine Burg marschieren und dem Duke ein Baby vor die Nase halten.«

Kassidys Augen blitzten entschlossen auf. »Oh, kann ich das nicht? Nun, wir werden ja sehen. Dieser Mann mag Macht und Reichtum besitzen, aber er wird sich seiner Verantwortung nicht entziehen können. Ich werde schon dafür sorgen, daß dieses Kind zu seinem Recht kommt.«

Kapitel 8

Kassidy hatte vier Tage in einer unbequemen, überfüllten öffentlichen Kutsche verbracht. Dies steigerte ihren Zorn nur noch, und als sie in Ravenworth ausstieg, war sie bereit, es mit jedem aufzunehmen. Sie besaß nur noch wenig Geld, und sie würde es für Unterkunft und Verpflegung brauchen, außerdem mußte die Amme bezahlt werden. Kassidy konnte nur hoffen, daß es reichen würde, die Kutsche nach Hause zurück zu bezahlen.

Mit Mrs. Gibbins an ihrer Seite überquerte Kassidy die Straße und ging auf das Blue Feather Posting Inn zu. Sie wollte ein Zimmer nehmen, in dem sie sich waschen und umziehen konnte, bevor sie sich auf den Weg zur Burg machte.

Als sie zu dem gewaltigen Bauwerk, das über dem kleinen Tal emporragte, hinaufschaute, verspürte sie zum ersten Mal so etwas wie Furcht. Doch sofort nahm sie sich zusammen. Sie durfte ihrer Angst nicht nachgeben, denn sonst konnte sie Abigails letzten Wunsch nicht erfüllen. Die Trauer über den Tod ihrer Schwester hatte sie so weit wie möglich zurückgedrängt – sie würde sie später zulassen, wenn sie ihre Aufgabe erfüllt hatte. Nun mußte sie all ihre Kräfte sammeln, um die nächsten Stunden zu überstehen, ohne um Abigail zu weinen.

Sie blickte zu dem steilen Pfad, der zur Burg hinaufführte. Plötzlich kam ihr in den Sinn, daß der Duke nicht zwingend dort sein mußte – und dann wäre ihre lange Reise umsonst gewesen! Doch als sie ihren Blick auf die Zinnen richtete, sah sie dort das Banner wehen. Kassidy seufzte erleichtert! Die Familie residierte also im Augenblick tatsächlich in Ravenworth.

Dann durchfuhr sie ein furchtbarer Gedanke. Was, wenn der Duke seine Identität deswegen zu einem Geheimnis gemacht hatte, weil er bereits eine Frau besaß? Was, wenn er Abigail getäuscht hatte und die Eheschließung in Wirklichkeit unwirksam war? Würde er das Baby dann überhaupt anerkennen?

Und wie sollte sie Abigails Tochter einem solchen Ungeheuer überlassen?

In Gedanken versunken, wanderte Raile durch sein Arbeitszimmer. Er versuchte abzuschätzen, was getan werden mußte, um die Burg wieder zu einem Ort zu machen, an dem man gerne lebte. Es gab soviel zu tun! Dazu kamen die vielen anderen Pflichten, die ein Herzogtum mit sich brachte, und die schon seit Jahren vernachlässigt worden waren. Nicht zum ersten Mal wünschte Raile sich, daß der Titel und das Land an Hugh gefallen wären, so daß er selbst die Last nicht hätte tragen müssen.

Er setzte sich an den massiven Eichentisch und ließ seinen Blick über die staubigen Bücherregale wandern. Dem Verfall war nicht einmal hier Einhalt geboten worden. Viele der wertvollen alten Bücher mußten neu gebunden werden, sonst würden sie bald zu Staub zerfallen. Für einige war es wahrscheinlich schon zu spät.

Als es an der Tür klopfte, schaute er verärgert auf. Er hatte Ambrose Anweisungen gegeben, daß er nicht gestört werden wollte.

»Ich bitte um Verzeihung, Euer Gnaden«, sagte Ambrose, »aber am Haupteingang steht eine junge Frau, die Sie unbedingt sprechen will. Ich sagte ihr, daß Sie heute keine Besuche empfangen, aber sie meinte, sie würde nicht eher gehen, bis man sie vorläßt!«

»Hat sie ihren Namen genannt?«

»Nein, Euer Gnaden, sie hat sich geweigert.«

»Hat sie wenigstens angedeutet, was sie will?« fragte er leicht gereizt.

»Das auch nicht, Euer Gnaden. Sie hat allerdings gefragt, ob Sie verheiratet sind oder Kinder haben.«

»Ich nehme an, es handelt sich um eine Dorfbewohnerin, die

eine Anstellung haben möchte.« Raile seufzte verärgert. »Sagen Sie Mrs. Fitzwilliams, sie solle sich um die Frau kümmern.«

»Verzeihen Sie, Euer Gnaden, aber ich denke, es handelt sich um eine Lady. Sie ist in Begleitung einer Dienerin und eines Säuglings.«

Raile dachte an die Stapel von Papieren und Unterlagen, mit denen er sich beschäftigen mußte. Seit er versuchte, die Burg zur alten Pracht zurückzuführen, waren die Tage eine Aneinanderreihung von Ärgernissen gewesen. Wenn es nicht der Gärtner war, der sich über den Schädlingsbefall der Grünanlagen beschwerte, oder die Haushälterin, die sich über zuviel Arbeit und zuwenig Hilfe beklagte, dann jammerten Hugh und seine Mutter über irgendwelche Lappalien. Und als wäre das noch nicht genug, mußten die Arbeiter jeden Tag aufs neue ihre Anweisungen bekommen, damit sie ihr Tagewerk beginnen konnten.

Resigniert nickte er Ambrose zu. »Also gut, ich empfange sie. Aber machen Sie ihr vorher klar, daß ich nur sehr wenig Zeit für sie habe.«

Beklommen blickte sich Kassidy in der eindrucksvollen Eingangshalle um. Die hohen Decken waren stuckverziert, an den Wänden, die mit Eichenholz getäfelt waren, hingen goldgewirkte Seidenbehänge, und die großen Doppelfenster besaßen bunte Glasscheiben.

Die Burg mußte einmal prachtvoll gewesen sein, doch nun sah man überall Anzeichen von Vernachlässigung. Ein dumpfer, modriger Geruch lag in der Luft. Die Holzschnitzereien waren zum Teil abgesprungen, und die einst so wertvollen seidenen Wandteppiche sahen zerlumpt und abgewetzt aus. Es war wirklich eine Schande, daß man ein so herrliches, altes Gemäuer einfach so verfallen lassen konnte.

Unwillkürlich verband sie den Zustand dieser Eingangshalle mit dem Charakter des Mannes, den sie inzwischen haßte, obwohl sie ihn nicht einmal kannte. Er schien sich weder um andere Menschen noch um seine eigenen Besitztümer zu kümmern.

In diesem Augenblick kam der Butler zurück und bedeutete Kassidy, ihm zu folgen. »Seine Gnaden ist so freundlich, Sie zu empfangen. Aber bitte nehmen Sie zur Kenntnis, daß er ein vielbeschäftigter Mann ist.«

Kassidy nahm der Amme das Baby ab und wies die Frau an, in der Halle auf sie zu warten. Dann ging sie steif dem Butler hinterher, der sie über einen abgenutzten türkischen Teppich aus der Halle hinaus in einen Bogengang führte.

Was sollte sie dem Duke sagen, wenn sie ihm gegenüberstand?

Ihre Schritte verklangen zögernd, als der Butler vor einer dicken Eichentür anhielt.

»Treten Sie nur ein. Der Duke erwartet Sie!«

Sie tat, wie ihr geheißen, und blieb geblendet stehen, als sie in einen sonnendurchfluteten Raum trat, dessen deckenhohes Fenster sich ihr direkt gegenüber befand. Als ihre Augen sich an das grelle Licht gewöhnt hatten, sah sie ihren Feind an einem Schreibtisch sitzen und sie mit gelangweilter Gleichmut betrachten.

Kassidys Zorn wuchs mit jedem Schritt, der sie näher zu diesem Mann brachte. Da das Baby so hellhaarig war, hatte sie nicht erwartet, einen so dunklen Typ vorzufinden. Seine fast schwarzen Augen bohrten sich wie Messer in sie, und der zynisch verzogene Mund verriet ihr, daß er auf das Leben keinen Pfifferling mehr gab. Was ihre Wut noch anstachelte, war die Tatsache, daß er ihr nicht einmal die Höflichkeit entgegenbrachte, sich zu erheben, als sie den Raum betrat, sondern nur mit einer Kopfbewegung auf den Stuhl vor seinem Schreibtisch wies.

»Madame, man hat mir gesagt, Sie hätten hartnäckig darauf bestanden, mich sprechen zu dürfen.« Er warf einen Blick zur Kaminuhr hinüber, um ihr seine Ungeduld zu zeigen. »Ich habe wenig Zeit – wenn Sie also endlich zur Sprache brächten, was Ihnen auf dem Herzen liegt, dann würde ich es wirklich zu schätzen wissen.«

»Es muß ›Miss‹ heißen, nicht ›Madame‹.« Ihre Stimme klang tief und bebte vor Emotionen. »Ich bin unverheiratet.«

Er warf einen Blick auf das Baby. »Verzeihung, Miss …?«

»Miss Maragon.«

Er schien einen Moment nachzudenken. Dann sagte er: »Vor ein paar Jahren habe ich einen Lord Henry Maragon kennengelernt. Sind Sie mit ihm verwandt?«

Kassidy funkelte ihn zornig an. Warum erwähnte er nicht, daß er auch Abigail Maragon gekannt hatte? Dieser Schuft war hinterhältiger, als sie erwartet hatte. »Ja«, sagte sie trotzig. »Er ist mein Bruder.«

»Ich verstehe«, antwortete Raile, der immer noch keine Ahnung hatte, was diese Frau von ihm wollte.

»Ach, tatsächlich? Das bezweifle ich!«

Raile runzelte die Stirn bei ihrem beißenden Tonfall. »Dann könnten Sie mich ja vielleicht aufklären.«

Railes Interesse war geweckt, obwohl er nicht wußte, was er von dieser Begegnung halten sollte. Er betrachtete die Frau genauer: Sie war sehr jung, vielleicht siebzehn oder achtzehn, aber es war schwer, mehr über sie zu sagen, da ihr Haar unter einer Basthaube versteckt war, die auch noch das meiste ihrer Stirn verbarg. Sie war dünn, und ihr Kleid war längst aus der Mode. Außerdem war es an den Ärmeln bereits geflickt.

»Erzählen Sie mir nicht, daß Sie nicht wissen, wer ich bin«, sagte Kassidy nun herausfordernd.

Er blickte in ihre herrlichen, grünen Augen, und irgend etwas regte sich in ihm. Doch, er war ihr schon einmal begegnet! Diese Augen …, er hatte sie schon einmal gesehen, aber ihm wollte nicht einfallen, wo oder wann. Ihre Haltung drückte Stolz aus, aber er spürte auch die Wildheit und den Trotz, die in ihrem Charakter fest verwurzelt zu sein schienen. Im Augenblick war sie vor allem zornig, und Raile hatte nicht die geringste Ahnung, warum oder worauf.

»Sie sagen, Sie sind Lord Maragons Schwester. Fein. Wie kann ich Ihnen zu Diensten sein, Miss Maragon?«

Seine braunen Augen hypnotisierten sie. Es war nicht schwer, sich vorzustellen, wie dieser dunkle, gutaussehende Mann Abigail hatte verführen können. Doch Kassidy war entschlossen, sich von ihm nicht täuschen zu lassen – sie kannte seinen wahren Charakter!

Aufgebracht hielt sie ihm das Baby hin. »Hier, Euer Gnaden! Für dieses Kind tragen Sie die Verantwortung!« Seine Augen weiteten sich kurz, doch sonst konnte Kassidy keine Reaktion feststellen, obwohl sie ihn intensiv beobachtete. Das machte sie nur noch wütender. Sie mußte sich mit einem Mann auseinandersetzen, der es gelernt hatte, seine Gefühlsregungen perfekt zu maskieren. Wahrscheinlich war es ganz normal für ihn, unschuldige Mädchen zu schwängern. Wie auch immer – sie würde nicht zulassen, daß er Abigails Tochter im Stich ließ.

Nun erhob er sich, bis er drohend vor ihr aufragte. »Ich weiß nicht, was Sie vorhaben, Miss Maragon – wenn das wirklich Ihr Name ist –, aber ich kann Ihnen versichern, daß Sie nicht einfach Ihre … Fehltritte mir anlasten können. Wir beide wissen ganz genau, daß ich mit Ihnen kein Kind gezeugt habe!«

Sie keuchte entsetzt auf und trat rasch einen Schritt zurück. War er nicht bei Verstand? Oh, er mußte ein Herz aus Stein besitzen!

»Und *ich* kann Ihnen versichern, daß ich mich nicht täuschen lasse, was auch immer Sie vorbringen. Das Kind ist das Ihre, und ich werde sein Schicksal in Ihre Hände legen. Sie haben sich nicht einmal erkundigt, wieviel Leiden es gekostet hat, das Mädchen auf die Welt zu bringen!«

Nun war der Duke wirklich schockiert. »Miss Maragon, wir sollten dieses Thema wirklich nicht weiter besprechen.« Er ging um den Tisch herum und blieb neben ihr stehen. »Es ist wohl das beste, wenn Sie jetzt gehen. Dann wäre ich auch bereit, dieses kleine Intermezzo zu vergessen. Gehen Sie nach Hause zu dem Gentleman, der für dieses Kind verantwortlich ist, und bitten Sie ihn, Sie zu heiraten!«

Seine Stimme hatte sanft geklungen, aber Kassidy ließ sich nicht beirren. »O ja, Sie sind wirklich gerissen, Euer Gnaden. Also bleibt mir nichts anderes übrig, als Sie dazu zu zwingen, zu Ihrer Verantwortung zu stehen.«

Mit einer überraschend flinken Bewegung schob sie ihm das Kind in die Arme, machte auf dem Absatz kehrt und hastete zur Tür. »Ich habe eine Frau bei mir, die bereit ist, als Amme zu fungieren, bis Sie einen Ersatz gefunden haben.«

An der Tür hielt sie noch einmal inne und preßte die Worte unter Tränen hervor. »Sie … sie ist erst fünf Tage alt. Ich habe ihr noch keinen Namen gegeben, weil ich dachte, Sie wollten es sicher selbst tun. Sie ist … ein liebes Mädchen und schreit fast gar nicht. Bitte passen Sie gut auf Sie auf!«

Raile hatte es die Sprache verschlagen.

Er machte einen Schritt vorwärts, um der Frau zu folgen, doch im gleichen Moment stieß das Baby einen lauten Schrei aus, so daß er verdutzt stehenblieb. Er hatte noch niemals ein Kind in den Armen gehalten, und nun fürchtete er, er würde es vielleicht fallen lassen, wenn er nicht aufpaßte. Und so stand er nur da und starrte hilflos auf das kleine Würmchen herab, das sich nun in seinen Armen zu winden begann.

Kassidy rannte inzwischen blind vor Tränen durch den Flur. Es war wie eine Flucht, denn sie mußte fort, bevor sie dem Drang erlag, dem Duke das Kind wieder aus den Armen zu reißen. Erst als sie vor der Amme stand, hielt sie einen Augenblick inne, um ihr ein paar Münzen in die Hand fallen zu lassen. »Bitte sorgen Sie für das Kleine«, sagte sie und war schon an der Tür.

Sie sprang in die Kutsche und zog die Tür fest hinter sich zu. »Fahren Sie los«, fuhr sie den Kutscher an. Ihr Herz hämmerte wild. Was, wenn der Duke sie verfolgen würde?

Schon zog die Kutsche an, und Kassidy warf noch einen Blick zurück zur Burg. Es dauerte eine Weile, bis ihre Furcht sich ein wenig legte. Offenbar beabsichtigte der Duke doch nicht, ihr hinterherzureiten.

Dann war es um ihre Beherrschung geschehen. Mit einem lauten Schluchzer vergrub sie ihr Gesicht in den Händen. Gott, sie hätte nie gedacht, daß es ihr so schwerfallen würde, das Baby abzugeben. Aber sie hatte ein Versprechen gegeben, und sie hatte es eingelöst. Wenigstens das war ihr gelungen.

Doch der Schmerz drohte ihr das Herz zu zerreißen. Indem sie das Baby dem Duke überantwortet hatte, war ihre letzte Verbindung mit ihrer geliebten Schwester gelöst worden.

Erschöpft legte Kassidy den Kopf an das Polster und ließ ihren Tränen freien Lauf. Sie weinte um Abigail, sie weinte um das Baby, und sie weinte um sich selbst.

Kapitel 9

Als Ambrose in die Bibliothek gestürzt kam, blieb er beim Anblick des schreienden Babys in den Armen des Dukes wie angenagelt stehen. »Euer Gnaden, ich habe die junge Frau hinausrennen sehen … Hat Sie das Baby hiergelassen?«

»Sieht ganz so aus«, erwiderte der Duke trocken. »Meines Erachtens war sie nicht ganz richtig im Kopf.«

»Die Kutsche ist bereits fort! Soll ich Atkins sagen, er soll sie zurückholen, Euer Gnaden?«

»Bis er ein Pferd gesattelt hat, ist sie schon verschwunden.« Das Baby schrie nun noch lauter, und Raile starrte mit wachsender Verzweiflung auf das verzerrte kleine Gesicht. »Sie hat gesagt, sie hätte eine Amme mitgebracht!«

»Nun …, in der Halle wartet eine andere Frau, Euer Gnaden.«

Raile schob dem verdatterten Butler das brüllende Baby in die

Arme. »Dann geben Sie es ihr und bringen mir diese Frau her. Sofort!«

Während Raile auf die Hebamme wartete, trat er ans Fenster und blickte hinaus. Was hatte diese Miss Maragon nur von ihm gewollt? Warum hatte sie ihn beschuldigt, der Vater ihres Kindes zu sein, wenn sie beide wußten, daß es nicht so war? Es ergab überhaupt keinen Sinn. Schließlich konnte er mit Leichtigkeit beweisen, daß er sich außer Landes befunden hatte, als das Baby gezeugt worden war. Seine Augen verfinsterten sich. Das Mädchen spielte ein gefährliches Spiel, wenn sie glaubte, sie könnte ihm einfach ihren Bastard unterschieben.

Die Tür öffnete sich, und eine schmächtige, sehr zerbrechlich wirkende Frau trat zögernd ein. Sie wiegte das Baby sanft, und Raile stellte mit Erleichterung fest, daß das Kleine sich wieder beruhigt hatte.

Er blickte die Frau fragend an und bedeutete ihr, sich zu setzen. »Dürfte ich Ihren Namen wissen?« fragte er. Er setzte sich auf die Kante seines Schreibtisches, weil er wußte, daß diese Position einschüchternd wirkte. Diese Frau war die einzige, die ihm Antworten auf seine Fragen geben konnte, und bei Gott, er würde sie bekommen!

Die Amme schaute sich nervös in der Bibliothek um, und es war nicht zu übersehen, daß sie versuchte, Railes Blick zu entgehen. »Ich heiße Heloise Gibbins, Euer Gnaden.«

»Und was wissen Sie über Miss Maragon?«

Nun wagte Heloise es endlich, dem Mann in die Augen zu schauen. Himmel, der Duke war attraktiv! Heloise war durchaus empfänglich für den Charme gutaussehender Männer, und seine intensive Musterung verursachte ihr plötzlich ein Kribbeln im Bauch.

»Ich kenne Miss Maragon erst seit kurzem, Euer Gnaden. Ich bin angestellt worden, damit ich mich um das Baby kümmere, bis Sie jemand anderen gefunden haben.«

»Ich möchte hören, was Sie über Miss Maragon wissen«, wiederholte er beharrlich. »Im übrigen werde ich es merken, wenn Sie nicht die Wahrheit sagen.«

»Ich weiß aber doch wirklich sehr wenig, Euer Gnaden. Die Hebamme aus unserem Dorf hat mich gefragt, ob ich bereit wäre, eine längere Reise mit einer Frau und einem Säugling zu machen. Und da meine Schwester eingewilligt hat, sich um meine drei Kinder zu kümmern, solange ich fort bin, und weil ich das Geld gebrauchen konnte, habe ich zugesagt. Auf der Fahrt hat Miss Maragon fast nichts gesagt, aber ich habe oft Tränen in ihren Augen gesehen. Ich wußte selbst nicht, was ich davon halten sollte.«

»Wo haben Sie sie denn kennengelernt. Auf dem Landsitz der Maragons?«

»Nein, Euer Gnaden. Es war in Tibury, unserem kleinen Dorf. Dort sind wir in die Kutsche eingestiegen, die uns nach Ravenworth gebracht hat. Wirklich, ich kann Ihnen nicht viel mehr dazu sagen.«

Raile seufzte ungeduldig. »Drücken Sie sich absichtlich so vage aus?«

Sie schüttelte energisch den Kopf. »Nein, nein, bestimmt nicht. Ich weiß doch nur, was auch die anderen Leute im Dorf wissen. Die Frau ist sehr zurückhaltend gewesen und immer für sich geblieben. Jedenfalls nachdem ihr Mann sie verlassen hat – oder besser, wir dachten alle, es wäre ihr Ehemann gewesen, aber vielleicht stimmte das ja nicht.«

»Wissen Sie, wer der Mann war?«

»Nein, Euer Gnaden. Und was die Frau angeht ..., ich habe sie nur einmal aus der Entfernung gesehen, als sie in anderen Umständen war. Dann nie wieder, bis man mich vor vier Tagen fragte, ob ich die Reise machen wollte.«

»Sind Sie sicher, daß das alles ist, was Sie wissen, Mrs. Gibbins?«

»Ich schwör's Ihnen, Euer Gnaden. Nur eins vielleicht noch ... Auf der Fahrt hierher hat sie das Baby immer nur gehalten, wenn ich müde war. Mir kam es vor, als wollte sie dem Würmchen nicht nahe sein. Finden Sie das nicht merkwürdig?«

Raile stand auf. »Ich erlaube Ihnen und dem Baby, hierzubleiben, bis ich herausgefunden habe, was es mit der Sache auf sich hat.« Er ging zum Klingelzug und betätigte ihn. Als Ambrose erschien, wies Raile ihn an, die Amme und das Kind in Mrs. Fitzwilliams Obhut zu übergeben.

Nachdem Raile wieder allein in seinem Arbeitszimmer war, ließ er sich mit einem Seufzer auf seinen Stuhl fallen. Nun hatte er ein Baby im Haus ... Auch das noch! Doch das Rätsel um Miss Maragon und ihr Kind war eine interessante Abwechslung, eine echte Herausforderung! Und er war entschlossen, dieses Rätsel zu lösen.

Als Raile am gleichen Abend durch den Flur zum Wohnzimmer ging, huschte ihm plötzlich Lavinias Zofe, Meg Dower, über den Weg, so daß er stehenbleiben mußte. Die Zofe hatte einen Klumpfuß und war dementsprechend gehbehindert. Sie knickste ungeschickt, als sie Raile erkannte, und verschwand dann augenblicklich in den Schatten zwischen den Fenstern.

Raile hatte stets eine gewisse Abneigung für Meg Dower empfunden. Die alte Frau war Lavinia treu ergeben und war schon in ihren Diensten gewesen, bevor diese Railes Vater geheiratet hatte. Raile traute ihr nicht über den Weg. Meg konnte niemandem direkt in die Augen sehen, und Raile meinte gelegentlich, ein hinterhältiges Funkeln in ihrem Blick zu entdecken. Es war im ganzen Haushalt bekannt, daß Meg ihre Augen und Ohren überall hatte und für ihre Herrin spionierte.

Raile betrat das Wohnzimmer, wo Hugh und Lavinia bereits auf ihn warteten. Er freute sich wenig darauf, einen weiteren Abend mit seiner Stiefmutter und seinem Halbbruder zu verbringen, aber was sollte er sonst tun? Immerhin waren die beiden die einzigen Mitglieder, die von seiner Familie übriggeblieben waren, und, wie er innerlich zynisch hinzufügte, das Kreuz, das er zu tragen hatte.

»Guten Abend, Bruderherz«, begrüßte Hugh ihn träge. »Ich habe schon fast gedacht, wir müßten heute abend ohne dich essen.«

Als Brüder hätten sie nicht unterschiedlicher sein können. Hughs blondes Haar und seine hellblauen Augen standen im krassen Gegensatz zu Railes dunkler Haar- und Augenfarbe, und während Raile in nüchternes Schwarz gekleidet war, zog Hugh sehr modische, fast geckenhafte Kleider vor. An diesem Abend trug er enge blaue Hosen mit einem passende Rock, der im französischen Stil geschnitten war. Sein Binder war kunstvoll geschlungen und sein Haar auf griechische Art frisiert.

Raile warf seine Rockschöße zurück und setzte sich. »Da wir zusammen leben müssen, können wir ebenso versuchen, freundlich miteinander umzugehen«, sagte er.

Lavinia näherte sich ihrem Stiefsohn mit einem aufreizenden Lächeln auf den Lippen. »Raile«, sagte sie samtig, »wir müssen ja nicht unter einem Dach zusammensein. Es ist Monate her, seit ich in London gewesen bin. Das Haus, das dein Vater mir hinterlassen hat, ist entsetzlich klein, und außerdem befindet es sich in einem unattraktiven Stadtteil. Warum gibst du mir nicht die Erlaubnis, in dein Stadthaus zu ziehen, damit ich etwas von der Saison habe? Du weißt, wie sehr ich es verabscheue, auf dem Land zu leben.«

»Ich habe dir bereits gesagt, daß mein Londoner Haus gerade renoviert wird, Lavinia. Du würdest sicher nicht viel Spaß daran haben, wenn dein Privatleben ständig durch Arbeiter gestört wird.«

»Und was ist mit dem Stadthaus in der Percy Street, das dein Onkel dir vermacht hat?« rief sie ihm in Erinnerung.

»Da ich weiß, daß ich dort niemals wohnen möchte, habe ich meinen Anwalt beauftragt, es zu verkaufen, Lavinia. Ich habe bereits die Dienstboten mit einer Abfindung versehen, und die neuen Besitzer werden nächste Woche dort einziehen.«

Ihre Augen verhärteten sich. »Ich begreife nicht, wie du dein Geld an dieses modrige Schloß verschwenden kannst. Du könntest neue Kutschen und Pferde kaufen. Ich habe es satt, mit dem alten Karren deines Großvaters herumzufahren – das Ding klappert und scheppert unerträglich. Und sieh dir nur mein Kleid an. Es ist praktisch reif für den Lumpensammler.«

Lavinia übertrieb gewaltig – wie gewöhnlich. Raile warf einen Blick auf das rosafarbene Atlaskleid, zu dem sie funkelnde Edelsteine trug. Erst letzte Woche hatte Raile die Rechnungen für mehrere neue Kleider, dieses eingeschlossen, beglichen.

»Du mußt etwas mehr Geduld haben, Lavinia«, sagte er ein wenig spöttisch. »Wenn die Reparaturarbeiten beendet sind, wirst du deine neue Kutsche schon bekommen.«

»Du hast doch das Geld schon jetzt«, erwiderte sie anklagend. »Warum läßt du ausgerechnet mich warten? Ich weiß sehr gut, daß deine Mutter dir ein beträchtliches Vermögen hinterlassen hat. Dein Vater hätte erwartet, daß du für mich und deinen Bruder sorgst.«

Raile schenkte ihr ein ironisches Lächeln. »Glaubst du ernsthaft, mein Vater hätte gewollt, daß ich das Geld meiner Mutter für eine Kutsche und deine neuen Kleidern ausgebe?«

Lavinia wirbelte herum. »Du bist einfach ekelhaft, Raile. Wahrscheinlich tut es dir um jeden Bissen leid, den ich mir zwischen die Zähne schiebe. Du willst mich hier auf dem Land begraben, damit du dich an meinem Unglück weiden kannst.«

Raile seufzte resigniert, gab aber keinen Kommentar.

»Du gehst nach London, wann immer es dir paßt«, fuhr Lavinia fort. »Glaubst du, ich weiß nichts von dem losen Frauenzimmer, dem du ein Haus gekauft hast? Es ist hübscher als das, das dein Vater mir hinterlassen hat. Und außerdem hat man mir gesagt, daß du ihr Kleider kaufst und Schmuck schenkst, neben dem meiner wie billiger Tand wirkt.«

»Lavinia, ich habe keine Lust, mich mit dir über mein Privatleben zu unterhalten. Wenn du dich hier langweilst, dann halte ich dich gewiß nicht. Geh doch, wenn du möchtest!«

»Mutter«, sagte Hugh mit gespielter Nachsicht. »Du weißt doch, daß Railes erstes Anliegen die Renovierung dieses alten Kastens ist. Deine Bedürfnisse müssen warten.« Er legte Lavinia einen Arm um die Schultern und sah Raile spöttisch an. »Raile ist in der Position, den Wohltäter zu spielen, wann es ihm beliebt.«

Raile wünschte sich nichts lieber, als wenigstens einen Abend ohne eine derartige Auseinandersetzung verbringen zu können. Vielleicht war es in der Tat die beste Lösung, Lavinia und Hugh nach London zu schicken, damit er sich ihr Gejammer nicht mehr anhören mußte.

Hugh stachelte weiter. »Selbst wenn wir zahlreiche dringende Wünsche haben, kommen Railes Bedürfnisse selbstverständlich an erster Stelle.« Er zuckte die Schultern. »Wir, Mutter, sind doch jetzt nur noch arme Verwandte, die von Railes Barmherzigkeit leben. Wir sind gezwungen, in Abgeschiedenheit dahinzuvegetieren, bis es ihm gefällt, uns aus diesem Gefängnis zu entlassen.«

Das reichte. Railes Lippen verzogen sich zynisch. »Wie ich bereits sagte, es steht euch beiden frei, zu verschwinden, wenn ihr das Leben hier unerträglich findet. Ich halte euch hier schließlich nicht gegen euren Willen fest. Ich habe euch nicht einmal eingeladen!«

Mutter und Sohn tauschten einen Blick aus. Sie waren übereingekommen, sich nicht offen gegen Raile zu stellen – jedenfalls noch nicht –, denn sie besaßen weder die Mittel, noch waren sie gewillt, auszuziehen und sich selbst ein neues Heim zu suchen. Lavinia hatte feststellen müssen, daß sich Raile nicht so leicht beeinflussen ließ, wie es bei seinem Vater oder seinem Onkel möglich gewesen war. Raile besaß eine innere Stärke, die ihr manchmal förmlich Angst machte. Sie mußte erst seine Schwachstelle finden, dann konnte sie etwas tun. Bis dahin aber mußte sie versuchen, Geduld zu bewahren.

So beschloß sie, ein Thema anzuschneiden, das keine Auseinandersetzung auslösen würde. »Ich war ziemlich überrascht, von Meg zu hören, daß jemand einen Säugling hier abgegeben hat. Du weißt ja, wie verschlossen Mrs. Fitzwilliam sein kann, wenn sie keine Informationen weitergeben will. Ich habe sie gedrängt, mir zu sagen, was es mit dem Kind auf sich hat, aber sie weigerte sich. Ich frage mich wirklich manchmal, warum du diese säuerliche Alte noch bei dir behältst.«

Raile lächelte. »Fritzy gehört so sehr zu diesem Haus wie wir drei auch – vielleicht sogar mehr noch.« Er zog eine dunkle Augenbraue hinauf. »Mir gefällt es, daß sie so loyal ist.«

Hugh ließ sich auf das grüne Sofa fallen und beugte sich vor. Seine Augen funkelten vergnügt. »Ich habe gehört, daß die französischen Frauen wahre Schönheiten sind. Kann es sein, liebster Bruder, daß du auf deinem Weg durch den Kontinent ein paar Mädchenherzen gebrochen hast? Heult im Kinderzimmer vielleicht ein kleiner französischer Bastard?«

»Ich stehe genauso vor einem Rätsel wie du«, sagte Raile trocken. »Aber sagt mir doch, kennt einer von euch eine Miss Maragon?«

Raile beobachtete Hugh, während er die Frage stellte. So entging es ihm nicht, daß sein Halbbruder bleich wurde.

»Kennst du sie, Hugh?« drängte er.

»Kann sein, daß sie mir einmal vorgestellt worden ist. Aber ich kenne ziemlich viele Frauen.« Hugh warf einen furchtsamen Blick zu seiner Mutter hinüber. Wie würde sie wohl reagieren, wenn sie die Wahrheit erführe?

Lavinia musterte mit wachsender Sorge und voller Mißtrauen Railes Miene. »Du willst doch damit nicht andeuten, daß irgendeine kleine Schlampe versucht hat, ihren Bastard als Hughs Kind auszugeben! Das wäre ja wohl der Gipfel der Unverfrorenheit!« Ihre Augen schleuderten zornige Blitze, als sie um Raile herumging, ohne den Blick von ihm zu lassen. »Oder versuchst du etwa, dein Gör auf meinen Sohn abzuschieben? Wag es nicht!«

Raile ignorierte Lavinias zornige Worte und trat auf seinen Bruder zu. »Sie ist keine kleine Schlampe, sondern ein junges Mädchen aus guter Familie. Erzähl deiner Mutter und mir doch von Miss Maragon, Hugh.«

Hugh grinste nervös. »Ich mochte sie ganz gern, wenn ich mich recht erinnere.«

Raile durchbohrte seinen Halbbruder mit einem harten Blick. »Weißt du, Hugh, deine Unverantwortlichkeit, was junge Frauen betrifft, ist mir wohlbekannt. Für wie viele deiner Fehltritte habe ich letztendlich geradestehen müssen? Oder muß ich dich daran erinnern, daß ich wegen deiner despektierlichen Haltung den Frauen gegenüber das Land verlassen habe?«

»Ob du es glaubst oder nicht, Raile – es tut mir sehr leid, daß es damals zu solch einem Mißverständnis mit Onkel William kommen konnte. Aber ganz sicher wirst du mir doch jetzt nicht mehr meine Jugendsünden vorwerfen wollen, nicht wahr?«

Raile warf Lavinia einen Blick zu, die sich vor Unbehagen förmlich wand. Sie hatte inständig gehofft, daß ein solches Gespräch niemals stattfinden würde. Doch sie hätte es besser wissen müssen: Natürlich vergaß Raile nicht einfach, daß sie seinem Onkel eine Lüge über ihn erzählt hatte.

»Das war kein Mißverständnis, Hugh«, sagte Raile nun mit kalter Stimme. »Deine Mutter wird dir das bestätigen können, falls du Zweifel haben solltest.«

»Ich bin nicht für die Taten meiner Mutter verantwortlich. Außerdem ist es nicht mein Fehler, daß die Frauen mich unwiderstehlich finden.« Hugh lachte auf. »Ich finde die meisten ja auch recht unwiderstehlich.«

Lavinia sah, was Hugh offenbar entging – das gefährliche Leuchten in Railes Augen. Sie beschloß, einzugreifen, bevor ihr unsensibler Sohn zu weit ging.

»Raile, ich habe bereits schwer bereut, daß ich es gewesen bin, die die Kluft zwischen dir und deinem Onkel geschaffen hat. Aber du bist stärker als Hugh, und wenn dein Onkel meinen Sohn des Landes verwiesen hätte, wer weiß, wie es ihm ergangen wäre? Sicher nicht so gut wie dir – du bist schließlich als Held heimgekehrt, nicht wahr?«

»Du richtest dir die Tatsachen so, wie es dir paßt, Lavinia«, stellte Raile mit warnendem Unterton fest. »Paß gut auf, daß du meine Geduld nicht über die Gebühr strapazierst.«

Die Drohung hing eine Weile in der Luft, bis Lavinia das Schweigen nicht mehr ertrug. »Dieses Gespräch ist doch lächerlich. Wir sollten uns über andere Dinge unterhalten!«

Raile ignorierte sie und wandte sich wieder an seinen Bruder. »Also, Hugh«, begann er, »kann es sein, daß das Baby in diesem Haus deines ist?«

Lavinia versuchte noch einmal, dazwischenzugehen. »Jetzt hör aber auf, Raile DeWinter ...«

»Ich frage dich noch einmal«, unterbrach Raile sie. »Hast du Miss Maragons Kind gezeugt, Hugh?«

Hugh spielte mit dem goldenen Knopf seines Rockärmels. »Nun, ich weiß, daß ich fruchtbar bin, und daher steht es durchaus im Bereich des Möglichen, daß das Kind von mir ist. Ich kann mich jedenfalls erinnern, daß das Mädchen Jungfrau war, als wir zum ersten Mal ... zusammen waren.«

Raile warf Lavinia einen Blick zu. »Madame, dein Sohn ist ausnahmsweise zu weit gegangen. Er hat eine Frau aus einer angesehenen und alten Familie geschwängert. Diesmal wird er die Konsequenzen tragen müssen.«

Lavinia befiel eine dumpfe Vorahnung. Ihr war natürlich nicht entgangen, was für ein Schürzenjäger ihr Sohn war, hatte jedoch bisher immer ein Auge zugedrückt, da es immer gutgegangen war. Zudem hatte Hugh bislang an keiner Frau ernsthaftes Interesse gezeigt, so daß Lavinia nicht hatte befürchten müssen, daß ein anderes weibliches Wesen ihre Sonderstellung in Hughs Leben einnehmen würde ... Aber diesmal schien der Fall schwerwiegender zu sein.

»Was meinst du damit?« fragte sie vorsichtig.

Raile sah sie mit seinen dunklen, drohenden Augen an. »Ich meine damit, daß dein lieber Sohn Miss Maragon heiraten wird, wenn er ihr ein Kind gezeugt hat.«

Schweigen senkte sich über das Zimmer. Das Ticken der Uhr auf dem Kamin schien plötzlich laut und aufdringlich.

Hughs vergnügtes Grinsen war verschwunden. Statt dessen sah er Raile nun indigniert an. »Ich habe nur gesagt, daß das Kind von mir sein *könnte*.«

Railes Stimme war frei von Gefühlsregungen. »Dann wirst du sie heiraten. Und das Kind als deines anerkennen.«

»Ich denke nicht.«

»Du hast in dieser Sache kein Mitspracherecht, verstehst du? Du wirst das Mädchen heiraten, damit das Kind deinen Namen bekommt.«

Nun erwachte bei Lavinia der Beschützerinstinkt. Sie hastete zwischen Raile und Hugh und baute sich empört vor ihrem Stiefsohn auf. »Das kannst du Hugh nicht antun. Wenn du ihn mit irgendeiner dahergelaufenen Schlampe mit einem brüllenden Bastard verheiratest, dann bringe ich dich um!«

Railes ruhiger Blick wanderte von der Mutter zum Sohn. »Natürlich kann ich dich nicht zwingen, das Mädchen zu heiraten, Hugh. Aber wenn du es nicht tust, dann werden du und deine Mutter Ravenworth Castle auf der Stelle verlassen. Ich werde euch weder zugestehen, in einem meiner Häuser zu wohnen, noch werde ich euch euren Unterhalt bezahlen. Ihr dürft dann beide für euch selbst sorgen.«

Lavinia keuchte entsetzt auf und wich ein paar Schritte zurück. Raile schien seine Macht demonstrieren zu wollen, und sie und ihr Sohn hatten keine andere Wahl, als zu tun, was er sagte. Die Abneigung gegen ihren Stiefsohn verwandelte sich in brennenden Haß. Raile erpreßte sie mit seinem Geld und seinem Titel!

»Wenn du aber Miss Maragon heiratest«, fuhr der Duke nun fort, »könnt ihr meinetwegen nach London gehen, wo ich euch wie bisher unterstützen werde. Also …, was wirst du tun?«

»Habe ich eine Wahl?«

»Ja. Du kannst zwischen den Alternativen wählen, die ich dir genannt habe.«

»Und was ist mit mir?« fragte Lavinia.

»Du, liebste Stiefmutter, wirst eine gewisse Zeit hier auf Ravenworth bleiben. Ich finde, daß Frischverheiratete wenigstens das erste Jahr ihrer Ehe alleine leben sollten.«

Hugh lachte bitter. »Da hast du es, Mutter. Wie es aussieht, werde ich also doch noch in den Stand der Ehe treten. Das Mädel war eine kleine Süße, also sollte es eigentlich nicht besonders unangenehm werden.«

»Nein!« schrie Lavinia und stürzte sich auf Raile. Ihre gekrümmten Finger fuhren in sein Gesicht. »Das wirst du uns nicht antun! Du willst mich von meinem Sohn trennen!«

Raile hielt ihre Hände fest. Mit nur mühsam beherrschtem Zorn sagte er: »Versuch das nie wieder, Lavinia!«

Sie riß sich los und wich einen Schritt zurück, während sie versuchte, ihren Haß und ihre Wut unter Kontrolle zu bringen.

»Hugh hat bis nächsten Montag Zeit, sich zu entscheiden. Wenn du dich bis dahin entschlossen hast, deinen Segen zu diesem Handel zu geben, dann werde ich mich auch dir gegenüber als großzügig erweisen. Wenn du dich aber weigerst, Miss Maragon in dieser Familie willkommen zu heißen, dann werde ich dafür sorgen, daß ihr beide auf euch ganz allein gestellt seid.«

Ohne ein weiteres Wort wandte Raile sich um und verließ das Zimmer. Er durchquerte die Halle und stieg die Treppe hinauf, denn er mußte so schnell wie möglich Abstand zwischen sich und seine einzigen Verwandten bringen.

Seine Gedanken wanderten zurück zu der Begegnung mit Miss Maragon. Er hatte geglaubt, sie wolle ihm ein Kind anhängen, das nicht von ihm war, aber so war es nicht gewesen. Sie hatte ihm nur deutlich machen wollen, daß er mit seinem Rang die Schandtaten seines Bruders zu verantworten hatte. Und mit dieser Meinung war sie im Recht, denn irgend jemand mußte

Hugh beibringen, daß man die Suppe, die man sich eingebrockt hatte, auch selbst wieder auslöffeln mußte – und wer sonst, wenn nicht er, sein Halbbruder und der Duke of Ravenworth? Vielleicht war es sogar möglich, Hugh von dem übermächtigen und zerstörerischen Einfluß seiner Mutter zu befreien.

Dennoch, eines war seltsam. Die junge Frau, die er heute kennengelernt hatte, war ganz und gar nicht die schüchterne Unschuld gewesen, als die Hugh sie beschrieben hatte. Sie war ihm mehr als stark und entschlossen vorgekommen. Sie hatte gewußt, was sie wollte und wie man es bekam.

Raile mußte lächeln, als er an ihre Kühnheit dachte. Es mußte sie enormen Mut gekostet haben, ihm mit solchen Forderungen gegenüberzutreten. Und ihre grünen Augen waren wirklich ausgesprochen faszinierend gewesen. Vielleicht war Miss Maragon ja die Person, die Hugh von seiner Mutter lösen konnte.

Und seltsamerweise beneidete Raile Hugh auf einmal ein wenig darum, die temperamentvolle Dame erobern zu dürfen.

Kapitel 10

Voller Zorn wirbelte Lavinia zu Hugh herum. »Mein Gott! Was hast du getan? Ich habe dich schon mehrmals gewarnt, daß dein sorgloser Umgang mit Frauenzimmern eines Tages deinen Untergang bedeuten würde, aber du wolltest ja nicht hören! Wirst du denn so sehr von diesem Ding zwischen deinen Beinen gelenkt, daß du deine Zukunft – und *meine* ebenfalls – aufs Spiel setzt?«

Hugh zuckte die Achseln – eine ärgerliche Angewohnheit, die seiner Mutter langsam auf die Nerven zu gehen begann.

»Es wird Zeit, daß du deine Augen aufmachst, Hugh. Wie lange willst du denn noch in Railes Schatten leben? Wann wirst du dich endlich wie ein Mann benehmen und etwas gegen unsere mißliche Lage unternehmen? Für ihn sind wir doch nichts als Dreck!«

»Es gibt nicht viel, was ich tun kann, Mutter. Du hast Raile doch gehört – ich werde wohl die Rolle des Ehemanns und Vaters übernehmen müssen! Ich sehe keine Möglichkeit, wie ich dem aus dem Weg gehen sollte.«

»Ich werde niemals zulassen, daß du unter deinem Stand heiratest. Begreifst du es denn nicht? Mit meiner Hilfe wirst du eines Tages der Duke of Ravenworth sein, und dann mußt du die richtige Frau an deiner Seite haben. Wenn die Zeit gekommen ist, dann suche ich dir schon eine aus.«

Hugh sah seine Mutter verwundert an. »Was ist? Hast du vergessen, daß Raile den Titel trägt? Ich habe starke Zweifel, daß er ihn mir überläßt. Im übrigen – auch wenn ich es dir gegenüber höchst ungern zugeben und Raile es ganz sicher nicht erfahren sollte –, ich habe Abigail Maragon bereits geheiratet.«

»Was?« kreischte Lavinia. »Du Idiot! Du wirst uns beide vernichten!«

»Es ist in einem Augenblick der Schwäche geschehen. Ich habe sie geheiratet, weil ich damals dachte, es wäre genau das, was ich wollte. Später habe ich es bereut. Ich fand den Zustand der Ehe unerträglich.« Er schwieg einen Augenblick. »Ich muß allerdings gestehen, daß sie mich fast gezähmt hatte.«

Lavinia starrte Hugh an, als hätte dieser den Verstand verloren. Dann verengten sich ihre Augen nachdenklich. »Wieso hat diese Frau das Raile eigentlich nicht gesagt? Es wäre doch nur zu ihrem Vorteil gewesen, wenn sie die Heirat erwähnt hätte.«

»Ich habe keine Ahnung, Mutter. Vielleicht war sie es einfach leid, auf mich zu warten. Oder vielleicht wollte sie nicht mehr meine Frau sein. Schließlich habe ich sie in ihren Augen sitzenlassen.«

»Du Narr!«

Hugh hörte nicht einmal hin. »Ich wußte ja nicht, daß sie in anderen Umständen war.« Er lächelte. »Ich habe eine Tochter«, sagte er vergnügt, dann funkelten seine Augen schelmisch. »Seltsam, Mutter, ich kann mir dich nicht als Großmutter vorstellen.«

»Halt den Mund, Hugh. Beleidigungen höre ich mir von dir nicht an. Wir haben ein echtes Problem, und du machst noch deine Scherze! Du hattest Railes Titel schon in greifbarer Nähe! Wie hätten wir wissen können, daß er den Krieg überleben und sich zwischen uns und unseren Herzenswunsch stellen würde?«

»Was redest du da, Mutter?«

Sie ging zu ihm, legte ihre Wange an seine und sagte leidenschaftlich: »Ich verkaufe dem Teufel meine Seele, wenn du dadurch das Erbe antreten kannst. Und ich lasse mich nicht aufhalten.«

»Mutter, ich konnte mir nie vorstellen, an Railes Platz zu treten – nicht einmal, als ich noch glaubte, er sei tot. Verstehst du nicht? Ich weiß nicht, ob ich Duke sein will ... oder es sein *kann.*«

Lavinia fluchte innerlich. Wieso mußte ausgerechnet ihr Sohn so wenig Ehrgeiz besitzen? Nun, zuerst mußte sie etwas gegen seine unsinnige Bewunderung für Raile tun. Mit Raile selbst würde sie sich später beschäftigen.

»Als ich deinen Vater heiratete, habe ich nicht einmal daran gedacht, daß ich für meinen Sohn ein Herzogtum anstreben könnte – ich wußte, daß zu viele vor dir waren. Aber als dein Onkel starb und wir hörten, daß Raile in Belgien gefallen war, da stand uns nur noch John im Weg.« Plötzlicher Haß leuchtete in ihren Augen auf. »Und nun ist es nicht nur Raile, der dich davon abhält, Duke zu werden, sondern auch noch diese Maragon-Schlampe, die dir ihren Bastard aufzwingen will!«

Hugh war überrascht. Er hatte nicht gewußt, wieviel Boshaftigkeit seine Mutter an den Tag legen konnte. »Ich denke, ich sollte Raile sagen, daß ich nicht der Schürzenjäger bin, für den er mich hält, Mutter. Ich sollte eingestehen, daß das Baby im Kinderzimmer meine legitime Tochter ist!«

»Du mußt verrückt geworden sein, wenn du glaubst, daß ich das zulassen werde. Und jetzt hör mir zu.« Lavinia sah ihren Sohn kalt an. »Erstens müssen wir diese Frau loswerden. Meinst du, sie ist mit Geld zufrieden?«

»Ich glaube nicht. Abigail hat ein ausgeprägtes Ehrgefühl.«

Plötzlich verspürte er eine seltsame Sehnsucht nach dem Mädchen. Sie war in der Tat etwas Besonderes gewesen.

Lavinia, die nichts von seinen Gedanken ahnte, tätschelte seine Hand. »Überlaß das nur mir. Raile kann dir die Frau und ihre Brut nicht an den Hals hängen, wenn er sie nicht findet. Und wenn es mich alles kostet, was mir dein Vater hinterlassen hat ..., ich werde sie schon loswerden.«

Hugh sah sie einen Augenblick verstört an. »Ich möchte nicht, daß ihr irgend etwas passiert. Ich habe sechs Monate mit ihr verbracht, und so lange habe ich es noch mit keiner Frau ausgehalten. Seitdem ich sie verlassen habe, verspüre ich öfter ein schlechtes Gewissen. Seltsam ...« Plötzlich selbst verwirrt über die Tatsache, lächelte er seine Mutter verunsichert und fast entschuldigend an. »Ich glaube, ich liebe sie.«

Lavinia erwiderte sein Lächeln nachsichtig. »Du hast viele Frauen geliebt, Hugh. Das geht schnell vorbei.«

Hugh hatte Abigail erst verlassen, als ihn die Nachricht erreicht hatte, daß Raile und John gestorben waren. Vielleicht, dachte er zum ersten Mal, wäre ich noch immer bei ihr, wenn dies nicht geschehen wäre. Und wenn er ihr Bild vor seinem geistigen Auge heraufbeschwor, so mußte er sich eingestehen, daß er die Vorstellung, zu ihr zurückzukehren, ganz und gar nicht abstoßend fand. Im Gegenteil – es kam ihm höchst reizvoll vor. Er vermißte ihre sanfte Schönheit und die Wärme, die sie ausstrahlte.

»Ich denke, Raile kann ebensogut von der Eheschließung erfahren. Wenn ich es mir so überlege, glaube ich, daß ich mit Abigail tatsächlich recht glücklich sein könnte.«

Lavinia erbleichte vor Zorn. Mühsam beherrscht preßte sie

hervor: »Himmel, ich habe einen Idioten auf die Welt gebracht. Wieso tust du mir das an?«

»Sie ist ein ganz entzückendes Wesen. Ich bin sicher, du würdest sie mögen.«

Lavinia schüttelte so heftig den Kopf, daß sich der Knoten am Hinterkopf löste und ihr die Haare über die Schulter purzelten. »Stammt sie aus einer vermögenden Familie, Hugh?«

»Ihr Bruder ist recht flüssig, aber so, wie ich es verstanden habe, denkt er nicht im Traum daran, seine Schwester mit den nötigen Mitteln zu versehen. Wir lebten in einem einfachen Häuschen, und zwar nur von dem Geld, das ich zur Verfügung hatte.«

»Da siehst du es …, du mußt so heiraten, daß sich zwei große Namen und viel Geld verbinden!«

Hugh gab auf. Wie immer bei solchen Diskussionen sah er am Ende ein, daß er ihren Ratschlägen folgen mußte. Sie schien genau zu wissen, was das beste für ihn war. »Also gut, Mutter. Ich tue alles, was dich glücklich macht. Aber es ist gefährlich, sich gegen Raile zu stellen. Du weißt, wie entschlossen er sein kann, wenn er sich etwas vorgenommen hat. Er kann uns das Leben zur Hölle machen, wenn es ihm beliebt.«

Lavinia sah ihren Sohn nachdenklich an. »Mein dummer Junge … Du solltest weder Raile über- noch mich unterschätzen!«

Lavinia betrat das verdunkelte Kinderzimmer. Das Mondlicht schien auf die Wiege, in der schon Generationen von DeWinters geschlafen hatten.

Sie durchquerte den Raum, trat an die Wiege und starrte eine Weile auf den schlafenden Säugling. Beim Anblick des Kindes verspürte sie nichts – keine Wärme, keine Zärtlichkeit.

Sie hatte keine Lust, die Rolle der Großmutter zu spielen. Zumindest nicht für ein Mädchen, und für dieses Mädchen ganz gewiß nicht! Ein Enkel mochte vielleicht noch annehmbar sein, denn sie hätte ihn wie ihren Sohn formen und manipulieren können. In letzter Zeit ließ sich Hugh nicht mehr so viel von ihr sagen, und sie spürte, daß er sich langsam von ihr löste. Aber sie würde es zu verhindern wissen.

Wie zart und zerbrechlich das kleine Wesen war, und wie einfach würde es sein, seinem jungen Leben ein Ende zu bereiten! Alles, was sie zu tun hatte, war, ein Kissen zu nehmen und es auf das Gesicht zu drücken, bis das Kind zu atmen aufhörte. Es würde keinen Schrei, keine Spuren am Körper, kein Zeichen eines Kampfes geben. Niemand würde je erfahren, daß der Tod nicht auf natürlichem Wege eingetreten war.

Dann mußte sie sich nur noch der Mutter entledigen. Wie hatte Hugh nur so ein Narr sein können, diese Frau zu heiraten?

Sie streckte den Arm aus und griff nach einem Kissen.

Im gleichen Moment wurde ihr Handgelenk gepackt und ihr auf den Rücken gedreht. Vor Schmerz schrie Lavinia auf.

»Genau darauf habe ich gewartet, Lavinia.«

»Was soll denn das heißen?« Vergeblich bemühte sich Lavinia, sich aus Railes Griff zu befreien.

»Ich wußte, daß du herkommen würdest, und deswegen habe ich auf dich gewartet. Es hat ja nicht lange gedauert!«

Nun ließ Raile ihren Arm los, und sie wirbelte sofort herum, um ihn empört anzusehen. »Du willst doch hoffentlich nicht damit andeuten, daß ich dem Kind etwas tun wollte.«

»Ich bin hier, um sicherzustellen, daß du es nicht tust.«

Das weiche Mondlicht erhellte nur die eine Seite seines Gesichts, und Lavinia spürte seine enorme Anziehungskraft. Sie hatte es immer schon gefühlt, sich aber stets geweigert, es sich einzugestehen. Nun fragte sie sich zum ersten Mal bewußt, wie es wohl sein mochte, in seinen Armen zu liegen, wenn er von Begierde gepackt war.

Doch dann entdeckte sie den Abscheu in seinen Augen und erkannte, daß sie von ihm kein anderes Gefühl außer Verachtung zu erwarten hatte. Sie waren Feinde – bis einer von ihnen starb!

»Das Kind interessiert mich wenig, Raile. Ich war nur neugierig, mehr nicht!«

»Und das ist ja das Traurige daran, Lavinia. Sie ist von deinem Blut!«

»Du solltest nicht darauf bestehen, Raile. Das Spiel ist gefährlich.«

Raile ignorierte die Drohung. »Ich habe über deine Bitte nachgedacht, Lavinia. Du wirst nach London gehen – ganz wie du wolltest –, bis ich entschieden habe, wie wir weiterverfahren.«

Ihre Augen glühten vor Zorn, und der Haß in ihrem Inneren war so stark, daß sie kaum sprechen konnte. »Im Augenblick hast du die Fäden in der Hand, Raile. Aber eines Tages wird sich das Blatt wenden. Hüte dich davor!«

»Das tue ich. Aber noch ist es ja nicht soweit. In der Zwischenzeit packst du deine Sachen und verschwindest nach London. Spätestens morgen mittag will ich dich hier nicht mehr sehen.«

Am liebsten hätte sie sich auf ihn gestürzt und ihm körperlichen Schaden zugefügt, doch der Blick seiner Augen hielt sie zurück. Seine Haltung strahlte etwas Bedrohliches aus. Sie wandte sich um und verließ mit hocherhobenem Kopf das Zimmer.

Raile sah auf das schlafende Kind hinab und strich zärtlich über die weiche Haut. Er fühlte sich diesem kleinen Wesen seltsam verbunden, denn er wußte, wie es war, wenn man hin und her geschoben wurde. Dieses Würmchen sollte nicht leiden, wie er es als Kind hatte tun müssen.

Raile zog die Decke in der Wiege zurecht und verließ ebenfalls das Kinderzimmer.

Im Korridor klopfte er an die Tür direkt daneben, woraufhin Mrs. Gibbins öffnete.

»Nehmen Sie das Kind diese Nacht zu sich. Und lassen Sie es auf gar keinen Fall aus den Augen.«

Wenn die Amme diese Anweisung für seltsam hielt, so sprach sie es nicht aus. Sie sah dem Duke nach, bis er durch den Korridor verschwunden war, dann betrat sie das Kinderzimmer und holte das Kleine aus der Wiege.

Kapitel 11

Kassidy stand im oberen Stockwerk des Häuschens, in dem Abigail gelebt hatte. Sie vermied es, das Bett anzusehen, in dem ihre Schwester gelitten hatte und schließlich gestorben war.

Doch selbst im Tod schien es ihr nicht vergönnt, Frieden zu finden. Der Mann, den Abigail geliebt hatte – der Mann, der sie im Stich gelassen hatte! –, wollte nicht einmal zugeben, daß er sie überhaupt gekannt hatte.

Heute würde Tante Mary kommen und Kassidy helfen, das Haus zu schließen und Abigails Habseligkeiten einzupacken. Anschließend würde Kassidy zum Haus ihres Bruders zurückkehren und sich seinem Zorn stellen müssen.

Die Zukunft war so trist und leer ohne ihre Schwester! Die süße, freundliche Abigail, die gestorben war, weil ein Mann ihr die Unschuld geraubt und sie am Ende allein gelassen hatte.

Kassidy wurde das Herz schwer, als sie an das Baby dachte, das sie in der Obhut des Dukes gelassen hatte. Kümmerte man sich auf Ravenworth Castle auch richtig um das Mädchen? Wie sah die Zukunft des Kindes in den Händen eines so kalten, gefühllosen Mannes aus? Wenn Abigail die Reaktion dieses Mannes auf das Baby miterlebt hätte, dann hätte sie sicher von ihrer Schwester erwartet, daß sie das Kind zurückholte.

Ja! Das war es, was sie tun mußte! Und wenn das Kind wieder bei ihr war, dann hatte sie wenigstens einen Teil von Abigail, der ihr Trost spenden würde.

Plötzlich konnte sie keine Sekunde länger warten. Sie würde

wieder nach Ravenworth fahren und das Kind zurückfordern! Entschlossen eilte sie die Treppe hinunter und hastete aus dem Haus.

Was sollte sie nur sagen, wenn sie erneut vor dem hochnäsigen Duke stand? Das erste Mal war er so desinteressiert gewesen – er hatte nicht einmal gefragt, wie es ihrer Schwester ging! Nun, dieses Mal würde sie ihm ungefragt begreiflich machen, daß er an Abigails Tod schuld war.

Sie blickte zum wolkenlosen Himmel empor. Die Sonne schien warm, und die Vögel sangen in der Eiche neben dem Haus. Die Themse führte Hochwasser, und der angenehme Duft gemähten Grases durchdrang die Luft. Es wäre ein wunderschöner Tag gewesen – wenn Abigail nur noch bei ihr gewesen wäre.

Kassidy betrat einen ausgetretenen Pfad, der um das Haus herum und in den Wald führte. Sie mußte nachdenken. Vielleicht würde Tante Mary ja mit ihr nach Ravenworth Castle fahren. Dann wäre sie nicht so allein, wenn sie dem Duke gegenübertreten mußte.

Die Brüder Jack und Gordon Beale waren in der Whitechapel Road geboren und dort auch aufgewachsen. Die Straße war alles andere als eine feine Adresse. Hier herrschte Armut, und das Verbrechen blühte.

Jack, der ältere der beiden, war ein echter Könner in seinem Beruf. Als Junge war er Taschendieb gewesen, aber inzwischen wandte er sein Talent in verschiedenen Bereichen an – Hauptsache, es brachte ihm eine anständige Entlohnung.

Gordon Beale war weit weniger geschickt als sein Bruder und durchaus etwas beschränkt, weswegen es Jack nicht schwergefallen war, ihn zu seinem Werkzeug zu machen.

Die beiden Brüder beobachteten seit zwei Tagen das Häuschen in der Nähe der Themse. Sie warteten auf eine Chance, Miss Maragon allein zu erwischen.

Um sich die Zeit zu vertreiben, unterhielten sie sich zum wiederholten Male über dasselbe Thema. »Was wissen wir denn über diese Frau, die uns angeheuert hat, Jack? Mich hat's ja von Anfang an mißtrauisch gemacht, als sie uns die Nachricht geschickt hat, sie will uns im Dragon Inn treffen. Auch wenn sie sich im Schatten gehalten und diesen albernen Schleier getragen hat, war sie ja wohl zu gut gekleidet, um die ›Mrs. Harper ausser Billingstreet‹ zu sein, wie sie sachte.«

»Alles, was du wissen mußt, ist, daß sie uns genug Mäuse zahlt«, sagte Jack wie jedes Mal. Doch diesmal huschte ein Grinsen über seine Lippen, als er hinzufügte: »Ich hab' dir noch gar nicht erzählt, daß ich der Lady nachgegangen bin, um rauszufinden, wer sie is'. Ich hab' vor dem Inn gewartet, bis se rauskam, und dann bin ich ihrer Kutsche bis Mayfair gefolgt, wo sie in 'n teures Hutgeschäft ging.« Abwesend blickte er seinen Bruder an. »Der Verkäufer begrüßte sie als Mrs. DeWinter. Was bedeutet, daß unsere geheimnisvolle Dame irgendwie mit dem Duke of Ravenworth verwandt is'. Ich hab' den Verkäufer gefragt, und er meinte, sie is' die Stiefmutter vom Duke. Tja, Gordon, da is' uns jemand sehr Wichtiges ins Netz gegangen.«

»Und hast du noch was rausgefunden? Zum Beispiel, warum sie das Mädel hier so haßt?«

»Was geht denn uns das an?«

»Mir gefällt das irgendwie nich', Jack. Ich meine, wir arbeiten hier nicht für irgendwen, oder? Der Duke ist 'n mächtiger Mann. Was, wenn er gar nicht weiß, was seine Stiefmutter so alles macht? Mir war's ja egal, diesem affigen feinen Pinkel das Messer zwischen die Rippen zu stoßen – dieses Weib hat uns ja gut genug bezahlt. Aber jetzt geht's doch um 'ne hochwohlgeborene Lady, und das mag ich wirklich gar nich'.« Gordon sah seinen Bruder an. »Gut, daß du sie nich' umlegen willst.«

Jack erwiderte den Blick mit seinen stechenden, kalten Augen. »Ach, wirst du jetzt zimperlich? Ich dachte, du tust alles, wenn du dafür nur genug Kohle bekommst. Im übrigen ist das, was das Mädchen erwartet, vielleicht schlimmer als der Tod.

Aber mach dir wegen so was keine Gedanken, denn schließlich bin ich ja noch da. Ich kümmer' mich schon darum. Und ob's dir gefällt oder nicht – wichtig ist doch nur, daß wir bezahlt werden. Einmal von dieser DeWinter-Frau, dann von Tom Brunson, wenn wir ihm die Kleine übergeben.«

»Und was hat er mit ihr vor?«

»Ich nehm' an, er verkauft sie an 'n Bordell, aber das is' mir vollkommen egal. Sie wird auf jeden Fall nich wieder auftauchen, und allein das zählt. Gib zu, daß ich es geschickt gedeichselt hab'. Immerhin kriegen wir nun den doppelten Lohn.« Jacks Grinsen wurde noch eine Spur breiter.

»Hoffen wir, daß die DeWinter nich' rauskriegt, daß wir nich' getan haben, für was sie uns bezahlt.«

»Hör endlich auf, dir Gedanken zu machen. Wir sagen der Alten, wir hätten den Auftrag ausgeführt, und sie wird's uns schon glauben.«

»Aber du hast Brunson doch wirklich klargemacht, daß niemand wissen darf, wo das Mädchen hin ist, oder? Ich meine, er hat begriffen, daß es keine Spur geben darf?«

»Ich bin kein Narr, Gordon. Und jetzt halt die Klappe, und halt die Augen auf, klar?«

»Irgendwie gefällt's mir aber trotzdem nicht. Die Familie der Kleinen wird doch jammern und zetern, wenn sie verschwindet. Und wenn sie sie finden, dann geht's uns bestimmt dreckig.«

»Du lamentierst wie ein altes Waschweib. Langsam tut's mir leid, daß ich dich für diese Sache mitgenommen habe.«

Plötzlich sah Jack eine Bewegung am Waldrand, und er zog Gordon hinter einen Baum. »Mann, gibt's denn das? Da kommt die Kleine direkt auf uns zu.«

Kassidy merkte nichts von den feindseligen Blicken, die jede ihrer Bewegungen verfolgten. Die zwei Männer hatten sich hinter das dichte Gebüsch geduckt, das den Pfad säumte, und waren vom Weg aus kaum auszumachen.

»Das kann ich einfach nich' glauben«, flüsterte Jack. »Die Kleine latscht wie ein Schaf, das man zur Schlachtbank führt, geradewegs in unsere Arme.«

Kassidy war so gedankenverloren, daß sie gar nicht bemerkt hatte, wie tief sie bereits in den Wald vorgedrungen war. Als es ihr nun auffiel, machte sie kehrt, um wieder zum Haus zurückzugehen. Plötzlich stand ein Mann auf dem Pfad vor ihr.

Zuerst war sie erschrocken, doch dann beruhigte sie sich wieder. Sicher war es jemand aus dem Dorf, der etwas im Wald zu tun hatte. Sie mußte sich keine Sorgen machen.

Der Mann zog seine Kappe ab und grinste sie an. »Morgen, Miss. Nettes Wetter für 'nen Spaziergang, nicht wahr?« sagte er höflich.

Sie erwiderte sein Lächeln, wich aber zur Seite aus, um ihn zu umgehen. Der Mann vertrat ihr jedoch den Weg.

»Sind Sie Miss Maragon?« fragte er. Plötzlich war sein Lächeln verschwunden.

»Woher kennen Sie meinen Namen?« Kassidy sah, wie seine Augen sich auf einen Punkt hinter ihr richteten, und Panik durchfuhr sie. Sie wirbelte herum und entdeckte einen zweiten Mann, der ihr den Weg versperrte.

»Was … was wollen Sie von mir?« fragte sie und bewegte sich ein Stück nach links, doch der Mann folgte ihr.

Plötzlich griff der Schurke hinter ihr nach ihrem Arm. »Sie können friedlich mit uns kommen oder es sich selbst schwermachen. 's liegt ganz bei Ihnen.«

Kassidy starrte von einem zum anderen, und die Angst zog ihr die Eingeweide zusammen. »Was wollen Sie von mir?« wiederholte sie.

Das Gelächter des Fremden klang so skrupellos, daß Kassidy erschauderte.

»Wir wollen gar nich' viel, Miss. Aber es gibt da jemanden, der sie aus dem Weg haben will, und wir erledigen nur die Drecksarbeit für ihn.«

Voller Panik versuchte Kassidy, sich loszureißen, aber sie wußte, daß sie keine Chance hatte.

»Hören Sie auf, sich zu wehren, Miss. Ich bin stärker als Sie, und Sie tun sich bloß weh, wenn Sie sich so winden.«

Ein Schrei wollte sich aus Kassidys Kehle lösen, doch im gleichen Moment legte sich ihr eine Hand auf den Mund, der ihn erstickte.

»Ich hab' Sie ja gewarnt. Woll'n Sie jetzt endlich hören?« wisperte die rauhe Stimme direkt an ihrem Ohr. »Sie kriegen sonst richtig Ärger, Miss!«

Dann traf etwas Hartes Kassidys Schädel, und weißglühender Schmerz explodierte in ihrem Kopf. Bewußtlos brach sie zusammen und blieb reglos auf dem Waldboden liegen.

»Jetzt hast du sie umgebracht«, jammerte Gordon, als er sich hinkniete, um das Mädchen zu untersuchen. Er konnte nicht widerstehen, und streichelte fast zärtlich über ihr langes blondes Haar. »Das ist so'n hübsches Ding! Wieso will ihr jemand bloß was Böses?«

Jack hob das Mädchen auf die Arme. »Das is' nich unsere Sache. Komm jetzt, wir beeilen uns besser, bevor sie jemand vermißt!« Mit raschen Schritten trug er das Mädchen über den Pfad auf die Themse zu, an deren Ufer ein Boot wartete. Die Männer legten Kassidy auf den Planken ab und ruderten mit kräftigen Schlägen auf London zu.

Als Kassidy wieder zu sich kam, herrschte totale Finsternis um sie herum. Ihr Kopf pochte höllisch, und als sie sich bewegen wollte, stellte sie fest, daß ihre Hand- und Fußgelenke zusammengebunden waren. Dann fiel ihr ein, was im Wald geschehen war, und die Furcht überkam sie so heftig, daß sie glaubte, nicht mehr atmen zu können. Diese schrecklichen Männer hatten gesagt, daß jemand sie aus dem Weg haben wollte, und offenbar hatten sie ihren Auftrag ausgeführt. Doch wer war dieser Jemand? Und warum wollte er sie beseitigen?

Kassidy schloß die Augen und versuchte, die Panik niederzukämpfen. Erst jetzt bemerkte sie, daß sie auf dem Boden eines Bootes lag. Lieber Himmel, wo brachten sie sie hin?

Als es ihr gelungen war, die lähmende Furcht ein wenig einzudämmen, hörte sie, daß die beiden Fremden sich leise unterhielten. Offenbar glaubten sie, sie wäre noch bewußtlos.

»Jack«, meinte Gordon, während er das Ruder durch das schwarze Wasser zog. »Wieso ausgerechnet DeWinter, was meinst du? Ich meine, was ist denn mit diesem Mädchen?«

»Wie oft soll ich dir noch sagen, daß uns das nichts anzugehen brauch'?« erwiderte Jack wütend. »Wir tun, was man uns aufgetragen hat, und fragen nicht warum.«

Kassidy unterdrückte nur mühsam den aufkommenden Schluchzer. Der Duke hatte also rasch gehandelt! Und sie war so ahnungslos gewesen! Natürlich hatte er keinen Hehl daraus gemacht, daß er weder das Kind anerkennen noch die Ehe mit Abigail bestätigen wollte, aber sie hatte nicht im entferntesten daran gedacht, daß der Mann etwas gegen sie unternehmen würde! Was war dieser Mensch bloß für ein Ungeheuer!

»Das Mädel ist wach, Jack. Ich hab's gesehen, daß sie sich gerade bewegt hat!«

Einer der Männer ließ das Ruder los und kniete sich neben sie. Kassidy sah ihn nur als vagen Umriß im bleichen Mondlicht. Er griff in ihr Haar und riß ihren Kopf herum. »Hast du was gehört, Mädchen. Los, rede …, hast du was mitbekommen?«

Kassidy begriff, daß es ihr Tod sein würde, wenn die beiden wüßten, daß sie in der Tat etwas gehört hatte. »Wo … wo bin ich?« fragte sie daher mit dünner Stimme. »Was haben Sie mit mir vor?«

Er ließ sie los, offenbar überzeugt, daß sie vor einer Minute noch nicht klar genug gewesen war, um sie zu belauschen. Kassidy wurde sich erst jetzt gewahr, daß ihr ganzer Körper schmerzte. Ihr Kopf schien platzen zu wollen, und die Furcht war so groß, daß sie an nichts anderes als an ihre Überlebenschancen denken konnte. »Bitte …, warum tun Sie das?«

»Das kriegst du schon früh genug zu wissen«, sagte Jack mit einem Grinsen. »Jemand will, daß du vom Erdboden verschwindest und nicht wieder auftauchst.« Er lachte heiser. »Und mir ist eingefallen, wie wir das am besten bewerkstelligen können. Weißt du, mein Bruder wundert sich, was du getan hast, daß jemand dich so sehr haßt!« Er lachte wieder. »Aber was soll's, Kleine! Es genügt ja, zu wissen, daß du die falsche Person verärgert hast, was?«

Kassidy drückte sich an die Bootswand – sie wollte soviel Abstand wie möglich zu den zwei Schurken bekommen. O Gott, was würden sie mit ihr anstellen? Wenn sie hätte umgebracht werden sollen, dann hätten sie sie sicher einfach ins Wasser geworfen, solange sie bewußtlos gewesen war. Was hatten sie statt dessen vor? Und wohin brachten die beiden sie?

Die Zeit verstrich, und Kassidy hatte das Gefühl, als würden sie eine Ewigkeit über die Themse rudern. Dann tauchten die hellen Lichter Londons in der Ferne auf.

Bald darauf steuerten sie auf die Docks zu, die von einem dichten Nebel verhüllt wurden. Als das Boot gegen den Pier stieß, griff einer der beiden Männer Kassidys Arm und hielt sie fest. Sie wehrte sich unwillkürlich gegen die Hand, doch der Mann zog sie an sich und grollte: »Du erinnerst dich doch daran, was vorhin mit dir passiert ist, ja? Soll ich dir noch einen verpassen?«

Sie schüttelte den Kopf – vor Furcht bekam sie kein Wort heraus. Der Kerl band sie los und schob ihr eine Wasserflasche in die Hand. Als sie erneut den Kopf schüttelte, verdrehte er ihr den Arm, so daß sie heftig zusammenzuckte.

»Trink jetzt!«

Zu entsetzt, um sich noch länger zu weigern, nahm Kassidy einen Schluck einer bitteren Flüssigkeit und würgte sie mit Mühe hinunter. Bevor sie noch protestieren konnte, hob der Mann sie auf die Arme und trug sie an Land. Dort stellte er sie wieder auf die Füße.

Schon nach wenigen Schritten spürte Kassidy, wie sich alles um sie zu drehen begann. Entweder hatten sie ihr ein Betäubungsmittel oder ein Gift eingegeben. Wenn es ein Gift war, so konnte sie nur hoffen, daß der Tod rasch eintreten würde. Der Tod ... Er schien ihr im Augenblick willkommener als die möglichen Schrecken, die vor ihr lagen.

Sie dachte an das hilflose Baby, das sie in der Obhut des Dukes gelassen hatte. Und sie betete, daß das Schicksal mit dem armen Wurm freundlicher umgehen würde als mit ihr. Oder mit Abigail.

Das letzte, was sie empfand, bevor sie das Bewußtsein erneut verlor, war Haß – Haß auf den Duke! Eines Tages würde er bekommen, was er verdiente, und sie hoffte inständig, daß sie es sein würde, die diesen Schuft zur Strecke brachte. Vor ihrem inneren Auge erschien sein Abbild, und es kam ihr vor, als würde er sie spöttisch angrinsen. Am liebsten hätte sie ihm ihren Haß entgegengeschrien, doch dann wurde es ihr schwarz vor Augen.

Man hatte Kassidy die Augen verbunden, und die tiefe Finsternis war entsetzlich. Sie hätte nicht sagen können, wie lange sie bewußtlos gewesen war, zumal sie sich immer noch wie benebelt fühlte. Sie spürte, daß jemand sie über der Schulter trug, und die Ungewißheit, was mit ihr geschehen würde, schnürte ihr fast den Atem ab. Sie wollte schreien, doch durch die Droge, die man ihr eingegeben hatte, war ihre Kehle trocken und ihre Zunge dick geschwollen.

Sie hörte ein knirschendes Geräusch, als drückte man ein Eisentor auf, das in rostigen Angeln hing. Sie versuchte, ihre Benommenheit abzuschütteln und endlich wach zu werden, doch die Wirkung der Droge war noch zu stark. Ihre Lider flatterten, und sie versank einmal mehr in einem schwarzen Nichts, wo Furcht und Panik keine Bedeutung mehr hatten.

So hörte und merkte sie nicht, als viel Geld den Besitzer wechselte und ihr regloser Körper im Gegenzug den Armen eines anderen Mannes übergeben wurde.

Als Kassidy endlich wieder zu sich kam, stellte sie als erstes fest, daß sie keine Augenbinde mehr trug und jemand sie einen langen, dunklen Flur entlangtrug.

Der Mann stellte sie auf die Füße, und sie spürte grobe Hände auf ihrem Körper. Er hielt die Laterne hoch und drehte ihr Gesicht ins Licht.

»Du bist ja eine kleine Hübsche«, sagte eine rauhe Stimme. »Madame Radcliffe wird einen feinen Preis für dich zahlen.«

Kassidy sah den fremden Mann voller Entsetzen an. Der widerliche Schurke schien eine Art Uniform zu tragen, doch sie war sich nicht sicher, denn seine Kleider waren dreckig und zerlumpt und stanken. Der Mann war von großer und kräftiger Gestalt, und seine Nase sah aus, als wäre sie einmal gebrochen gewesen. Eine lange Narbe lief von der Augenbraue über die Wange bis zur Lippe und verlieh ihm ein abstoßendes Aussehen.

Kassidy hätte beinahe laut geschrien, als seine schmutzige Hand ihren Arm aufwärtsglitt, aber sie beherrschte sich. Unwillkürlich versuchte sie, seiner Berührung auszuweichen, doch ihr Gleichgewicht war durch die Droge noch nicht stabil, und so taumelte sie zurück, bis die kalte steinerne Mauer im letzten Moment einen Sturz verhinderte.

Der Mann grinste, als ob er sich an ihrer Furcht weidete. Mit einem grausamen Leuchten in den Augen musterte er sie unverhohlen, und Kassidy glaubte, sich übergeben zu müssen.

Aus der Ferne hörte sie verzweifeltes Stöhnen und Schreie von Menschen, die wahrscheinlich ebenfalls in diesem dunklen Labyrinth des Schreckens gefangen waren.

»Wo bin ich?« brachte Kassidy fast unhörbar hervor.

»Einige nennen den Ort Newgate, kleine Lady«, antwortete der Mann. »Aber für dich wird es die Hölle sein.«

Kapitel 12

Kassidy bebte vor Angst, als sie zu dem riesigen Mann aufschaute. Er hatte kleine schwarze Augen, und in seinem Blick lag nicht einmal ein Anflug von Freundlichkeit oder Wärme.

Sie wußte, daß es sinnlos war, doch die Worte schienen von alleine zu kommen. »Bitte helfen Sie mir«, flehte sie ihn an.

Er schien nicht einmal gehört zu haben, daß sie etwas gesagt hatte. Wieder glitt seine Hand ihren Arm hinauf, und er drehte sie ins Licht, damit er sie genauer mustern konnte. Offenbar war er ausgesprochen zufrieden mit dem, was er sah. »Ja, 'ne echte Schönheit. Hat sich gelohnt. Mit dir kann ich richtig verdienen.«

»Was haben Sie mit mir vor?«

»Oh, du kannst fragen! Ich werd' dich zur 'ner Lady bringen, die dir beibringen wird, wie man einen Mann zufriedenstellt. Newgate ist nichts gegen das Gefängnis, in dem dich Madame Ratcliff halten wird.«

Er strich ihr über die Wange. »Aber bevor ich dich zu ihr bringe, bin ich erst mal dran. Einmal Ausprobieren wird die Ware schon nicht beschädigen.«

Kassidy wich entsetzt zurück. »Fassen Sie mich ja nicht an! Lieber sterbe ich!«

»Nein, wirst du nicht.« Er kam näher. »Vielleicht gefällt's dir sogar, hm?«

Kassidy verspürte nun heftige Übelkeit. »Ich schreie, wenn Sie mich anfassen.«

Sein Blick wurde hart. Er riß die Hand hoch und schlug Kassidy so heftig ins Gesicht, daß ihr Kopf gegen die Mauer krachte. Ihre Knie knickten ein, und sie sackte wie leblos zu Boden.

Tom Brunson hob sie auf und trug sie einen langen Flur entlang, dann eine Treppe hinauf und schließlich in eine Zelle, die von den anderen abgesondert war. Er legte sie auf eine Strohmatte auf dem Boden und kettete ihr Handgelenk an einen Eisenring in der Steinmauer.

Dann stand er über ihr und betrachtete die zarte Schönheit eine Weile. Mit einem bedauernden Grunzen machte er schließlich kehrt, verließ die Zelle und verriegelte die Tür. Er mußte jetzt seine übliche Runde machen.

Doch die Erregung pulsierte durch seine Adern, und er konnte sich kaum auf etwas anderes konzentrieren. Wenn er seine Runde hinter sich hatte, mußte er erst zwei andere Mädchen zu Madame Ratcliff bringen, dann konnte er sich endlich die Kleine in der Zelle vornehmen. Erst wenn er sie leid war, würde er sie in die Leman Street liefern.

Tom Brunson hatte aus seiner Stellung in Newgate dank Madame Ratcliffs Etablissement ein einträgliches Nebengeschäft gemacht. Als oberster Wärter der Einzelzellen, wo die Unruhestifter festgehalten wurden, hatte er ein Vermögen machen können, indem er Frauen, die gut aussahen, an Madame Ratcliff auslieferte. Es hatte ihn einige Zeit gekostet, um einen sicheren Weg auszutüfteln, auf dem er die Gefangenen herausbringen konnte, doch inzwischen verdienten schon einige in der Horizontalen Geld für ihn. Manche Frauen verkauften lieber freiwillig ihren Körper, als die Einzelhaft auf sich zu nehmen, manche nicht.

Doch selbst wenn sich eine weigerte – Tom hatte Übung darin, die Frauen dermaßen einzuschüchtern, daß ihn noch keine jemals an den Gefängnisvorsteher verraten hatte. Wenn die Haftzeit einer dieser Frauen um war, brachte Tom sie jedesmal zurück, damit es niemandem auffiel, und bisher hatte es keine gewagt, ihm Ärger zu machen oder ihn gar anzuklagen.

Inzwischen hatte Tom seine Runde hinter sich gebracht. Er blieb vor einer Zelle stehen und entriegelte die schwere Tür. »So, meine zwei Hübschen, hier ist der alte Tom, der euch aus dem Knast befreit!«

Die zwei Frauen drückten sich an die Wand, doch die Stimme der einen war voller Zorn. »Wir wissen genau, wohin du uns bringen willst.«

Tom schnaubte. »Na, dann brauch' ich mich ja nicht mit langatmigen Erklärungen aufzuhalten.«

Die zwei Frauen sahen sich kurz an, leisteten jedoch keinen Widerstand, als er sie in Ketten legte und aus der Zelle führte.

»Verhaltet euch ja still«, mahnte er.

Sie gingen einen weiteren langen Flur entlang, bis sie an eine Seitentür kamen, durch die die Abfälle nach draußen geschafft wurden. Tom entriegelte die Tür und zerrte die Frauen hinaus. Dort hob er sie auf einen wartenden Müllkarren und verbarg sie zwischen den großen Körben.

Anschließend sprang er auf den Kutschbock, nahm die Zügel auf und trieb den müden Klepper an. Als der Karren anzog und durch die Tore von Newgate rumpelte, lachte Tom laut auf. Er war wirklich ein gerissenes Kerlchen.

»Wenn man klug ist, findet man immer einen Weg, andere zu überlisten!« sagte er. Er konnte wirklich stolz auf seinen Einfallsreichtum sein.

Nachdem sie sich weit genug von dem Gefängnis entfernt hatten, lenkte Tom den Karren in eine wie ausgestorben wirkende Straße, in der er das Pferd anhielt. Im bleichen Licht des Mondes schloß er die Ketten der einen Frau auf, während er eine Warnung flüsterte. »Wenn du weißt, was gut für dich ist, dann wirst du mir keinen ...«

Tom kam nicht mehr dazu, seinen Satz zu beenden. Die Frau rammte ihm ein Messer zwischen die Rippen und drehte es genüßlich um. Tom fiel zuckend vornüber, während beide Frauen ihn mit regloser Miene beobachteten.

»Wenn du klug bist«, sagte die eine Frau grinsend, »dann findest du immer einen Weg, andere zu überlisten.«

Sie schloß die Kette der anderen auf, und die beiden sprangen vom Karren, um in den Schatten der nächtlichen Gassen unterzutauchen. Kurz darauf waren sie außer Sicht, und Tom hauchte seinen letzten Atemzug in einem Haufen stinkenden Abfall aus.

In Newgate fand der Schichtwechsel der Wärter statt, doch niemand kam in die Nähe der abgeschiedenen Zelle, in der die bewußtlose Kassidy lag. Man wußte nicht einmal, daß sich jemand darin befand.

Als Kassidy erwachte, war das erste Geräusch, das sie hörte, das Tröpfeln von Wasser. Sie tastete, plötzlich panisch, in der Dunkelheit umher, und berührte eine feuchte Steinmauer. Ihr Kopf schmerzte gewaltig, und sie konnte nicht klar denken ... Was war nur geschehen?

Langsam kam die Erinnerung zurück. Sie war entführt worden ... Dann dieser widerliche Kerl, der sie angefaßt hatte ... Die Drohungen, was er mit ihr anstellen wollte ...

»Nein.« Sie schluchzte vor Abscheu, als sie sich fragte, ob dieser ekelerregende Mann sie bereits in ihrer Ohnmacht mißbraucht hatte. Ja. Ja, natürlich hatte er es getan, er war gewiß kein Mann, der sich durch irgendwelche Skrupel zurückhalten ließ. Gott, wenn sie doch nur jeden Teil ihres Körpers, den das Schwein berührt hatte, abschrubben könnte!

Sie rollte sich in einer Ecke zusammen und lag still, während das erste Licht des neuen Tages durch ein Fenster hoch oben in der Wand sickerte. Als die Finsternis zurückwich und ihre Gedanken sich klärten, sah sie sich in der winzigen Zelle um. Die dicke Eisentür besaß eine kleine Öffnung, die gerade groß genug war, um Nahrung und Wasser hindurchzuschieben. Das Fenster hoch oben war mit eisernen Stäben versehen. Sie lag auf einer zerfaserten Strohmatte direkt auf dem feuchten Zellenboden. Als sie sich aufzurichten versuchte, stellte sie mit Entsetzen fest, daß sie an einen eisernen Ring an der Wand gekettet war.

Doch dann stand sie endlich auf zitternden Beinen in der Zelle. Bei jeder noch so kleinen Bewegung rasselte die Kette um ihr Handgelenk. Langsam bewegte sie sich an der äußeren Wand entlang und entdeckte, daß Wasser von draußen hereinsickerte. Der Boden stank modrig und war glitschig vor Dreck.

Kassidy stöhnte. Lieber Gott, wie konnte das alles geschehen sein?

Vielleicht hatte sie bloß einen schrecklich realen Alptraum! Aber nein ..., sie spürte die Kälte und die Feuchtigkeit, und die Schluchzer schüttelten ihren geschundenen Körper. Das war kein Alptraum – dies war entsetzliche Wirklichkeit!

Kassidy schlang die Arme um ihre Mitte, doch ihr wurde nicht wärmer. Vielleicht würde sie hier in dieser Zelle verrückt werden! Nun vernahm sie aus der Ferne Stimmen, die sie bisher nicht wahrgenommen hatte. Es waren hoffnungslose Schreie und barsche Befehle, und jedes neue Geräusch steigerte ihre Furcht nur noch. Was, wenn ihr Peiniger zurückkehrte? Sie drückte sich gegen die Wand und versuchte, die Angst und die Übelkeit zu unterdrücken.

Den ganzen Tag über blieb Kassidy auf ihrer Strohmatte liegen, ohne sich zu regen. Als das Licht zu schwinden begann, bebte sie immer noch vor Furcht und vor Kälte. Niemand kam, um ihr etwas zu essen zu bringen, und sie war halb verhungert und verdurstet.

Es war, als ob niemand wußte, daß sie hier war. Oder hatte man sie schlichtweg vergessen?

Schließlich hörte sie Schritte vor der Zelle, und sie befürchtete, der Wärter wäre zurückgekommen. Doch die Schritte entfernten sich wieder, und sie sog erleichtert die Luft ein. Sie fühlte sich entsetzlich einsam und sehnte sich nach einem anderen menschlichen Wesen, doch es war ganz sicher nicht der Wärter, den sie sehen wollte. *Nein, lieber Gott, bitte schicke mir nicht diesen abscheulichen Mann zurück.*

Die Sonne war untergegangen, und Kassidy starrte in die immer dunkler werdenden Winkel der Zelle, bis die totale Finsternis sie einhüllte.

Wie lange war sie schon hier? Sie hatte keine Ahnung. Sie drehte sich zur Wand um und weinte, bis sie keine Tränen mehr hatte. Dann, endlich, fiel sie in einen tiefen Schlaf, der ihr wenigstens für kurze Zeit gnädiges Vergessen bescherte.

Jack Beale sah seinem Bruder entgegen, der die Hintertreppe hinaufkam und in die Küche trat.

Gordon klatschte sich mit seiner Kappe gegen den Schenkel und schüttelte den Kopf. »Diese Frau will uns für dumm verkaufen, Jack.«

»Hat sie dir etwa kein Geld gegeben?«

»Sie sagt, sie hat's im Augenblick nicht, aber wenn wir drei Wochen warten, dann gibt sie uns das Doppelte. Behauptet, dann hätt' sie 'ne größere Summe zu erwarten.«

Jack runzelte die Stirn. »Und du Idiot hast ihr das geglaubt?«

Es regnete, und Gordon zog seine Jacke aus und hängte sie an einen Haken neben dem Herd, damit sie trocknen konnte.

»Ob ich ihr geglaubt hab' oder nich' – sie hat mir nichts gegeben! Was hätt' ich denn tun sollen? Es aus ihr rausschütteln?«

Jack stampfte durch den Raum und riß seinen Bruder am Hemdaufschlag zu sich. »Wie konntest du ohne die hundert Pfund zurückkommen? Du hättest sie zwingen sollen, daß sie die Mäuse rausrückt!« Wütend ließ Jack seinen Bruder los und schubste ihn gegen die Wand.

Gordon versuchte, sich zu rechtfertigen, während er seinen schmerzenden Arm rieb. »Ich kann sie doch nicht zwingen, mir was zu geben, was sie nich' hat. Wir müssen warten, Jack. Die bezahlt uns schon früher oder später.«

Jack schüttelte den Kopf. »Niemand macht sich über mich lustig!« Er rieb sich das stoppelige Kinn, und plötzlich verzog ein hinterhältiges Grinsen seine Lippen. »Sie weiß ja nicht, daß wir rausgefunden haben, wer sie ist. Und ich weiß auch einiges über das Maragon-Mädchen. Na warte, Mrs. DeWinter, du wirst den Tag noch bereuen, an dem du Jack Beale übers Ohr hauen wolltest.«

Gordon sah ihn zweifelnd an. »Was hast du denn vor, Jack?«

»Diese DeWinter will unbedingt, daß das Mädel verschwindet. Stell dir nur vor, die Kleine taucht auf einmal wieder auf.«

Gordon wurde blaß und fuhr sich nervös mit einer Hand durch

das zurückweichende Haar. »Aber das Mädchen hat uns doch gesehen. Wenn die redet, dann landen *wir* nachher in Newgate.«

»Sie weiß nichts über uns«, sagte Jack zuversichtlich. »Sie war so verschreckt, daß sie gar nicht mehr beschreiben könnte, was in der Nacht passiert is'! Die weiß ja nich' mal unsere Namen.«

»Und was hast du vor?«

Jacks Augen verengten sich nachdenklich. »Ich muß bloß 'nen Brief an die richtige Person schicken.« Er zog die Brauen zusammen, bis sie sich über dem Nasenansatz trafen. »Und ich weiß auch, wer das is'!«

Lady Mary eilte rasch die Stufen zum Haupteingang von Ravenworth Castle empor. Mit einer ungeduldigen Geste rauschte sie an dem verdutzten Ambrose vorbei.

»Bringen Sie mich augenblicklich zu Seiner Gnaden«, befahl sie. »Sagen Sie ihm, daß Lady Mary Rindhold ihn wegen einer Sache von höchster Dringlichkeit sprechen will.«

Ambrose war immer noch verdattert, nickte aber respektvoll. »Würden Sie bitte im Wohnzimmer warten, Mylady? Ich werde Seiner Gnaden melden, daß Sie hier sind.«

Sie folgte ihm in den angewiesenen Raum, wo sie rastlos umherwanderte. Vielleicht war der Brief, den sie gestern erhalten hatte, nur ein grausamer Scherz, aber sie mußte es mit Sicherheit wissen. Dieser Brief bedeutete immerhin auch eine Chance, Kassidy zu finden, und Lady Mary hatte die Suche fast schon aufgegeben, bis ihr das Schreiben am Tag zuvor ausgeliefert worden war.

Sie hoffte inständig, daß der Duke in der Lage sein würde, dazu beizutragen, Kassidys mysteriöses Verschwinden aufzuklären.

Der Mann, der nun ins Wohnzimmer trat, war jünger, als Lady Mary es erwartet hatte. Er kam mit einem neugierigen Blick auf sie zu, doch seine Haltung drückte höfliche Zurückhaltung aus.

»Lady Mary, ich hatte noch nicht das Vergnügen, Sie kennenzulernen, aber ich kenne Ihren Gatten George recht gut.«

»George hat mir gesagt, daß Sie unter Wellington gedient haben, und erzählte mir auch Einzelheiten über Ihre heldenhafte Tat bei Waterloo. Seiner Aussage nach war das Parlament höchst beeindruckt. Aber ich bin davon ausgegangen, daß sie älter sein müßten.«

»Sie schmeicheln mir, Mylady«, sagte er, während er ihr einen Stuhl anbot. Als sie Platz genommen hatte, setzte er sich ihr gegenüber. »Ambrose teilte mir mit, Sie wollten mich in einer wichtigen Angelegenheit sprechen ... «

»Ja«, sagte sie. Nun, da Sie dem Duke gegenüberstand, war sie plötzlich ein wenig verunsichert. »Obwohl ich, ehrlich gesagt, auch nicht weiß, wie Sie mir helfen könnten.« Sie reichte ihm einen Brief. »Lesen Sie ihn bitte. Es erklärt zumindest, warum ich hier bin. Obwohl ich zugeben muß, daß ich selbst überhaupt nichts verstehe.«

Raile warf ihr einen kurzen Blick zu, dann überflog er die Zeilen.

Madame,
wenn Sie wissen wollen, wo Ihre verschwundene Nichte sich aufhält, dann sollten Se mal nach Ravenworth Castle gehen.

Raile reichte ihr den Brief zurück. »Tut mir leid, aber ich kann auch nichts damit anfangen. Ich kenne Ihre Nichte nicht einmal. Hier auf der Burg ist sie jedenfalls nicht, das kann ich Ihnen versichern.«

Lady Marys Gesicht verriet, wie unangenehm ihr die Sache war.

»Glauben Sie mir, auch mich verwirrt diese Nachricht. Ich mache mir jedoch so viele Sorgen um Kassidy, daß ich mich an jede noch so winzige Spur klammere.« Ihre Stimme brach, und Lady Mary atmete tief durch, um ihre Gefühle unter Kontrolle zu bringen, doch Raile sah die Tränen in ihren Augen glitzern.

»Bitte verzeihen Sie mir«, sagte sie voller Scham, »aber ich liebe Kassidy mit ganzem Herzen, und sie hat schon soviel gelitten. Ihre Eltern sind gestorben, als sie noch sehr jung war, und nun ist auch ihre Schwester tot. Seit sie verschwunden ist, haben mein Mann und ich schon überall nach ihr gesucht, aber es ist, als sei sie vom Erdboden verschluckt worden. Ihr Bruder Henry hat sie schon aufgegeben. Er glaubt, sie sei tot.«

Sie tupfte sich die Augenwinkel mit einem Spitzentaschentuch ab. »Sie können sich nicht vorstellen, was ich durchmache. Erst habe ich meine ältere Nichte verloren, nun Kassidy. Die beiden sind Töchter meiner verstorbenen Schwester, wissen Sie, und ich habe ihr versprochen, mich der beiden anzunehmen, sollte ihr jemals etwas geschehen. Wie Sie sehen, habe ich mein Wort nicht halten können.«

Raile empfand Mitgefühl für die Frau, doch ihm war auch unbehaglich zumute. So griff er nach einer Sherrykaraffe und schenkte Lady Mary ein Glas ein. »Hier, trinken Sie das. Und dann sagen Sie mir, wie ich Ihnen Ihrer Meinung nach helfen soll.«

Sie nippte an dem Sherry, dann stellte sie das Glas beiseite. »Bitte, vergeben Sie mir, Euer Gnaden. Ich benehme mich Fremden gegenüber normalerweise nicht so. Wenn ich nur nicht so furchtbar besorgt wäre, verstehen Sie? Kassidy war so lebendig – so liebreizend und freundlich. Ich kann einfach nicht glauben, daß sie fort sein soll.«

»Vielleicht sollten Sie mir die Geschichte von Anfang an erzählen. Wann haben Sie Ihre Nichte zum letzten Mal gesehen? Und wie lautet ihr voller Name?«

»Sie heißt Kassidy Maragon und ist vor etwa einem Monat verschwunden.«

Raile, der gelernt hatte, wie man seine Gefühlsregungen verbirgt, zuckte bei der Nennung des Namens nicht einmal mit der

Wimper. »Und unter welchen Umständen ist sie verschwunden?«

Lady Mary fragte sich, wieviel sie dem Duke anvertrauen durfte. »Es geschah, nachdem Abigail im Kindbett gestorben ist. Kassidy ist bis zu ihrem Ende an ihrer Seite gewesen. Ich kann Ihnen nicht sagen, wie schuldig ich mich fühle, weil ich nicht bei ihnen geblieben bin, bis das Baby auf der Welt war, aber ich war mir doch ganz sicher, daß die Geburt normal vonstatten gehen würde.«

»Ich nehme an, Abigail war Kassidys Schwester?«

Mary nickte zögernd. »Ja, Euer Gnaden, sie … Abigail … starb, und Kassidy verschwand.«

»Ist Ihre Nichte in irgendeiner Hinsicht ein wenig flatterhaft?«

»Nein, ganz und gar nicht. Aber ich verstehe durchaus, daß Sie zu dem Schluß kommen müssen, meine ganze Familie sei ein wenig seltsam.«

»Unsinn, Mylady. Das tue ich nicht«, erwiderte Raile. »Ich glaube, ich habe Ihre Nichte, Kassidy, tatsächlich kennengelernt. Obwohl ich zu dem Zeitpunkt dachte, sie sei Abigail Maragon.« Raile beobachtete Lady Marys Gesicht genau. »Sie kam hierher, um mich zu sprechen. Wissen Sie etwas darüber?«

Lady Marys Verblüffung war echt. »Nein. Warum sollte Kassidy so etwas tun? Sie kannten sich doch noch nicht …, oder etwa doch?«

»Ich habe Ihre Nichte nie zuvor gesehen, bis sie mit dem Säugling hier auftauchte.« Raile hatte seine Augen nicht von Marys Gesicht abgewandt. Er wartete noch immer auf eine Reaktion. »Sie hat mir das Baby in die Arme gedrückt und ist dann davongelaufen.«

Lady Mary schüttelte erleichtert den Kopf. »Gott sei Dank. Sie glauben nicht, wie froh ich bin, daß wenigstens das Kleine in Sicherheit ist.« Dann sah sie ihn mißtrauisch an. »Es geht ihm doch gut?«

»Ja, das kann ich Ihnen versichern. Das Baby ist oben im Kinderzimmer.«

Erst jetzt schien Lady Mary etwas einzufallen. »Aber … aber wieso hat Kassidy denn das Kind hierhergebracht?« Plötzlich schienen ihre Nerven zu versagen. Sie vergrub das Gesicht in den Händen. »Was … was soll das Ganze? Warum ausgerechnet zu Ihnen? Das heißt, wenn Sie …, aber nein, Sie können doch nicht …, das kann ich einfach nicht glauben!«

»Lady Mary, ich schwöre Ihnen, daß ich nicht der Vater des Kindes bin!«

Lady Mary hob den Kopf und blickte den attraktiven Duke einen Moment lang an. Wahrscheinlich lagen ihm die Frauen reihenweise zu Füßen. Aber er konnte schlecht Abigails geheimnisvoller Gemahl gewesen sein, denn er war nicht im Land gewesen, als sie davongelaufen war.

»Ich weiß überhaupt nicht mehr, was ich denken soll, Euer Gnaden. Hat meine Nichte Ihnen gesagt, wieso sie die Kleine hierherbrachte?«

»Sie schien zu glauben, daß ich der Vater des Kindes bin – oder zumindest dachte ich das damals. Ich möchte Sie nicht zusätzlich aufregen, Lady Mary, aber Ihre Nichte benahm sich nicht gerade vernünftig, als sie sich mit mir auseinandersetzte.«

»Nein«, sagte Lady Mary. »Das hätte mich auch gewundert. Sie liebte Abigail innig und hat zusehen müssen, wie sie gestorben ist.« Sie stand auf. »Nun möchte ich Sie nicht länger belästigen. Wenn Sie mir die Kleine bitte hinunterbringen lassen. Ich werde sie mitnehmen. Es besteht kein Grund, daß Sie sich noch länger mit der Sache beschäftigen müssen.«

»Doch, Lady Mary, denn ich stecke mit drin, ob ich das nun möchte oder nicht. Haben Sie eine Ahnung, wer Abigail Maragons Kind gezeugt hat?«

»Nein. Sie?«

»Ich glaube schon.«

Lady Mary starrte den Duke entgeistert an. »Dann müssen Sie

es mir sofort sagen! Vielleicht weiß er, wie ich Kassidy finden kann.«

»Nein, er wird Ihnen nicht helfen können. Ich würde Ihnen lieber im Augenblick noch keinen Namen nennen, Mylady, aber bitte glauben Sie mir, daß ich alles tun werde, was in meiner Macht steht, um Sie bei der Suche zu unterstützen.«

Seltsamerweise vertraute Lady Mary ihm. »Bitte lassen Sie mir jetzt das Baby bringen. Ich werde nun gehen.«

»Mylady, ich denke, es ist besser, wenn das Kind im Augenblick hierbleibt. Aber ich werde meine Haushälterin anweisen, Ihnen das Kinderzimmer zu zeigen, so daß Sie sich vergewissern können, wie gut es dem Mädchen geht.«

Lady Mary nickte langsam. »Braucht sie noch etwas?«

Raile lächelte. »Ich denke nicht. Die Kleine hat die volle Aufmerksamkeit aller meiner Bediensteten. Sie wird schrecklich verwöhnt. Man hat sich schon bei mir beschwert, daß Mrs. Fitzwilliams ihre Pflichten vernachlässigt, weil sie sich den ganzen Tag nur mit dem Kind beschäftigt.«

Nun ließ er Mrs. Fitzwilliams kommen und wies sie an, Lady Mary hinaufzubringen. Raile sah den beiden Frauen nach und hörte noch, wie die Haushälterin Lady Mary begeistert und in allen Einzelheiten über die Entwicklung des Säuglings informierte.

Dann wandte er sich ab und starrte nachdenklich aus dem Fenster. Nun hatte sich zwar das eine Rätsel gelöst, doch ein zweites war ihm gestellt worden. Kassidy Maragon war fort. Wo war sie? Was war ihr zugestoßen? Raile war entschlossen, herauszufinden, was aus jenem temperamentvollen grünäugigen Mädchen geworden war.

Kapitel 13

Kassidy wanderte rastlos in der Zelle umher wie ein gefangenes Raubtier. Sie zuckte längst nicht mehr jedes Mal zusammen, wenn sie Schritte von draußen hörte, denn die Wache, die sie hier eingesperrt hatte, war niemals zurückgekehrt.

Doch die Erschöpfung war so groß, daß sie sich schließlich an die Wand lehnen mußte, um aufrecht stehenzubleiben. Sie wurde immer schwächer. Sie würde etwas essen müssen, wenn sie nicht sterben wollte.

Zweimal am Tag schob eine namenlose und gesichtslose Person Wasser und Nahrung in die Zelle – wenn man den wäßrigen Haferschleim, der sich in einem schmutzigen Blechteller befand, Nahrung nennen konnte. So hungrig sie auch war, sie bekam ihn einfach nicht herunter, und so trank sie nur gierig das Wasser.

Kassidy ließ sich auf die Strohmatte fallen. Inzwischen war es ihr egal, daß es darin nur so von Ungeziefer wimmelte. Sie war krank, sie wußte es – in einem Augenblick fror sie noch erbärmlich, im nächsten brach ihr der Schweiß aus.

Das Fieber wütete den ganzen Tag und die folgende Nacht. Irgendwann begann sie zu halluzinieren. Sie sah die spöttischen Augen des Dukes und hörte seine Stimme, die sie verhöhnte. Dann erschien das blasse, leblose Gesicht ihrer Schwester, die sie anflehte, ihr Baby zurückzuholen. Kassidy schrie verzweifelt auf, doch da erschien wieder das Gesicht des Dukes, und diesmal wollte er sie nicht verspotten. Seine Augen verführten sie, lockten sie zu sich, versprachen ihr Freude und unbekannte Wonnen. Seine Hand berührte ihren Arm und wanderte aufwärts zu ihrem Hals. Die Geste war so zärtlich, daß sie unwillkürlich schauderte.

»Du wirst mich nicht täuschen, wie du es mit meiner Schwester getan hast«, schrie sie. »Ich lasse mich nicht von dir betören!«

Sie sammelte alle Kraft zusammen, um die Visionen aus

ihrem Kopf zu verbannen. Als sie sich wieder in der grausamen Wirklichkeit ihrer Zelle befand, überkam sie die nackte Verzweiflung. Das hatte *er* ihr angetan! Sie würde wahrscheinlich hier sterben, und gewiß würde er sich deswegen zufrieden ins Fäustchen lachen – er hatte sie wie eine lästige Fliege beseitigt!

Aber nein, noch war sie nicht am Ende! Und dieser Mann mußte bekommen, was er verdiente. Sie besaß einen eisernen Willen – sie konnte das Fieber überwinden! Wenn sie überleben wollte, dann mußte sie schon selbst etwas dafür tun. Es gab niemand anderen, der ihr helfen würde.

Schwach kroch sie über den dreckigen Boden, bis sie den Wasserkrug erreicht hatte. Sie hob ihn an die Lippen und trank, doch das Wasser löschte den brennenden Durst nicht. Vielleicht gab es doch keine Hoffnung mehr …

Raile blickte auf das Baby, das sich an die üppige Brust der Haushälterin schmiegte. »Sie ist doch gesund und munter, Fritzy?«

Mrs. Fitzwilliams Augen wurden weich. »Ja, das ist sie, Euer Gnaden. Sie ist ein braves Kind und hat jedermanns Herz im Sturm erobert. Armes, kleines, mutterloses Wesen. Weil sie keinen Namen hat, nennen wir sie alle nur Sweety.«

Raile berührte die winzige Hand, und das Baby umfaßte sofort seinen Finger. Es war ein Reflex, aber dennoch rührend, so daß er lächeln mußte. »Ich habe mir noch nie viel Gedanken über Babys gemacht, Fritzy, aber dieses hier kommt mir außergewöhnlich hübsch vor.«

»Das ist es auch«, stimmte Mrs. Fitzwilliams zu.

In diesem Augenblick tauchte Ambrose im Türrahmen auf und räusperte sich. »Verzeihen Sir, Euer Gnaden. Aber da möchte Sie ein *Individuum* sprechen, welches sich weigert, seinen Namen zu nennen. Der Jemand behauptet, Sie würden ihn bestimmt empfangen wollen.«

Raile zog sacht seinen Finger aus dem Patschhändchen des Babys und wandte sich an den Butler. »Finden Sie nicht auch,

Ambrose, daß mich in letzter Zeit ziemlich viele Menschen sprechen wollen, die sich weigern, ihren Namen zu nennen?«

Der Butler behielt seine stoische Miene bei. »Es scheint ganz so, Euer Gnaden.«

»Ich gehe davon aus, daß der Mann auch nicht gesagt hat, weswegen er hier ist, nicht wahr?« Raile lächelte leicht. »Er hat doch hoffentlich kein Baby bei sich?«

Wenn Ambrose amüsiert war, dann zeigte er es nicht. »Nein, Euer Gnaden. Er sagte nur, er wollte mit Ihnen über eine gewisse junge Dame sprechen.«

Raile sah ihn plötzlich alarmiert an. »Hat er den Namen der Lady genannt?«

»Nein, Euer Gnaden. Ich habe angenommen, daß sie ihn ohnehin nicht sprechen wollten, daher habe ich ihn in der Eingangshalle stehenlassen.«

Raile schob den verdatterten Ambrose zur Seite und stürmte in den Korridor hinaus und die Treppe hinunter.

Jack Beale wanderte im Kreis durch die Halle und musterte die Seidenbehänge an den Wänden. Er hatte noch nie so etwas Prächtiges gesehen. Er bemerkte weder, wie zerschlissenen die Gobelins waren, noch sah er die anderen Beweise für die jahrelange Vernachlässigung. Er sah nichts außer Reichtum, und er wollte verdammt sein, wenn er sich nicht einen Teil vom Kuchen abschneiden konnte.

Als Jack Schritte hörte, wandte er sich um und betrachtete den Mann, der nun auf ihn zukam. Der Butler hatte ihm zu verstehen gegeben, daß er nicht darauf hoffen sollte, empfangen zu werden, aber der große, aristokratisch wirkende Mann, der die Treppe hinunterkam, konnte niemand anderer als der Duke selbst sein.

»Kommen Sie mit«, sagte Raile ohne ein Wort der Begrüßung und bedeutete dem Mann, ihm in die Bibliothek zu folgen.

Der Duke schloß die Tür und musterte den Mann prüfend. »Sie wollten meinem Butler ihren Namen nicht nennen.«

»Sagen wir einfach, ich bin ’n Bekannter Ihrer Mutter, das reicht für Sie.«

»Meine Mutter ist tot.«

»Schon gut, ich meinte Ihre Stiefmutter, die Herzoginwitwe.«

»Es gibt keine Herzoginwitwe.«

Jacks Miene wurde zornig. »Ich weiß nich’, was für’n Spiel Sie und Ihre Frau Stiefmama spielen, aber sie hat mich für ’nen Job angeheuert, und ich will bezahlt werden. Es gibt noch andere Leute außer euch DeWinters, die an der kleinen Gefangenen in Newgate interessiert sind. Und ich kenne diese Leute.«

Railes Eingeweide zogen sich zusammen, als er begriff, was dieser Mann ihm da erklärte. Lavinia hatte ihn angeheuert, um Miss Maragon nach Newgate zu bringen. Er hatte durchaus gewußt, daß seine Stiefmutter hinterhältig werden konnte, aber bis zu diesem Moment war ihm nicht klargewesen, wie bösartig ihr Wesen tatsächlich war.

Er mußte so tun, als wüßte er, was Lavinia getan hatte, um mehr Informationen aus diesem Mann herauszubekommen. »Sie haben Miss Maragon also in Newgate einsperren lassen?«

»Ich weiß – das war es nich’, was Ihre Stiefmama wollte, Euer Exzellenz. Ja, Sie ham recht, ich hab’ das Mädel nicht wirklich beseitigt, wie mir aufgetragen worden ist. Aber weg vom Fenster isse so oder so, und keiner wird je wieder was von der hören, glauben Se mir. Und deswegen will ich haben, was mir zusteht, dann verschwinde ich auch sofort.«

Raile versuchte, den heißen Zorn, der sich in seinem Inneren aufbaute, niederzukämpfen. Er hätte diesen Mann am liebsten sofort verhaften lassen, aber wenn er das tat, dann würde er Miss Maragon vielleicht niemals finden.

So zwang er seine Stimme zu einem gleichgültigen Tonfall, der nichts von seinen Gefühlen verriet. »Kennen Sie meine Stiefmutter gut?«

Jack nickte. »Wir haben ’ne anständige Geschäftsbeziehung.

Wenn sie jemand aus 'm Weg schaffen will, dann mach ich das für sie.«

»Ah, Sie haben so etwas schon zuvor getan?«

Jacks Augen blickten ihn gerissen an. »Na, das sag ich lieber nicht, was?«

»Also, verstehe ich das richtig? Meine Stiefmutter wollte Miss Maragon tot sehen, und Sie haben sich bereit erklärt, das für sie zu erledigen?«

»Nich' für das Geld, was Ihre Ma ... Ihre Stiefmutter uns geboten hat. Dafür mach' ich mir doch nicht die Hände schmutzig. Wenn ich jemanden um die Ecke bringen soll, dann kostet das schon ein paar Kröten mehr, klar?« Jack strich sich nachdenklich übers Kinn. »Aber wenn Se mich fragen, wär die Kleene besser dran, wenn se tot wäre. Newgate ist 'n echtes Höllenloch.«

Raile mußte die Faust in der Tasche seines Rockes zusammenballen, um sie dem Kerl nicht zwischen die Augen zu rammen. »Aha. Statt Miss Maragon ... umzubringen, haben Sie sie also nach Newgate verfrachtet, richtig? Dann müssen Sie dort aber jemanden kennen, der Ihnen geholfen hat.«

»Wenn man Jack Beale beauftragt, dann macht er's auch richtig, glauben Se mir. Allerdings bin ich nich' sicher, ob die Kleene immer noch da drin ist. Tja, der Wächter, der sie mir abgenommen hat, hat was davon gesagt, daß er sie an 'n Bordell verkaufen wollte. Ob er's schon gemacht hat, weiß ich nich', denn man hat den Typ am nächsten Morgen tot auf der Straße gefunden. Hat 'n Messer im Herz stecken gehabt! So kann's kommen.«

Es kostete Raile langsam übermenschliche Kräfte, seine Beherrschung zu bewahren – es war eine Schande, daß er den Mann nicht gegen die Wand schmettern durfte. Aber er mußte noch mehr erfahren.

»Wenn ich nach ihr suchen wollte, wo in Newgate müßte ich anfangen?«

»Sie wollen sichergehen, daß die Kleene wirklich aus dem

Weg geschafft ist? Pah, Sie müssen sich keine Sorgen machen. Das Mädchen sah wirklich zart und zerbrechlich aus, die wird's nicht lange in dem Loch machen. Sie brauchen sich um Miss Maragon wahrhaftig keine Sorgen mehr zu machen.«

»Haben Sie den Brief an ihre Tante, Lady Mary Rindhold, geschickt?«

Jack sah voller Unbehagen weg. »Na, Sie werden wohl verstehen, daß ich sauer war, weil Ihre Mutter, äh, Ihre Stiefmutter sich nich' an die Abmachung gehalten hat. Ich geb' ja zu, es war 'n Fehler, den Brief zu schicken. Ich wär' besser sofort zu Ihnen gekommen. Aber die Tante weiß nich', wo das Mädchen steckt, glauben Sie mir, da müssen Sie echt keine Bange haben.« Er warf dem Duke einen Seitenblick zu. »Jedenfalls nich', wenn ich meine Kröten kriege!«

»Wieviel hat meine … Stiefmutter Ihnen geboten?«

»Hundert Pfund. Aber als mein Bruder 's holen wollte, hat se behauptet, sie hätte das Geld noch nich'. Jetzt verstehn Se wohl, warum wir wütend geworden sind.«

Raile sah den Mann angewidert an. »Wie sind Sie denn darauf gekommen, daß die Frau meine Stiefmutter ist? Sie wird Ihnen wohl kaum ihren Namen gesagt haben, nicht wahr?«

»Der alte Jack ist kein Dummkopf, wissen Se. Ich bin ihr gefolgt, und hab' so rausbekommen, wer sie is. Tja, und hier bin ich nun. Geben Sie mir mein Geld, und ich hau' ab.«

»Ja, es ist gut, daß Sie zu mir gekommen sind.« Raile trat an seinen Schreibtisch, öffnete eine Schublade und zählte einige Goldmünzen ab.

Dann kehrte er zu dem Mann zurück und hielt ihm das Geld hin. »Ich habe noch fünfzig Pfund dazugetan. In Zukunft werden Sie sich sofort an mich wenden, falls meine Stiefmutter Sie noch einmal aufsucht, einverstanden?«

Jack grinste. »Ach, so ist das. Nun, klar mach' ich das, Euer Exzellenz. Und ich muß sagen, daß es 'n echtes Vergnügen ist, mit'm Gentleman wie Ihnen Geschäfte zu machen.«

Raile öffnete die Tür und rief Ambrose. »Führen Sie den Herrn bitte durch die Hintertür hinaus, und kommen Sie danach zu mir zurück. Veranlassen Sie außerdem, daß die Kutsche vorfährt.«

Ambrose und Jack verließen die Bibliothek, und Raile starrte ihnen nachdenklich hinterher. Nun wußte er jedenfalls, auf welche Art und Weise Lavinia zu verhindern suchte, daß er Hugh zu einer Ehe zwang, die ihr nicht gefiel.

Was für eine Ironie, daß Kassidy Maragon das falsche Mädchen war.

Kapitel 14

Die Luke ging auf, und die tägliche Ration Haferschleim wurde in die Zelle geschoben. Kassidy hatte kaum noch die Kraft, heranzukriechen und den Teller an ihre Lippen zu heben. Hungrig schlang sie das ekelhafte Zeug herunter, wobei ihr der Brei über das Kinn floß und auf den Boden tropfte. Aber Kassidy dachte nicht daran, etwas zu vergeuden. Sie brauchte alles an Nahrung, was sie bekommen konnte, und so klaubte sie die Breikleckser vom Boden auf und leckte ihre Finger ab.

Es kümmerte sie nicht mehr, ob sie sich zivilisiert benahm oder nicht – für Kassidy ging es ums nackte Überleben! Sie wußte, daß sie kaum mehr als ein Tier war … Aber was zählte das schon?

Plötzlich knirschte ein Schlüssel im Schloß, und die Tür schwang knarzend auf. Kassidy drückte sich eng an die Außenmauer, als das Licht der Laterne sie blendete. Es dauerte eine Weile, bis sich ihre Augen an die plötzliche Helligkeit gewöhnt hatten und sie die zwei Wärter erkennen konnte. Zitternd vor Erleichterung nahm sie zur Kenntnis, daß keiner der beiden der Mann war, der sie eingesperrt und vergewaltigt hatte.

»Möchte ja gern wissen, was die Kleine angestellt hat, daß sie in dieses Loch gesperrt wurde«, meinte einer der Männer. »Himmel, sieht die mitleiderregend aus.«

Kassidy hob unwillkürlich die Hand zu ihrem Haar. Man hatte ihr bisher immer gesagt, daß sie hübsch sei – und nun bezeichnete sie der Mann als mitleiderregend! Als sie entführt worden war, hatte sie ihr Lieblingskleid angehabt, doch dies war nun vollkommen verdreckt und zerschlissen, und man konnte kaum erkennen, daß es einmal von einem satten Grün gewesen war.

»Hör mal, Mädchen, du stellst für uns 'n kleines Problem dar. Wir wissen nicht, wer du bist oder wer dich in Einzelhaft gesteckt hat. Wir können keinen Hinweis darauf finden, daß es dich überhaupt gibt, verstehst du?«

Kassidy schüttelte verwirrt den Kopf. Sie brachte kein Wort hervor.

»Wenn Tom Brunson etwas über dich gewußt hat, dann hat er sein Wissen leider mit ins Grab genommen. Ganz schön merkwürdige Sache, was?«

Kassidy blinzelte, bemüht, einen klaren Gedanken zu fassen. Wollte der Mann damit sagen, daß Brunson tot war? War das der Grund, warum er niemals zurückgekehrt war, um sie weiter zu quälen?

»Tja«, meldete sich nun der andere Wärter zu Wort. »Sie ist in ziemlich schlechter Verfassung. Sie könnte sterben, wenn wir sie hierlassen. Ich denke, wir sollten sie in den Frauentrakt verlegen, bis wir etwas über sie herausgefunden haben.«

Kassidy versuchte, sich auf die Worte der Männer zu konzentrieren? Warum meinte der eine, sie würde vielleicht sterben? War sie denn so krank? Oder sah sie so aus? Kassidy versuchte, auf die Füße zu kommen, aber ihre Beine wollten sie nicht tragen.

Einer der Männer löste ihre Ketten, und sie fielen rasselnd zu Boden. Kassidy rieb sich das aufgeschürfte Handgelenk. Hoffnung keimte in ihrem Herzen. Würde man sie jetzt freilassen?

»Wie heißt du, Kleine?« fragte einer der Wachen. »Und du solltest besser die Wahrheit sagen, klar?«

»Kassidy Maragon«, brachte sie mühsam hervor und wartete, bis er es in sein Buch geschrieben hatte. »Ich bin durch einen Irrtum hier eingesperrt worden. Ich habe nichts Böses getan. Bitte lassen Sie mich gehen!«

Beide Männer lachten laut auf. »Wenn man den Leutchen hier glauben will, dann hat niemand hier drin etwas Böses getan. Ihr alle hier tut gerade so, als wäre die Stadt von Verbrechern bevölkert, während die Unschuldigen ihr Dasein in Newgate fristen müssen.«

Endlich begriff Kassidy, daß die beiden ihr nicht helfen würden. Die Männer hatten gelernt, ihr Mitleid zu unterdrücken, und jetzt fiel Kassidy auf, daß sie sie nicht wirklich ansahen. Sie schauten durch sie hindurch – wahrscheinlich hatten sie es sich angewöhnt, um keine Gefühle aufkommen zu lassen.

Der eine der Wärter packte Kassidys Handgelenk und zerrte sie auf die Füße. Sie schwankte, tastete nach der Mauer und lehnte sich schließlich dagegen, um nicht wieder umzufallen.

»Du gibst dir besser ein wenig Mühe, wenn du hier rauskommen willst«, warnte der Mann sie. »Glaub ja nicht, daß ich dich tragen werde!« Mit diesen Worten machte er kehrt und bedeutete ihr, ihm und seinem Kumpanen zu folgen.

Kassidy hielt sich an den Eisenstäben fest und bewegte sich Schritt für Schritt vorwärts. Erst als sie die Zelle hinter sich gelassen hatte, wagte sie wieder zu atmen. Endlich – endlich! Sie war überzeugt, daß man sie wirklich aus diesem Loch herausholte.

So stolperte Kassidy hinter den beiden Wachen her und stützte sich an der Wand ab, um aufrecht gehen zu können. Der Weg führte durch ein Labyrinth feuchter, schlecht beleuchteter Gänge, bis sie schließlich an eine Treppe kamen, die hinaufführte. Kassidy packte das hölzerne Geländer und biß die Zähne zusammen. Jede einzelne Stufe, die sie hinaufstieg, sandte ihr stechende Schmerzen durch ihre erschlafften Muskeln.

Oben angekommen, verließ Kassidy endgültig die Kraft. Sie stolperte und stürzte, doch einer der Wachen packte sie am Arm, riß sie hoch und schubste sie heftig gegen die Wand. Mit einem ungeduldigen Knurren rammte er ihr einen hölzernen Knüppel zwischen die Rippen, so daß Kassidy gequält aufschrie. Ein zweiter Hieb traf sie an der Schläfe, und Kassidy sackte zusammen.

Der Mann knurrte sie an, wieder aufzustehen, und Kassidy kam, so rasch sie konnte, wieder auf die Füße. Nach einer Weile, die ihr wie eine Ewigkeit vorkam, erreichten sie eine Art Aufenthaltsraum, in dem Frauen und Kinder ziellos herumwanderten.

»Warte hier, bis wir wissen, was wir mit dir machen.« Der Wärter deutete mit dem Knüppel in eine Ecke. »Und halt dich von den anderen fern.«

Kassidy gehorchte, denn sie wollte nicht ein zweites Mal den Knüppel spüren. Sie rutschte an der Wand zu Boden und blieb auf den kalten Steinen sitzen. Ihr Schultern bebten, und sie biß sich auf die Lippen, um nicht mit den Zähnen zu klappern.

Als die Gefangenen in dem Raum zu ihren Zellen zurückgetrieben wurden, nahm niemand von Kassidy Notiz. Sie saß an die Mauer gelehnt da, starrte auf die Tür, die offenstand, und wußte genau, daß sie zu schwach war, um einen Fluchtversuch zu unternehmen. Auch die Wärter schienen das zu wissen, denn niemand bewachte sie, aber ihr war es egal. Müde senkte sie den Kopf. Was sollte sie auch schon tun, um ihr Schicksal zu beeinflussen?

Ein Schatten fiel über sie, und sie sah auf. Vor ihr ragte ein weiterer Wärter auf. »Komm hoch, Mädchen. Wir wissen zwar immer noch nicht, wer du bist, aber wir werden es schon herausfinden.«

Kassidy mühte sich also erneut auf ihre wackligen Beine und folgte dem Mann, der nun ein eisernes Tor aufschloß und sie einen anderen Gang entlang zu einer großen Zelle führte, in der sich bereits einige Frauen befanden. Er stieß sie hinein, schlug die Tür hinter ihr zu und schob den Riegel vor.

Langsam taumelte Kassidy zu einer Ecke und ließ sich dort

fallen. Sie wollte nur in Frieden gelassen werden, einschlafen und niemals wieder erwachen.

»Heiße Elspeth O'Neill«, sagte eins der Mädchen und reichte Kassidy einen Becher Wasser, den diese dankbar annahm. Die Flüssigkeit rann ihre Kehle hinab, und Kassidy spürte, wie sich ihre Lebensgeister zu regen begannen. Sie sah auf und musterte das Mädchen.

Ihr Name ließ vermuten, daß sie Irin war. Sie hatte hellbraunes Haar, und ihr Gesicht war mit Sommersprossen übersät. Seit man Kassidy in Newgate eingesperrt hatte, war dieses Mädchen der erste Mensch, der ihr etwas Wärme entgegenbrachte. Und diese Tatsache trieb ihr die Tränen in die Augen.

»Na, für meinen Geschmack siehste nicht besonders gut aus«, sagte Elspeth und legte ihr die Hand auf die glühende Stirn. »Hier.« Sie hob den Becher an Kassidys Lippen. »Trink noch was. Is' nich' viel, aber es hilft 'n bißchen.«

»Vielen Dank«, sagte Kassidy inbrünstig und tat, wie ihr geheißen.

»Hör mal, so wie du dich anhörst, scheinst du mir 'ne hochwohlgeborene Lady zu sein. Was hast du denn getan, daß sie dich hier eingesperrt ham?«

Kassidy erinnerte sich nur allzu gut an die Reaktion der Wärter, als sie ihre Unschuld beteuert hatte. Wahrscheinlich würde niemand ihr glauben, aber sie wollte versuchen, es Elspeth so wahrheitsgemäß wie möglich zu erklären. »Ich bin hier«, begann sie mit bebender Stimme, »weil ich jemandem in die Quere gekommen bin.«

»Es ist ja egal, warum man hier ist«, erwiderte Elspeth. »Die hängen dich doch sowieso, ob du nun eine Brotkrume oder aber die Kronjuwelen gestohlen hast.«

Kassidy war plötzlich eiskalt. Sie dachte daran, was Tom Brunson mit ihr gemacht hatte und beschloß, das Ereignis tief in ihrem Unterbewußtsein zu vergraben. Der Gedanke daran war zu furchtbar.

»Ich muß unbedingt aus Newgate hinaus, Elspeth. Es gibt etwas, das ich dringend erledigen muß.«

»Klar, wenn du Flügel hättest, dann hättest du ’ne Chance, aber so bleibt dir wohl nichts anderes übrig, als deine Zeit abzusitzen, die dir das Gericht aufgebrummt hat.«

Kassidy schüttelte verzweifelt den Kopf. »Ich war nicht einmal vor Gericht …, man hat kein Urteil über mich gesprochen.« Sie schaute direkt in Elspeths klare blaue Augen. »Ich erwarte nicht, daß du mir glaubst, aber es ist die Wahrheit.«

Elspeth schwieg eine lange Weile, bis sie endlich antwortete. »Ich glaub’ dir.« Sie senkte die Stimme. »Wie lange bist du schon hier?«

»Ich … ich weiß nicht. Weißt du, welches Datum wir haben?«

Elspeth nagte konzentriert an ihrer Unterlippe. »Hm, ich würd’ sagen, wir haben so um den sechsten Juli, vielleicht den siebten. Nich’ viel später jedenfalls.«

»O Gott«, schluchzte Kassidy und vergrub ihren Kopf in den Händen. »Ich wurde am zwanzigsten Mai entführt. Wie lange bist du denn schon hier, Elspeth?«

»Fast fünf Jahre jetzt. Aber mir kommt’s so vor, als wär’ ich schon immer hier gewesen. Meine Ma ist früh Witwe geworden und war mit uns sieben Kindern allein. Ich mußte auch Geld verdienen, und zuerst hab’ ich Ingwerkuchen auf der Straße verkauft. Als ich alt genug war, wurd’ ich Lehrmädchen bei ’nem Juwelier. Ich wußte ehrlich nicht, daß der Mann geklaute Steine verscherbelte, aber das war natürlich am Ende nich’ mehr wichtig. Der Richter meinte, ich wär’ schuldig, und so kam ich hierher. Ich hab’ jetzt nur noch drei Monate und bin froh, daß ich hier rauskomme!«

»Oh, Elspeth, ich habe keine große Hoffnung. Wahrscheinlich werde ich hier sterben.«

»Na na, nicht verzweifeln. Wenn du das nämlich tust, *dann* wirst du sterben!« Elspeth sah die Wunde an ihrem Kopf und runzelte die Stirn. »Wer hat das getan?«

»Ein Wärter.«

Elspeth tauchte einen Lumpen in Wasser und tupfte die Wunde ab. »Hör zu, wenn ich draußen bin, geh' ich zu deiner Familie und sag' ihnen, daß du hier bist. Sie holen dich schon raus.«

Kassidy spürte, wie Hoffnung in ihr aufkeimte und ihr neue Energie verlieh. »Das würdest du tun?«

»Na klar. Du erinnerst mich an meine kleine Schwester, und außerdem weiß ich, wie es ist, unschuldig eingesperrt zu sein.«

Kassidy versuchte, sich zu erheben, fiel aber zurück.

»Du hast dir 'ne Krankheit eingefangen, die viele hier im Knast kriegen. Ich hatt' sie auch, als ich herkam. Hat Monate gedauert, bis ich wieder auf 'm Damm war. Immer wenn ich dachte, es wär vorbei, da kam's wieder.« Elspeth hob einen Löffel des dünnen Haferschleims und führte ihn an Kassidys Lippen. »Wenn man nur so'n ekelhaftes Zeug zu essen kriegt«, sagte sie angewidert, »dann erholt man sich nicht so schnell.«

Jeden vierten Tag durften die Insassen auf den Hof hinaus. Kassidy genoß die frische Luft und das Gefühl der warmen Sonne auf ihrer Haut. Sie lauschte den Rufen der fliegenden Händler, die hinter der Mauer auf den Straßen ihre Waren denen feilboten, die zahlen konnten. Sie beobachtete die Elendsgestalten, die ihre Arme durch die Eisengitter streckten und die Passanten um etwas zu essen anbettelten.

Wie tief war sie gesunken! Sie hatte nicht einmal so viel, daß sie dafür eine Kante Brot eintauschen konnte. Doch sie war zu stolz, um zu betteln ... Lieber wollte sie verhungern. Mochte ihre Würde auch arg gelitten haben, ihr Stolz war so stark und so lebendig wie nie zuvor.

Der Hunger zog ihr die Eingeweide zusammen, aber mit jeder Demütigung, die sie erleiden mußte, wuchs ihre Entschlußkraft. Eines Tages würde sie diese Hölle verlassen und dem Duke gegenübertreten. Und er würde dafür bezahlen müssen, was er ihr angetan hatte!

Kapitel 15

Eskortiert von drei Reitern in prächtigen Livreen bahnte sich die Kutsche ihren Weg durch die belebten, engen Londoner Straßen.

Als die Kutsche vor den Toren von Newgate hielt, beobachteten die Wachen, die dort postiert waren, verblüfft, wie ein Diener ein Treppchen ausklappte und die Wagentür aufhielt, während ein Mann ausstieg. Die Kleidung des Mannes ließ keinen Zweifel daran, daß es sich hier um eine bedeutende Person handelte, was die Wachen in ehrfürchtiges Staunen versetzte. Der Mann sah weder nach rechts noch nach links, als er durch das Tor in das Gefängnis eintrat.

Zielstrebig bewegte sich Raile auf das Büro der Gefängnisverwaltung zu, während Oliver einen Schritt hinter ihm folgte. Raile stieß die Tür des kleinen, kargen Vorzimmers auf und machte erst vor dem Schreibtisch halt, hinter dem ein Mann saß, der ihn nun verwirrt anblickte.

»Ich will sofort den Vorsteher sprechen«, befahl Raile barsch, während er seine Lederhandschuhe auszog und sich damit ungeduldig auf den Oberschenkel schlug.

»Werden Sie erwartet, Sir?«

»Holen Sie den Vorsteher«, meldete sich Oliver zu Wort und gab sich Mühe, so hochnäsig wie möglich zu klingen. »Und seien Sie so nett, ihn darüber zu informieren, daß der Duke of Ravenworth ihn unter vier Augen sprechen will. Beeilen Sie sich. Seine Gnaden wartet höchst ungern.«

Der kleine Mann kam hastig auf die Füße und stieß dabei seinen Stuhl um. »Natürlich, Euer Gnaden«, brachte er hervor und stürzte auf die Tür zu. »Ich bin sicher, Mr. Clarence wird Sie sofort empfangen.«

Seit zwei Tagen hatte Kassidy sich nicht von ihrer Strohmatte erhoben. Sie ertrug den wäßrigen Haferschleim nicht länger, und obwohl Elspeth sich redlich Mühe gab, sie zum Essen zu zwingen, weigerte sie sich, auch nur einen Löffel zu sich zu nehmen.

Die anderen Insassen hatten Ausgang auf dem Hof, aber Elspeth hatte Kassidy nicht verlassen wollen. Die junge Irin wich nicht von ihrer Seite, obwohl sie ahnte, daß ihre traurige Wache wahrscheinlich keine Woche mehr dauern würde.

Als sie den Schlüssel im Schloß hörte, schaute sie auf und sah den Vorsteher mit zwei anderen Männern eintreten. Elspeth starrte sie verblüfft an. Es war selten, daß der Vorsteher persönlich in die Zellen kam, und Elspeth konnte sich nicht vorstellen, was er hier wollte. Dann wanderte ihr Blick zu den anderen beiden Männern. Den einen identifizierte sie sogleich als Bediensteten, wenn auch einen in hoher Stellung. Der Anblick des dritten Mannes ließ sie sofort auf die Füße kommen. Er war ausgesprochen attraktiv und strahlte Autorität aus. Sein Blick streifte Elspeth nur kurz, dann glitt er zu dem Mädchen, das bewußtlos auf der Strohmatte lag. Elspeth sah, wie seine Augen sich vor Zorn verengten, dann jedoch voller Mitleid weich wurden.

Raile ließ sich neben Kassidy auf die Knie fallen. Er war entsetzt, wie dünn und heruntergekommen sie aussah. Ihr blondes Haar war stumpf und verfilzt, und als er ihre Hand in die seine nahm, spürte er, daß sie hohes Fieber hatte.

»Sie ist krank«, stellte er mit einem anklagenden Blick auf den Vorsteher fest. »Ich werde sie sofort hier herausbringen.«

»Natürlich, Euer Gnaden. Ich weiß auch nicht, wie das geschehen konnte. Ich hoffe, Sie geben nicht mir die Schuld daran. Wenn mir ihr Fall früher zu Ohren gekommen wäre, dann hätte ich selbstverständlich sofort …«

Raile brachte den Mann mit einem kalten Blick zum Verstummen. »Ich schlage vor, Sie sorgen in Zukunft dafür, daß solche scheußlichen Dinge nicht mehr passieren. Ich werde eine Untersuchung in die Wege leiten, denn es gibt Hinweise auf kriminelle Aktivitäten, die von Ihrem Gefängnis aus unternommen werden. Und wenn ich an Ihrer Stelle wäre, dann würde ich mir wegen

Miss Maragon verdammt viele Sorgen machen. Wenn ich Ihnen den Namen ihres Onkels verraten würde, dann bekämen Sie den Schrecken Ihres Lebens. Er ist ein bedeutendes Mitglied des Parlaments, und wenn er will, dann kann er Ihnen sehr viel Ärger bereiten.«

Dem Vorsteher stand die Furcht im Gesicht geschrieben. »Sie … Sie können sich auf mich verlassen, Euer Gnaden. Ich werde dafür sorgen, daß so etwas nie wieder geschieht, bitte glauben Sie mir.«

Kassidy nahm alles wie durch einen Nebel wahr. Irgendwann gelang es ihr, das Gesicht zu erkennen, das über ihr in der Luft zu hängen schien. Sie stöhnte, als sie den Mann erkannte, den sie haßte.

»Nein«, brachte sie hervor. »Ich will nicht. Faß mich nicht an. Ich habe Angst … Geh weg … Geh doch weg … !«

Elspeth tippte dem Duke auf die Schulter. »Sind Sie etwa für das hier verantwortlich?« Sie wies mit einem knochigen Finger auf Kassidy und schüttelte wütend den Kopf. »Sie ist ein liebes Kind. Sie hat etwas Besseres verdient.«

Raile hob Kassidy auf die Arme und blickte auf die junge Irin herab, deren Augen sich in ihn bohrten. »Ich werde ihr nichts antun.«

»Das ist auch besser so, denn ich werd' mich nach ihr erkundigen, wenn ich raus bin … Und ich komme sehr bald hier raus!«

Der Vorsteher schubste Elspeth gegen die Eisenstäbe. »Hau ab, Weib. Wirst du den hohen Herrn wohl nicht belästigen? Los, raus mit dir auf den Hof. Geh zu den anderen!«

Elspeth drückte sich an der Wand entlang zur Tür. »Ich geh' ja schon, aber Sie sollten sich merken, was ich gesagt hab'. Ich weiß, wer Sie sind, und ich finde Sie, wenn Sie ihr etwas antun!« Mit einem letzten Blick auf Kassidy schoß sie durch die Tür und hastete den Flur entlang.

Kassidy war sich nicht sicher, ob sie träumte, aber wenn es so war, dann wünschte sie sich nichts mehr, als zu erwachen. Ängstlich streckte sie die Hand aus und berührte Railes Gesicht. Das war kein Traum! Der Mann war echt. Was wollte er ihr nun wieder antun? O Gott, hörte es denn nie auf?

Doch sie war zu schwach, um gegen ihn anzukämpfen. Mochte er doch tun, was er wollte – was hatte sie ihm schon entgegenzusetzen?

Raile sah die Angst in ihren Augen und wünschte sich, daß er ihr die Furcht hätte nehmen können. Doch er wußte nicht wie, und so sagte er nur: »Es wird alles gut. Ich bringe Sie von hier fort.«

Ihre Lider flatterten. Sie versuchte, sich aus seinen Armen zu winden, aber er hielt sie fest. Als er sie in seinen Umhang hüllte, fragte sie sich einen Moment, ob er sie ersticken wollte.

»Bitte, nein …, tun Sie mir nicht mehr weh«, flüsterte sie fast unhörbar. Ihre Lippen waren aufgesprungen und rissig. »Bitte … lassen Sie mich sterben.«

Railes Herz zog sich schmerzhaft zusammen. »Sie sind jetzt in Sicherheit, Miss Maragon. Bitte vertrauen Sie mir!«

Doch Kassidy schloß nur die Augen, und ihr Kopf sank leblos an seine Brust.

Den ganzen langen Tag litt Kassidy in einer Alptraumwelt aus Schmerz und Qual. Sie wußte, daß sie nicht länger in Newgate war, hatte aber keine Ahnung, wohin man sie statt dessen gebracht hatte. Doch an welchem Ort auch immer sie sich befand, man gab sich alle Mühe, sie zu quälen.

Drängende Stimmen befahlen ihr, sich auf den Rücken zu rollen, dann zog man ihr das Kleid über den Kopf. Sie wurde in kaltem Wasser gebadet, bis sie entsetzlich fror. Danach zog man ihr ein sauberes Nachtkleid an und zwang sie, sich zu bewegen, obwohl sie glaubte, keine Energie mehr zu besitzen.

Einmal stand ein Mann vor ihr, der ihr löffelweise eine ekelhaft schmeckende Flüssigkeit einflößte. Kassidy war davon überzeugt, daß man sie vergiften oder zumindest wieder betäuben wollte. Schließlich wünschte sie sich, wieder in Newgate sein zu können, denn dort hatte man sie zuletzt wenigstens nicht ständig herumgestoßen und belästigt. Und dort hatte auch niemand von ihr verlangt, sie solle aus ihrer Traumwelt zurückkommen.

Kassidy wäre noch viel entsetzter gewesen, wenn sie gewußt hätte, daß sie sich im Stadthaus des Duke of Ravenworth befand.

Da Lady Mary auf der Suche nach ihrer Nichte London verlassen hatte, bemühte Raile sich, sie ausfindig zu machen. In der Zwischenzeit wollte er für Kassidy alles tun, was in seiner Macht stand. Als erstes hatte er Dr. Worthington zu sich gerufen.

Der Arzt war eben angekommen. Raile hatte ihn ins Krankenzimmer geführt und war dann leise wieder hinausgegangen. Draußen stand er eine Weile nachdenklich vor der Tür, bis er sich abwandte und entschlossen auf die Treppe zuging, um hinunter ins Eßzimmer zu gehen. Es war an der Zeit, sich mit Lavinia und Hugh auseinanderzusetzen.

Als er in den Speisesaal stürmte, war sein Gesicht verzerrt vor Zorn. Ohne Einleitung begann er. »Ich muß euch dringend sprechen. Beide! Kommt sofort in mein Arbeitszimmer!«

Lavinia nippte an ihrem Weinglas und musterte Railes Miene. »Was kann denn so wichtig sein, daß wir nicht zu Ende essen können? Hat es etwas damit zu tun, daß Dr. Worthington im Augenblick im Haus ist?«

Hugh bemerkte das gefährliche Glitzern in Railes Augen. »Vielleicht sollten wir tun, was er sagt, Mutter.«

»Das wäre fein, es sei denn, ihr möchtet, daß die Dienerschaft mitbekommt, was in unserer Familie vor sich geht«, knurrte Raile. Ohne ein weiteres Wort drehte er sich auf dem Absatz herum und verließ den Raum. Lavinia legte ihre Serviette auf den Tisch und schob ihren Stuhl zurück. »Komm, Hugh. Bringen wir in Erfahrung, was Raile am heutigen Abend zu jammern hat.« Sie setzte ein ironisches Lächeln auf. »Ich bin sicher, es wird keine gemütliche Plauderrunde.«

Kurz darauf betraten sie die Bibliothek, und Lavinia ließ sich in einem der ledernen Sessel nieder. »Raile«, begann sie, »hast du eigentlich gar keine Manieren, daß du einfach so …«

»Ich habe euch nicht herbefohlen, um mir eine Lektion in gutem Benehmen erteilen zu lassen, Stiefmutter.« Railes Stimme klang beherrscht, doch seine Augen verrieten seinen Zorn.

»Was willst du dann?« fragte Hugh, nahm eine antike Schnupftabakdose in die Hand und drehte sie müßig in den Händen.

Raile baute sich vor seinem Bruder auf. »Was würdest du sagen, wenn ich dir erzähle, daß ich mit Jack Beale gesprochen habe?«

Hugh hob die Schultern. »Dann würde ich dich fragen, wer zum Teufel Jack Beale ist.«

Railes Erleichterung war groß. Er glaubte seinem Bruder. Hugh war nie in der Lage gewesen, seine Gefühle zu verbergen. Hätte er von den Taten seiner Mutter gewußt, wäre es ihm anzumerken gewesen.

Raile wandte sich zu Lavinia, die die Armlehne ihres Sessel so fest umklammert hatte, daß die Knöchel weiß hervortraten. Sie war bleich, und ihre Augen verrieten höchste Alarmbereitschaft.

»Und du, Lavinia?« Er ging zu ihr und blieb vor ihrem Sessel stehen. »Würdest du dasselbe fragen? Oder kennst du Jack Beale?«

Sie schüttelte den Kopf. »Ich habe keine Ahnung, wovon du sprichst, Raile. Soll ich deiner Meinung nach irgend etwas getan haben?«

»Ja, und ich habe Beweise dafür, Lavinia. Du hast Miss Maragon entführen und nach Newgate schaffen lassen.«

Lavinia war einen Augenblick vor Schreck wie gelähmt. Dieses verfluchte Mädchen war also noch am Leben!

Dann riß sie sich zusammen und sagte ungerührt und vollkommen aufrichtig: »Ich hatte keine Ahnung, daß Miss Maragon sich in Newgate befindet.«

»Was höre ich da?« fragte Hugh überrascht. »Abigail ist im Gefängnis?«

Lavinia ignorierte ihren Sohn, stand auf und schlenderte zum Schreibtisch hinüber. Sie blieb davor stehen und strich mit den Fingern über die glatte Fläche. »Ich habe niemanden nach Newgate bringen lassen, Raile«, wiederholte sie. »Doch das ändert ohnehin nichts an der einen Sache: Mein Sohn wird diese Frau nicht heiraten.«

»Lavinia, ich weiß alles. Ich weiß, daß du Miss Maragon loswerden wolltest und wen du dafür bezahlt hast.« Seine Stimme klang gepreßt. »Dabei hättest du dir so viel Ärger ersparen können. Denn leider hattest du es auf das falsche Mädchen abgesehen.«

Sie starrte ihn mit offenem Mund an. »Was sagst du da?«

»Es ist die Wahrheit, Lavinia.« Seine Augen wurden hart wie Stahl. »Wir haben alle angenommen, das Mädchen, das nach Ravenworth Castle gekommen ist, sei Abigail Maragon. Tatsächlich ist jedoch Abigail im Kindbett gestorben. Die, die mir das Baby übergeben hat, war ihre Schwester Kassidy.«

Hugh wurde leichenblaß. »Abigail ist tot?«

»Ja, Hugh, sie ist tot«, sagte Raile. Wieder verspürte er heftigen Abscheu, daß ausgerechnet diese beiden seine letzten Verwandten waren. »Du hast Abigail Maragon allein gelassen, als sie dein Kind zur Welt brachte, und dabei ist sie gestorben. Ich hoffe, du bereust, was du da getan hast!«

Lavinia schob ihren Arm schützend durch den von Hugh. »Er hat gar nichts getan, Raile, und du wirst dich hier nicht als Richter aufspielen, ist das klar? Schließlich ist die Kleine selbst schuld gewesen. Sie war verdorben und ist an der Frucht ihrer Schandtaten gestorben.«

Hugh schüttelte den Arm seiner Mutter ab und ging zum Fenster. Dort blieb er stehen und starrte hinaus. »Sie ist gestorben, und ich wußte es nicht einmal. Ich glaube, ich … ich habe viel für sie empfunden«, murmelte er. Er spürte plötzlich eine seltsame Leere in seinem Herzen, dachte an die schönen, friedlichen Tage in dem kleinen Häuschen am Fluß, und wußte, daß es stimmte. Er hatte Abigail geliebt! Und nun wollte er nur noch allein sein, sich an sie erinnern, sich seiner Trauer hingeben.

»Die Zeit zum Klagen ist vorbei, Hugh«, unterbrach Raile grob seine Gedanken. »Du hättest früher merken sollen, was du für sie empfandest. Du hättest dasein sollen, als sie dich brauchte.«

Zum ersten Mal in seinem Leben spürte Hugh heiße Scham. »Ich wollte sie doch nicht verlassen!«

Raile hörte nicht mehr hin. »Und was dich angeht, Lavinia«, sagte er, als er sich wieder ihr zuwandte, »solltest du besser beten, daß Kassidy Maragon überlebt. Glaub mir, Stiefmutter, falls sie stirbt, übergebe ich dich dem Gericht. Sollte sie je wieder genesen und Rache wollen, dann werde ich dafür sorgen, daß du bestraft wirst. Und in diesem Fall wird dich auch der Name der DeWinter nicht retten!«

Lavinia erkannte die Verachtung in Railes Augen und begriff, daß er keine leere Drohung ausgestoßen hatte. Plötzliche Furcht ergriff sie. »Du kannst nichts beweisen«, sagte sie trotzig.

»Oh, und ob ich das beweisen kann! Du und ich sind nämlich nicht die einzigen, die über deine Rolle bei dieser miesen Geschichte Bescheid wissen!«

»Jetzt gehst du zu weit, Raile«, brach es aus Hugh hervor. »Ich weiß, daß du Mutter haßt, aber anzudeuten, sie würde jemandem etwas antun wollen ...«

Raile lachte höhnisch. »Frag doch deine Mutter einmal nach ihrem mitternächtlichen Ausflug ins Kinderzimmer, in dem sich deine Tochter befindet. Und dann sag mir noch einmal, daß sie niemals jemandem etwas antun würde!«

Unsicher blickte Hugh von Raile zu Lavinia und zurück. »Ich glaube dir kein Wort«, sagte er schließlich, doch in seinem Tonfall lag keine Überzeugung.

Raile lächelte ohne Freude. »An deiner Stelle würde ich *ihr* nichts glauben. Du hast ihr bisher einfach noch nicht im Weg gestanden, wenn sie etwas erreichen wollte – und ich bete dafür, daß du es niemals tust.«

Lavinias Augen verengten sich. »Ich würde gegen dich und den Rest der Welt kämpfen, wenn es um meinen Sohn geht, Raile, was auch immer du über mich sagen magst.«

»Kann sein, Madame, aber wer schützt deinen Sohn vor seiner Mutter?«

Lavinias Augen schleuderten Blitze. Stumm und haßerfüllt starrte sie ihn eine Weile an.

»Genug«, sagte er, bevor sie erneut den Mund aufmachen konnte. »Ich habe keine Lust mehr, mir noch mehr Lügen anzuhören. Du und Hugh werdet bis morgen eure Sachen packen und dieses Haus verlassen. Ich will keinen von euch mehr unter meinem Dach ertragen müssen.«

»Du schickst uns auf das Land zurück?« fragte Hugh, der London nicht verlassen wollte.

»Wohin du gehst und was du tust, Hugh, interessiert mich keinen Deut mehr. Fest steht jedenfalls, daß ihr in keinem meiner Häuser mehr wohnen werdet.«

Hugh sah ihn verwirrt an. »Aber wohin sollen ...«

Lavinia hob die Hand, um ihren Sohn zum Schweigen zu bringen. »Das sind doch leere Drohungen. Du wirst uns doch nicht ohne jegliche Mittel auf die Straße setzen.«

»Nein, sicher nicht. Hugh bekommt weiterhin seinen monatliche Rente, und für dich, Lavinia, habe ich auch etwas.« Raile ging zu seinem Schreibtisch, zog eine Schublade auf und zählte einige Goldmünzen ab. Er hielt sie ihr hin, und als sie sie nicht nahm, ließ er sie in ihre Hand fallen.

»Einhundert Pfund, liebe Stiefmutter. Der Betrag, den du Jack Beale versprochen hast.« Sein Blick bohrte sich in sie. »Versuch besser nicht, seine Dienste noch einmal in Anspruch zu nehmen, Lavinia. Ich habe mir nämlich seine Loyalität erkauft. Er wird von jetzt an zuerst mir Bericht erstatten.«

Lavinia begriff, daß sie nun nichts mehr zu verlieren hatte. »Du erwartest doch nicht, daß ich von dieser lächerlich milden Gabe leben soll«, fauchte sie. Sie schleuderte die Münzen durch den Raum, und sie kullerten klirrend über den Boden. »Ich brauche deine Barmherzigkeit nicht, Raile.«

Raile ging zur Tür, wo er sich noch einmal nach ihr umdrehte. »Vielleicht solltest du nicht so verschwenderisch mit den hundert Pfund umgehen, Madame. Du kriegst nämlich nichts mehr von mir. Ich erlaube dir, eine der Kutschen und die sechs Grauen mitzunehmen, natürlich auch dein persönliches Eigentum, aber mehr nicht. Vergeßt nicht – morgen will ich euch beide nicht mehr hier sehen.«

Nachdem Raile fort war, kniete Hugh sich hin und sammelte die Goldmünzen ein. »Ich habe Raile noch nie so aufgebracht gesehen.«

»Ach, halt doch den Mund. Bist du so dämlich, daß du nicht siehst, was für Konsequenzen das alles hat? Ich werde in das jämmerliche Haus ziehen müssen, das dein Vater mir hinterlassen hat. Meine Freunde werden mich bemitleiden, man wird mich meiden, nicht mehr zu Gesellschaften einladen, weil ich nicht mehr genug habe, nicht mehr genug *bin*. Ich bin ruiniert! Ruiniert!«

Hugh legte ihr die Münzen in die Hand. »Laß uns den Dienern sagen, sie sollen unsere Sachen packen, Mutter. Ich fürchte, Raile hat es ernst gemeint.«

Lavinias Augen funkelten vor Haß. »Diese Schlacht hat er gewonnen, aber ich gewinne den Krieg!«

Hugh betrachtete seine Mutter genau. »Stimmt es, was Raile gesagt hat? Hast du getan, dessen er dich beschuldigt?«

Lavinia wirbelte zu ihm herum. »Dummer Junge«, brachte sie zwischen zusammengebissenen Zähnen hervor. »Du hast es doch selbst gesagt: Raile haßt mich, und er würde alles mögliche sagen, nur um mich in deinen Augen als Ungeheuer darzustellen.«

Voller Unbehagen mußte Hugh sich eingestehen, daß ihre Worte seine Zweifel keineswegs beseitigten.

Kapitel 16

Gewitterwolken verdeckten die Sonne, und zuckende Blitze jagten über den düsteren Himmel. Das Zimmer, in dem Kassidy zwischen Wachsein und Schlaf dahindämmerte, war in ein unheimliches Licht getaucht. Dann ließ ein heftiger Donnerschlag das Haus erbeben, und Kassidy öffnete die Augen. Sie starrte eine Weile durch das offene Fenster hinaus, an dessen Spitzenvorhängen der Wind zerrte und riß.

Sie hörte, wie jemand eintrat, und im nächsten Augenblick hastete eine Bedienstete in mittleren Jahren zum Fenster, um es zu schließen.

»Wer sind Sie?« fragte Kassidy verwirrt. »Und wo bin ich hier?«

»Oh, es geht Ihnen besser.« Die Frau zündete eine Kerze an, dann wandte sie sich wieder an das Mädchen, das kraftlos im Bett lag. »Es muß beängstigend sein, wenn man in einem vollkommen fremden Zimmer erwacht. Ich bin Mrs. Fitzwilliams, Haushälterin des Duke of Ravenworth. Und dies hier ist sein Stadthaus.«

Als sie den gefürchteten Namen hörte, zog sich in Kassidy alles vor Angst zusammen. Sie drehte den Kopf zur Seite. »Also bin ich immer noch eine Gefangene.« Sie warf einen panischen Blick zur Tür, als fürchtete sie, der Duke selbst könnte jeden Augenblick eintreten. »Warum hat man mich hergebracht?«

Mrs. Fitzwilliams schüttelte den Kopf, während sie die Bettdecke glattstrich. »Aber, Miss, Sie sind ganz gewiß keine Gefangene. Der Duke hat Sie doch befreit und Dr. Worthington holen lassen, damit dieser Sie behandeln kann. Sie sind sehr krank gewesen. Seine Gnaden hat mich extra vom Land herkommen lassen, damit ich mich um Sie kümmere. Er tut alles, damit Sie so rasch wie möglich wieder auf die Beine kommen.«

Kassidy stöhnte auf, als sie sich ihrer schwachen Konstitution bewußt wurde. »Ich verstehe nicht. Warum tut er das?«

»Na, na«, machte die Haushälterin beruhigend. »Sie brauchen sich keine Sorgen zu machen. Der Doktor ist sehr zuversichtlich, was Ihre Genesung betrifft. Sie müssen nur viel schlafen, gut essen und Kraft sammeln.«

Kassidy blickte die Frau mißtrauisch an. Sie wirkte wie eine freundliche Großmutter. Ihr Haar war weiß, ihre Wangen waren rosig, und ihre sanften, braunen Augen blickten fast zärtlich. Doch wie konnte Kassidy jemandem vertrauen, der für dieses Ungeheuer arbeitete?

»Warum will der Duke mir helfen?«

»Ich bin sicher, daß Seine Gnaden Ihnen bald alles erklärt. Aber erst müssen Sie zu Kräften kommen. Also schlafen Sie jetzt.«

»Sie sind von Ravenworth Castle?«

»O ja, das bin ich. Ich stehe schon seit über vierzig Jahren im Dienst der DeWinters«, sagte Mrs. Fitzwilliams stolz.

Kassidys Lider waren so schwer, daß sie sie kaum noch offenhalten konnte. Das Bett war so herrlich weich, und nachdem sie wochenlang hatte frieren müssen, kam ihr die Wärme der Decken wie ein unerhörter Luxus vor. Der Regen, der nun eingesetzt hatte, klopfte rhythmisch an die Fensterscheibe, und Kassidy spürte, wie sie sich fast gegen ihren Willen entspannte. Sie gähnte herzhaft und lächelte die Haushälterin entschuldigend an.

»Wenn Sie von der Burg kommen, können Sie mir dann vielleicht etwas über das Baby meiner Schwester sagen?«

»Das kann ich, Miss. Der Kleinen geht es sehr gut. Sie ist gesund und munter, und jedermann ist ganz vernarrt in sie. Ich fürchte, wir haben sie schrecklich verwöhnt. Sie ist so niedlich, daß wir sie bisher nur ›Sweety‹ nennen.«

Kassidy schloß dankbar die Augen. Wenigstens dem Kind ging es gut.

»Sweety«, murmelte sie. »Wenn ich sie nur sehen dürfte.«

»Bald, Miss, sehr bald. Bitte schlafen Sie jetzt.«

Bevor Mrs. Fitzwilliams noch die Kerze ausgepustet hatte,

war Kassidy schon eingeschlafen. Die Haushälterin stand noch einen Moment vor dem Bett und betrachtete das Mädchen. Sie war nicht mehr so alarmierend bleich, aber gesund sah sie immer noch nicht aus.

»Armes, kleines Ding«, flüsterte sie mitfühlend. »Das Schicksal ist nicht besonders sanft mit dir umgesprungen.«

Lady Mary wurde in den Salon geführt, in dem Raile auf sie wartete. Erst vor drei Tagen hatte sie die Nachricht erhalten, daß man ihre Nichte gefunden hatte.

Nun warf sie Raile einen ängstlichen Blick zu. »Wie geht es Kassidy? Bitte lassen Sie mich sofort zu ihr.«

»Sie ist sehr krank gewesen, aber der Arzt sagt, sie sei auf dem Weg der Besserung.« Er sah sie voller Unbehagen an. »Sie werden es verstehen, wenn ich Ihnen erzähle, wo ich sie gefunden habe.«

»Wo denn? Reden Sie schon«, drängte Lady Mary alarmiert.

Raile hatte sich vor diesem Augenblick gefürchtet, aber es half nichts. Er holte tief Atem und begann seine Geschichte. Er ließ nichts aus, berichtete genau, was vorgefallen war, und zögerte auch nicht, Lavinias, Hughs – und seine! – Rolle in der Sache darzulegen.

Auf Lady Marys Gesicht zeichnete sich erst Entsetzen, dann Zorn und schließlich Empörung ab. Als er geendet hatte, stand sie auf und durchschritt voller Wut den Salon.

»Ich werde diese Frau und Ihren Bruder für diese abscheuliche Tat zur Rechenschaft ziehen, verlassen Sie sich darauf. Für ein solches Verbrechern müssen sie büßen.«

»Sie haben mein Wort, daß ich mich darum kümmern werde. Ich bin davon ausgegangen, daß Sie es lieber sehen würden, wenn diese Sache so diskret wie möglich gehandhabt wird, damit ihre Nichte nicht noch durch das öffentliche Bekanntwerden ihrer Demütigung leiden muß.«

»Es war weit mehr als nur eine Demütigung, Euer Gnaden. Ich

bin nicht bereit, diese Frau ohne eine gerechte Strafe davonkommen zu lassen. Was ich aber einfach nicht begreife, ist, *warum* sie Kassidy das angetan hat.«

Raile senkte den Kopf. Es war seine Familie, die für diese Greueltat verantwortlich war, und die Schuld lastete schwer auf seinem Herzen. »Wir haben irrtümlich angenommen, daß Kassidy ihre Schwester war, und als ich Hugh drängte, er müsse das Mädchen heiraten, das er entehrt hatte, schmiedete Lavinia sofort einen Plan, um sich ihrer zu entledigen.«

Lady Marys Augen blitzten vor ohnmächtigem Zorn. »Aber das ist doch lächerlich! Ihr Bruder war bereits mit Abigail verheiratet. Ich will, daß Ihre Stiefmutter dafür büßt, was sie meiner Nichte angetan hat. Und mein Mann ist in der Lage, dafür zu sorgen!«

»Wenn Sie das möchten, dann soll es auch so geschehen. Ich werde alles tun, was in meiner Macht steht, um Ihnen dabei zu helfen. Natürlich verdient Lavinia Bestrafung, aber das wird Miss Maragon nicht dafür entschädigen, was sie hat erleiden müssen. Vielleicht macht es ihr das nur noch schwerer, die schrecklichen Ereignisse zu verarbeiten.«

Lady Mary sank auf einen Sessel nieder und stützte den Kopf auf ihre Hände. »Sie haben recht. Ich muß in erster Linie an Kassidy denken. Und eine öffentliche Verhandlung wäre sicherlich furchtbar für sie.« Sie warf Raile einen Blick zu und sah die Qual in seinen Augen. Kassidys Schicksal hatte ihn sehr mitgenommen, das war nicht zu übersehen. »Wie können wir die beiden bestrafen, wenn wir das Gesetz nicht einschalten?«

»Ich habe sie bereits aus meinem Haus geworfen. Was meine Stiefmutter angeht, so werde ich nicht mehr für ihren Unterhalt aufkommen, so daß sie zunächst mittellos dasteht. Zudem habe ich überlegt, Hugh ins Ausland zu schicken, damit er dem Einfluß seiner Mutter entzogen ist.«

Lady Mary schüttelte den Kopf. »Das ist nicht genug.«

»Ja … Sie haben recht. Was soll ich noch tun?«

»Im Augenblick nichts. Ich will erst mit meinem Mann darüber sprechen.« Sie beugte sich vor und berührte Railes Hand. »Ich gebe Ihnen überhaupt keine Schuld, Euer Gnaden. Ohne Ihre Hilfe hätten wir Kassidy niemals wiedergefunden.«

»Ohne meine Familie wäre Ihre Nichte nicht in eine so furchtbare Lage geraten«, erwiderte Raile verbittert.

Lady Mary empfand Mitgefühl mit dem Mann, auf dem die Schuld schwer zu lasten schien. »Ich möchte meine Nichte sobald wie möglich zu uns nach Hause holen. So etwas darf nie wieder geschehen, und ich bin erst beruhigt, wenn sie bei mir ist.«

»Bevor Sie zu ihr hinaufgehen, würde ich gerne noch eine andere Sache ansprechen.« Raile wandte den Blick ab und starrte auf das Muster, das das Sonnenlicht auf den Eichenbohlen zeichnete. »Ich … « Wieder hielt er inne, als ob er nach den richtigen Worten suchte. »Ich möchte gerne über Miss Maragons Zukunft reden.«

»Ich werde mich schon darum kümmern, Euer Gnaden«, sagte Lady Mary. »Sie wird zu mir kommen und auch dort bleiben.«

Raile brachte die folgenden Worte nur mit Mühe heraus. Wie sprach man ein Thema von solcher Wichtigkeit nur an? »Ich würde es als eine Ehre betrachten, wenn Sie mir erlauben würden, um die Hand Ihrer Nichte anzuhalten.«

Lady Mary starrte Raile an, als hätte er den Verstand verloren. »Sie haben doch gerade nicht wirklich gesagt, was ich zu hören geglaubt habe? Sie kennen Kassidy doch nicht einmal.«

»Viele Ehen werden arrangiert, bevor sich die Partner wirklich kennen. Ich würde ihr ein freundlicher, aufmerksamer Ehemann sein.«

»Eine arrangierte Ehe?« Lady Mary war baß erstaunt. »Aber sie wäre für Sie überhaupt keine gute Partie. Im übrigen möchte ich, daß Kassidy aus Liebe heiratet. Und das kann bei Ihnen ja nicht der Grund sein.«

»Nein, wohl kaum, Lady Mary. Aber ich kann ihr all das geben, was sie benötigt, um niemals mehr um ihre Zukunft fürchten zu müssen. Und mehr noch.«

»Kassidy hat sich noch nie von Reichtum beeindrucken lassen.« Lady Mary musterte ihr Gegenüber neugierig. Sein attraktives Äußeres hätte ihn wahrscheinlich auch zum Frauenliebling gemacht, wenn er nicht reich gewesen wäre. Er war *die* Partie des Jahres – oder der Dekade, wenn man ehrlich sein wollte.

»Wo liegt der Nutzen für Sie, wenn Sie Kassidy heiraten?«

Er sah ihr in die Augen und beschloß, die Wahrheit zu sagen. »Der Prinz hat mir nahegelegt, ich solle mir endlich eine Frau nehmen. Ich dachte, Ihre Nichte würde sich vielleicht bereit erklären, mir bei diesem Problem zu helfen.«

»Ich gehe davon aus, daß Sie schon länger und sehr intensiv darüber nachgedacht haben. Wieso ausgerechnet Kassidy?«

»Um ein wenig von dem wiedergutzumachen, was Ihre Nichte durch meine Familie hat erleiden müssen.« Er senkte die Augen und fügte hinzu: »Ich schulde ihr wenigstens das.«

»Meine Güte, Sie sind zu edel für diese Welt«, bemerkte Lady Mary beißend. »Sie wollen meine Nichte aus einem *Schuldgefühl* heraus heiraten?«

»Ich ziehe das Wort ›Ehrgefühl‹ vor, und ich denke, ich bin eher selbstsüchtig als edel. Miss Maragon stammt aus einer alten, ehrbaren Familie und würde damit eine standesgemäße Duchesse sein. Sie liebt mich nicht, also wird sie auch keine Forderungen an mich stellen, und ich hätte eine Frau, wenn ich bereit bin, einen Erben zu zeugen. Ich mag es, wenn mein Leben in wohlgeordneten Bahnen verläuft.«

Plötzlich brach Lady Mary in Gelächter aus. »Sie kennen meine Nichte nicht, und Sie irren sich gewaltig, wenn Sie glauben, Sie könnten ein friedliches Leben mit ihr führen. Sie setzt sich durch, wann immer sie es will, und sie läßt sich nicht beiseite schieben oder unterdrücken. Sie haben Sie doch einmal getroffen – Sie müßten es wissen.«

»Ich gebe zu, sie hat eine starke Ausstrahlung für jemanden mit so … bescheidenem Äußeren!«

»Was?« rief Lady Mary erstaunt aus. »Kassidy? Sie halten sie für unattraktiv? Reden wir von demselben Mädchen?«

Raile hatte Lady Mary nicht beleidigen wollen. »Bitte verzeihen Sie mir, Lady Mary. Ich war sehr lange in der Armee, und dort lernt man, ohne Umschweife seine Meinung zu sagen. Bitte glauben Sie mir, daß Miss Maragons Aussehen für mich nicht von Bedeutung ist. Gehe ich richtig in der Annahme, daß Sie ansonsten keine Aussichten auf eine Ehe hat?«

»Wie kommen Sie denn nur darauf?«

Raile fühlte sich ausgesprochen unbehaglich. Lady Mary mußte doch wissen, daß ihre Nichte keine Schönheit war, und es stand außer Zweifel, daß das Mädchen vollkommen mittellos war. Was hatte sie also schon einem Mann zu bieten? »Vielleicht habe ich mich geirrt«, erwiderte er galant. »Gibt es einen jungen Mann, den sie vielleicht heiraten möchte?«

»Kassidy hat bisher ein sehr abgeschiedenes Leben geführt, und es gibt keinen Mann in ihrem Leben«, gab Lady Mary zu. »Aber wenn wir schon dabei sind … Es fällt mir schwer, zu glauben, daß Sie nicht bereits ein Auge auf eine andere Lady geworfen haben. Ich denke doch, daß Sie ganz gut wissen, was für eine begehrenswerte Partie Sie sind!«

Raile lächelte leicht. »Jeder Mann möchte so etwas nur allzu gerne glauben, Mylady.«

»Es ist kein Problem, den Lobpreisungen zu lauschen. Man muß sich nur auf einem Ball in eine Gruppe unverheirateter Frauen mischen – man hört sofort, wie die Damen beabsichtigen, Sie einzufangen, während die Männer zu solchen Gelegenheiten gerne von Ihren Heldentaten schwärmen.«

Raile hatte das dumpfe Gefühl, daß sich Lady Mary über ihn lustig machte. »Ich hatte bisher wenig Zeit, auf Bälle zu gehen, und Frauen, die vor allem einen Titel wollen, sind ohnehin nicht mein Fall.«

»Euer Gnaden, offenbar unterschätzen Sie Ihre anderen ... Qualitäten!«

Jetzt mußte Raile grinsen. »Kann es sein, Mylady, daß Sie mit mir flirten wollen?«

Bei dem warmen Blick seiner braunen Augen verschlug es Lady Mary schlichtweg den Atem. Was für ein Schuft! Sie konnte sich vorstellen, welch vernichtende Wirkung er auf ein junges und unerfahrenes Ding wie Kassidy haben konnte, wenn er es zu verführen versuchte.

»Nein, Euer Gnaden. Ich habe nur Tatsachen festgestellt. Ich bin ausgesprochen glücklich mit meinem Ehemann.«

»Aber Sie glauben nicht, daß ich Ihre Nichte glücklich machen kann, richtig?«

»Kassidy ist eine außergewöhnliche Person, und das in jeder Hinsicht. Sie hat noch nicht viel Schönes in ihrem Leben erfahren, und sie braucht jemanden, der sie liebt und ihr Geborgenheit vermittelt.«

»Ja, Sie haben sicher recht«, antwortete Raile. Er konnte ja verstehen, daß eine Tante von ihrer Lieblingsnichte schwärmte, und er wollte Lady Mary sicherlich keine Illusionen rauben. Dennoch: Das Mädchen, das er kennengelernt hatte, war temperamentvoll gewesen, doch es hatte nichts Außergewöhnliches an sich gehabt.

»Sie ist intelligent«, fuhr Lady Mary nun fort. »Wahrscheinlich hat sie schon selbst herausgefunden, daß Ihre Familie etwas mit ihrer Entführung zu tun hat. Sie könnte Ihren Antrag als Beleidigung betrachten.« Lady Mary war ohnehin davon überzeugt, daß Kassidy den Antrag niemals annehmen würde. Der Mann *war* arrogant, und was sollte aus einer Ehe werden, die als eine Wiedergutmachung für die Schandtaten seiner Familie geschlossen worden war? »Hören Sie, ich spreche Sie von jeder Schuld frei, einverstanden? Dafür vergessen Sie die Sache mit dem Heiratsantrag einfach.«

»Leider kann ich mich selbst nicht so leicht von der Schuld

freisprechen, und für mich wäre es eine Ehre, sie zur Duchesse zu machen.«

»Denken Sie trotzdem noch einmal darüber nach, Euer Gnaden.« Lady Mary konnte das Lächeln nicht unterdrücken. »Wenn Kassidy Ihre Frau würde, dann hätten Sie in Ihrem Leben keine ruhige Minute mehr.«

Als sie aufstand, raschelte die Seide ihres Kleides leise. »Ich möchte jetzt bitte zu ihr, Euer Gnaden. Ich muß selbst sehen, ob es ihr gutgeht.«

Raile nickte. »Ich rufe die Haushälterin, die Sie hinaufbringen wird.« Plötzlich war sein Blick prüfend. »Sie denken also nicht, daß Ihre Nichte mich würde haben wollen?«

»Wenn Sie meinen Rat hören wollen, dann vergessen Sie Ihre Heiratspläne mit Kassidy. Sie ist nicht die Person, für die Sie sie halten.«

»Aber Sie – Sie hätten keine Einwände, wenn ich doch um Sie werben will?«

Sie lachte ehrlich amüsiert. »Nein, überhaupt nicht, Euer Gnaden. Aber Kassidy schon!«

Kapitel 17

Kassidy befand sich in einem traumlosen Dämmerschlaf, als sie einen Rosenduft wahrnahm, der sie an Tante Mary erinnerte. Eine kühle Wange drückte sich an ihre, und sie schlug die Augen auf. Träumte sie?

»Du bist da«, flüsterte Kassidy mit bebender Stimme. »Oh, Tante, du hast mich gefunden!«

»Ja, mein Liebes. Und ich nehme dich jetzt mit mir nach Hause.«

Die Tränen, die Kassidy so lange zurückgehalten hatte, strömten ihr nun die Wangen herab. »O Tante, es war so schrecklich.

Ich habe mich so allein gefühlt. Ich kann gar nicht aussprechen, was ich alles erlebt habe!«

Lady Mary zog ihre Nichte fest in die Arme. »Du mußt nie wieder Angst haben.«

»Bitte bring mich von hier weg«, flehte sie. »Dieser Mann ..., bitte laß nicht zu, daß er mir zu nah kommt!«

Lady Mary hielt Kassidy ein Stück von sich ab und betrachtete sie prüfend. »Welchen Mann meinst du?«

»Der Duke! Er ist ein Ungeheuer!«

Ihre Tante winkte ein paar Diener herbei, die an der Tür gewartet hatten. »Hebt sie auf, und tragt sie in die Kutsche hinunter, aber seid vorsichtig«, befahl sie und legte Kassidy einen Umhang um die Schultern. »Und gebt auf der Treppe acht.«

Kassidy schloß die Augen. Endlich konnte sie angstfrei einschlafen.

Kassidys Leidensweg war zu Ende. Im Haus ihrer Tante fühlte sie sich sicher und brauchte sich nicht mehr vor dem Duke zu fürchten. Sie saß im Bett gegen einen Stapel Kissen gestützt, als Tante Mary hereinkam und sich auf die Bettkante neben sie setzte. Ihre Nichte sah immer noch erschreckend bleich und erschöpft aus. Das einst so prächtige Haar hing stumpf und kraftlos herab, ihre grünen Augen waren glanzlos und hatten das lustige Funkeln verloren, das sonst immer darin zu sehen gewesen war.

»Mein Liebes, ich weiß, was du hast durchmachen müssen, und es tut mir in der Seele weh, wenn ich nur daran denke.« Tante Mary hielt ihr einen Löffel an die Lippen. »Aber du mußt anfangen, es zu vergessen. Hier, iß etwas von der Suppe.«

Als Kassidy den Kopf wegdrehte, warf Lady Mary ihr einen warnenden Blick zu, und Kassidy nahm schließlich gehorsam ein wenig.

»Ich möchte eigentlich nichts essen, Tante«, sagte sie mit einem Seufzen.

»Aber du hast den ganzen Tag noch nichts zu dir genommen.«

Wieder ließ sich Kassidy einen Löffel in den Mund schieben, um es ihrer Tante recht zu machen.

»Willst du nicht darüber sprechen, was dir in Newgate zugestoßen ist?« fragte Tante Mary. »Vielleicht hilft es dir.«

Kassidy schauderte. »Nein. Ich will nicht mehr daran denken.« Plötzlich stieg ihre Stimme panisch an. »Ich will mich niemals wieder daran erinnern müssen.«

»Nun, dann werden wir es natürlich nie wieder erwähnen. Aber ich habe den Eindruck, dich bedrückt noch viel mehr, als wir alle ahnen – oder irre ich mich?«

Kassidy wandte den Kopf ab, als ihre Tante wieder versuchte, den Löffel zwischen ihre Lippen zu schieben. Was würde ihre Tante sagen, wenn sie ihr erzählte, was der entsetzliche Wärter mit ihr gemacht hatte? Nein! Sie wollte nicht daran denken. Sie würde ihr Geheimnis für sich behalten.

»Bitte nimm noch etwas Suppe«, drängte Tante Mary. »Wie willst du denn je wieder zu Kräften kommen, wenn du nicht ißt?«

»Ich will nicht wieder gesund werden«, sagte Kassidy in einem für sie untypischen Anflug von Selbstmitleid. »Mutter und Vater sind tot, und nun auch Abigail. Ich habe keinen Grund mehr zu leben.«

Lady Mary hatte Kassidy noch niemals so verstört gesehen. Sie war kein Mensch, der schnell aufgab – sie war eine Kämpfernatur, jemand, der sich immer durchbiß. Aber nun schien ihr Geist gebrochen, ihr Elan verloren. Sie war nur noch die leere Hülse der schönen, jungen Frau, die sie einst gewesen war.

»Kassidy, du weißt genau, daß Abigail nicht gewollt hätte, daß du dich in deiner Trauer vergräbst. Sie würde sich wünschen, daß du wieder gesund wirst, um ein glückliches Leben zu führen!« Sie nahm Kassidys kraftlose Hand in ihre. »Du mußt kämpfen, Kassidy. Dich wehren!«

Tränen glitzerten in Kassidys Augen und kullerten über ihre

Wangen. Sie wußte nicht, was sie ihrer Tante sagen sollte, daher drehte sie erneut den Kopf weg.

Tante Mary küßte Kassidy auf die Stirn. »Du irrst dich, wenn du meinst, du hättest keinen Grund, weiterzuleben. Hast du Abigails Tochter vergessen? Sie braucht dich – und ich brauche dich auch.«

Kassidy begann zu schluchzen, und ihre Tante schlang tröstend ihre Arme um ihren dünnen Körper.

»Oh, Tante Mary, wie konnte ich nur so dumm sein, das unschuldige Kleine in die Hände dieses Ungeheuers zu geben? Ich mache mir solche Sorgen um das Schicksal des Kindes.« Kassidy trocknete sich die Augen mit ihrem Ärmel. »Ich muß die Kleine zurückholen. Und ich werde nicht eher ruhen, bis ich sie wieder in meinen Armen habe.«

Lady Mary strich ihr das Haar aus der Stirn. »Wenn wir das Baby bei uns hätten, wärst du dann glücklicher?«

Kassidy nickte. »Er ..., das Ungeheuer ..., glaubst du, er hat dem Kind etwas getan?«

»Kassidy, der Duke ist nicht das Ungeheuer, für das du ihn hältst. Du brauchst keine Angst zu haben, daß er dem Kind etwas tut. Er war es doch, der dich gefunden und aus Newgate herausgeholt hat.«

»Natürlich hat er mich gefunden, Tante Mary«, sagte Kassidy verzweifelt. »Er wußte ja, wo er suchen mußte, denn er hat schließlich dafür gesorgt, daß ich dort hineinkam.«

Lady Mary schüttelte den Kopf. »Wir werden jetzt nicht weiter darüber sprechen, Kassidy. Du sollst nur wissen, daß der Duke keine Schuld an dieser schrecklichen Sache hat. Er ist ein Mann von Ehre und hat ein gutes Herz. Er hat unter Wellington gedient und wurde für seine Tapferkeit bei der Schlacht bei Waterloo ausgezeichnet. Er hat sogar den Hosenbandorden bekommen.«

Kassidy starrte ihre Tante verwirrt an. »Er war in Waterloo?« fragte sie, während sie versuchte, sich einen Reim darauf zu machen. »Er hat den Krieg bis zum Ende mitgemacht?«

»Ja, das hat er, Kassidy. Er wurde schwer verwundet und mußte mehrere Monate in einem Krankenhaus in Belgien bleiben. Man glaubte, er würde sterben. Ja, ich glaube sogar«, fügte sie nach kurzem Überlegen hinzu, »ich kann mich erinnern, die Nachricht von seinem Tod in der *Times* gelesen zu haben.«

Kassidy wünschte sich, in ihrem Schädel würde es nicht so wild pochen. »Ich verstehe das nicht. Wenn der Duke mit Wellington auf dem Kontinent gewesen ist, wie hat er dann gleichzeitig bei Abigail sein können? Vielleicht war er auf Heimaturlaub in England?«

Mary drückte die Hand ihrer Nichte. »Versteh doch, Liebes. Seine Gnaden kannte Abigail nicht. Und er ist niemals mit ihr verheiratet gewesen.«

Kassidys Kopf schien zerbersten zu wollen. Sie schloß die Augen, weil das Licht im Zimmer den Schmerz unerträglich machte. »Wenn ich nur klar denken könnte. Ich verstehe überhaupt nichts mehr.«

»Na, na, mein Kleines«, beruhigte Tante Mary sie. »Du mußt über gar nichts grübeln – du mußt nur wieder gesund werden! Wenn du ein wenig genesen bist, dann sprechen wir über alles in Ruhe. Im Augenblick brauchst du nur zu wissen, daß Abigails Kind gesund und munter ist und bestens versorgt wird. Ich habe sie gesehen, es geht ihr wirklich gut.«

»Du hast sie gesehen?«

»Allerdings. Die ganze Dienerschaft von Ravenworth Castle liegt ihr zu Füßen.«

Kassidys Lider waren schon wieder so schwer, daß sie sie nicht mehr öffnen konnte. »Ich bin so schrecklich müde, Tante Mary. Kann ich jetzt schlafen?«

»Natürlich. Aber ich erwarte, daß du etwas ißt, wenn du wieder wach bist!«

Tante Mary nahm zwei Kissen unter Kassidys Kopf fort und zog ihr die Decke bis zum Kinn hinauf.

»Ich versuche es, Tante«, murmelte Kassidy.

»Ach, und noch etwas, Liebes. Der Duke hat gebeten, dich besuchen zu dürfen. Ich glaube, er will versuchen, dir zu beweisen, daß du eine falsche Meinung von ihm hast.«

Kassidy war mit einem Schlag wieder hellwach. »Nein! Niemals! Er darf nicht herkommen! Ich will ihn nie wieder sehen!«

Tante Marys Stimme war besänftigend. »Schon gut, mein Kind. Nun schlaf ein wenig.«

»Aber ich will gar nicht wirklich schlafen.« Kassidy schüttelte den Kopf so heftig, so daß ihr stumpfes Haar ihr ins Gesicht fiel. »Manchmal habe ich so … so furchtbare Alpträume.«

»Bist du sicher, daß du nicht doch darüber sprechen möchtest? Mein Vater hat immer gesagt, daß man Probleme fortreden kann, wenn man es mit der richtigen Person macht. Und aus Erfahrung kann ich dir bestätigen, daß es stimmt.«

Ein heftiges Schluchzen schüttelte Kassidys Körper. »Ich kann noch nicht einmal den Gedanken an diesen entsetzlichen Ort ertragen. Was dort passiert ist – nein! Ich will nicht!«

»Also schön, Liebes. Würde es dir bessergehen, wenn ich das Baby zu uns holen lasse?«

Hoffnung glomm in Kassidys Augen. »Ja. Wenn ich … wenn ich nur endlich Abigails Tochter in meinem Armen halten könnte, wenn ich nur sicher wüßte, daß ihr nichts geschehen ist!« Doch dann wurde ihr Blick wieder matt. »Er gibt das Kind niemals heraus. Er wird sie mir vorenthalten, damit er mich weiter quälen kann.«

Lady Mary legte eine Hand auf Kassidys Stirn und stellte fest, daß sie wieder Fieber hatte. »Schlaf jetzt. Ich kümmere mich um das Baby.«

Eine Woche verstrich. Lady Mary drängte Kassidy unaufhörlich zum Essen, und tatsächlich begann sie endlich, leichte Mahlzeiten zu sich zu nehmen.

Eines Morgen wachte Kassidy auf und konnte sich ohne Hilfe im Bett aufsetzen. Die Zofe flocht ihr Haar zu einem langen

Zopf, damit es nicht verfilzte, dann half sie Kassidy zu baden und ihr puderblaues Nachtkleid mit den rosafarbenen Bändern an Hals und Handgelenken anzuziehen.

Kassidy beobachtete ihre Tante, die in dem Zimmer hin und her eilte, frische Blumen in eine Vase stellte und die Vorhänge zurückband, damit die Sonne hereinscheinen konnte.

»Ach, Tantchen, wie kann ich dir jemals für all das danken, was du für mich getan hast? Es muß schwer gewesen sein, immer geduldig zu bleiben. Ich bin bestimmt nicht der unkomplizierteste Gast.«

Tante Mary drückte ihr einen Kuß auf die Wange. »Unsinn. Und du bist kein Gast. Das hier ist dein Zuhause.«

»Henry wird mir bestimmt nicht erlauben, bei dir zu bleiben, Tante, obwohl ich mir nichts inniger wünschen könnte«, sagte Kassidy sehnsüchtig. »Er wird sicher bald hier auftauchen und verlangen, daß ich wieder mit ihm komme.«

»Das hat er bereits in einem Brief angekündigt, Kassidy. Aber ich werde ihn anflehen, wenn es sein muß, dich bei uns zu lassen. Nun, du kennst Henry ja.«

Kassidy riß entsetzt die Augen auf. »Henry weiß, daß ich in Newgate war?«

»Ja, und es wäre typisch für ihn, wenn er glaubt, es sei deine eigene Schuld gewesen. Ich verstehe einfach nicht, warum er immer so grob mit dir umgeht. Er hat Abigail stets mehr Freiheiten gelassen als dir.«

»Wahrscheinlich ist er immer noch wütend, daß ich weggelaufen bin, um bei Abigail zu sein.«

Tante Marys Gesicht erhellte sich. »Er kann so viele Briefe schreiben, wie er will – wir sagen ihm einfach wiederholt, daß du noch nicht reisen kannst. Jedenfalls werden wir, solange du hier bist, das Beste aus der Zeit machen. Es ist lange her, daß ein junges Mädchen in diesem Haus war.« Sie seufzte. »Meine Tochter sehe ich kaum noch, seit sie geheiratet hat und nach Schottland gegangen ist.«

Kassidy brannten die Tränen in den Augen, aber sie wollte nicht weinen. »Ich bin dir so dankbar, daß ich hierbleiben darf. Ich werde mich bemühen, dir keine Last zu sein.«

»Papperlapapp! Denk doch nicht so etwas. So, und nun mach dich bereit, Besuch zu empfangen. Draußen ist jemand, der darauf wartet, eingelassen zu werden.«

Kassidy griff sich unwillkürlich ins Haar. Sie wußte, daß sie noch immer schrecklich krank aussah. »Ich möchte niemanden sehen, Tante Mary. Bitte zwing mich nicht dazu.«

»Ich bin sicher, daß du bei dieser Person gern eine Ausnahme machen wirst.«

Lady Mary trat in den Türrahmen und winkte jemandem, der im Flur stand.

Kassidys Hand glitt zu ihrer Kehle, als Mrs. Fitzwilliams mit einem Baby auf dem Arm eintrat. Dann streckte sie die Hände bittend aus, und die Haushälterin legte ihr das Kleine hinein.

Kassidy konnte den Klumpen, der sich in ihrer Kehle gebildet hatte, kaum hinunterschlucken. Die kleine rosige Hand des Babys schloß sich weich um ihren Finger, und Kassidy lächelte unter Tränen.

»Sie ist so hübsch.« Kassidy hob das Kind höher und küßte die winzigen Lippen. »So süß, so zart. Ich liebe sie jetzt schon. Wie konnte ich sie bloß fortgeben?«

Mrs. Fitzwilliams tupfte sich die Augenwinkel. »Ja, sie ist ein herziges Wesen. Wir werden sie alle schrecklich vermissen. Aber Seine Gnaden meinte, die Kleine gehöre zu Ihnen.«

Kassidy sah die ältere Frau trotzig an. »Ich gebe sie nie wieder her. Er bekommt das Baby nicht mehr, haben Sie verstanden?«

Lady Mary und die Haushälterin warfen sich einen kurzen Blick zu, dann verließ Mrs. Fitzwilliams auf eine Geste hin das Zimmer.

Kassidy blickte auf das kleine Wesen herab. Tante Mary hatte recht. Das Baby brauchte sie. Und wenn das Kind heranwuchs, dann war nur sie in der Lage, ihm zu sagen, wie sehr ihre Mutter es geliebt hätte.

Das Baby verzog plötzlich die Lippen zu einem Lächeln, und Kassidys Herz quoll vor Liebe schier über. Zärtlich drückte sie die Kleine an sich.

»Ist sie nicht wunderschön, Tante Mary?«

»Ja, das ist sie«, bestätigte Lady Mary, ließ sich auf das Bett fallen und streichelte die weiche Wange des Kindes. »Aber sie hat immer noch keinen Namen.«

»Ja, das ist wahr.« Kassidy dachte einen Moment nach. »Was meinst du, wie sie heißen soll?«

»Ich denke, Abigail hätte sich gewünscht, daß du ihr einen Namen gibst – meinst du nicht?«

Kassidy streichelte den weichen blonden Schopf des Babys. »Und ich glaube, Abigail hätte sich gewünscht, daß ich die Kleine nach unserer Mutter nenne.«

Sie hielt das Baby mit ausgestreckten Armen von sich. »Du bist Arrian, mein Liebes.«

Tante Mary nickte beifällig. »Meine Schwester hätte ihre Namensvetterin sicherlich geliebt.«

Plötzlich verdüsterten sich Kassidys Augen. »Ihr voller Name lautet Arrian DeWinter.«

Tante Mary stand auf und ging zur Tür. »Kassidy … Gib ihr einfach die Liebe, die sie braucht.«

»Das arme kleine Ding ist ganz allein auf der Welt, Tante.«

»Sie hat dich, Kassidy. Und nun laß ich euch beide allein, damit ihr euch miteinander bekannt machen könnt.«

Kassidy war so entzückt von dem kleinen Wesen in ihren Armen, daß sie nicht hörte, wie ihre Tante ging. All die Liebe, die sie für ihre Schwester empfunden hatte, sollte nun deren Tochter gehören.

Sie untersuchte das Kind vom Kopf bis zu den Zehen und stellte zufrieden fest, daß die Kleine perfekt und unversehrt war.

»Tja, kleine Arrian«, gurrte sie. »Es sieht aus, als hätte man dich doch recht gut versorgt.«

Dann kuschelte sie sich mit dem Baby im Arm unter die Decke. »Ich werde dich so sehr lieben, daß du niemals eine Mutter oder einen Vater vermissen mußt. Und das ist ein Versprechen.«

Als Tante Mary später mit der Amme zurückkehrte, um das Baby zu holen, schlief Kassidy tief und fest. Das Kind schlummerte in ihren Armen.

Eine Träne kullerte über Tante Marys Wange, als sie die Andeutung eines Lächelns auf dem Gesicht ihrer Nichte sah. Das kleine Würmchen würde ihr helfen, die Schrecken der vergangenen Wochen zu vergessen.

Beim Abendessen mit ihrem Mann sprach Lady Mary das Thema an. »Ach, George, nun, da das Baby da ist, wird Kassidy bestimmt rasch genesen.«

»Meine Liebe«, meinte ihr praktisch denkender Ehemann, »glaubst du, daß Henry das erlaubt? Meinst du, er läßt ihr das Kind?«

»Oh, George, er wird es nicht wagen, Kassidy das Recht auf die Kleine zu verweigern.«

»Er wird es zumindest versuchen.«

»Nein, das lasse ich nicht zu! Wenn es sein muß, werde ich mit allen Mitteln gegen Henry kämpfen. Kassidy muß das Kind mitnehmen dürfen. George, stell dir nur vor, was aus Kassidys Leben wird, wenn sie aufs Land zu ihrem Bruder zurückkehrt. Merkst du nicht auch, wie seltsam sich Henry benimmt, wenn es um Kassidy geht? Ich weiß nicht, was er gegen sie hat, und ich begreife es einfach nicht, aber allein der Gedanke daran, sie wieder zu ihm reisen zu lassen, bereitet mir einige Sorgen.«

»Ja, ich weiß, was du meinst, aber ich habe keine Ahnung, was wir dagegen unternehmen sollen, Mary.«

»Wir müssen Henry überreden, daß Kassidy bei uns bleiben darf. Ich kenne ihn – er kann grausam und gemein sein. Kassidy hat schon genug durchmachen müssen, und ich fürchte, Henry wird versuchen, das Baby gegen sie einzusetzen!«

»Ja, Mary, aber eines darfst du nicht vergessen: Henry ist Kassidys gesetzlicher Vormund«, rief George seiner Frau in Erinnerung.

Und das war das Schlimme daran: Sie konnten wirklich nichts unternehmen.

Kapitel 18

An den Tagen, an denen Kassidy sich besser fühlte, ließ sie sich das Baby in ihr Zimmer bringen. Die Amme war stets in der Nähe, falls sie gebraucht wurde, denn Kassidy ermüdete immer noch schnell. Wenn Lady Mary nach Kassidy sah, hörte sie nun immer öfter fröhliches Lachen – ein gutes Zeichen, das sie ungemein erleichterte. Ihre Nichte war in der Tat auf dem Weg der Besserung!

Eines Tages fühlte sich Kassidy kräftig genug, daß man sie hinuntertragen konnte, und nun saß sie im Wintergarten, von dem aus sie sich an dem Grün der Außenanlagen freuen konnte. Die Wiege mit Arrian war ebenfalls heruntergebracht worden, so daß Kassidy ein Auge auf die Kleine haben konnte.

Kassidys war ganz in die Betrachtung der zauberhaften Arrian versunken, als eine Zofe in den Wintergarten trat und höflich knickste.

»Verzeihen Sie bitte, Miss Maragon, aber Lady Mary ist nicht daheim, und der Duke of Ravenworth hat angefragt, ob er vielleicht von Ihnen empfangen wird. Soll ich ihn hereinbitten oder ihm sagen, er möchte wiederkommen, wenn Lady Mary zu Hause ist?«

Als sie den Namen hörte, durchfuhr Kassidy ein eisiger Schreck. War der Duke gekommen, um das Baby zu holen? Der Gedanke daran, ihm gegenübertreten zu müssen, verursachte ihr fast Übelkeit. Sie wollte der Zofe gerade schon sagen, sie sollte den Duke fortschicken, als sie sich eines anderen besann. Eines Tages würde sie sich ihm ohnehin stellen müssen, und welcher Ort war geeigneter für sie als das Haus ihrer Tante, in dem sie beschützt und sicher war?

»Bitten Sie ihn herein«, sagte sie also schließlich, während sie die Decke über ihrem Schoß in Ordnung brachte und all ihren Mut zusammensuchte.

Raile blieb im Türrahmen stehen. Die Sonnenstrahlen fielen auf das Haar des Mädchens und verwandelten den rötlichen Schimmer in poliertes Gold. In dem riesigen Sessel wirkte sie klein und zerbrechlich, ihr Gesicht war bleich, und ihre grünen Augen verrieten Nervosität. Langsam trat Raile ein und ging auf sie zu, wobei sein Blick zur Wiege glitt, in der das Kind seines Bruders friedlich schlief.

»Dem Kind geht es gut, wie ich annehme?«

Der Duke strahlte eine solche Autorität aus, daß Kassidy plötzlich kein Wort herausbekam. Alles, was sie zustande brachte, war ein knappes Nicken. Warum mußten ihre Hände so entsetzlich zittern? Sie verschränkte sie fest in ihrem Schoß und hoffte, er würde es nicht bemerken. Es war dumm gewesen, sich ihm allein zu stellen – sie war noch viel zu schwach, um sich mit ihm auseinandersetzen zu können.

»Miss Maragon«, begann Raile. »Ich freue mich, Sie bei besserer Gesundheit zu sehen.«

Wie konnte er es wagen, so zu tun, als sei er um ihre körperliche Verfassung besorgt? Kassidy spürte, wie sich Zorn in ihr aufbaute und die Furcht vor diesem Mann verdrängte.

»Halten Sie mich für geistig so verwirrt, daß ich nicht mehr wüßte, was für ein Mensch Sie wirklich sind?« fuhr sie ihn an. »Tun Sie nicht so, als würde es Sie kümmern, wie es mir geht.«

Raile ging zu einem Stuhl hinüber. »Darf ich mich setzen?« fragte er höflich. Er konnte ihren Zorn verstehen.

»Wie Sie wollen«, erwiderte sie grob. Wenn er doch nur wieder gehen würde!

Raile setzte sich und betrachtete das Mädchen eine Weile schweigend. »Sie haben natürlich allen Grund, mich nicht mit offenen Armen zu empfangen, Miss Maragon, aber bitte glauben Sie mir, daß ich gekommen bin, um einiges wiedergutzumachen.«

»Was sollten Sie schon tun? Sie können die Wochen in Newgate nicht ungeschehen machen, und ich will nichts von Ihnen. Ich möchte nur, daß Sie mich in Ruhe lassen.«

Verärgert sah er sie an. »Sie lassen mir keine Chance.«

»Ich will, daß Sie gehen. Es war ein Fehler, Sie hereinbitten zu lassen.«

Es war nicht zu übersehen, daß das Mädchen Angst vor ihm hatte. Seltsam, er hatte erwartet, die furchtlose, junge Frau vorzufinden, die ihn auf Ravenworth Castle so beeindruckt hatte. Das arme Ding – er konnte nur erahnen, welche Schrecken sie in Newgate hatte durchleben müssen.

»Ich bitte Sie nur, mich anzuhören, Miss Maragon. Ich möchte ein paar Dinge mit Ihnen besprechen. Danach gehe ich, wenn Sie wollen.«

»Soll ich den Butler rufen? Ich habe Ihnen klar und deutlich gesagt, daß Sie gehen sollen.«

Raile holte tief Luft, um seine Ungeduld niederzukämpfen. »Hören Sie bitte erst, was ich zu sagen habe.«

Kassidy starrte ihn an, als hätte er den Verstand verloren. »Meine Tante hat mir erklärt, daß es Ihr Bruder war, der für den Tod meiner Schwester verantwortlich ist. Für mich macht es keinen großen Unterschied. Sie und Ihr Bruder sind doch von einem Schlag!« Plötzlich schüttelte sie voller Verwirrung den Kopf. »Ich begreife einfach nicht, warum man mich entführt und an diesen furchtbaren Ort verschleppt hat.«

»Ich kann sicher nicht erwarten, daß Sie mir glauben, Miss Maragon, aber ich hatte mit dieser Entführung wirklich nichts zu tun. Ich kann Ihnen gar nicht sagen, wie sehr es mir leid tut, was geschehen ist.«

Sie glaubte, tatsächlich Mitleid in seinen Augen zu erkennen, aber er konnte auch nur ein sehr guter Schauspieler sein. Zudem war Mitleid das letzte, was sie von ihm wollte.

Und doch – irgendwo in den Tiefen ihres Bewußtseins erinnerte sie sich an sein Gesicht, seine Arme, die sie aus der Zelle trugen, seinen besorgten Blick, als sie das Gefängnis verließen. Er hatte sie mit in sein Haus genommen, wo seine Haushälterin sich um sie gekümmert hatte. Er konnte nicht so schlecht sein, oder? Doch die erste Zeit nach ihrem Gefängnisaufenthalt hatte sie sich in einer konfusen Welt aus Delirium und kurzen Wachzuständen befunden. Sie konnte kaum sagen, was wahr und was Traum gewesen war.

»Und wie erklären Sie die Tatsache, daß meine Entführer Ihren Namen genannt haben?«

Seine Miene wurde plötzlich undefinierbar. »Ich kann es erklären, wenn Sie bereit sind, mir zuzuhören.«

Sie preßte sich müde die Hände auf die Augenlider, »Ich habe manchmal Schwierigkeiten, die … die Ereignisse zu ordnen. Meine Träume erschienen mir so wirklich, daß ich sie nun mit der Realität vermische.«

»An dem Tag, als Sie mir das Baby brachten, Miss Maragon, sind wir beide Irrtümern aufgesessen. Ich dachte, Sie wären die Mutter des Kindes – Sie glaubten, ich sei der Vater.«

Sie lehnte sich in den Kissen zurück. »Ja, das weiß ich jetzt auch«, gestand sie müde ein.

»Miss Maragon, ob Sie es mir glauben oder nicht, ich möchte Ihnen nur helfen! Ihr Wohlergehen ist mir im Augenblick das Wichtigste.«

Kassidy mußte anerkennen, daß er unglaublich gut aussah. Seine Blicke hatten eine hypnotische Wirkung, und sie konnte sich vorstellen, wie leicht es ihm gewöhnlich fallen mußte, Frauen dazu zu bringen, seinen Wünschen nachzukommen. Was wollte er bloß von ihr? Ohne daran zu denken, wie seltsam ihm ihre Worte vorkommen mußten, da er ihre Gedanken nicht lesen konnte, sagte sie: »Ein Schuft mag ein schönes Gesicht haben, aber er bleibt dennoch ein Schuft.«

Railes Miene verriet plötzlich Belustigung. »Sie finden mich ... schön?«

»Gutes Aussehen weist nicht zwingend auf einen edlen Charakter hin«, erwiderte sie barsch.

»Nun, wäre es nicht eine Herausforderung für Sie, mich zu bessern? Was würden Sie sagen, wenn ich Sie bäte, sich um meine Bekehrung zu kümmern, Miss Maragon?« fragte er amüsiert.

»Ich würde sagen, daß man diese Herausforderung besser denen überläßt, denen Ihre Bekehrung etwas bedeutet – ich bin daran ganz und gar nicht interessiert!«

Ihre Schlagfertigkeit war wirklich erfrischend. »Tja, dann muß ich also davon ausgehen, daß es vergeblich wäre, wenn ich Sie um Ihre Hand bitte?«

Kassidy starrte ihn verblüfft an. Sie mußte ihn mißverstanden haben! »Was meinten Sie gerade?«

Raile stand auf. Er war so unglaublich groß! Kassidy mußte ihren Kopf zurücklegen, um ihm in die Augen zu sehen.

»Ich hätte nicht so damit herausplatzen sollen, ich weiß, aber bitte, versuchen Sie, mich zu verstehen. Es gibt ein paar Dinge, um die ich mich dringend kümmern muß, und ich kehre sehr bald auf meinen Landsitz zurück. Deswegen habe ich leider kaum Zeit, um Ihnen entsprechend den Hof zu machen.« Im gleichen Moment, in dem er die Worte aussprach, wußte er, daß er eine Dummheit begangen hatte, aber nun war es zu spät, um aufzuhören. »Nun, Miss Maragon, ich frage Sie hiermit, ob Sie meine Frau werden wollen. Es wäre mir eine große Ehre.«

»Halten Sie mich für verrückt?« Kassidy schnappte ungläubig nach Luft. »Wie können Sie es wagen, mich derart zu beleidigen?«

Raile sah sie erstaunt und verwirrt an. »Ich hatte es als Kompliment gedacht, nicht als Beleidigung.«

»Meinen Sie etwa, durch eine Ehe könnten Sie verhindern, daß ich die Wahrheit über Ihren Bruder ans Licht bringe?«

Er setzte sich auf einen Stuhl neben sie. »Ich wäre der erste, der öffentlich zugeben würde, daß Hugh ein Filou ist.«

Sie funkelte ihn zornig an. »Filou ist wohl nicht das richtige Wort«, preßte sie hervor, dann wandte sie den Blick ab. »Sie haben versprochen zu gehen, wenn ich es möchte, und genau das ist mein Wunsch. Gehen Sie! Ich will Sie nie wiedersehen!«

Raile empfand überwältigendes Mitleid für sie. Sie war eine solch farblose, schwächliche Kreatur, aber sie weckte in ihm einen Beschützerinstinkt, den er nicht unterdrücken konnte. Und auch nicht wollte – seine Familie war schuld daran, daß sie nun in einem solch jämmerlichen Zustand war.

Er streckte die Hand nach ihr aus, ließ sie aber wieder fallen. »Bitte gewähren Sie mir nur noch ein paar Minuten Ihrer Zeit. Es gibt noch einige Dinge zu besprechen.«

Sie wandte ihm den Kopf wieder zu, und ihre Augen waren wie grünes Eis. »Sie haben nichts zu sagen, was ich hören wollte, und ihr Antrag ist einfach lächerlich. Wie kommen Sie bloß auf die Idee, ich würde den Bruder des Ungeheuers heiraten, der meine Schwester unter falschen Vorspiegelungen zu einer Ehe überredet und sie verlassen hat, als sie ihn am meisten gebraucht hätte?«

Raile hielt ihrem Blick stand, wenn es ihn auch eine enorme Willensanstrengung kostete. Schweigend dachte er über ihre Worte nach. War es wirklich möglich, daß Hugh Abigail Maragon geheiratet und diese Tatsache vor ihm und seiner Mutter geheimgehalten hatte? Lady Mary schien es zu denken, Miss Maragon ebenfalls. »Was genau hat Ihre Schwester Ihnen erzählt?«

»Als sie im Sterben lag, bat Abigail mich, ihr Baby zum Duke of Ravenworth zu bringen – zu ihrem Ehemann. Da Sie aber nun der Duke sind, können Sie vielleicht verstehen, warum ich Sie fälschlicherweise für den Vater Arrians gehalten habe.«

Raile spürte den Zorn in seinem Inneren aufkochen. Also hatte Hugh mal wieder seine übliche Methode angewandt: Er beeindruckte Ladys, indem er vorgab, Rang und Namen zu besitzen. »Wenn Sie mir sonst nichts glauben wollen, dann wenigstens dies: Mir bedeutet die Familienehre sehr viel. Ich möchte doch nichts weiter, als wiedergutmachen, was Ihnen durch die DeWinters angetan worden ist.«

Etwas – in seiner Stimme, in seinen Augen? – veranlaßte Kassidy, an seine Aufrichtigkeit zu glauben. »Stimmt es, daß Sie in der Schlacht bei Waterloo gekämpft haben?«

»Ja. Ich war fünf Jahre auf dem Kontinent und bin erst kürzlich zurückgekehrt.«

»Sie können die Nächte, die ich krank und fiebernd auf einer Strohmatte gelegen habe, nicht auslöschen. Sie können nicht wiedergutmachen, daß ich wochenlang schmierigen Haferschleim habe essen müssen. Nichts wird mir die Erinnerung an die Einsamkeit und die Verzweiflung, an die unaussprechlichen Dinge, die man mir angetan hat, nehmen. Nein, Euer Gnaden, auch durch einen Heiratsantrag werde ich nicht wieder der Mensch, der ich einmal war, und ich will mit Ihrer Familie in keinerlei Hinsicht verbunden sein.«

Raile verspürte Übelkeit, als ihm immer deutlicher wurde, was diese junge Frau tatsächlich hatte erleiden müssen. »Nein, Miss Maragon, ich kann weder Ihre Erinnerungen löschen, noch kann ich Ihnen Ihre Schmerzen nehmen«, sagte er sanft. »Aber zwischen Ihnen und mir besteht eine Verbindung, und das wissen Sie genau.«

»Sir irren sich! Was sollte uns schon verbinden?«

»Das Baby. Ihre Schwester und mein Bruder haben es

gezeugt. Haben Sie schon über die Zukunft des Kindes nachgedacht?«

»Wollen Sie mir drohen?«

»Meine Güte, nein«, sagte Raile verärgert. »Ich sage damit doch nur, daß wir der Kleinen eine richtige Familie bieten könnten, wenn wir verheiratet wären.«

»Ich will Sie aber nicht heiraten. Warum sollte ich? Ich bin immer noch nicht überzeugt davon, daß Sie an meiner Entführung unschuldig sind.«

Raile hatte es satt, sich ihr gegenüber verteidigen zu müssen. »Miss Maragon, ich will absolut ehrlich zu Ihnen sein. Sie wurden von zwei Männern entführt, die meine Stiefmutter engagiert hat. Sie glaubte, Sie wären Abigail Maragon, und Sie wollte ihren Sohn Hugh vor einer unerwünschten Ehe bewahren.«

»Aber wie kann ein Mensch nur so etwas Grausames tun? Sie können sich nicht vorstellen, was für entsetzliche Dinge ...« Kassidy brach ab. Warum sollte sie dem Duke erzählen, was sie nicht einmal ihrer Tante hatte sagen wollen?

»Ich denke, wir werden wohl nie begreifen, was in Lavinias Kopf vorgeht«, unterbrach Raile grimmig. »Aber glauben Sie mir bitte, daß diese Frau niemals wieder versuchen wird, Ihnen oder dem Baby etwas anzutun. Sie hat keinen Grund mehr dazu.«

»Ich heirate Sie dennoch nicht. Sie wollen nur Ihr schlechtes Gewissen betäuben.«

»Ich hatte gehofft, daß Sie ausgerechnet das nicht denken.«

»Ich erwarte mir von meiner Zukunft einiges mehr, Euer Gnaden. Eine Ehe ohne Liebe ist nicht das, was ich mir vorgestellt habe.« Sie hielt einen Moment inne, um sich zu sammeln. »Darüber hinaus habe ich auch meinen Stolz. Die Maragons sind vielleicht nicht so vermögend oder so mächtig wie die DeWinters, aber unser Name ist alt und angesehen.«

»Das weiß ich. Glauben Sie, ich würde Ihnen einen Antrag machen, wenn das nicht so wäre? Nicht einmal mein Verantwortungsgefühl könnte mich dazu bringen, jemanden zu heiraten, der dem Rang einer Duchesse nicht würdig wäre.«

Kassidys Lachen war bitter. »Und ich möchte diese Ehre nicht, vielen Dank.«

»Bedenken Sie, wie die Tochter Ihrer Schwester von solch einem Arrangement profitieren würde. Mit genügend Geld kann sie so hoch aufsteigen, daß es niemals jemand wagen würde, auf sie herabzuschauen.«

Kassidy sah ihn trotzig an. »Sie braucht Ihr Geld nicht. Ich werde schon für sie sorgen.«

»Dann ist Ihre Antwort also nein?«

Plötzlich schauderte Kassidy voller Grauen, als sie an den widerwärtigen Wächter dachte, der sie mißbraucht hatte, während sie bewußtlos gewesen war. Sie würde sich niemals wieder rein fühlen, würde niemals mehr auch nur an eine Ehe denken können – und am wenigstens an eine Ehe mit diesem eingebildeten Kerl, der neben ihr saß.

»Bitte gehen Sie jetzt endlich, Euer Gnaden. Wir haben uns nichts mehr zu sagen.«

Raile stand auf und sah ihr tief in die Augen. »Schade. Ich glaube, wir beide wären gut miteinander ausgekommen, Miss Maragon.«

Kassidy gab keine Antwort.

»Ich werde nun gehen. Aber mein Angebot bleibt bestehen. Bitte denken Sie darüber nach.«

Kassidy hatte auf einmal den Eindruck, daß dieser Mann selbst durcheinander war … und einsam. Aber sie mußte sich irren. Wahrscheinlich wußte er, wie er wirken konnte, wenn er wollte, und er versuchte nur, sie zu verwirren.

»Falls Sie mich brauchen, Miss Maragon …, ich bin noch zwei Wochen in London, danach kehre ich nach Ravenworth zurück.«

Kassidy sah ihm nach, als er ging. Das seltsame Gefühl des Verlustes, das sie empfand, konnte und wollte sie nicht verstehen.

Kapitel 19

Lady Mary stürzte mit besorgter Miene in Kassidys Schlafzimmer.

»Liebes, man hat mir gesagt, daß der Duke of Ravenworth hiergewesen ist und du ihn empfangen hast. Gott, es tut mir schrecklich leid, daß ich dir nicht habe beistehen können. Du hättest ihn gleich fortschicken sollen.«

»Ich war ausgesprochen unhöflich zu ihm, Tante Mary.«

Lady Mary schüttelte Kassidys Kissen auf. »Ach, mach dir darüber keine Gedanken. Das ist kein Beinbruch. Er wird damit schon zurechtkommen.«

»Nein«, flüsterte Kassidy. »Das ist es nicht.«

»Was ist los, mein Kleines? Hat dich die Begegnung so aufgeregt? Du darfst nicht mehr daran denken.«

»Tante Mary, du weißt nicht, was ich getan habe.«

Lady Mary sah sie prüfend an und entdeckte Furcht in Kassidys Miene. »Er sagte, er wollte dich bitten, ihn zu heiraten. Ist er deswegen hergekommen?«

Kassidys Niedergeschlagenheit war wie weggeblasen. »Du wußtest, daß dieser Mann mir einen derart absurden Vorschlag machen wollte, und du hast mich nicht gewarnt?«

»Ich wollte es bereits mehrmals ansprechen, Kassidy, aber du hast mir verboten, auch nur seinen Namen zu nennen.«

»Ich hatte doch keine Ahnung, daß er mich deswegen sprechen wollte.«

»Er hat mich um die Erlaubnis gebeten, dir einen Antrag machen zu dürfen. Ich habe zwar versucht, ihn von der Idee abzubringen, war mir aber ohnehin sicher, daß du ablehnen würdest.«

»Das mußte ich, Tante Mary. Aber jetzt frage ich mich langsam, ob ich nicht einen schweren Fehler begangen habe.«

»Aber, aber, mein Kind. Jetzt grübel doch nicht so viel. Du wirst nur wieder krank werden.«

Ein heftiges Beben erfaßte Kassidys Körper. Sie nahm einen Brief vom Tisch und reichte ihn Lady Mary. »Ich schätze, dies ist der wahre Grund, warum ich so erschüttert bin. Der Brief ist von Henry. Er wird morgen kommen, um mich abzuholen.« In einer Geste der Hilflosigkeit hob sie die Hand. »Vielleicht sollte ich den Duke doch heiraten.«

Lady Mary lächelte aufmunternd. Sie mußte der Situation den Ernst nehmen. »Du wirst niemanden heiraten, nur um dich vor deinem Bruder zu retten. Wenn Henry kommt, dann werde ich ihn zu überzeugen versuchen, daß du und Arrian besser bei uns wohnen bleiben.«

Kassidy holte zittrig Atem. »Das wird er nicht erlauben.«

»Ach, überlaß das nur mir. Mit der Hilfe deines Onkels kriegen wir ihn schon dazu, die Erlaubnis zu geben.«

Kassidy wagte nicht, zu hoffen, lächelte aber tapfer. »Ich wäre so froh, wenn ich bei euch bleiben dürfte.«

Lady Mary setzte sich aufs Bett und nahm Kassidys Hand. »Reden wir jetzt nicht von Henry. Erzähl mir lieber von deiner Begegnung mit diesem attraktiven Kerl. Es ist schon ein starkes Stück, daß du ihn hinausgeworfen hast, obwohl jede Frau in ganz England vor Glück in Ohnmacht fallen würde, wenn sie heute an deiner Stelle gewesen wäre.«

»Ich muß zugeben, daß er ganz anders ist, als ich es erwartet habe. Er hat mir von seinem Bruder und seiner Stiefmutter erzählt. Wenn er wirklich das ist, was er zu sein vorgibt, dann muß man ihn wohl als Mann von Ehre bezeichnen. Er handelt offenbar streng nach seinen Prinzipien. Und ich hatte den Eindruck, er hätte echtes Mitgefühl empfunden.«

»Und trotz dieser Entdeckung hast du seinen Antrag abgelehnt«, stellte Tante Mary fest.

»Ich finde ihn auch beängstigend.«

Lady Mary sah sie aufmerksam an. »Und faszinierend vielleicht?«

»Ja, und das ist das Allerschlimmste. Es ist, als ob er mich magisch anzieht, aber ich habe keine Ahnung, warum. Das Gefühl hatte ich auch schon, als ich ihm das erste Mal auf Ravenworth Castle begegnet bin – ich habe sogar in Newgate seine Gegenwart gespürt, und wenn ich jetzt die Augen schließe, dann würde ich es auch wieder spüren.«

»Oh, mein liebes Kind.« Lady Mary legte ihre Wange an Kassidys, »du wirst langsam erwachsen – mit all den Sehnsüchten und Emotionen, die das Wesen einer Frau ausmachen. Das ist nichts, worüber man sich Sorgen machen müßte. Glaub mir, ältere und erfahrenere Frauen als du haben ihr Herz schon an Raile DeWinter verloren.«

»Er heißt also Raile ..., das wußte ich nicht.« Kassidy zeichnete mit einem Finger die Spitzenbordüre ihres Ärmels nach. »Ehrlich gesagt, finde ich das alles ziemlich verwirrend. Ich bin zwar nicht über Nacht von Haß zu Liebe übergegangen, aber ... ja, ich finde ihn faszinierend. Hast du so etwas auch schon empfunden? Warst du damals ebenso verwirrt, was deine Gefühle für Onkel George angingen?«

»Ja, in gewisser Weise schon. Aber George ist anders als Raile DeWinter. George ist wie ein Strom, der ruhig und stetig dahinfließt. Raile DeWinter ist wie eine sturmgepeitschte See – aufregend und aufwühlend. Zudem kommt er mir gequält und rastlos vor, als hätte er tief in sich etwas vergraben ... Vielleicht den Schmerz über etwas, das ihn einmal sehr getroffen hat. Er braucht jemanden, der etwas Heiterkeit in sein Leben bringt.«

»Ja, das dachte ich auch. Es kam mir fast so vor, als fühlte er sich einsam ..., als hätte er niemanden, der sich um ihn kümmert.«

»Vielleicht bist du diejenige, die ihm seinen Seelenfrieden wiedergeben kann.«

»Nein«, erwiderte Kassidy mit Bedauern. »Ich nicht.«

»Nun gut, vergessen wir im Augenblick Raile DeWinter, und laß uns einen Plan schmieden, wie wir deinen Bruder Henry wieder loswerden.«

Henry gab sich keine Mühe, seinen Zorn zu verbergen, als er sich vor seiner Tante aufbaute. »Ich bin gekommen, um meine Schwester abzuholen, und ich gehe nicht ohne sie. Ich bestehe darauf, daß sie und das Kind sich augenblicklich reisefertig machen.«

»Sei vernünftig«, bat Lady Mary. »Kassidy ist noch zu krank zum Reisen. Erlaube ihr doch, hierzubleiben, bis sie wieder zu Kräften gekommen ist.«

»Sie jetzt mitzunehmen, wäre Wahnsinn«, fügte George hinzu. »Kassidy hat schließlich schon genug durchgemacht.«

»Ja, und wäre sie zu Hause geblieben, wo sie hingehört, dann wäre nichts davon geschehen!«

Lady Mary funkelte ihren Neffen wütend an. »Wenn das Gesetz es zuließe, dann würde ich dir die Vormundschaft entziehen lassen.«

Henry zuckte kaum mit der Wimper. Er wußte, daß seine Tante ihn nicht besonders mochte, aber es kümmerte ihn herzlich wenig. »Sie kommt mit mir nach Hause.«

»Und was für eine Zukunft hat sie dort zu erwarten?« fragte Lady Mary wütend. »Willst du sie weiterhin als Sklavin halten, die putzt und für die Kinder sorgt? Und was ist mit Abigails Tochter – darf sie bei Kassidy bleiben? Ich will jetzt sofort ein paar Antworten hören!«

Henry stand gelassen auf. »Ich bin dir, was meine Schwester betrifft, keine Erklärung schuldig, Tante. Und wenn du sie jetzt nicht sofort holen läßt, dann gehe ich zu ihr hinauf.«

Kassidy stand im Türrahmen und hielt sich am Knauf fest. »Streitet nicht wegen mir, Tante Mary. Ich gehe mit Henry.«

Henry ging langsam auf Kassidy zu, während sein Blick von ihrem Gesicht abwärts über den Körper glitt. »Willst du mich nicht anständig begrüßen, Schwesterchen?«

»Hallo, Henry«, sagte sie gleichgültig.

Henry packte ihren Oberarm und wandte sich zu seinem Onkel und seiner Tante um. »Ihr seht es ja«, sagte er zynisch.

»Meine Schwester kann es kaum erwarten, in den Schoß der Familie zurückzukehren.«

Lady Mary hastete vorwärts und entzog Kassidy dem Griff ihres Bruders. »Oh, Liebes, es tut mir entsetzlich leid. Wir sind gescheitert. Aber nur Mut, mein Kind, ich komme dich so bald wie möglich besuchen.« Zornig fuhr sie zu Henry herum. »Und ich warne dich, Henry. Ich erwarte, daß du auf ihre Gesundheit und das Baby Rücksicht nimmst.«

Henry sah auf seine Tante herab, die für seinen Geschmack vorlauter war, als es sich für eine Frau schickte. Wie sanft und liebreizend war dagegen doch seine Mutter gewesen! »Ich weiß, daß ich eine Verantwortung trage, und ich werde danach handeln.«

Lady Mary zog Kassidy in die Arme und drückte sie fest. »Sei tapfer, Kleines. Du bist nicht allein.«

Kassidy gab sich alle Mühe, ihre Tränen zurückzukämpfen. »Ja, das weiß ich. Ich habe ja auch noch Abigails Tochter.«

Kassidy saß neben Henry in der Kutsche, die London verlassen hatte und nun über das offene Land fuhr. Bisher war Henry schweigsam und mürrisch gewesen, und in gewisser Weise war das schlimmer, als wenn sich sein Zorn auf sie entladen hätte. Der würde später kommen – dessen konnte sie sich sicher sein.

Sie lehnte sich im Sitz zurück und zog sich die Decke auf dem Schoß zurecht. Wenn sie nur nicht noch so sehr schwach gewesen wäre!

Die Amme, die Henry eingestellt hatte, saß ihnen gegenüber und hielt das Baby. Henry hatte es nicht einmal angeschaut.

Schließlich nahm Kassidy das Kind auf den Arm und hielt es Henry hin. »Henry, ich glaube, du hast deine Nichte noch nicht kennengelernt, nicht wahr? Ich habe sie Arrian genannt – nach unserer Mutter. Glaubst du, sie hätte sich darüber gefreut?«

Henry warf einen gleichgültigen Blick auf das Kind. »Gib sie wieder der Amme«, sagte er grob. »Es ist unklug, sich zu sehr an sie zu gewöhnen.«

Kassidy starrte ihn schockiert an. Was wollte er damit andeuten? Sie wagte nicht, das Thema vor der Amme zu vertiefen, aber sie würde eine Erklärung verlangen, sobald sie zum Übernachten einkehrten.

Nach einer Stunde hielt die Kutsche vor einem bescheidenen Wirtshaus an. Kassidy sorgte dafür, daß die Amme und Arrian gut untergebracht waren, dann begab sie sich zu Henrys Zimmer. Ihr Herz hämmerte wild vor Furcht, als sie an seine Tür klopfte. Henry war alles andere als ein nachsichtiger Mann, und sie wußte, daß er immer noch furchtbar wütend auf sie war. Sie war davon überzeugt, daß sie nun seinen ganzen Zorn zu spüren bekommen würde.

Henry zog die Tür auf, winkte sie stumm herein und wies ihr einen Stuhl an. Als sie sich gesetzt und die Hände demütig im Schoß gefaltet hatte, begann er, ungeduldig im Zimmer auf und ab zu laufen.

Schließlich blieb er vor ihr stehen, verschränkte die Arme vor der Brust und sah sie prüfend an. »Tja, Kassidy, da hast du dich aber in einen feinen Schlamassel hineinmanövriert. Hättet ihr, du und Abigail, auf mich gehört, dann würde sie heute noch leben, und du wärest nicht schwach und krank. Zudem hast du durch dein dummes, eigenmächtiges Handeln unserem Familiennamen sehr geschadet.«

Kassidy war zu erschöpft, um sich zu streiten. Jeder Knochen im Leib tat ihr weh, und es fiel ihr schwer, sich zu konzentrieren. »Du hast wohl recht, Henry«, sagte sie also schlicht. Vielleicht würde ihn das ja besänftigen.

Er sah sie mißtrauisch an. Es war höchst ungewöhnlich, daß Kassidy nicht augenblicklich Widerworte gab. »Die Zeit, die du ohne Aufsichtsperson verbracht hast, war viel zu lange, und das weißt du. Kein Gentleman wird dich jetzt noch heiraten wollen.«

Die Worte holten Kassidy aus ihrer Lethargie, und heftiger

Zorn weckte ihre Lebensgeister erneut. »Ich bitte dich inständig um Vergebung, Henry, wenn du der Meinung bist, ich hätte die Regeln der Schicklichkeit nicht ausreichend beachtet. Hätte ich vorher gewußt, daß ich so lange in Newgate sein würde, dann hätte ich dafür gesorgt, daß eine Anstandsdame mich begleitet.«

»Das ist genau die Art von Unverschämtheit, die ich von dir erwartet habe, Kassidy. Ich habe keine Ahnung, warum ich mich überhaupt mit dir abgebe, du undankbares Balg.«

Kassidy überging seine Beleidigung. »Mit der Annahme, daß mich kein Mann aus guter Familie mehr wird haben wollen, hast du vermutlich recht.«

Henry ballte die Hände an seinen Seiten zu Fäusten und starrte sie an. Die Adern an seinen Schläfen traten hervor, als er hervorstieß: »Was genau ist dir in Newgate passiert?«

Kassidy senkte zum ersten Mal den Kopf. »Ich will nicht darüber sprechen!«

»Du weigerst dich stets, mit mir zu sprechen. Eigentlich sollte ich dich dir selbst überlassen. Du würdest genauso schlimm enden wie Abigail.«

»Auch über Abigail werde ich nicht mit dir sprechen.«

»Nein, aber du bringst ihren Bastard mit nach Hause und erwartest, daß ich das Gör aufziehe.«

Henry schob die Hände in die Taschen und trat zum Fenster, aus dem er eine Weile nachdenklich hinausstarrte. Nach einer Weile wandte er sich wieder zu Kassidy um. »Ich glaube nicht, daß Hugh DeWinter Abigail geheiratet hat. Was auch immer Tante Mary dazu sagt.«

Seine Worte versetzten Kassidy einen heftigen Stich. Sie war zu demselben Schluß gekommen, aber das würde sie ihm gegenüber bestimmt nicht zugeben. »Abigail dachte aber, sie wären verheiratet.«

»Wenn sie zu mir gekommen wäre und mich um Rat gefragt hätte, dann wäre sie jetzt nicht …«

»Hör auf damit, Henry! Du bist ein entsetzlicher Heuchler!

Weißt du nicht, *wer* letztendlich die Schuld an dem trägt, was Abigail zugestoßen ist? Sie hätte niemals zu dir kommen und dich um Rat fragen können, denn du hättest ihr nicht einmal zugehört. Du hast ihr nicht erlaubt, sich mit Leuten in ihrem Alter zu treffen, hast keinem möglichen Verehrer die Chance gegeben, sie auf normale Weise kennenzulernen. Sie hat ihr Herz an den erstbesten verloren, der ihr Freundlichkeit entgegengebracht hat!«

»Du hättest verhindern können, daß sie mit ihm fortging«, wandte Henry ein.

»Vielleicht hätte ich das tun können, und in dieser Hinsicht nehme ich die Schuld auch auf mich. Aber wenigstens hat Abigail ein paar glückliche Monate erlebt, Henry, und das ist mehr, als sie in deinem Haus jemals hat erfahren dürfen.«

Henry sah sie zornig an. »Du Dirne! Wie kannst du es wagen, so mit mir zu sprechen!«

»Ich denke, ich werde überhaupt nicht mehr mit dir sprechen.« Sie stand auf. »Ich gehe ins Bett.«

»Ja, tu das«, knurrte er. »Aber bevor du gehst, solltest du noch eines wissen: Ich habe bereits die nötigen Maßnahmen getroffen, um Arrian in ein Findlingsheim in Brighton zu bringen.«

Kassidys Kopf flog hoch, und ihr Herz setzte einen Schlag aus. »Oh, nein, das wirst du nicht tun, Henry. Ich werde nicht zulassen, daß du mir das Kind wegnimmst. Wie kannst du auch nur daran *denken*, deinem eigen Fleisch und Blut so etwas Ungeheuerliches anzutun?«

»Patricia und ich haben darüber gesprochen, bevor ich nach London gefahren bin, und wir sind beide zu dem Schluß gekommen, daß wir unsere Töchter nicht mit einem illegitimen Kind zusammen aufziehen wollen.«

»Es steht nicht fest, daß Abigail nicht verheiratet war, und ich kann nicht nachvollziehen, daß ein unschuldiger Säugling der Erziehung anderer Kinder schaden soll.«

»Es hat mich schon sehr viel Mühe gekostet, Patricia zu überreden, dich wieder ins Haus bringen zu dürfen. Sie glaubt, daß du einen schlechten Einfluß auf unsere Töchter ausübst.«

»Ich bin kein Dummkopf, Henry. Patricia wird nur allzu froh sein, wieder jemanden für die Hausarbeit zu haben. Wie seid ihr nur zurechtgekommen, während ich fort war?« Kassidy konnte ihren Zorn kaum noch zügeln.

»Es erstaunt mich nicht, daß du die Frau verunglimpfst, die dir ein Zuhause geboten hat, nachdem Mutter und Vater gestorben sind.«

»Wenn du mir erlaubt hättest, bei Tante Mary zu bleiben, dann hätte sie dir mit Freuden die Last abgenommen, für Arrian und mich sorgen zu müssen.«

»Es steht alles fest, Kassidy. Du kommst mit mir, und das Baby wird nach Brighton gebracht.«

Kassidy spürte, wie ihre Knie weich wurden, und plötzlich schien das Zimmer sich zu drehen. Sie durfte jetzt nicht zusammenbrechen – nicht ausgerechnet jetzt! Sie mußte stark sein – Arrian brauchte sie.

»Du wirst mir das Kind nicht wegnehmen, Henry. Ich werde mich wehren, Henry! Wenn es sein muß, mit allen Mitteln!«

Verächtlich blickte er auf sie herab. »In dieser Sache hast du gar nichts zu sagen.«

Angewidert sah Kassidy, wie Henrys Mundwinkel sich zu einem halben Lächeln verzogen – wie konnte dieser Mann nur ihr Bruder sein? Es machte ihm Spaß, sie zu quälen! »Haßt du mich so sehr, daß du mir das nehmen willst, an dem ich am meisten hänge?«

»Ich finde es ausgesprochen befriedigend, dich zu bestrafen«, gab er freimütig zu. »Du bist starrsinnig und unbelehrbar. Ich habe immer schon gesagt, daß ich eines Tages deinen Willen brechen werde, und glaub' mir, es wird mir gelingen.«

Ihre grünen Augen funkelten wie Smaragde. »Mach dir keine Hoffnungen, Henry. Es bedarf schon eines stärkeren Mannes, als du einer bist, um mich niederzuzwingen.«

Plötzlich schwand alle Härte aus seinen Augen. Er ging zu ihr, und mit einer Zärtlichkeit, die sie überraschte, strich er ihr über die Wange. »Es muß zwischen uns doch gar nicht so sein, Kassidy.«

Sie starrte ihn in vollkommener Verwirrung an. Noch nie hatte er in einem solch sanften Ton mit ihr gesprochen. Und war das Alkohol, den sie in seinem Atem roch? Henry trank doch nie! Wieso benahm er sich plötzlich so seltsam?

Seine Hand glitt durch ihr Haar und spielte mit einer goldenen Locke. »Immer wenn du dich gegen mich aufgelehnt hast, habe ich dich dafür bewundert, während ich dich gleichzeitig bestrafen wollte. Nachdem du verschwunden warst, habe ich tagelang nach dir gesucht. Als mir zu Ohren kam, daß Abigail tot war, konnte ich nicht um sie trauern, denn ich machte mir zu große Sorgen um dich.«

Kassidy stieß seine Hand zur Seite und wich rasch einen Schritt zurück. Sie war noch immer so verblüfft, daß sie kein Wort herausbekam.

Er fuhr sich mit einer bebenden Hand durchs Haar, und in seinen Augen schwammen plötzlich Tränen. »Ich komme nicht von dir los, und ich hasse dich dafür. Du bist ein Luder – böse, verdorben! Du lockst und verführst mit deinen Reizen und stürzt mich ins Unglück!«

Kassidy wich rückwärts zur Tür zurück. »Lieber Gott, Henry, du bist verrückt! Ich bin deine Schwester!«

»Ja«, schluchzte er und vergrub das Gesicht in den Händen. »Du bist schuld an meinem Zustand.«

Kassidys Eingeweide krampften sich zusammen. »Ich habe nichts von dem getan, das du andeutest. Ich kann dich nicht einmal leiden.«

Als er den Kopf hob, war wieder der vertraute Zorn in seinem Gesicht zu lesen. »Geh, Kassidy, verschwinde! Geh in dein Zimmer! Du wirst feststellen, daß die Amme und das Baby bereits auf dem Weg nach Brighton sind!«

Kassidy wirbelte zur Tür herum und stürzte hinaus in den Flur. Voller Panik rannte sie zu dem Zimmer, in dem sie Arrian und die Amme untergebracht hatte, riß die Tür auf und fand es leer vor.

Augenblicklich machte sie kehrt und lief zur Treppe, von wo aus sie durch ein hohes Fenster nach draußen sehen konnte. Sie sah die Amme in die Kutsche steigen und schrie laut auf, doch niemand hörte sie. Hastig wandte Kassidy sich ab und rannte auf die Treppe zu. Ihr schwindelte, als sie die Stufen erreichte, und sie mußte sich am Geländer festklammern, um nicht zu stürzen.

Endlich war sie draußen und rannte auf die Straße hinaus, doch die Kutsche hatte sich schon in Bewegung gesetzt. Kassidy konnte nur hilflos zusehen, wie sie hinter der nächsten Biegung verschwand.

Niedergeschlagen ging Kassidy langsam zum Haus zurück. Unter einem Fenstervorsprung, unter dem Henry sie nicht sehen konnte, lehnte sie sich an die Außenmauer des Gasthauses. Sie war zu erschöpft, um sich zu bewegen und zu vernichtet, um zu weinen.

Eine lange Zeit stand sie da, ohne sich zu regen, ohne einen klaren Gedanken fassen zu können. Auf keinen Fall konnte sie ins Gasthaus zurückgehen. Sie wollte Henry niemals wiedersehen.

Langsam kehrte ihre Vernunft zurück, und Kassidy begriff, daß sie etwas unternehmen mußte. Sie blickte über die gepflasterte Straße und entdeckte einige Männer, die einen Karren mit frischem Gemüse beluden. Als sie hörte, wie einer der Männer erwähnte, daß der Karren nach London fahren würde, wußte sie, was sie zu tun hatte.

Sie war so schwach, daß sie kaum laufen konnte, aber sie riß sich zusammen. Schließlich hatte sie den Karren erreicht und wandte sich an den Fahrer, der auf dem Kutschbock Platz genommen hatte.

»Bitte, guter Herr«, sagte sie leise, »ich habe kein Geld, aber ich muß dringend nach London. Würden Sie mich mitnehmen?« Der Mann sah die Verzweiflung in den Augen des Mädchens und nickte. »Also gut, Mädel, springen Se auf. Bin froh, wenn ich 'n bißchen Gesellschaft hab.«

Er streckte die Hand aus, und Kassidy ließ sich von ihm hochziehen. Als sie neben ihm auf dem Kutschbock saß, warf er ihr eine Decke zu, in die sie sich dankbar einhüllte. Erst als der Karren schon einige Meilen vom Dorf entfernt war, fiel die Furcht, daß Henry sie zurückholen könnte, von ihr ab. Offenbar hatte er nicht damit gerechnet, daß sie davonlaufen würde.

Was sollte sie nun tun? Zu Tante Mary konnte sie nicht gehen, denn Henry würde zuerst dort suchen und sie wieder zwingen, mit ihm zu gehen.

Tränen brannten in ihren Augen, als sie sich gewahr wurde, daß es nur eine einzige Person gab, die ihr helfen konnte – nur eine einzige Person, der Henry nicht zu trotzen wagen würde.

Kassidy mußte Raile DeWinter um Hilfe bitten.

Kapitel 20

Der Butler war krank und hatte sich schon vor Stunden zu Bett begeben, und so war es Oliver, der, verärgert ob des späten Gastes, auf das Klopfen hin zur Tür eilte. Doch sein Ärger wandelte sich zu Besorgnis, als er Miss Maragon erkannte, die mehr als nur ein wenig aufgeregt aussah.

»Ich muß sofort den Duke sprechen«, sagte sie außer Atem. »Es ist wirklich dringend.«

»Kommen Sie in sein privates Arbeitszimmer, Miss Maragon. Ich werde Seine Gnaden holen.«

Erschöpft ließ sich Kassidy in einen großen Ledersessel fallen, lehnte den Kopf zurück und schloß die Augen. Der Duke würde ihr helfen – das wußte sie sicher.

Raile saß am Kopf der langen Tafel im Speisesaal und hatte einen Arm um die Schultern von Gabrielle Candeur gelegt. Die Stühle um den Tisch waren besetzt mit Gästen, denen die Party sichtlich gefiel.

»Auf das hübscheste Paar in ganz London«, rief Lord Justin Callaret und hob sein Glas zu einem Trinkspruch auf den Gastgeber und seine Gefährtin.

Gabrielle schaute zu Raile auf, der ihr ebenfalls einen Blick zuwarf. Es tat ihr weh, daß sie in seinen Augen höchstens Bewunderung las, aber Gabrielle wußte, daß sie nie mehr von ihm bekommen würde. Sie hatte sich so sehr bemüht, seine Geliebte zu werden, und nun, da sie es war, wünschte sie sich inständig, auch sein Herz gewinnen zu können. Doch Raile liebte sie nicht und würde sie auch nicht zu lieben lernen – sie nicht und wahrscheinlich auch keine andere Frau.

»Und auf den hellsten Stern, der in den letzten Jahrzehnten am Londoner Theaterhimmel gestrahlt hat«, fuhr Lord Justin fort und zwinkerte Gabrielle zu. »Dessen silberhelle Stimme den begehrtesten Junggesellen der Stadt eingefangen hat.«

Raile stellte sein Weinglas ab, und als ein Diener es nachfüllen wollte, winkte er mit einer ungeduldigen Geste ab. »Dein Temperament scheint heute abend mit dir durchzugehen, Justin«, bemerkte er. Plötzlich hatte er die Gesellschaft satt. »Vielleicht sollten wir …«

In diesem Augenblick trat Oliver hinter ihn und beugte sich vor, um ihm etwas ins Ohr zu flüstern. Raile erhob sich und entschuldigte sich bei seinen Gästen. »Ich muß Sie leider einen Moment verlassen. Bitte fühlen Sie sich wie zu Hause.«

Gabrielle verzog ihren hübschen Mund zu einem Schmollen. »Bleib nicht so lange fort«, flüsterte sie, doch Raile ging bereits aus dem Speisesaal.

Als Raile in sein Arbeitszimmer trat, mühte sich Kassidy erschöpft auf die Füße. »Euer Gnaden«, sagte sie ohne Umschweife. »Bitte helfen Sie mir.«

Dann knickten ihre Knie ein, und Raile war mit einem Schritt bei ihr, um sie aufzufangen. Vorsichtig hob er sie auf den Arm und trug sie zum Sofa. Er bedeutete Oliver, ein Glas Sherry zu holen, und stützte Kassidy, als sie sich aufzusetzen versuchte.

»Was ist denn passiert, Miss Maragon?«

»Bitte helfen Sie mir, Euer Gnaden. Mein Bruder hat mir Arrian abgenommen. Sie müssen Sie zurückholen – Sie haben doch gesagt, ihr Wohlergehen würde Ihnen etwas bedeuten, und da ... da bin ich zu Ihnen gekommen.«

Oliver reichte Raile ein Glas, das er an Kassidys Lippen setzte. »Trinken Sie das. Es wird Sie ein wenig beruhigen. Dann können Sie mir sagen, was genau geschehen ist.«

Kassidy nippte an dem Glas und schob es dann beiseite, doch die Wärme, die sich in ihren Innereien ausbreitete, tat ihr gut. »Henry hat das Baby in ein Findelhaus nach Brighton geschickt. Bitte, Sie müssen sie retten ..., sie ist doch auch Ihre Nichte!«

»Wann ist das geschehen?«

Kassidy warf einen Blick auf die Kaminuhr. »Sie haben sechs Stunden Vorsprung.«

Raile drehte sich zu Oliver um. »Laß eine Kutsche vorfahren, und fahr sofort nach Brighton. Bring das Baby hierher.«

Ohne zu zögern, nickte der Kammerdiener. »Ich mache mich sofort auf den Weg, Euer Gnaden.«

»Ach, und Oliver ..., richte meinen Gästen mein Bedauern, aus und bitte sie, zu gehen.«

Kassidy erhob sich. »Oh, Sie haben ..., ich wußte ja nicht ... Es tut mir leid, Euer Gnaden. Ich bin es, die gehen sollte.«

»Das kommt nicht in Frage.« Er nickte Oliver zu, und der Diener eilte aus dem Arbeitszimmer, um den Befehl seines Herrn auszuführen.

Kassidy sah den Duke dankbar an, als sie sich wieder in die

weichen Polster zurücksinken ließ. »Wird das Findlingsheim denn das Baby einfach so herausgeben?«

»Oliver kann höchst überzeugend sein, glauben Sie mir. Er wird Ihnen die Kleine zurückbringen.«

Kassidy nahm seine Hand. »Ich kann Ihnen nicht sagen, wie dankbar ich Ihnen bin, Euer Gnaden. Arrian bedeutet mir alles.«

Raile musterte das Mädchen, das vor ihm saß. Ihr Haar war verfilzt, ihr Kleid zerknautscht und staubig, und ihre Wangen waren schmutzig. Raile empfand einmal mehr Mitleid mit diesem armen Geschöpf. Würde sie denn niemals zur Ruhe kommen?

»Ich kann nicht zu meinem Bruder zurück«, sagte sie nun fast unhörbar, und Raile sah echte Panik in ihren Augen. »Aber er wird mich bestimmt finden – egal, wohin ich fliehe.«

»Warum haben Sie solche Angst vor Ihrem Bruder? Hat er Ihnen etwas getan?«

»Ich … wir sind nicht immer einer Meinung, und Henry ist manchmal … nicht ganz bei Verstand. Ich werde ihm niemals verzeihen, daß er mir Abigails Baby abgenommen hat.«

»Also scheint eine Ehe mit mir doch noch die beste Lösung für Sie zu sein, nicht wahr, Miss Maragon? Wenn Sie meine Frau sind, kann Ihnen Ihr Bruder nichts antun.«

Sie senkte den Kopf. »Ich kann nicht heiraten, Euer Gnaden.«

Raile legte ihr sanft einen Finger unters Kinn und hob ihren Kopf wieder an, so daß sie ihm in die Augen sehen mußte. »Und warum nicht?«

»Es liegt ganz allein an mir.«

Er sah eine Träne in ihrem Augenwinkel funkeln. »Darf ich fragen, wie Sie darauf kommen?«

Sie begegnete seinem Blick und beschloß, aufrichtig zu sein. »Ich … ich bin befleckt.« Sie wandte rasch den Kopf wieder ab. »Kein Mann wird mich mehr wollen.«

Raile schwieg einen Moment. »Sie hatten einen Geliebten?«

Die Schande schnürte ihr fast die Stimme ab. »Nein, das

nicht.« Sie brach ab, riß sich zusammen und zwang sich, weiterzusprechen. »Ich … ich habe mich nicht freiwillig einem Mann … hingegeben. Es geschah, als ich in Newgate war.« Wieder hielt sie inne und holte tief Luft. »Einer der Wachen, der Kerl, der mich an das Bordell verkaufen wollte. Er … ich war bewußtlos, und ich bin zutiefst dankbar, daß ich mich nicht daran erinnern kann.«

Raile schloß die Augen. Er spürte die Schande fast so stark wie sie. Obwohl er es verabscheute, fragen zu müssen, hatte er doch keine Wahl: »Sind Sie sicher, daß Sie nicht empfangen haben?«

Kassidys Wangen glühten, als sie auf ihre festverschränkten Hände im Schoß starrte. Ein solcher Gedanke war ihr bisher noch gar nicht gekommen »Selbstverständlich bin ich sicher!«

»Sie brauchen jetzt nichts mehr zu sagen, Miss Maragon.«

»Ich habe noch mit niemandem darüber gesprochen, nicht einmal mit Tante Mary. Und ich hätte es auch Ihnen niemals gesagt, wenn Sie nicht ein Recht darauf gehabt hätten, zu wissen, warum ich Sie nicht heiraten kann.«

»Und ist das der einzige Grund, warum Sie meinen Antrag abgelehnt haben?«

Sie sah in dunkle, mitfühlende Augen und wünschte sich einen Augenblick lang nichts mehr, als ihren Kopf an seine Schulter legen zu dürfen und sich auszuruhen …

Energisch schüttelte sie den Gedanken ab. »Es ist ganz sicher Grund genug, Euer Gnaden.«

»Es schreckt mich aber nicht, Miss Maragon.«

»Aber … aber wie können Sie, nach all dem, was mir …«

»Vielleicht sollte ich Ihnen erst einmal erklären, wie ich mir diese Ehe vorstelle. Wissen Sie, der Prinz hat mir förmlich befohlen, zu heiraten, und …«

In diesem Moment wurde die Tür aufgestoßen, und eine wunderschöne Frau in einem schimmernden goldenen Kleid trat ein. »Raile, willst du mich wegschicken, ohne mir wenigstens gute

Nacht zu sagen?« fragte Gabrielle und zog ihren hübschesten Schmollmund.

Kassidy starrte die junge Frau an, als wäre sie eine Erscheinung. Wer war sie?

Als Raile nun antwortete, hörte man deutlich Verärgerung aus seiner Stimme. »Ich melde mich morgen bei dir. Wie du siehst, bin ich gerade beschäftigt.«

Gabrielle warf einen Blick auf das Mädchen, dessen Kleider zerlumpt und schmutzig waren, und kam zu dem Schluß, daß es sich um eine Magd handeln mußte. »Wenn du dein Dienstmädchen faszinierender findest als mich, dann werde ich wohl Lord Justin erlauben, mich nach Hause zu bringen.«

Der Versuch, in Raile Eifersucht zu wecken, mißlang. Der Duke nahm sie einfach beim Ellenbogen und führte sie zur Tür. »Fein. Tu das, Gabrielle.«

Nachdem er die Tür hinter der Frau geschlossen hatte, wandte er sich wieder zu Kassidy um. »Bitte verzeihen Sie diese Unterbrechung«, sagte er, während er sich wieder setzte. »Wo waren wir?«

»Diese Frau ist sehr schön.«

»Gabrielle? Ja, das ist sie wohl.«

»Und Sie lieben sie?«

»Miss Maragon, würden Sie sie bitte vergessen, damit wir unser unterbrochenes Gespräch weiterführen können?« Raile verlor langsam die Geduld. »Ich habe Sie mehrmals gebeten, meine Frau zu werden, und Sie haben bisher jedesmal abgelehnt.«

»Warum fragen Sie denn dann immer wieder? Sie können sich doch denken, daß meine Antwort dieselbe bleibt.«

»Wenn ich das bloß selbst wüßte«, entfuhr es ihm. »Vielleicht liegt es daran, daß ich mir dringend einen Sohn wünsche. Also gut. Ich bitte Sie noch ein einziges Mal um Ihre Hand. Dann werde ich die Frage nie wieder stellen.«

»Wenn Sie nur einen Sohn wollten, dann gibt es doch zahllose andere Frauen, die sie heiraten könnten. Die eine, die gerade hier war, erschien mir ausgesprochen gut für Sie geeignet.«

Railes wachsende Verärgerung ließ ihn seine übliche Diskretion vergessen. »Miss Maragon, man heiratet keine Frau wie Gabrielle Candeur!«

Kassidys Mund blieb offenstehen. »Sie ist Ihre ... Mätresse?!«

»Miss Maragon, hören Sie mir zu, damit Sie besser verstehen können. Meine Mutter kam aus einer Familie von Kaufleuten und Händlern. Und obwohl sie in die DeWinter-Familie ein gewaltiges Vermögen einbrachte, wurde sie vom Adel niemals akzeptiert. Jedesmal wenn man sie beleidigt hat, war ich genauso beleidigt. Ich will keine Frau ohne Rang zur Duchesse of Ravenworth machen.«

»Oh.«

»Zudem habe ich keine Lust, mein Leben mit einer Frau zu teilen, die ständig meine Zeit beansprucht. Zwischen uns wird es keine Illusionen, keine Schönfärberei geben. Ich liebe Sie nicht, und Sie lieben mich nicht. Wir könnten aber ausgesprochen freundschaftlich miteinander umgehen. Mein oberstes Ziel ist es, Ravenworth zu seiner früheren Pracht zurückzuführen. Und ich glaube, daß Sie nicht die Frau sind, die mich von meiner Arbeit abhält, weil sie ständige Aufmerksamkeit braucht.«

Kassidy konnte sich die Frage einfach nicht verkneifen. »Und welche Ansprüche würden Sie an Ihre Frau stellen?«

»Sehr wenig. Ich würde Ihnen in finanziellen Dingen freie Hand lassen, so daß es Ihnen an nichts fehlen muß. Wenn Sie möchten, können Sie die meiste Zeit des Jahres über hier in meinem Stadthaus wohnen – oder, falls Sie das vorziehen, bei Ihrer Tante. Einen Erben möchte ich allerdings irgendwann haben.«

Kassidy mußte unwillkürlich lächeln. »Und was, Euer Gnaden, wenn Ihre sorgfältig ausgeklügelten Pläne scheitern und Ihre Frau Ihnen eine Tochter schenkt?«

»Wenn das der Fall wäre, dann würde ich von ihr verlangen,

so lange meine Kinder zu empfangen, bis sie einen Sohn zur Welt bringt.«

Ihre Stimme klang neckend. »Betreiben Sie immer soviel Aufwand um eine Zuchtstute?«

Einen Augenblick lang sah Raile sie ungläubig an. Dieses kleine freche Ding! Immerhin bot er ihr einen Titel, Geld und Freiheit!

Doch schließlich huschte ein Lächeln über seine Lippen.

»Nun, lehnen Sie nicht zu schnell ab«, sagte er. »Meine Zuchtstuten erhalten die beste Pflege.«

»Feine Aussichten für eine zukünftige Braut«, erwiderte sie trocken.

»Ich will ja nur, daß es keine Mißverständnisse gibt, Miss Maragon – ich werde Sie niemals lieben.« Er blickte ihr fest in die Augen, um seine Worte zu bekräftigen. »Aber wenn Sie keine Liebe erwarten, dann werden Sie feststellen, daß ich ein aufmerksamer, netter Gemahl sein kann. Und wenn Sie mir einen Erben zur Welt gebracht haben, dann werde ich Sie nicht davon abhalten, sich woanders Ihre … Zuneigung zu holen – immer vorausgesetzt, Sie machen es diskret.«

Kassidy sperrte verblüfft den Mund auf, dann sprudelten die Worte nur so aus ihr heraus. »Sie hätten nichts dagegen, wenn Ihre Frau eine … eine Affäre hat? Bedeutet daß, auch Sie würden sich das Recht herausnehmen, nach der Eheschließung Mätressen zu haben?«

»Da wir schon einmal offen sprechen – nein, eigentlich gefällt mir das nicht besonders. Ich messe der Liebe keine Bedeutung bei.«

»Euer Gnaden, ich finde, Sie haben eine erstaunliche Auffassung von der Ehe.«

»Ich glaube an Aufrichtigkeit.«

»Aber nicht an Anstand.«

Er grinste. »Ihre scharfe Zunge bringt mich dazu, meinen Antrag noch einmal zu überdenken.«

»Sie hätten wohl lieber ein Dummchen als Frau«, bemerkte Kassidy spöttisch.

Er musterte sie plötzlich interessiert. »Ich glaube nicht. Ich langweile mich ziemlich schnell.«

Nun dachte Kassidy zum ersten Mal ernsthaft über den Vorschlag des Dukes nach. Wenn Sie seine Frau würde, verlor Henry die Vormundschaft über sie. Nach dem, was an diesem Abend geschehen war, fürchtete sie sich mehr denn je vor ihm. Zudem mußte sie an Arrian denken. Mit der Hilfe des Dukes würde sie dem Baby ein gutes Heim, Geborgenheit und Sicherheit verschaffen können.

»Bevor Sie meinen Antrag einmal mehr zurückweisen, Miss Maragon, möchte ich Ihnen erzählen, was ich für das Baby geplant habe. Bei unserer Heirat lege ich eine Summe von hunderttausend Pfund für sie fest. Ich würde den Betrag verdreifachen, falls Sie mir einen Erben schenken.«

»Es scheint Ihnen ja sehr wichtig zu sein, daß Sie einen Sohn bekommen.«

Seine Augen wurden kalt, und er schien durch sie hindurchzusehen. »Einen Sohn zu haben, bedeutet alles für mich.« Dann milderte ein Lächeln seine verhärteten Züge, und er fuhr fort. »Um Ihnen das Angebot noch verlockender zu machen, sollen Sie ein Jahr lang Zeit haben, in dem sie wieder ganz zu Kräften kommen können, bevor ich Sie bitte, wirklich meine Frau zu werden.«

»Ein Jahr, bevor Sie …«

»… bevor ich mein eheliches Recht einfordere«, beendete er den Satz für sie.

Ein Jahr war eine lange Zeit, und viele Dinge konnten geschehen. Es war in der Tat mehr als reizvoll, eine verheiratete Frau mit all ihren Rechten, aber keiner der Pflichten zu sein. Und doch …, der Gedanke daran, von ihm einen Sohn zu empfangen, versetzte sie in eine seltsame Erregung.

»Unter diesen Umständen, Euer Gnaden, lautet meine Antwort ja. Ich würde mit dem Teufel persönlich Karten spielen, wenn ich auf diese Weise bekommen kann, was ich will.«

Geschickter Vergleich, dachte er und konnte sich das Grinsen nicht verkneifen. Er war also mit dem Teufel gleichzusetzen? Nun denn. »Was wollen *Sie* denn, Miss Maragon?«

»Ich will die Tochter meiner Schwester aufziehen und ein sorgenfreies Leben führen.«

Er nickte billigend. »Eine weise Entscheidung aus einem weisen Grund.« Plötzlich nahm Raile ihre Hand und hauchte einen zarten Kuß darüber. »Die Einzelheiten überlasse ich Ihnen und Ihrer Tante. Allerdings unter der Bedingung, daß die Hochzeitszeremonie möglichst wenig aufwendig gestaltet wird und bald stattfindet. Ich bin schon viel zu lange von Ravenworth fort.« Er stand auf und bot ihr seine Hand, um ihr aufzuhelfen. »Ich werde veranlassen, daß Sie sofort zum Haus Ihrer Tante gebracht werden.« Dann setzte er mit einem Lächeln hinzu: »Kassidy.«

»Und Sie sind Raile.«

Er führte sie an der Hand zur Tür. »Draußen steht eine Kutsche, die Sie zu Lady Mary bringen wird. Wenn Sie nichts dagegen haben, komme ich morgen, um die restlichen Formalitäten zu besprechen.«

Die Hochzeit sollte drei Tage später stattfinden, und je näher der Tag rückte, desto aufgeregter und erwartungsvoller wurde Kessidy.

Jeden Tag trafen neue Geschenke von ihrem zukünftigen Gemahl ein, und sie war gerührt, wie großzügig er ihr gegenüber war. Ihr Zimmer im ersten Stock quoll förmlich über von Blumen, die er aus seinem Gewächshaus hatte herüberschicken lassen, und als sie in dem Raum keinen Platz mehr hatte, ergoß sich die Blumenflut in die anderen Räume des Hauses. Das schönste Geschenk, das Kassidy von Ihrem Bräutigam erhielt, traf am Vorabend der Hochzeit ein.

Kassidys Tante und Onkel waren ausgegangen, und sie saß

allein im Wohnzimmer, als der Butler Oliver Stewart ankündigte. Kurz darauf trat Oliver ein und legte die schlafende Arrian in Kassidys Arme. Kassidy brach sofort in Tränen aus und koste und herzte das Baby, bis sie sich an ihre Erziehung erinnerte und dem Kammerdiener des Dukes einen dankbaren Blick zuwarf.

»Oh, Oliver, ich hatte solche Angst, daß ich sie nie wiedersehen würde.«

»Es war nicht schwer, sie dort herauszuholen«, wehrte Oliver ab, der sich insgeheim freute, sie glücklich gemacht zu haben. »Ich habe noch eine Nachricht von Seiner Gnaden. Er läßt ausrichten, daß er seinen Anwalt beauftragt hat, Ihnen morgen früh einige Ammen zum Vorstellungsgespräch herzuschicken. Er versichert Ihnen, daß die Referenzen der Frauen einwandfrei sind und sie nie wieder befürchten müssen, daß jemand das Kind entführt.«

Kassidy wiegte das schlafende Kind sanft an ihrer Brust. »Seine Gnaden hat wirklich ein Talent dazu, Probleme aus dem Weg zu räumen, Oliver.«

»Das hat er allerdings, Miss Maragon. Ich habe noch nie erlebt, daß jemand nicht folgt, wenn er etwas befiehlt. Ah, ich soll Ihnen außerdem ausrichten, daß Seine Gnaden die Einwilligung Ihres Bruders zu der Ehe eingeholt hat.«

»Sagen Sie ihm, daß ... daß ich ihm ewig dankbar sein werde«, erwiderte Kassidy, der vor Erleichterung die Knie nachzugeben drohten.

Oliver ging, seinen Hut in der Hand, auf die Tür zu. »Ich werde ihm Ihre Nachricht noch heute abend übermitteln, Miss Maragon.«

An der Tür drehte sich der Mann noch einmal um, als hätte er noch etwas auf dem Herzen, und Kassidy sah ihn aufmunternd an.

»Miss Maragon, ich wollte Ihnen nur sagen, wie froh ich bin ..., wie froh wir alle sind, daß Sie unsere Duchesse werden.«

Kassidy lächelte den Kammerdiener an, der nervös seinen Hut in den Händen drehte. »Vielen Dank, Oliver.«

Dann war er fort, und Kassidy stieg, erfüllt von Erleichterung und neuer Hoffnung, mit dem schlafenden Baby die Treppe hinauf. Sie hatte Abigails Tochter wieder. Alles würde gut werden. Und niemand – niemand! – sollte es je wieder wagen, ihr Arrian wegzunehmen!

Kapitel 21

An Kassidys Hochzeitstag ging die Sonne an einem wolkenlosen Himmel auf. Sie stieg aus dem Bett, trat zum Fenster und beobachtete, wie leuchtendes Rot und Orange den Horizont im Osten färbten. Heute würde sich ihr Leben von Grund auf ändern, und Kassidy empfand weder Traurigkeit noch überschwengliche Freude. Sie wußte, daß sie das Richtige tat, und diese Überzeugung erfüllte ihr Herz mit einem seltsamen Frieden.

Sie drehte sich zum Spiegel um und betrachtete sich kritisch. Würde sie je ihre Schönheit zurückerlangen? Sie sah noch viel zu angegriffen aus, um eine hübsche Braut zu sein. Ihr Haar hing glanzlos und stumpf herab, ihr Gesicht hatte nichts von der früheren frischen Farbe. Ein wenig traurig wandte sie sich ab. Wie gerne wäre sie als strahlende Schönheit an der Seite ihres zukünftigen Gemahls vor den Priester getreten!

Sie zog sich an und bewunderte das weiße Empire-Kleid, das ihre Tante ihr für die Hochzeit geschenkt hatte. Es reichte in kunstvollen Falten bis zum Boden und hatte eine Bordüre aus zarter Spitze oberhalb des Saumes. Leider trug die Farbe nichts dazu bei, ihre bleiche Haut zum Strahlen zu bringen.

Blaue Vergißmeinnicht schmückten ihr Haar, das zu einem schlichten Knoten in ihrem Nacken geschlungen war. Kleine Ringellocken waren aus der Frisur gezupft worden, um ihr Gesicht weich zu umrahmen.

»Und du bist sicher, daß du es willst?« fragte Tante Mary. »Noch kannst du zurück, mein Kind.«

»Nein, Tante. Ich werde ihn heiraten.«

»Ich finde, du heiratest den richtigen Mann – nur aus den falschen Gründen. Du willst Sicherheit für Arrian, während er eine Frau sucht, die ihm so wenig Ärger wie möglich bereitet.«

»Ich habe auch nicht vor, ihm Ärger jedweder Art zu bereiten, Tante Mary. Er kehrt nach Ravenworth zurück, und ich werde hier in London bleiben.«

Lady Mary konnte sich ein Lächeln nicht verkneifen. Kassidy hatte immer ein aufbrausendes Wesen und eine leidenschaftliche Natur besessen. Lady Mary konnte sich nicht vorstellen, daß diese Art von Arrangement ein Jahr überstehen würde.

»Ich sehe furchtbar aus«, bemerkte Kassidy und kniff sich in die Wangen, um wenigstens ein wenig Farbe in ihr Gesicht zu zaubern. Sie fing den Blick ihrer Tante im Spiegel auf. »Nichtssagend«, stellte sie nüchtern fest. »Ich dachte immer, ich sei recht hübsch, aber das stimmt nun nicht mehr.«

»Es ist das Fieber, meine Liebe. Wenn du erst einmal vollständig genesen bist, dann wirst du auch dein früheres Aussehen zurückerhalten«, erwiderte ihre Tante. Wieder mußte sie lächeln. Wie überrascht Raile deWinter sein würde, wenn er eines Tages feststellte, was für eine Schönheit er geheiratet hatte! Eine devote Frau, die nach seiner Pfeife tanzte, bekam er ganz gewiß nicht. Es würde nicht lange dauern, bis Kassidy das Leben des Dukes auf den Kopf gestellt hatte.

»Es ist Zeit, hinunterzugehen, Kind«, sagte Lady Mary und schloß eine Perlenkette in Kassidys Nacken. »Der Geistliche ist schon vor einiger Zeit eingetroffen, und dein Bräutigam wartet auch schon eine gute Stunde unten.«

Plötzlich überkam Kassidy wilde Panik. »O Gott, Tante Mary, hätte ich mich bloß nicht darauf eingelassen.«

Lady Mary erinnerte sich an ihre eigene Furcht kurz vor der Hochzeit und sah Kassidy zärtlich an. »Vergiß nie, wer du bist,

Kassidy. Und denk daran: Wenn die Zeremonie vorbei ist, wird der Duke aufs Land zurückkehren, und du bleibst bei mir.«

Kassidy holte tief Atem. »Ich bin bereit.«

In diesem Moment fiel Lady Mary etwas ein. »Ach, übrigens, ich habe einen Brief von Henry bekommen.«

Kassidy hielt mitten in der Bewegung inne. »Und was stand drin?«

»Er schien sehr beeindruckt, daß du eine so gute Partie gemacht hast, und wünscht dir Glück. Er hat sogar ein Geschenk geschickt.« Sie grinste. »Ich erzähle dir das nur, um dich aufzuheitern.«

»Wieso? Was für ein Geschenk ist es denn?«

»Ein Portrait. Von Henry selbst.«

Kassidy und Lady Mary brachen in befreiendes Gelächter aus, bis Lady Mary die Hand hob. »Komm, heute wollen wir nicht mehr an Henry denken.«

»Am liebsten nie wieder.«

Auf ihre Tante gestützt, stieg Kassidy langsam die Treppe hinab. Nur einmal versagte ihre Kraft, und das war an der Tür des Salons, in dem die Zeremonie stattfinden sollte.

Als sie das Wohnzimmer betrat, lächelte sie ihren Onkel herzlich an und nickte Reverend Wheatly zu. Dann wandte sie sich dem Mann zu, den sie heiraten sollte.

Er trug lange blaue Hosen und einen zweireihigen Rock, der sich an seine breiten Schultern schmiegte. Das gekräuselte Hemd schmückte ein kunstvoll geschlungener Binder. Seine Haltung war hochmütig wie immer, doch er strahlte auch etwas Geheimnisvolles aus, das entschieden anziehend war. Ja, er war ausgesprochen attraktiv, und Kassidy fragte sich einmal mehr, warum er ausgerechnet sie heiratete.

Raile nickte Kassidy knapp zu und trat näher, um ihr seinen Arm zu bieten. »Sollen wir?«

Die Hand, die sie auf seinen Arm legte, bebte. Als sie neben ihm ging, ihn berührte, überkam sie auf einmal eine heftige

Panik. Was, wenn er ihr nicht die Freiheiten gestattete, die er ihr versprochen hatte? Die Furcht schnürte ihr die Kehle zu, und sie hatte plötzlich nur noch einen Wunsch: Kehrtzumachen und in die Geborgenheit ihres Zimmers zu fliehen.

Raile schaute in die grünen Augen, die Angst und Schmerz verrieten, und er wünschte sich, er hätte ihr irgendeine Art von Trost anbieten können. Doch ihm fielen die richtigen Worte nicht ein. So neigte er nur den Kopf und flüsterte in ihr Ohr: »Sie können Ihren Entschluß noch rückgängig machen. Allerdings würde ich Sie in diesem Fall anflehen, mich doch zu nehmen.«

Kassidy blickte zu ihm auf und entdeckte ein lustiges Funkeln in seinen Augen. Ein wenig der Spannung fiel von ihr ab. »Ich habe Ihnen mein Wort gegeben, und ich stehe dazu, Euer Gnaden.«

Raile bedeutete dem Geistlichen, näher zu kommen. Reverend Wheatly war groß und stattlich und nahm seine Pflichten ausnehmend ernst. Mit viel Gefühl zelebrierte er das Sakrament, das Mann und Frau ein Leben lang in Demut und Hingabe vereinen sollte.

Raile gab sein Ja-Wort mit tiefer, gleichmäßiger Stimme, während Kassidy über die Worte *lieben und ehren, bis daß der Tod uns scheidet* stolperte.

Schließlich stand sie da und schwieg betroffen, als sie sich bewußtmachte, daß sie nun verheiratet war. Wie in Trance ließ sie die Glück- und Segenswünsche über sich ergehen.

Der Geistliche wandte sich an Kassidy. »Vertrauen Sie auf Gott, Euer Gnaden, und das Glück wird immer mit Ihnen sein. Möge Ihre Verbindung glücklich und mit vielen Kindern gesegnet werden.«

Eine plötzliche Schwäche überkam Kassidy, und sie mußte sich am Arm ihres Bräutigams festhalten. Augenblicklich hob Raile sie auf den Arm und blickte besorgt auf ihr blasses Gesicht. »Ich denke, meine Braut sollte sich nun wieder hinlegen«, sagte er zu Reverend Wheatly.

Lady Mary überließ George und den Geistlichen sich selbst und folgte dem frischvermählten Paar. »Ich zeige Ihnen Kassidys Zimmer«, sagte sie und eilte die Treppen hinauf.

Raile sah auf Kassidy hinab. Sie hatte dunkle Ringe unter den Augen, und ihr Atem ging flach. Durch das Kleid spürte er die unnatürliche Hitze des Fiebers.

»Machen Sie sich keine Sorgen, kleine Braut«, flüsterte er. »Von nun an sorge ich für Sie. Überlassen Sie alle Sorgen mir.«

Kassidy schmiegte ihre Wange an den rauhen Stoff seines Mantels. Wie schön wäre es doch, wenn sie das wirklich tun dürfte, wenn sie alle Ängste mit ihm teilen könnte ... Mit einem Gefühl der Zufriedenheit schloß sie die Augen. Sie war zu erschöpft, um noch über etwas nachzudenken.

Lady Mary eilte ihnen voran und drückte nun die Tür zu Kassidys Zimmer auf. Die Bettdecke war schon aufgeschlagen worden, und Raile legte sie sanft darauf ab. Dann wandte er sich an Lady Mary.

»Sie ist sehr schwach. Ich werde den Doktor holen. Er soll sie sich einmal ansehen.«

»Die Fieberanfälle kehren immer wieder. Aber der Doktor hat mir versichert, daß sie rasch vorübergehen.«

»Nun ..., wenn Sie meinen ...«

Lady Mary sah Kassidy an, die die Augen immer noch geschlossen hielt. »Ich lasse Sie nun allein. Aber ich möchte Sie bitten, nicht allzu lange zu bleiben.« Mit diesen Worten verließ sie das Zimmer und schloß leise die Tür hinter sich.

Raile richtete Kassidy sanft auf und begann, ihr Kleid zu öffnen. Als sie seine Hände in ihrem Rücken spürte, schlug sie die Augen auf und versuchte, von ihm abzurücken. »N... Nein«, stöhnte sie.

»Keine Angst. Ich will Ihnen nur helfen, damit Sie es bequem haben.« Er hob ihr Kinn an und zwang sie, ihm in die Augen zu schauen. »Ich habe nun ein Recht darauf, Kassidy. Wir sind verheiratet.«

Die Zeremonie war anstrengend gewesen, und sie war viel zu erschöpft, um sich zu wehren. So erlaubte sie ihm, sie auszuziehen, was er mit erfahrenen und geschickten Bewegungen tat. Ohne spürbare Gefühlsregung griff er nach ihrem Nachthemd, das am Fußende lag, und streifte es ihr über den Kopf. Dann drückte er sie sanft in die Kissen zurück und band es an ihrem Hals zu.

Ihre Lider flatterten. Mit großer Anstrengung gelang es Kassidy, die Augen zu öffnen und ihn anzusehen.

»Sie machen das sehr geschickt.« Sie brachte ein Lächeln zustande. »Sie haben offenbar Übung darin.«

Er erwiderte das Lächeln. »Und wenn – würden Sie mich dafür verurteilen?«

»Nein.« Kassidy gähnte herzhaft. »Das würde nur bestätigen, was ich ohnehin angenommen habe. Ein Mann wie Sie hat … sicher schon viele Frauen gehabt.«

Er legte ihr einen Finger auf die Lippen. »Heute abend sehe ich nur eine einzige Frau, und sie ist kaum mehr als ein kleines Mädchen. War es falsch, daß ich Sie geheiratet habe?«

Seltsamerweise wünschte sie sich plötzlich, die Arme um ihn zu schlingen und ihn ganz fest an sich zu drücken. Sie wollte schön für ihn sein, wollte zärtliche Worte von ihm hören, wollte, daß er ihr seine Liebe gestand …, aber der Wunsch war natürlich absurd. »Nur die Zeit wird zeigen, ob unsere Verbindung ein Fehler war, Euer Gnaden.«

»Raile«, korrigierte er sie. »Meine kleine Duchesse, ich werde versuchen, Ihnen als Ihr Ehemann so wenig Last wie möglich zu sein.« Er steckte die Bettdecke unter ihrem Kinn fest. »Und nun sollten Sie schlafen.«

»Werden Sie … heute nacht hierbleiben?«

»Nein. Wir hatten ein Jahr ausgemacht – haben Sie es schon vergessen?«

Zum ersten Mal schien sie sich zu entspannen. »Nein.«

Raile beugte sich hinunter und küßte sie zart auf die Wange.

»Erholen Sie sich schnell, kleine Duchesse. Ein Jahr geht schneller um, als man denkt, und dann komme ich und hole mir, was mir gehört.«

»Werde ich Sie vorher sehen?«

»Natürlich. Immer wenn ich nach London komme.«

Nun konnte Kassidy ihre Augen nicht mehr offenhalten. »In einem Jahr werden Sie mich vollkommen vergessen haben.« Sie berührte seine Hand. »Vielen Dank, daß Sie mir Arrian zurückgebracht haben.«

Raile lächelte. »Ich bin auch froh, daß sie wieder bei uns ist.« Dann stand er mit einem leisen Lachen auf, verließ das Zimmer und war fort.

Mit dem Bild ihres dunklen, attraktiven Mannes vor dem inneren Auge, glitt Kassidy in den Schlaf hinüber. In dieser Nacht würden sie keine Alpträume plagen. Statt dessen würde sie von dem Mann träumen, den sie vor Gott zu lieben und zu ehren geschworen hatte.

Draußen wartete Railes Kutscher, der die Tür des Wagens aufhielt. Raile kletterte hinein, gab seine Anweisungen und lehnte sich in die Polster zurück, als die Kutsche in flottem Tempo den gutbeleuchteten Boulevard entlangfuhr. Erleichtert holte er tief Atem. Endlich hatte er ein großes Unrecht wiedergutmachen können. Seine Familienehre war wiederhergestellt.

Ein leichter Regen setzte ein, und Raile starrte auf die Straße hinaus, die nun im Licht der Gaslaternen zu glitzern begannen. Einen Augenblick lang überlegte Raile, ob er den Kutscher anweisen sollte, zur Action Street zu fahren, in der Gabrielle Candeur wohnte, aber dann verwarf er die Idee rasch wieder. Nach einer Auseinandersetzung mit Gabrielle war ihm heute gewiß nicht. In letzter Zeit war sie anhänglich und fordernd geworden – zwei Charakterzüge, die er bei Mätressen überhaupt nicht mochte. Er mußte ihr mitteilen, daß er verheiratet war, und die Beziehung beenden, aber er wollte damit warten, bis er das nächste Mal in London war. Er war schließlich erst in einem Jahr ein wirklicher Ehemann, so daß die Notwendigkeit, es Gabrielle jetzt schon zu beichten, nicht wirklich gegeben war. Zufrieden schloß er die Augen. Nun, da er Kassidys Zukunft gesichert hatte, konnte er London am folgenden Tag in aller Frühe verlassen.

Endlich würde er sich um seine wahre Liebe kümmern können – und die hieß Ravenworth!

Gabrielle Candeur hatte eine wundervolle Stimme und war in Frankreich eine bewunderte Göttin der Bühne gewesen. Nun lag ihr auch ganz London zu Füßen. Doch für Gabrielle war es der größte Triumph gewesen, als es ihr gelungen war, die Aufmerksamkeit des heißbegehrten Duke of Ravenworth auf sich zu ziehen.

Es war kein zufälliges Treffen gewesen, das schließlich zu einem näheren Kennenlernen führte. Gabrielle hatte sich systematisch darangemacht, ihn zu ködern. Sie hatte herausgefunden, was er am liebsten aß, hatte von seiner Begeisterung für prächtige Pferde erfahren, und hatte sich erkundigt, was er bei Frauen mochte.

Es war gewiß keine leichte Eroberung gewesen. Eine zusätzliche Erschwernis war die Tatsache gewesen, daß er so selten in die Stadt kam. Gabrielle hatte eine Zofe in seinem Londoner Haus bestechen müssen, damit sie sie sofort informierte, wann immer der Duke eingetroffen war.

Aber Gabrielle war bereit gewesen, sogar noch weiterzugehen. Es hatte sie ihr Diamantencollier, ihren Rubinring und die Gage eines Monats gekostet, um den grauen Araberhengst mit dem hervorragenden Stammbaum zu erstehen.

Dann war der Tag gekommen, an dem die Zofe des Dukes Gabrielle die Nachricht hatte zukommen lassen, daß ihr Arbeitgeber in London weilte und den Morgen in Ascot verbringen würde. Gabrielle hatte sofort begonnen, ihren Plan in die Tat umzusetzen. Sie hatte sich mit größter Sorgfalt angekleidet, sich in ihrem hellroten Reitkleid auf ihren Araber gesetzt und sich auf den Weg gemacht. Es war ein Kinderspiel gewesen, einen Stallburschen zu bezahlen, ein Hufeisen des Pferdes zu lösen. Der Junge hatte sie zwar zweifelnd angesehen, aber getan, was sie gewünscht hatte.

Einmal in Ascot, hatte Gabrielle nach Raile Ausschau gehalten und ihn endlich in einer Gruppe Herren und Damen entdeckt, die müßig miteinander plauderten. Als sie nahe genug herangekommen war, war sie abgestiegen, hatte mit gespielter Sorge ihr Pferd untersucht und war schließlich auf Raile zugegangen, um ihn um Hilfe zu bitten.

Raile, ganz der Gentleman, hatte sich natürlich sofort anerboten, sie mit in die Stadt zurückzunehmen, während sein Stallbursche sich um ihr Pferd gekümmert hatte. Alles war ganz nach Plan verlaufen: Auf der Fahrt nach London war man sich nähergekommen, hatte miteinander geplaudert, und schließlich hatte Raile sie zum Essen eingeladen und versprochen, ihrer Abendvorstellung beizuwohnen.

Danach war alles wie von selbst gelaufen. Im Handumdrehen durfte Gabrielle ein Haus in der Action Street beziehen, und ihre Rechnungen wurden an den Duke of Ravenworth geschickt, der sich als überaus großzügig erwies.

Gabrielle war nicht zum ersten Mal die Geliebte einer bedeutenden Persönlichkeit. Ein italienischer Graf und ein General Napoleons hatten bereits für ihren Unterhalt gesorgt. Doch mit Raile war es anders: Gabrielle war verliebt. Wenn er nicht bei ihr war, brachten die Eifersucht und die Verzweiflung sie fast um, und sie empfand eine nagende Furcht, daß er eines Tages ihrer überdrüssig werden und sie verlassen könnte.

Doch als sie von den Schauspielern in Covent Garden zum ersten Mal das Gerücht hörte, daß Raile verheiratet sei, weigerte sie sich, es zu glauben. Nein, das konnte einfach nicht sein! Wenn Raile sich tatsächlich eine Frau nehmen würde, dann wäre sie doch gewiß die erste gewesen, der er es mitgeteilt hätte. Schließlich spielte sie in seinem Leben eine nicht unbedeutende Rolle … Oder etwa nicht?

Als Gabrielle ein Klopfen an der Eingangstür hörte und gleich darauf die Stimme ihrer Zofe vernahm, hoffte sie inständig, daß Raile eingetroffen war. Sie hatte ihn seit vier Wochen nicht gesehen und begann, unruhig zu werden. Doch dann erklang zu Gabrielles Enttäuschung eine zweite weibliche Stimme. Verärgert und deprimiert beschloß sie, Louise zu sagen, sie empfange heute keine Besucher. Das letzte, was sie würde ertragen können, waren der Spott und die Schadenfreude irgendeiner Lady, die ihr das Gerücht über Railes Eheschließung bestätigen wollte.

Schon huschte die Zofe in das Zimmer. »Pardon, Mademoiselle, aber eine Mrs. DeWinter möchte Sie sprechen. Ich dachte, Sie würden sie sicher empfangen wollen.«

Gabrielle sah ihre Zofe verdattert an. »Hast du *Mrs.* DeWinter gesagt?«

»*Oui*, Mademoiselle.«

Gabrielle eilte mit wehendem Hausmantel zu ihrem Salon. Die einzige Mrs. DeWinter, die sie kannte, war Railes Stiefmutter. Aber was konnte diese Frau von ihr wollen?

Vor der Tür verlangsamte sie ihr Tempo und trat würdevoll in das Wohnzimmer.

»Man sagte mir, Sie wollten mich sprechen, Mrs. DeWinter?«

»Ja, Miss Candeur«, erwiderte Lavinia. »Ich habe einmal eine Vorstellung von Ihnen besucht und war überaus beeindruckt.«

»Vielen Dank, das ist sehr freundlich von Ihnen.« Gabrielle musterte die gutgekleidete Frau, die sich hochmütig in dem Salon umschaute. Gabrielle fand sie auf Anhieb unsympathisch – diese Frau strahlte irgend etwas aus, das ihr Unbehagen bereitete. »Was führt Sie zu mir, Mrs. DeWinter? Ich trete heute abend auf und muß meine Stimmbänder schonen.«

Lavinia hätte fast laut gelacht. Was bildete sich dieses kleine

Flittchen eigentlich ein? Schließlich war sie nur eine Schauspielerin! Doch sie riß sich zusammen. Sie durfte ihre Verachtung nicht zeigen, denn sie mußte Miss Candeur auf ihre Seite ziehen. »Ich bin gekommen, weil ich denke, daß Sie und mich etwas verbindet.«

»Tatsächlich? Ich wüßte nicht, was das sein sollte, Madame.«

»Wie wäre es mit Raile?«

»Soviel ich weiß, sind Sie seine Stiefmutter. Und nach dem, was ich gehört habe, sind Sie und Raile ... nun, sagen wir, nicht gerade die besten Freunde.«

»Hat Raile Ihnen das erzählt?«

»Nein. Raile spricht mit mir nicht über Familienangelegenheiten.«

Lavinia lächelte. »Ich nehme an, Sie haben gehört, daß er geheiratet hat.«

Gabrielle hatte gelernt, ihre Gefühle hinter einer Maske der Ungerührtheit zu verbergen, aber dies war zuviel. »Nein! Das glaube ich einfach nicht!«

Zufrieden sah Lavinia, wie aus Gabrielles Gesicht alle Farbe wich. Ihr Plan schien zu funktionieren. Sie war gekommen, um Raile das Leben zur Hölle zu machen, und da dies offenbar nicht über seine neue Frau funktionierte, hatte sie sich an seine Geliebte gewandt.

»Es ist wahr, glauben Sie mir. Er ist in der Tat verheiratet.«

»Raile hätte mir doch gesagt, wenn er etwas Derartiges vorhätte. Schließlich schuldet er es mir.«

»Mein Stiefsohn benimmt sich nicht immer besonders freundlich. Trösten Sie sich – seiner Familie hat er es auch vorenthalten.«

In Gabrielle zog sich alles vor Eifersucht zusammen. »Wer ist die Frau?«

»Ich weiß es nicht. Sie kommt vom Land. Ich hatte gehofft, Sie würden mir mehr über sie sagen können.«

»Und wie kommen Sie darauf, Madame? Warum sollte ich

Ihnen irgend etwas erzählen? Wir kennen uns ja praktisch gar nicht.«

Lavinia streifte sich die weißen Handschuhe über und nahm ihren Sonnenschirm. »Wie ich schon sagte, Miss Candeur …, uns verbindet etwas. Mir paßt es genausowenig wie Ihnen, daß Raile verheiratet ist. Sie haben allerdings weit mehr zu verlieren als ich.«

»Ich verstehe nicht, was Sie es kümmern sollte, ob er eine Frau hat oder nicht, Madame. Ich habe gehört, daß Sie und Raile nicht einmal mehr miteinander sprechen.«

Lavinia ignorierte die Provokation und bewegte sich auf die Tür zu. »Geliebte geraten schnell in Vergessenheit, wenn der Mann heiratet.« Sie lächelte zuckersüß. »Daran sollten Sie immer denken, Miss Candeur.« Sie öffnete die Tür und drehte sich noch einmal zu Gabrielle um. »Vielleicht sind Sie bereits vergessen.«

Kapitel 22

In Gabrielle brodelte es vor Zorn und Eifersucht, als sie das Treppchen ihrer Kutsche hinabstieg und auf Madame Estelles Boutique zurauschte. Ihr Lakai mußte sich anstrengen, ihr im erforderlichen Abstand von zwei Schritten zu folgen.

Da Madame Estelle und Gabrielle beide aus Frankreich stammten, waren sie sich schon bei der ersten Begegnung sympathisch gewesen – inzwischen waren sie gute Freundinnen. Einst hatte die Schneiderin sogar Josephine Bonaparte eingekleidet, aber es war nicht gerade klug, damit bei den Briten zu prahlen. Da dies aber kaum jemand wußte, bestand Madame Estelles Klientel zum großen Teil aus dem Adel, und sie war stets bestens über den neuesten Klatsch der Londoner Aristokratie informiert.

Und dies war der Grund, warum Gabrielle hergekommen war: Wenn sie etwas über Railes Frau erfahren wollte, dann hier.

Madame Estelle, wie immer in elegantes Schwarz gekleidet, stürzte auf Gabrielle zu, um sie zu umarmen. »Oh, meine arme Gaby«, gurrte Madame mit ihrem dicken französischen Akzent. »Kein Wunder, daß wir Sie so lange nicht zu sehen bekommen haben. Die Nachricht von der Hochzeit des Dukes muß Sie ja förmlich vernichtet haben!«

Bevor sie antwortete, schaute Gabrielle sich rasch in dem Geschäft um und stellte fest, daß keine Kunden anwesend waren. Nur zwei Näherinnen saßen an der gegenüberliegenden Wand und konzentrierten sich auf ihre Arbeit.

Gabrielle streifte ihre roten Lederhandschuhe ab und ließ sich auf das rosafarbene Sofa fallen. Sie streckte die Beine aus, und ihr Lakai holte einen Hocker heran, den er ihr unter die Füße schob.

»Also ist es wahr. Raile ist verheiratet.« Zorn und Eifersucht schnürten ihr einen Moment die Kehle zu, doch dann faßte sie sich wieder. »Erzählen Sie mir alles, was Sie über die Frau wissen.«

Madame Estelle nahm eine Basthaube zur Hand und begann, blaue Blumen in den Rand zu flechten. »Hach, es ist seltsam, *chérie*. Niemand weiß etwas Genaues. Zudem scheint niemand zur Hochzeit eingeladen worden zu sein. Wenn ein so bedeutender Mann heiratet, dann erwartet man doch, daß kein Geringerer als der Prince of Wales zu den Feierlichkeiten gebeten wird, nicht wahr?«

Als die kleine Frau Gabrielles erschütterte Miene sah, hielt sie in ihrer Arbeit inne. »Gaby, glauben Sie, der Duke hat ganz gewiß nicht aus Liebe geheiratet. Er bestreitet doch noch immer Ihren Unterhalt, oder etwa nicht?« Die Schneiderin ließ Gabrielle keine Zeit zu antworten, sondern fuhr fort. »Wenn er dieser Frau überdrüssig geworden ist, dann wird er zu Ihnen zurückkehren – und die Beziehung wird noch viel intensiver sein, warten Sie es ab.«

Gabrielle dachte nicht daran, ihrer Freundin gegenüber zuzugeben, daß Raile seit einem Monat nicht mehr bei ihr gewesen war. Sie hatte immer damit gerechnet, daß Raile eines Tages heiraten würde, aber Sie war zutiefst verletzt, daß sie es durch andere hatte erfahren müssen. Er hätte es ihr wenigstens sagen können.

»Er wird niemals zu mir zurückkehren, Estelle«, sagte sie. »Raile hat sich mir niemals wirklich geöffnet, mir nie erlaubt, ihn wirklich kennenzulernen. Er ist stets auf Distanz geblieben und wollte sich nie an mich binden.«

»Aber er war Ihnen gegenüber doch immer überaus großzügig«, rief Madame Estelle ihr in Erinnerung. »Das zumindest ist doch ein gutes Zeichen.«

»Schon, aber es war nie von Liebe die Rede. Er hat mit mir noch niemals über seine Gedanken gesprochen – geschweige denn über Gefühle. Ich habe mir immer gewünscht, nur ein einziges Mal auf Ravenworth Castle eingeladen zu werden.«

»*Chérie*, Sie wissen, daß dies niemals geschehen wird, seien Sie doch vernünftig. Ein Mann lädt seine Geliebte nicht auf seinen Familiensitz ein.«

Wieder wallte der Zorn in Gabrielle auf. »Ich denke nicht daran, mich wegen einer Ehefrau abschieben zu lassen. Ich werde mich so unentbehrlich machen, daß er auf seine Besuche bei mir nicht mehr verzichten kann. Was soll diese Frau schon haben, das ich ihm nicht bieten kann?«

»Braves Mädchen! Das ist die richtige Einstellung.« Die Schneiderin strahlte vor Begeisterung. »Kämpfen Sie um ihn!«

»Estelle, bitte sagen Sie mir alles, was Sie über diese Frau gehört haben. Was erzählt man sich so?«

Madame blickte nachdenklich auf die Haube, bevor sie ein hellblaues Band nahm und es um die Krempe wand. »Wie ich schon sagte, ich weiß sehr wenig. Natürlich gibt es eine Menge Vermutungen und Gerüchte, doch seltsamerweise scheint keiner meiner Kunden die Frau persönlich zu kennen.« Sie hielt die

Haube mit ausgestrecktem Arm von sich, um das Ergebnis ihrer Arbeit zu inspizieren, und nickte dann zufrieden.

»Es heißt«, fuhr sie schließlich fort, »daß sie geradewegs vom Land kommt und noch keine einzige Saison in London miterlebt hat. Ich hätte eigentlich gedacht, daß nur eine weltgewandte Frau in der Lage sein würde, sich den Duke zu angeln.«

»Wahrscheinlich ist sie eine große Schönheit«, warf Gabrielle ein, deren Inneres sich einmal mehr schmerzhaft zusammenzog.

»Nicht unbedingt. Sie wissen doch, wie der Adel so ist ... Man heiratet nicht aus Liebe oder aus Faszination über die Schönheit einer Frau. Hauptsache ist Rang und Besitz! Man bleibt halt unter sich.« Ihre Augen leuchteten auf. »Wenn ein Adeliger Liebe empfindet, dann gewöhnlich für seine Mätresse, nicht für seine Gattin.«

Gabrielle hätte zu gerne den Worten ihrer Freundin Glauben geschenkt, doch ihre Zweifel ließen sich nicht so leicht verscheuchen. »Sie sagen, niemand habe Sie bisher gesehen ... Woher sollen wir dann wissen, daß sie keine außergewöhnliche Schönheit ist?«

Madame betrachtete Gabrielle aufmerksam. Obwohl die junge Frau viel Geld für Kleider ausgab, war ihr Geschmack nicht der beste, ihr Stil war zu überladen. Sie war sehr schön, doch ihr Mund wirkte zu streng, ihren grauen Augen fehlte es an Wärme. »Nein, ich habe sie bisher noch nicht gesehen ..., aber sie hat sich angemeldet, um sich eine neue Ausstattung schneidern zu lassen. Sie und ihre Tante, Lady Mary Rindhold, werden morgen mittag zum Abmessen kommen.«

Gabrielle stand rasch auf. »Gut, ich werde ebenfalls hiersein. Ich will sie mir selbst anschauen. Man kann Gabrielle Candeur nicht einfach wegwerfen wie ein Spielzeug, dessen man überdrüssig geworden ist. Ich lasse mich doch nicht durch eine dahergelaufene kleine Landmaus ersetzen.«

Langsam dämmerte es Madame Estelle, daß sie sich selbst in

eine üble Situation hineinmanövriert hatte. Der Duke of Ravenworth hatte Gabrielles Rechnung stets großzügig beglichen. Und wenn sie seine Mätresse bliebe, dann würde auch Estelle weiterhin davon profitieren. Aber sie konnte doch nicht zulassen, daß Gabrielle in ihrem Laden mit der neuen Frau des Dukes zusammentraf! Nein …, das war undenkbar!

»*Chérie*, wir sind Freundinnen, und ich würde alles für Sie tun …, nur das nicht! Bitte, Sie dürfen nicht hiersein, wenn die Duchesse eintrifft. Stellen Sie sich doch nur den Skandal vor! Der Duke würde toben, wenn er von einem solchen Zusammentreffen erführe. Sehen Sie doch ein …, ich wäre ruiniert!«

»Estelle, Railes Frau weiß doch nicht, wer ich bin. Ich will sie nur einmal sehen, dann verschwinde ich schon. Niemand, nicht einmal Raile, wird davon erfahren.«

Estelle wußte nur zu gut, was für ein aufbrausendes Temperament Gabrielle besaß. Es war nicht sehr wahrscheinlich, daß es ohne eine Szene abgehen würde. Aber sie *waren* Freundinnen, und so willigte Madame schließlich widerstrebend ein. »Es ist nicht fair, daß der Duke Sie nicht über seine Hochzeit informiert hat. Wenn Sie mir also versprechen, nicht mit der Duchesse zu reden, dann dürfen Sie meinetwegen morgen herkommen.«

Gabrielles graue Augen funkelten plötzlich. »Ich schwöre Ihnen, daß ich kein einziges Wort an die Lady richten werde.«

Kassidy sah aus dem Fenster der Kutsche ihrer Tante und sah die dunklen Wolken, die sich am Himmel zusammenballten. »Es wird bestimmt regnen, bevor wir wieder zu Hause sind, Tante.«

»Ja, das denke ich auch, Liebes.« Lady Mary musterte ihre Nichte zufrieden. In dem Monat, der seit ihrer Eheschließung verstrichen war, hatte Kassidy eine wundersame Wandlung durchgemacht. Ihre bleichen Wangen waren wieder rosig, ihre grünen Augen leuchteten lebhaft. Das blonde Haar fiel in weichen Locken in ihre Stirn und schimmerte golden. Kassidy war zwar immer noch zu dünn, aber Lady Mary war sicher, daß ihre

Nichte bald wieder genug zugenommen hatte, um ihre frühere Figur mit den Rundungen an den richtigen Stellen zurückzuerhalten.

»Du siehst richtig glücklich aus, mein Kind.«

»Das bin ich auch, Tante Mary. Ich darf bei dir und Onkel George sein, und ich habe Arrian bei mir. Was könnte ich mir noch wünschen?«

Lady Mary hatte eine recht genaue Vorstellung davon, was Kassidy sich noch hätte wünschen sollen. Konnte es das Lebensziel einer jungen Frau sein, das Kind ihrer Schwester großzuziehen? Kassidy hätte mit ihrem Mann zusammensein, eigene Kinder aufziehen sollen! Lady Mary hatte beobachtet, wie Kassidy in den letzten Wochen erblüht und gereift war, und sie fand, daß ihre Nichte nicht nur äußere, sondern auch innere Schönheit besaß. Manchmal allerdings ertappte Lady Mary sie dabei, wie ihr Blick sehnsüchtig in die Ferne gerichtet war, und dann wußte sie, daß Kassidy an Raile DeWinter dachte.

»Findest du es nicht aufregend, daß du dir heute eine komplett neue Garderobe kaufen kannst, Kassidy? Gott weiß, daß du es bitter nötig hast.«

»Ehrlich gesagt, fühle ich mich ein wenig unbehaglich dabei. Mir kommt es seltsam vor, daß Raile meine Kleider bezahlen soll. Ich weiß ja, daß ich seine Frau bin, aber ich fühle mich wirklich nicht verheiratet. Seit unserer Hochzeit habe ich ihn weder gesehen, noch habe ich etwas von ihm gehört.«

»Kassidy«, begann Lady Mary mindestens zum dritten Mal. »Raile ist dennoch dein Mann, und er hat dafür zu sorgen, daß du vernünftig angezogen bist. Bevor er abgereist ist, hat er mir gesagt, ich solle mich darum kümmern, daß du alles bekommst, was du benötigst. Durch deine Krankheit bist du noch nicht ausgegangen, ich weiß, aber du wirst feststellen, daß man als Duchesse eine ganze Reihe von gesellschaftlichen Verpflichtungen hat. Bisher habe ich mit Rücksicht auf deine Krankheit schon Dutzende von Einladungen abgelehnt.«

Kassidy schaute an ihrem gelben Kleid hinunter – ein altes von ihrer Tante, das für ihre Figur umgeschneidert worden war. »Ja, ich seh's ein. Ich brauche tatsächlich ein paar neue Sachen.«

»Fein. Und denk immer daran, daß du als Railes Frau gut und immer passend angezogen sein mußt, so daß du seinem Namen und seinem Rang alle Ehre machst.«

»Du hast wohl recht. Aber es ist dennoch schwierig.«

Lady Mary lächelte und tätschelte Kassidys Hand. »Wir sind da, Liebes. Madame Estelle ist wirklich eine wahre Meisterin ihres Fachs. Du wirst die Kleider mögen, warte nur ab. Auch wenn es nicht unbedingt zum guten Ton gehört, eine Französin zu fördern, so ist sie doch sehr beliebt und besitzt eine ganz exklusive Klientel.«

Kassidy konnte nur an die Kosten denken. »Wahrscheinlich sind ihre Kleider sehr teuer …«

»O ja, allerdings. Wenn es nicht so wäre, hätte ich dich nicht mit zu ihr genommen.«

Kassidy runzelte die Stirn. Sie hatte noch niemals genug Geld besessen, um es für Kleidung auszugeben. Sie wußte nicht einmal, was so ein Kleid kosten mochte, und ihre Tante hatte behauptet, sie würde Dutzende brauchen.

Schon öffnete der Lakai den Schlag der Kutsche, und Lady Mary machte sich ans Aussteigen. Kassidy kletterte hinter ihr aus dem Wagen. »Komm, Kind. Das wird dir wirklich Spaß machen. Du wirst schon sehen.«

Von dem rosafarbenen Sofa aus hatte Gabrielle einen hervorragenden Blick durch den ganzen Laden, und sie sah die beiden Frauen schon, als sie sich der Tür näherten. Lady Mary Rindhold erkannte sie natürlich sofort – sie war eine bekannte und beliebte Gastgeberin. Die Frau an ihrer Seite konnte sie noch nicht erkennen, und ungeduldig beugte sie sich vor.

Dann klingelte das Glöckchen über der Tür, und die beiden Frauen traten ein. Als sie näher kamen, erstarrte Gabrielle vor Schreck. Dieses wunderschöne Wesen dort war also Railes Frau?

Und – meine Güte – sie war doch kaum dem Kindesalter entwachsen!

Gabrielle preßte vor Zorn die Kiefer zusammen. Sie hatte nie viel von blondem Haar gehalten, aber das Haar des Mädchens hatte eine leuchtende Goldfarbe, und man konnte nicht anders, als das klare Smaragdgrün ihrer Augen zu bewundern. Ihre Gesichtszüge waren fein und edel, und die schlanke Gestalt, die sich unter dem dünnen Stoff ihres Kleides abzeichnete, war ausgezeichnet proportioniert. Gabrielle hatte Mühe, ruhig durchzuatmen. Raile hatte sie durch die personifizierte reine Unschuld ersetzt!

Eifersucht und Neid entfachten einen wilden Zorn in Gabrielles Innerem. Die Duchesse besaß alles, was sie selbst so gerne gehabt hätte: Jugend, Schönheit und Raile DeWinter. Sie hatte ihr den Mann weggenommen! Und dafür sollte sie büßen!

Estelle eilte herbei, um ihre Kundinnen zu begrüßen, machte aber bei Gabrielle kurz Halt. »Sie müssen jetzt sofort gehen«, zischte sie ihr zu, bevor sie mit ausgebreiteten Armen auf die beiden Frauen zuging. »Lady Mary, ich freue mich sehr, daß Sie mich wieder einmal beehren.«

»Und *ich* freue mich, Sie wiederzusehen, Madame«, erwiderte Lady Mary. »Darf ich Ihnen meine Nichte, die Duchesse of Ravenworth, vorstellen?«

Estelle sah sich das junge Mädchen genauer an. Himmel, es war atemberaubend schön! Was mußte nur die arme Gabrielle bei ihrem Anblick empfinden? Nun, darum konnte Madame sich im Augenblick nur wenig kümmern. »Es wird mir ein Vergnügen sein, eine so reizende Person einzukleiden, Euer Gnaden«, sagte sie und machte einen Knicks.

Gabrielle hielt es keine Sekunde länger mehr aus. Sie sprang auf die Füße, zog ihre Handschuhe über und ging auf die Frauen zu, während sich ihr Blick in das makellose Wesen bohrte, das ihre Rivalin war.

»Madame Estelle«, begann Gabrielle zuckersüß, »wären Sie

so freundlich, meine Einkäufe an meine Adresse liefern zu lassen und die Rechnung wie gewöhnlich an den Duke of Ravenworth zu schicken? Sie wissen ja, wie großzügig er immer ist.« Sie streckte wie beiläufig ihren Arm aus, an dessen Handgelenk ein Diamantarmband funkelte, während sie Kassidy lächelnd ansah. »Die letzte kleine Aufmerksamkeit von Raile. Hübsch, nicht wahr?«

Kassidy erkannte die Frau, die an dem Abend, als sie Raile wegen Arrian um Hilfe gebeten hatte, in sein Arbeitszimmer gekommen war. Bestürzt wandte sie ihren Blick ab.

Lady Mary zog Kassidy an sich, als wollte sie sie vor der Schauspielerin beschützen, die nun an ihnen vorbeirauschte und aus dem Geschäft verschwand.

»Was hatte dies zu bedeuten, Madame Estelle?« fuhr sie die Schneiderin an. »Wer war diese ungezogene Frau? Wie kann sie es wagen, sich vor meiner Nichte so zu benehmen?«

Madame rang verzweifelt die Hände. »Ich bin entsetzt, Lady Mary, wirklich. Daß so etwas in meiner Boutique passieren muß … Ich hatte nicht die geringste Ahnung, daß Gabrielle sich so einen ungeheuerlichen Fauxpas erlauben würde. Bitte … verzeihen Sie mir!«

Kassidy legte die Hände an ihre feuerroten Wangen, als ihr langsam dämmerte, was die Szene zu bedeuten hatte. »Dann war das …, sie ist immer noch Railes …?«

Lady Mary war außer sich vor Zorn. »Wenn Sie und diese Frau sich mit uns einen Scherz erlauben wollten, dann, glauben Sie mir, werden Sie nicht viel zu lachen haben. Für diese Unverschämtheit werde ich Sie zur Rechenschaft ziehen, Madame Estelle!«

»Aber, Lady Mary, Euer Gnaden! Gabrielle wollte doch nur einmal sehen, wie … Sie hat mir ihr Wort gegeben, daß sie nicht …«

Wütend packte Lady Mary Kassidys Arm und schob sie auf die Eingangstür zu. Kassidy ließ sich ohne Protest zur Kutsche führen und kletterte hinein. Sie war durcheinander und betroffen, und sie hatte Mühe, das Ereignis zu verarbeiten.

Lady Mary gab dem Kutscher ungeduldig ein Zeichen. Als der Wagen anzog, lehnte sie sich mit steinerner Miene an die Polster zurück. »Das ist unverzeihlich« schnaubte sie. »Das lassen wir uns nicht bieten. Madame Estelles Beliebtheit wird zumindest unter meinen Freundinnen stark abnehmen.«

Kassidy spürte einen seltsam dumpfen Schmerz in ihrem Herzen. An jenem Abend, als sie die Frau zum ersten Mal gesehen hatte, hatte Raile nicht bestritten, daß sie seine Geliebte war, aber Kassidy hatte angenommen, er würde nach der Eheschließung das Verhältnis beenden. Offenbar hatte sie sich geirrt. »Ich möchte bitte nach Hause, Tante Mary.«

»O nein, wir werden ganz bestimmt nicht nach Hause fahren«, sagte Lady Mary starrsinnig. »Das wäre das Schlimmste, was du tun könntest. Wir fahren jetzt zu einer anderen Schneiderin, die mindestens genauso gut ist. Du läßt dich von keinem Mann zur Närrin machen.«

»Diese Frau ist Railes … Geliebte!« brachte Kassidy leise hervor.

»Denk nicht an dieses Weib, Kassidy. Wir werden es allen zeigen, glaub mir. Zuerst wirst du eingekleidet und frisiert, damit dein Äußeres so richtig zur Geltung kommt. Dann werde ich dich mit viel Getue in die Gesellschaft einführen. Du besitzt Anmut und Schönheit, und die Gentlemen werden dir zu Füßen liegen, verlaß dich drauf. Du wirst reihenweise Herzen brechen.« Lady Mary runzelte die Stirn. »Und außerdem werde ich dafür sorgen, daß dein Mann von deinen vielen Eroberungen hört.«

Kassidy schüttelte den Kopf. »Aber ich will niemanden erobern, Tante Mary«, erwiderte sie kläglich. »Ich will nach Hause. Diese Demütigung …«

Mary nahm Kassidys Kinn und hob ihren Kopf an. »Du hast keinen Grund, gedemütigt zu sein«, sagte sie weich. »Von nun an wirst du nicht mehr einfach nur zu Hause sitzen und die devote

Gattin spielen. Nie mehr wird es jemand wagen, sich dir gegenüber derartige Unverschämtheiten herauszunehmen. Wir werden Raile DeWinter so eifersüchtig machen, daß er dich am liebsten nach Ravenworth Castle holen und vor allen anderen Männern verstecken möchte.«

»Ich will gar nicht bei ihm sein«, erwiderte Kassidy, deren Kampfgeist wieder erwachte. »Ich darf nie vergessen, daß er mich nur aus einer Verpflichtung heraus geheiratet hat.«

»Nein, mein Kind. Er *denkt* nur, daß er dich aus diesem Grunde geheiratet hat. Aber wir werden deinem Mann ein paar hübsche Überraschungen bereiten. Mit meiner Hilfe wirst du ihn auf die Knie zwingen.«

Kassidy lehnte sich zurück und schloß die Augen. »Er kann mir gestohlen bleiben.«

Lady Mary nickte. »Du bist wütend, und das sollst du auch sein. Zorn gibt dir die Kraft und den Willen, dich zu wehren. Tu einfach nur, was ich dir sage, und du wirst mehr Spaß in deinem Leben bekommen, als du dir vorstellen kannst.«

»Aber … wie soll das gehen?«

»Du bist eine verheiratete Frau. Dadurch hast du mehr Freiheiten als ein lediges Mädchen. Du kannst auf Bälle und Partys gehen und tanzen und plaudern, mit wem du willst. Niemand wird dich dafür tadeln.« Sie lachte laut auf. »Du wirst dich prächtig amüsieren und ganz nebenbei Raile DeWinter um den Finger wickeln, bis er nur noch dein ergebener Diener sein will.«

»Er wird mich nicht lieben, Tante Mary. Das hat er mir an dem Tag, als er um meine Hand anhielt, sehr deutlich gesagt.«

Lady Mary schüttelte nur den Kopf. Männer konnten manchmal wirklich entsetzlich borniert sein. »Das hat er gesagt, ja? Nun, das wird sich noch herausstellen.«

»Ich erwarte gar keine Liebe von ihm«, erwiderte Kassidy trotzig und hob das Kinn. »Aber ich will mit Respekt behandelt werden, und den wird er mir zollen müssen!«

»Warte ab, Kassidy! Du wirst mehr als das erreichen. Raile

DeWinter wird dir mit Haut und Haaren verfallen. Er wird dich anflehen, daß du zu ihm kommst und bei ihm bleibst.«

Kassidy hatte starke Zweifel, daß Raile jemals eine Frau anflehen würde, aber schließlich hatte sie nichts zu verlieren. »Gut, Tante Mary, ich tue, was du sagst. Aber ich will vor allem nur eins: daß Raile mich für das, was heute bei Madame Estelle geschehen ist, um Verzeihung bittet.«

Und das, dachte Kassidy, werde ich mit allen Mitteln zu erreichen versuchen. Sie hatte schließlich ihren Stolz!

Kapitel 23

Kassidy starrte fassungslos auf die Pakete, die sich auf ihrem Bett, auf jedem Stuhl und sogar auf dem Fußboden des Zimmers stapelten. Darin steckten Kleider für jede Gelegenheit, Kleider aus edler importierter Seide, knisterndem Atlas und weichem Musselin, und jedes Stück war von Meisterhand exakt auf ihre Maße geschneidert worden. In anderen Schachteln befanden sich zudem Schuhe, Unterwäsche, Hauben, Stolen und Umhänge und so viele andere Dinge, daß Kassidy sich kaum noch erinnern konnte, was sie alles erstanden hatten.

Kassidy hatte ein sehr schlechtes Gewissen. »Ich kann gar nicht begreifen, wie ich in einen solchen Kaufrausch geraten konnte, Tante Mary. Diese vielen Kleider ..., ich könnte sie in einem ganzen Jahr nicht alle tragen.«

»Unsinn«, tat Lady Mary ihre Bedenken ab. Sie hielt ein gelbes Atlaskleid an Kassidys Schultern und nickte zufrieden. »Die Sachen reichen gerade für diese Saison. Im Herbst brauchst du wieder andere, ganz zu schweigen vom Winter.«

»O nein, ich kaufe bestimmt keine Kleider mehr. Was wird nur Raile sagen, wenn er die Rechnungen von dieser Lieferung erhält?«

»Darüber solltest du dir wahrhaftig keine Gedanken machen. Ich weiß zufällig, daß dein Gatte ein feines Geldpolster besitzt. Seine Mutter hat ihm ein gewaltiges Vermögen hinterlassen, und als der Bruder seiner Mutter kinderlos starb, ging auch sein Besitz in Raile DeWinters Hände über. Was du für Kleider ausgibst, wird ihm kaum auffallen. Und außerdem darfst du nicht vergessen, daß du etwas zu repräsentieren hast.«

Kassidy dachte an diese Frau, Railes Geliebte, die ihr das Diamantarmband vor die Nase gehalten hatte, und ihre Empörung flammte erneut auf. Tante Mary hatte recht – sollte Raile doch bluten! »Manchmal wünschte ich mir, ich hätte niemals etwas von Raile DeWinter gehört.«

Lady Mary nahm ein Glas und reichte es Kassidy. »Ach, denk jetzt nicht an ihn. Hier, trink das. Ich habe es selbst kreiert – eine Mischung aus Sahne, Honig und pürierten Erdbeeren. Wenn du morgens und abends ein Glas davon trinkst, hast du im Handumdrehen einen rosigen, gesunden Teint.«

Kassidy rümpfte angewidert die Nase, hob das Glas aber gehorsam an die Lippen und stellte erstaunt fest, daß Tante Marys Zaubertrank überaus köstlich schmeckte.

»Heute abend«, sagte Lady Mary, während sie ein schimmerndes weißes Ballkleid aus Tüll, das mit weißen Seidenrosen verziert war, aus einer Schachtel zog, »wirst du zum ersten Mal als Duchesse of Ravenworth auftreten. Ich denke, Betty sollte weiße Rosen in dein Haar flechten. Wir verzichten besser auf zuviel Schmuck. Deine Schönheit braucht keine kalten Steine.«

Kassidy fuhr sich mit der Hand ins Haar und wickelte eine goldene Locke um ihren Finger. »Ach, Tante Mary. Ich war so lange krank und habe so elend ausgesehen, wie ich mich gefühlt habe. Und dann habe ich diese … diese Frau gesehen, die so unglaublich schön war! Ich fürchte, ich … ich habe mein Selbstbewußtsein verloren.«

»*Du* bist atemberaubend schön, mein Kind, aber du mußt dir das von mir kaum erzählen lassen. Ich denke, bis zum Ende des heutigen Abends werden dir ein Dutzend Männer zu Füßen liegen, die alle dein unvergleichliches Äußeres preisen.«

Kassidy schüttelte ihre Furcht ab und lächelte. »Ich bin noch nie im Leben auf einem Ball gewesen«, sagte sie und spürte das Kribbeln der Erregung in ihrem Bauch. »Wie ist es denn so auf so einem Ereignis?«

Lady Marys Augen begannen zu funkeln. »Nun, es gibt Musik, man kann tanzen, natürlich werden allerlei Köstlichkeiten für die Gäste bereitstehen – einiges davon wirst du überhaupt nicht kennen. Man plaudert, spielt Karten ..., und vor allem zeigt man, was man hat. Geld, Schönheit, Einfluß – jedermann wird versuchen, sich aus der Masse herauszuheben.«

»Ich kann mich erinnern, daß Mutter und Vater Partys gegeben haben. Allerdings war ich damals noch zu klein, um dabeisein zu dürfen.«

»Aber du kannst doch tanzen, oder etwa nicht?« fragte Tante Mary mit einem besorgten Stirnrunzeln.

»Doch. Mutter hat darauf bestanden, daß wir Tanzunterricht nahmen. Es ist jedoch schon ziemlich lange her, und ich glaube kaum, daß ich die neusten Schritte kenne.«

»Das haben wir deinem Bruder zu verdanken. Er hätte dich und Abigail nicht wie Gefangene halten dürfen. Nun, verderben wir uns den Abend nicht, indem wir über Henry reden. Komm, setz dich jetzt vor den Spiegel.« Lady Mary nickte Betty zu, die darauf wartete, Kassidys Haar zu frisieren. »Ich denke, wir zupfen kleine Löckchen an der Stirn und an den Schläfen heraus – das sieht sehr weiblich und zart aus. Ansonsten sollte dein Haar ganz natürlich fallen. Es ist glänzend und voll und braucht keine aufwendige Frisur. Und diese hier«, sie reichte Betty drei wundervolle weiße Rosen, »werden dir besonders gut stehen.«

Kassidy beugte sich über die Wiege und streichelte zärtlich Arrians Wange. Das Kind schenkte ihr ein bezauberndes Lächeln und streckte die Ärmchen nach ihr aus.

»Ist sie nicht einfach zauberhaft?« fragte Kassidy, als sie zu ihrem Onkel aufschaute, der gerade ins Kinderzimmer trat.

Er stellte sich neben sie an die Wiege und nickte. »Allerdings, das ist sie.« Er streckte dem Kind einen Finger entgegen, und Arrian schloß ihre Hand darum. »Es ist siebenundzwanzig Jahre her, daß wir ein Baby hier hatten. Ich komme immer öfter hier herein. Ich wußte gar nicht, wie sehr es mir gefehlt hat, ein kleines Kind um mich herum zu haben.«

Kassidy stellte sich auf Zehenspitzen und küßte ihn auf die Wange. »Ich finde, Margaret kann sich glücklich schätzen, dich als Vater zu haben.«

Er strahlte über das Kompliment. »Das findest du? Ich finde, ich darf mich glücklich schätzen, daß deine Tante mich zum Mann genommen hat, obwohl sie eine Menge anderer Verehrer hatte.«

Kassidy schob ihren Arm durch seinen. »Nun, Tante Mary wußte eben, daß du genau der Richtige warst.« Leicht sehnsüchtig setzte sie hinzu: »Wenn ihr zusammen seid, spürt man sofort, daß ihr füreinander bestimmt seid.«

»Ja, das muß es wohl sein – zumindest empfinde ich es auch so. Mit deiner Tante ist jeder Tag wie ein Abenteuer. Sie ist eine Frau, wie ich sie mir immer erträumt habe: wunderschön und unberechenbar.« Er räusperte sich verlegen und wich Kassidys Blick aus. »Aber Schluß jetzt. Ich rede und rede und vergesse ganz, warum ich gekommen bin. Deine Tante sagt, wir müssen jetzt los, wenn wir nicht zu spät kommen wollen.«

Kassidy drehte sich spielerisch im Kreis. »Gefällt dir mein neues Kleid?«

»Oh, und wie. Du erinnerst mich wirklich sehr stark an Mary, als sie in deinem Alter war. Sie hat die Herzen aller Männer gebrochen, und manchmal denke ich, daß sich bis heute nichts daran geändert hat.«

»Ja, aber sie liebt nur dich.«

»Daran zweifle ich nicht.« George nahm Kassidy in den Arm

und drückte sie an sich. »Deine Tante und ich wünschen uns sehr, daß du glücklich wirst, Kind. Und ich bin überzeugt, daß du eines Tages in deiner Ehe all das finden wirst, was du dir von deinem Leben erwartest.«

»Leider sind nicht alle Männer so wunderbar wie du, Onkel George«, antwortete Kassidy. Wenn Raile sie doch nur so ansehen würde, wie Onkel George immer Tante Mary ansah …! Kassidy seufzte resigniert und fügte hinzu: »Wir sollten Tante Mary besser nicht warten lassen.«

Sie beugte sich erneut über die Wiege, um das Baby, das wieder eingeschlafen war, auf die Wange zu küssen. Dann folgte sie ihrem Onkel, der bereits aus dem Zimmer gegangen war.

»Ist es wirklich wahr, daß der Prinz heute abend auch zugegen sein wird, Onkel?«

»Ja, das ist wahr. Du hast ihn noch nicht kennengelernt, nicht wahr?«

»Nein, wie sollte ich? Ich habe mir nicht einmal vorstellen können, daß ich ihm jemals begegnen werde.«

George hielt am Kopf der Treppe an. »Laß dich nicht zu sehr von ihm beeindrucken, Kassidy. Prinny ist nicht besonders brillant, weißt du? Er schafft es bloß, sich – Gott sei Dank! – mit brillanten Menschen zu umgeben. Seine Interessen sind beschränkt auf Spielen, Frauen und Architektur. Oft redet er ausgesprochen dummes Zeug und jammert tränenreich über eine verlorene Liebe. Gewöhnlich ist er betrunken. Und dies ist der Mann, der einmal unser König sein wird!«

Kassidy war verblüfft. Sie hatte ihren Onkel noch nie so harte Worte über jemanden sagen hören, und immerhin galt seine Beschreibung dem Prinzregenten! »Aber ob er die Befähigung besitzt oder nicht – er *wird* unser König.«

»Ja, wenn er lange genug lebt. Ich muß dir wohl nicht erst sagen, daß es im Unterhaus genügend Abgeordnete gibt, die sich wünschten, daß das nicht eintrifft.« Er schüttelte traurig den Kopf. »Aber er ist das Kreuz, das wir wohl oder übel tragen müssen.« Nach diesen Worten nahm er ihren Arm und führte sie die Treppe hinab in die Halle, in der seine Frau schon ungeduldig wartete.

»Schau nur, wie ihre Augen Funken sprühen, wenn sie sich ärgert«, flüsterte George Kassidy ins Ohr. »Ich kann mich wahrhaftig glücklich schätzen, sie zur Frau zur haben.«

Der Butler nahm George Rindhold die Einladung ab und kündigte mit lauter Stimme die Neuankömmlinge an. »Die Duchesse of Ravenworth, Lady Mary Rindhold und Mr. Rindhold.«

Kassidy, die mit Tante und Onkel neben dem Butler stehengeblieben war, sah mit Unbehagen, wie sich die Köpfe zu ihnen umwandten. Doch als sie anmutig die Stufen in den Saal hinunterstieg, wurde sie sich bewußt, daß die Blicke vor allem bewundernde waren, und die Unsicherheit fiel von ihr ab.

Im Handumdrehen war sie von jungen Herren umgeben, die alle darauf bestanden, ihr vorgestellt zu werden. Nach einer Weile hatte sich Kassidys Nervosität gänzlich gelegt, und sie begann, sich zu amüsieren. Sie tanzte, lachte, plauderte und fühlte sich jung und sorglos. Das Leben konnte in der Tat herrlich sein!

Irgendwann im Laufe des Abends tippte Lady Mary ihrem Gatten auf die Schulter und deutete mit dem Kopf zu Kassidy, die immer noch von Verehrern umzingelt war. »Ich wußte doch, daß sie eine echte Sensation sein würde. Schau dir nur die anderen Frauen an …, wie neidisch sie Kassidy mustern! Das Mädchen ist wirklich unvergleichlich.«

George nickte. »Sie ist wirklich die Sensation des Abends, Mary, du hast recht. Aber gib ach, daß du es nicht zu weit treibst.«

»Was meinst du damit?«

»Raile DeWinter ist kein Mann, der mit sich spielen läßt.«

»Du bist dagegen, daß wir Kassidy unseren Freunden vorstellen?« fragte Mary mit unschuldiger Miene.

Er grinste, denn er ahnte, was seine Frau vorhatte. »Ganz und gar nicht, meine Liebe. Ich kenne dich nur inzwischen lange genug, um dich zu warnen: Mach keinen Unsinn.«

Lady Mary sah ihn nachdenklich an. »Ich will nur, daß Kassidy glücklich ist, George, und ich glaube, Raile DeWinter ist der Schlüssel dazu. Man kann aber auf die Entfernung keine Ehe aufrechthalten. Ich versuche nichts weiter, als seine Aufmerksamkeit zu wecken und ihn herzulocken.«

Kassidy genoß derweil zwar die Bewunderung der jungen Herren, fand aber ihre blumigen Komplimente ein wenig peinlich.

Da sie überhaupt nicht daran gewöhnt war, umschmeichelt zu werden, kam sie zu dem Schluß, daß es in London üblich sein mußte, derart miteinander umzugehen.

Endlich gelang es ihr, den hartnäckigen Verehrern zu entwischen. Ihre Füße schmerzten vom vielen Tanzen, und sie brauchte dringend ein wenig frische Luft, denn der Ballsaal war stickig und voller Zigarrenqualm. Also eilte sie hinaus, lehnte sich erschöpft gegen die Statue irgendeines längst verstorbenen britischen Königs und ließ ihren Blick über den steinernen Balkon schweifen, hinter dessen Balustrade die Lichter des nächtlichen London funkelten. Wie weit war sie doch von der Heimat ihrer Kindheit fort! Sie hatte ein neues Leben begonnen. Wie würde es nur weitergehen?

Plötzlich fiel ein dunkler Schatten auf ihre Gestalt, und sie hob den Kopf. Vor ihr stand ein gutaussehender Gentleman, der sie freundlich anlächelte.

»Wir wurden einander noch nicht vorgestellt, Euer Gnaden, aber ich habe Sie schon den ganzen Abend beobachtet.«

Kassidy hatte genug von Komplimenten über ihre Schönheit. »Das muß recht langweilig für Sie gewesen sein, Sir.«

Sie wandte sich ab, um wieder hineinzugehen, als fröhliches Gelächter sie aufhielt. »Erlauben Sie mir, mich vorzustellen. Ich bin Lord Justin Callaret. Und vielleicht kann ich Ihren ersten

Eindruck von mir löschen, wenn ich Ihnen sage, daß ich ein alter Freund Ihres Mannes bin.«

Sie drehte sich wieder um. »Sie kennen Raile?«

»Ziemlich gut sogar. Wir waren schon als Kinder Freunde und haben zusammen in Spanien und zuletzt bei Waterloo gedient.«

Während er sprach, sah Kassidy ihn sich genauer an. Er war blond und wirkte mit seinem Grübchen am Kinn ein wenig jungenhaft. Zudem hatte er eine angenehme Art zu reden, und wenn er Raile kannte, bot sich Kassidy hier die einmalige Chance, mehr über ihren Mann zu erfahren.

»Wie lange genau kennen Sie meinen Mann, Mylord?«

»Schon seit der Zeit, bevor seine Mutter starb. Raile war immer ein ernsthafter Bursche. Er lernte eifrig in der Schule und bekam sogar Lob von unserem Lehrer.«

»Und Sie, Mylord?«

»Ich habe nie viel gelernt und niemals Lob vom Lehrer bekommen.«

Kassidy lächelte. Der Mann gefiel ihr. Lord Justin machte eine auffordernde Geste, und sie gingen die breite Treppe zum Garten hinunter. Unten führte er sie auf einen Pfad, der durch chinesische Lampions hell erleuchtet war.

»Und Sie haben ebenfalls unter Wellington gedient?« fragte Kassidy interessiert.

»Ja. Aber wieder einmal hat Raile es besser gemacht. Er kam als Held nach Hause, während man mich mit einem gebrochenen Arm zurück nach England schickte – zu allem Übel war's nicht einmal eine Kriegsverletzung. Ich stürzte während einer Parade vom Pferd.«

Jetzt mußte Kassidy laut lachen. »Ich glaube, Sie verkaufen sich unter Ihrem Wert, Lord Justin.«

»Aber nie und nimmer. Ich sage nur die Wahrheit.«

Sie hielten unter einem bunten Lampion an, der sanft in der Abendbrise schwankte. »Mein Mann und Sie haben offenbar nicht viel gemein. Was unterscheidet Sie denn noch?«

Er schaute auf sie herab und hielt beim Anblick ihrer Schönheit den Atem an. »Sein Talent, die atemberaubendsten Frauen zu finden. Wo hat Raile Sie entdeckt?«

»Das würden Sie mir ohnehin nicht glauben.«

Plötzlich griff er überraschend nach ihrer Hand und führte sie an seine Lippen. »Ich wünschte, ich hätte Sie zuerst gesehen.«

Kassidy war jung und naiv, Lord Justin dagegen ein charmanter, erfahrener Verführer. »Und was hätten Sie getan, wenn Sie mich zuerst gesehen hätten?« fragte sie keß.

Seine Arme schlangen sich um ihre Taille, und er zog sie an sich. Kassidy war zu verdutzt, um etwas zu unternehmen, als er den Kopf senkte, um sie zu küssen.

Plötzlich begriff sie und riß sich los. »Sir, benehmen Sie sich gefälligst! Nicht einmal mein Mann würde sich solche Freiheiten herausnehmen.«

Er starrte sie eine Weile ungläubig an. »Wie bitte? Wollen Sie damit sagen, daß Raile Sie noch nie geküßt hat? Sprechen wir von demselben Mann?«

Die Worte entfuhren ihr, bevor sie darüber nachdenken konnte. »So jedenfalls nicht. Raile und ich kennen uns doch kaum!«

Justins amüsierte Miene schwand, und an ihre Stelle trat ein Ausdruck nackter Begierde. Er trat näher auf sie zu und ließ seine Hand ihren Arm hinaufgleiten. »Ich frage mich, wie es wohl sein mag, in Ihnen das Feuer der Leidenschaft zu entzünden, kleine jungfräuliche Duchesse.«

Kassidy hatte genug. Sie wich zurück und versuchte, ihre Empörung unter Kontrolle zu bekommen. »Das werden Sie bestimmt niemals herausfinden«, fauchte sie. Dann wandte sie sich zum Gehen, stellte jedoch verwirrt fest, daß zu viele Pfade in verschiedene Richtungen liefen. Welchen waren sie bloß gekommen?

Sie wandte sich erneut zu Lord Justin um. »Wären Sie bitte so freundlich, mir den Weg zurück zum Ballsaal zu zeigen, Mylord? Auf Ihre Begleitung kann ich allerdings verzichten!«

»Ganz wie Sie wünschen, meine kleine, jungfräuliche Duchesse.«

»Lord Justin«, ertönte plötzlich eine Stimme von einem der Wege. »Kein Wunder, daß Sie sich vor uns versteckt halten. Wer ist denn dieser entzückende Traum eines weiblichen Wesens?«

Kassidy fuhr herum und sah mehrere Personen auf sie zukommen. Der Mann, der mit Lord Justin gesprochen hatte, war in roten Atlas gekleidet, was durch seine Leibesfülle grotesk wirkte.

»Das, Euer Hoheit, ist Raile DeWinters Frau, die Duchesse of Ravenworth«, erwiderte Lord Justin und verbeugte sich leicht vor dem Prince of Wales.

Nun hatte auch Kassidy begriffen, daß es sich um den Prinzregenten handelte. Rasch raffte sie den Saum ihres Kleides und vollführte einen Knicks.

Der Prinz hatte Kassidy erreicht und ging nun mit einem Lächeln um sie herum, während er sie unverhohlen musterte. Kassidy kam sich wie ein Ausstellungsobjekt vor.

»Lord Justin«, sagte der Prinz, ohne den Blick von Kassidy zu lassen. »Habe ich gerade richtig gehört? Haben Sie dieses reizende Kind als ›jungfräuliche Duchesse‹ bezeichnet?«

Lord Justin grinste. »Die Bezeichnung war nicht für andere Ohren bestimmt, Euer Hoheit.«

»Und wo ist Ihr Gatte, Madame? Ich habe ihn seit drei Monaten nicht mehr gesehen.«

»Er ist auf dem Land, Euer Hoheit«, antwortete Kassidy. Unwillkürlich trat sie einen Schritt zurück, denn der Prinz war so dicht vor ihr stehengeblieben, daß sie den Alkohol in seinem Atem wahrnehmen konnte.

»Aha«, sagte der Prinz. Sein Blick nahm noch immer jede Einzelheit von Kassidys Äußerem auf. »Raile hat eine Schönheit geheiratet und überläßt sie sich selbst, während er in seinem modrigen, kalten Schloß herumstreift.« Er grinste die Frau an seiner Seite an, bevor er weitersprach. »Bisher habe ich

Raile nicht für einen Trottel gehalten, aber jetzt, da ich seine vernachlässigte Frau sehe, sollte ich meine Meinung wohl ändern.«

Der Prinz stieß plötzlich ein grölendes Lachen aus, in das die Personen in seiner Gesellschaft pflichtschuldig einstimmten. »Einst hatte England eine jungfräuliche Königin, nun haben wir eine jungfräuliche Duchesse. Ist das nicht urkomisch?« Dann sah er Justin mit einem Glitzern in den Augen an. »Raile sollte wirklich besser auf seine Schätze achtgeben. Hinterher stiehlt sie ihm noch jemand.«

Prinnys Lachen war noch zu hören, als die ganze Gesellschaft schon auf dem Pfad verschwunden war. Doch offenbar hatte der Regent den Scherz noch nicht genug ausgekostet. Über den Lärm, der aus dem Ballsaal kam, hörte Kassidy ihn brüllen: »Ich muß unbedingt mit Raile ein ernstes Wort reden. Seine Frau zu vernachlässigen … Er schadet unserem Ruf!« Wieder lachte er dröhnend.

Kassidy spürte den Zorn in sich brodeln. Wie recht hatte Onkel George doch mit seiner Meinung über den Prinzen gehabt! Der Mann hatte sie absichtlich vor allen anderen gedemütigt, und jeder Gentleman wußte, daß ein solches Benehmen höchstens ein schlechtes Bild von ihm selbst zeichnete.

Selbst Lord Justin sah peinlich berührt aus. Ernst wandte er sich an Kassidy. »Ich bitte demütigst um Vergebung, Euer Gnaden. Ich wollte gewiß nicht dazu beitragen, Sie lächerlich zu machen.«

»Sie haben behauptet, Sie seien ein Freund von Raile. Davon habe ich bisher aber nichts gemerkt!«

»Ich *bin* sein Freund, glauben Sie mir. Wenn Sie ihn fragen, wird er das bestätigen.«

Kassidy drehte sich um und ging in die Richtung, aus der die Musik kam. »Ach, tatsächlich? Nun, ich würde es anders sehen. Aber wenn Sie recht haben, dann, denke ich, wird diese Freundschaft diesen Abend nicht überleben.«

Lord Justin beeilte sich, Kassidy einzuholen. »Haben Sie etwa vor, Raile von dieser Sache zu erzählen?«

»Nein, ganz bestimmt nicht. Aber ich bin sicher, daß er es ohnehin erfahren wird. Mir kam es ganz so vor, als wäre Seine Hoheit überaus amüsiert gewesen. Sicher macht es ihm Spaß, die Geschichte weiterzuerzählen.«

»Da haben Sie wohl recht«, sagte Lord Justin und trat ihr in den Weg, so daß sie stehenbleiben mußte. »Ich bitte nochmals inständig um Vergebung, daß ich es war, der Sie letztendlich in eine so peinliche Situation gebracht hat. Wenn ich wüßte, wie ich es wiedergutmachen könnte, dann täte ich es augenblicklich.«

»Ich kann mir nicht vorstellen, warum Sie ausgerechnet mich friedlich stimmen wollen, wo Sie doch die Gunst des Prinzen besitzen!«

»Hören Sie, ich gebe Ihnen mein Wort, daß ich Sie nie wieder – weder durch Worte noch durch Taten – in solch eine unangenehme Lage bringen werde. Bitte sagen Sie, daß Sie mir mein schlechtes Benehmen noch einmal verzeihen.«

Seine Worte klangen so ernsthaft, daß ihr Widerstand schmolz und ihr Zorn abebbte. »Na gut, ich vergebe Ihnen«, sagte sie also. »Aber ich bin mir nicht sicher, ob Raile das auch tut.«

»Nun, dann wäre ich es selbst schuld. Euer Gnaden, ich möchte nur Ihr Freund sein, glauben Sie mir. Erlauben Sie mir, Ihr ergebener Diener zu werden. Ich tue alles, was Sie wünschen.« Er hob eine Hand zum feierlichen Schwur. »Von heute an bin ich ein anderer Mensch. Hoch und heilig versprochen.«

Nun konnte Kassidy nicht mehr anders – sie mußte grinsen. »So leicht ist es also, einen Menschen zu ändern? Geben Sie zu, Sie sind wieder ganz der Alte, sobald ich außer Sicht bin.«

»Wenn ich Sie morgen besuchen darf, werde ich es Ihnen beweisen. Ich schwöre, daß ich mich ganz wie der perfekte Gentleman benehmen werde. Ehrenwort!«

Einen Augenblick lang dachte sie über seine Bitte nach. »Gut.

Sie dürfen mich besuchen, wenn Sie wollen«, antwortete sie schließlich.

Dann ging sie um ihn herum und hastete den Pfad entlang auf den Ballsaal zu. Lord Justin sah ihr hinterher, bis sie im Haus verschwunden war. Ja, er beneidete seinen Freund in der Tat um diese Frau. Aber wie konnte Raile dieses zauberhafte Geschöpf unberührt und einsam in London zurücklassen, während er sich aufs Land zurückgezogen hatte?

»Prinny hat recht«, sagte er laut. »Raile ist ein Narr.«

Kapitel 24

Lieber Raile,
ich möchte Ihnen von einer Sache schreiben, die mich so verärgert hat, daß ich es Ihnen mitteilen muß. Offenbar sind Sie unwissentlich zur Zielscheibe eines grausamen Scherzes geworden. Um es vorsichtig auszudrücken: Kassidy wird neuerlich als »jungfräuliche Duchesse« bezeichnet, und der Urheber dieses Spitznamens ist der Prinz selbst. Sie können sich also vorstellen, zu welch beliebtem Thema Ihre Ehe auf jedem gesellschaftlichen Ereignis geworden ist. Was Kassidy betrifft, so müssen Sie sich um sie keine Sorgen machen. Sie ist vollständig genesen und die Attraktion von ganz London. Ständig ist sie von einem Kreis Bewunderer umgeben, die ihr jeden Wunsch erfüllen möchten. Ihre Beliebtheit macht Ihrem Namen alle Ehre.

Lady Mary lächelte in sich hinein und unterzeichnete den Brief. Als Kassidy das Boudoir betrat, schaute sie, immer noch lächelnd, auf.

»Ich glaube, es wird nicht mehr lange dauern, bis dein Mann wieder nach London kommt, mein Kind.«

»Wieso? Hat er eine Nachricht geschickt?« fragte Kassidy. Bei dem Gedanken daran, daß Raile von den Gerüchten, die der Prinz über sie verbreitete, gehört hatte, wurde ihr unbehaglich zumute.

Lady Mary versiegelte den Brief mit überaus zufriedener Miene. »Nein, ich habe noch nichts von ihm gehört, aber ich bin mir ziemlich sicher, daß er innerhalb einer Woche hier eintreffen wird.«

Kassidy setzte sich ans Fenster und blickte hinaus auf den Park auf der anderen Seite der Straße. Sie wußte, sie hätte den Stapel von Einladungen durchsehen sollen, den sie in der Hand hielt, aber sie verspürte wenig Lust dazu. »Du hattest recht, als du meintest, ich wäre eine Attraktion für London. Ich habe so viele Einladungen zu Bällen und Partys bekommen, daß ich unmöglich überall hingehen kann.«

»Gib her«, sagte Tante Mary und streckte ihre Hand aus. »Ich helfe dir bei der Auswahl.« Dann warf sie Kassidy einen prüfenden Blick zu. »Es macht dir doch Spaß, oder etwa nicht?«

»Ja, sehr sogar, aber …«

»Ja?«

»Es ist irgendwie alles so … gekünstelt. Ich komme vom Land, Tante Mary, ich sehe gerne einen Sinn in meinem Leben. Auf Dauer finde ich London langweilig.«

»Ach, bald wirst du wieder auf dem Land leben«, sagte Lady Mary vergnügt. »Glaub mir, Kassidy, da bin ich höchst zuversichtlich.«

»Frühestens in einem Jahr«, rief Kassidy ihr in Erinnerung.

»Nun, es könnte doch sein, daß dein Gemahl ungeduldig wird und darauf besteht, daß du ihn früher, als du dachtest, nach Ravenworth begleitest.«

Lady Marys Ball war ein voller Erfolg. Kassidy hatte vier Tänze hintereinander durchgetanzt, und ihr Gesicht war erhitzt und glühte. Sie ließ sich auf einen Stuhl fallen und war augenblicklich von jungen Herren umrundet.

Inzwischen bereitete ihr die Aufmerksamkeit, die sie erregte, einiges an Unbehagen, denn sie schien niemals einen Moment Ruhe haben zu dürfen. Erleichterung überkam sie daher, als sie Lord Justin sah, der sich seinen Weg durch die Menge bahnte und auf sie zukam. Gewiß würde er sie retten.

Seit dem Ereignis an jenem Abend, an dem sie sich zum ersten Mal begegnet waren, hatte sich Lord Justin in der Tat als Freund erwiesen. Er besuchte sie täglich und hatte auch sein Wort gehalten, sich anständig und tadellos zu benehmen. Oft ritten sie zusammen aus, gelegentlich begleitete er sie zu Einladungen zum Tee. Mittlerweile fühlte Kassidy sich in seiner Gesellschaft ausgesprochen wohl.

Lord Justin war nun herangekommen. Er drängte sich durch den Pulk der Männer, die Kassidy belagerten, und nahm ihre dargebotene Hand. »Sie sehen heute abend besonders reizend aus, Euer Gnaden. Jede andere Lady verblaßt neben Ihnen.«

Kassidy entzog ihm ihre Hand wieder. »Ich dachte, wir wären uns einig, daß wir uns Schmeicheleien sparen wollten.«

»Ich sage nur die Wahrheit, meine Liebe, von Schmeichelei kann keine Rede sein. Im übrigen kenne ich keine Frau, die sich so gegen hübsche Worte sträubt wie Sie. Sie müssen doch wissen, wie schön Sie sind.«

Kassidy sah ihn warnend an. »Mir sind Komplimente über das Wissen, das ich mir angeeignet habe, wichtiger, als solche über mein Äußeres.«

Lord Justin lächelte. »Es fällt so schwer, an den Verstand zu denken, wenn er in einer derart entzückenden Verpackung steckt.«

Die anderen Männer stimmten lautstark zu, und Kassidy wurde von einer neuen Woge Lobpreisungen über ihre Schönheit *und* ihren Geist überspült. Sie hatte es satt – so satt!

Raile stand im Türrahmen und beobachtete die Tanzpaare, die an ihm vorbeiwirbelten. Sein Blick glitt über die Menge und suchte eine blonde Frau. Einen Augenblick lang verweilten seine

Augen bei einem entzückenden Geschöpf in Blau, das von Verehrern umlagert wurde, bis er sich von ihrem Anblick losriß und weiter nach seiner Frau suchte.

Raile hatte Lady Marys Brief am Tag zuvor erhalten. Er hatte keine Zeit verloren, sondern sich sofort auf den Weg nach London gemacht. Es paßte ihm gar nicht, daß die Rindholds ausgerechnet heute eine Party veranstalteten, und noch weniger, daß er seine Frau nicht auf Anhieb ausmachen konnte.

In diesem Augenblick tauchte eine strahlend lächelnde Lady Mary an seiner Seite auf. »Raile, was für eine wunderbare Überraschung! Ich hatte ja keine Ahnung, daß Sie schon so bald wieder nach London kommen würden.«

Er musterte sie durch halbgeschlossene Lider. »Ach nein? Ich dachte, nach Ihrem aufschlußreichen Brief würden Sie mich erwarten.«

Lady Mary überging die Bemerkung geflissentlich. Sie schob ihre Hand durch seine Armbeuge und zog ihn mit sich. »Kommen Sie und sagen Sie George guten Tag.«

»Ich bin für diesen Anlaß nicht richtig angezogen. Wenn Sie bitte nur Kassidy mitteilen würden, daß ich hier bin, dann warte ich im Arbeitszimmer auf sie.«

Lady Mary ließ sich nicht anmerken, daß sie sich diebisch freute. Ihr kleiner, hübscher Plan schien funktioniert zu haben! »Nun, Sie könnten es Kassidy ebensogut selbst sagen«, erwiderte sie und wies mit dem Fächer in die Menge. »Dort ist sie.«

Raile starrte die wunderschöne, goldhaarige Frau in Blau, die er eben schon bewundert hatte, einen Moment lang an. Dann wandte er sich verärgert an Lady Mary. »Sie machen Witze, Lady Mary. Ich werde doch noch meine Frau erkennen!«

Mary mußte sich zusammenreißen, um nicht laut loszulachen. »Tja, Euer Gnaden, offenbar nicht. Dies *ist* Kassidy, glauben Sie mir.« Sie senkte die Stimme und flüsterte ihm vertraulich zu: »Hoffentlich hat es keiner gehört, Euer Gnaden. Wenn sich herumspricht, daß Sie Ihre Frau nicht erkennen, wird es erst recht Klatsch geben!«

Raile holte wütend Luft. »Wenn Sie mich bitte entschuldigen, Lady Mary …, ich möchte meine Frau begrüßen!«

Lord Justin hob Kassidys Hand an die Lippen. »Ich bewundere Ihren Verstand genauso wie Ihre Intelligenz. Sie sind wie eine frische Brise, die durch London fährt. Ich denke, Sie wissen sehr gut, wie viele Männer Ihnen am liebsten ihr Herz zu Füßen legen würden!«

Raile, der direkt hinter Justin stand, konnte seinen Zorn kaum noch beherrschen. Die anderen Gentlemen hatten den Duke bereits entdeckt und sich hastig aus dem Staub gemacht.

»Wie ich sehe, packst du mal wieder deinen oft erprobten Charme aus, Justin«, sagte er nun mit kalter, ruhiger Stimme.

Kassidys Kopf fuhr herum. Ihr Herz begann heftig zu hämmern, als sie ihren Ehemann sah, doch dieser würdigte sie keines Blickes, sondern starrte Lord Justin an.

Justins Hand fiel von Kassidys Arm ab. »Schön, dich wiederzusehen, Raile«, sagte er, wobei seine Augen belustigt funkelten. »Aber meinetwegen hättest du dir etwas mehr Zeit lassen können – es hat mir viel Spaß gemacht, deiner zauberhaften Frau Gesellschaft zu leisten.«

Railes Stimme war beißend, als er antwortete. »Bitte entschuldige uns, Justin. Ich möchte meine Frau gern alleine sprechen.«

»Selbstverständlich«, willigte Justin ein und begann, sich zurückzuziehen. Er hatte gewußt, daß Raile nach London kommen und wütend sein würde. Dennoch bereute Justin es nicht, Kassidy seine Freundschaft angeboten zu haben. Justin war sensibel genug, um zu spüren, daß sie sich einsam fühlte, und er hatte sie gerne ein wenig aufgemuntert.

Raile vermied es immer noch, Kassidy direkt anzusehen. »Finden Sie nicht, daß Sie sich ein wenig unhöflich benommen haben?« fragte sie. »Immerhin ist er Ihr Freund.«

Endlich schaute Raile in die vertrauten, grünen Augen. »Ist er denn mein Freund, Madame – oder ist er zu Ihrem Schoßhündchen geworden?«

Andere Gäste hatten sich umgedreht und beobachteten die drohende Szene neugierig. Sie senkte die Stimme, als sie antwortete. »Haben Sie mir irgend etwas vorzuwerfen, Raile?«

Er packte ihr Handgelenk so rasch, daß sie nicht reagieren konnte. »Mir scheint, Sie haben uns bereits zum Mittelpunkt des allgemeinen Interesses gemacht. Wenn wir noch länger hier stehen, geben wir den Klatschmäulern nur noch mehr Stoff.«

Er zog sie auf die Füße, und sie hatte keine Wahl, als ihm zu folgen. Kassidy fing den Blick von Lady Mary auf und schickte ihr einen stummen Hilferuf hinüber. Ihre Tante mußte eingreifen!

Lady Mary wartete an der Eingangstür und reichte Raile Kassidys Umhang. »Es ist kühl draußen. Ich denke, sie braucht den Mantel.«

Kassidy starrte ihre Tante ungläubig an. War das alles? Wollte Tante Mary denn gar nichts unternehmen? Offenbar war dies der Fall, denn Lady Mary küßte sie nur auf die Wange und nickte Raile freundlich zu.

»Wohin bringen Sie mich?« fragte Kassidy, als Raile ihr den Umhang über die Schultern legte und sie durch die Tür ins Freie führte.

»Ich bringe Sie nach Hause, wo Sie hingehören«, sagte er. Dann wandte er sich noch einmal zu Lady Mary um. »Bitte lassen Sie ihre Sachen in mein Stadthaus schicken.«

»Ich gehe nicht ohne Arrian«, erwiderte Kassidy trotzig. »Sie braucht mich.«

»Ich kümmere mich schon um das Baby«, versicherte Lady Mary ihr. »Geh du nur mit deinem Mann.«

Kassidy öffnete den Mund zum Protest, aber Raile ließ ihr keine Chance dazu. Nach einem kurzen Nicken zur Gastgeberin hin führte er seine Frau die Treppe hinab und zu der wartenden

Kutsche. Als der Wagen anzog, konnte sich Kassidy nur ergeben in die Polster zurücksinken lassen. Sie hatte keine Ahnung, was sie erwartete.

Eine lange Weile schwiegen beide. Dann endlich ergriff Kassidy das Wort.

»Ich verstehe nicht, warum Sie sich so seltsam benommen haben, Raile. Wenn Sie mir gesagt hätten, was Sie vorhaben, wäre ich doch bereitwillig mitgegangen. Sie haben mir ja noch nicht einmal eine Nachricht zugesandt, daß Sie nach London kommen.«

»Sie wußten doch, daß ich herkommen würde.«

»Woher denn? Als Sie London verlassen haben, sagten Sie, ich würde ein Jahr Zeit haben, bevor Sie mich holen wollten. Ich habe Ihrem Wort vertraut. Das hätte ich wohl besser nicht getan.«

Railes Stimme war beißend. »Haben Sie geglaubt, Sie könnten den Namen meiner Familie lächerlich machen, ohne daß ich etwas dagegen tue? Sie sind zu weit gegangen, meine Liebe!«

Kassidys Kopf wirbelte mit zornblitzenden Augen zu ihm herum. »Das ist doch absurd. Ich habe wahrhaftig nichts getan, um Ihrer Familienehre zu schaden oder meinen Ruf zu verderben. Im Gegenteil: Sie waren es doch, der mich gedemütigt hat.«

Sie fuhren unter einer Laterne hindurch, und Kassidy sah im fahlen Licht, wie er sie mit stechendem Blick ansah. »Und wie soll ich das getan haben?«

Kassidy zog sich ihren Umhang fester um den Körper. »Ich rede von der Schauspielerin Miss Candeur – Ihrer Mätresse.«

Im ersten Augenblick war Raile erschüttert, fing sich jedoch rasch. »Wie haben Sie von ihr erfahren? Oh, von Justin wahrscheinlich.«

»Lord Justin ist ein Gentleman, der mit mir niemals über Ihre … Frauen sprechen würde. Es war Miss Candeur selbst, die mir klargemacht hat, welcher Art von Beziehung die Ihre ist. Obwohl ich es mir damals an jenem Abend in Ihrem Haus schon gedacht hatte, hat sie es mir noch einmal öffentlich bestätigt.«

Raile fühlte sich in die Ecke gedrängt. Wie sollte man seiner Frau die Existenz einer Mätresse erklären? Er wählte den leichtesten – und feigsten – Weg. »Ich habe keine Lust, über solche Themen zu sprechen«, erwiderte er.

»Mir ist durchaus bewußt, daß Ehefrauen über solche Dinge nichts wissen sollen – und wenn sie es herausfinden, dann erwartet man von ihnen, daß sie es großzügig übersehen. Nun, ich bin aber keine gewöhnliche Ehefrau, und ich denke nicht daran, über so etwas hinwegzusehen!«

Raile war verwirrt. Noch keiner anderen Frau war es bisher gelungen, ihn aus dem Konzept zu bringen, und daß sie es schaffte, verärgerte ihn nur noch mehr. Er begann bereits zu bereuen, daß er nach London gekommen war.

»Reden Sie nicht solchen Unsinn!«

»Ich rede keinesfalls Unsinn, Raile. Ich kann mich noch sehr gut an unser Gespräch erinnern, das wir vor der Heirat geführt haben. Sie haben mir ganz deutlich gesagt, daß wir beide voneinander keine Treue erwarten müßten.«

Was für eine Frechheit! Sie hielt ihm seine eigenen Worte vor. Vielleicht hatte er sich an jenem Tag, an dem er ihr erklärt hatte, wie er sich ihre Beziehung vorstellte, ziemlich arrogant benommen. »Wollen Sie mir damit etwa sagen, daß Sie untreu gewesen sind?«

»Sparen Sie sich Ihre Beleidigungen, Raile! Schließlich bin nicht ich es, die einen Geliebten zu präsentieren hat.«

»Ich würde es vorziehen, heute abend nicht mehr von solchen Dingen zu sprechen. Sie sollten sich ein Beispiel an Ihrer Tante nehmen und sich weiblicher benehmen.«

»Ich liebe meine Tante, aber Sie können unsere Ehe wohl kaum mit der von Onkel George und ihr vergleichen. Tante Mary liebt meinen Onkel, und sie nimmt jedes Wort von ihm in sich auf, als wäre es die einzige Wahrheit. Sie ist höchst intelligent, aber manchmal tut sie in seiner Gegenwart, als gäbe es keinen Gedanken in ihrem Kopf, den *er* nicht dort plaziert hat.

Ich könnte meinem Mann gegenüber niemals so devot sein. Der Mann, den ich liebe, muß mich so akzeptieren, wie ich bin, und darf mir nicht drohen, nur weil ich für mich selbst denken kann.«

»Vermute ich richtig, daß es an dieser Einstellung liegt, daß Sie bisher noch nicht verheiratet waren?«

»Sie vermuten richtig!«

Raile hob eine Augenbraue. »Oh, immerhin etwas, wo wir einer Meinung sind.«

Seine gelassene Arroganz brachte sie erst richtig in Fahrt. »Dann kann ich nur hoffen, daß dies nicht zu oft geschieht.«

Raile hatte nicht erwartet, daß das kränkliche, schüchterne Mädchen, das er geheiratet hatte, einen Mann mit Worten derart in Bedrängnis würde bringen können. Dann fiel ihm ihr erstes Zusammentreffen ein. Hätte er sich nur vor der Eheschließung daran erinnert, wie stolz sie damals aufgetreten war …

»Ich nehme an, Sie haben bereits von den Klatschgeschichten gehört, die um unsere Ehe kursieren«, sagte er.

»Ja. Und es war ausgesprochen unangenehm, als vernachlässigte Ehefrau verspottet zu werden. Die Frauen lachen hinter meinem Rücken über mich, und die Männer glauben, ich sei leichte Beute, weil kein Ehemann mich beschützt.«

»Gehört Justin zu den Männern, die Sie beschützt haben?«

»Er ist mein Freund geworden, so wie er Ihrer ist.«

»Ich finde es erstaunlich, daß Justin jede Frau faszinierend zu finden scheint, zu der ich eine Art Beziehung aufbaue.« Justin hatte versucht, ihm Gabrielle Candeur auszuspannen, aber das würde Raile Kassidy ganz bestimmt nicht erzählen.

»Justin hat mir ein wenig das Gefühl der Einsamkeit genommen«, sagte Kassidy wütend. Mußte sie sich jetzt auch noch verteidigen?

»Oh, natürlich«, erwiderte er bissig. »Justin ist ja immer so hilfsbereit.«

»Zufällig weiß ich, daß er Sie sehr mag. Er hat in meiner

Gegenwart immer nur Gutes über Sie gesagt, und ich habe ihn kennen- und schätzengelernt.«

»Und was ist mit mir?«

»Ich kenne Sie nicht besonders gut, Euer Gnaden!«

»Sie kennen meinen Namen – also nennen Sie mich auch so«, verlangte er. »Und, Kassidy, eines kann ich Ihnen versichern: Nach heute nacht werden Sie mich sehr gut kennen.«

Kassidys Herz begann vor Furcht und Erregung wild zu hämmern. »Was meinen Sie damit?« fragte sie atemlos.

Die Kutsche hielt an, und Raile sprang hinaus. »Ich meine, daß ich meine Pflichten als Ehemann heute abend erfüllen sollte, damit ich die dummen Gerüchte ein für alle Male ersticken kann.«

Kassidy wich zurück. Wenn sie doch nur hätte weglaufen können! »Sie haben aber versprochen, daß Sie nicht …«

Raile nahm ihren Arm und führte sie die Stufen zu seinem Stadthaus hinauf. Er senkte die Stimme, so daß nur sie ihn hören konnte: »Das Versprechen ist ungültig geworden.«

In eisigem Schweigen betrat sie das Haus an seiner Seite. Ein Butler eilte herbei, um ihr den Umhang abzunehmen, und sie hätte ihm fast einen hilfesuchenden Blick zugeworfen, bis sie sich gewahr wurde, daß ein solches Verhalten lächerlich gewesen wäre.

»Sagen Sie den Dienstboten, daß wir nicht gestört werden wollen«, wies Raile seinen Butler an.

»Natürlich, Euer Gnaden.«

Als Raile sie die Treppe hinaufschob, fühlte Kassidy sich wie ein Kaninchen in der Falle. Sie wußte nicht, was sie erwartete, aber sie hatte Angst. Railes Hand lag auf ihrem Rücken, als sie den Flur entlanggingen.

Raile stieß die Tür zu seinem Schlafzimmer auf und bedeutete ihr, einzutreten. In dem Bedürfnis, Abstand zwischen sich und ihn zu bringen, ging sie rasch zum Fenster. Die Läden standen offen, und sie sog tief die frische Luft ein, um ihren Kopf zu klären und ihre Unsicherheit zu verbergen.

Raile musterte Kassidys schlanke Gestalt, als sie sich nun langsam umdrehte, um ihn anzusehen. Bis auf die ungewöhnlich grünen Augen gab es nichts an ihr, was er erkannt hätte. War ihr Haar zuvor stumpf und spannungslos gewesen, schimmerte es nun wie gesponnenes Gold. Im flackernden Licht des Feuers sah sie so entzückend aus, daß er sie nur anstarren konnte.

Er mußte etwas tun, das ihr die Furcht nahm. So ging er langsam zum Kamin hinüber und drehte sich dort wieder zu ihr um. »Wir haben noch sehr viel übereinander zu lernen, Kassidy. Wir kennen uns ja praktisch überhaupt nicht, obwohl wir verheiratet sind.«

»Ich bin mir nicht sicher, ob ich Sie überhaupt kennenlernen will, Raile«, gab sie nach einer Weile zu. »Ich glaube, ich habe Angst vor Ihnen.«

»Das würde mir leid tun. Ich würde Ihnen niemals etwas Böses tun, Kassidy.« Seine Augen wurden plötzlich weich. »Es ist schwer, die Angst eines anderen einzuschätzen. Oder den Mut, den es braucht, um diese Angst zu überwinden. Jeder Mann, jede Frau hat etwas, das er oder sie fürchtet.«

Sie näherte sich dem Feuer, das eine angenehme Wärme ausstrahlte. »Ich kann mir nicht vorstellen, daß Sie vor irgend etwas Angst haben sollen.«

»Doch. Selbst ich.«

Sie kam noch ein Stück näher heran. »Was kann einem Mann wie Ihnen Angst machen?«

Er lächelte leicht. »Sie zum Beispiel. Sie sind eine frühreife Kindfrau, von der ich dachte, sie würde sich ohne Schwierigkeiten in mein Leben einordnen lassen – aber ich habe Sie vollkommen falsch eingeschätzt. Ich weiß nicht genau, wie ich mit Ihnen umgehen soll, Kassidy.«

Sie hatte ihn nun erreicht und blieb vor ihm stehen. »Sie könnten mich gehen lassen, Euer Gnaden. Keiner von uns hat diese Ehe gewollt, und wenn Sie mir erlauben, zu meiner Tante zurückzukehren, dann können Sie wieder zu Ihrer Mätresse gehen.«

»Nein, kann ich nicht, Kassidy.« Er streckte den Arm aus und berührte eine weiche Locke an ihrer Wange. »Es tut mir leid, daß Sie von Miss Candeur erfahren haben, aber Sie müssen mir glauben, daß ich sie seit unserer Eheschließung nicht mehr gesehen habe.«

»Ich habe keinen Grund, an Ihrem Wort zu zweifeln.« Sie sah ihn trotzig an. »Nicht wahr? Sie haben mir ein Jahr versprochen.«

Plötzlich glitten seine Finger zärtlich über ihre Wange und ihren Hals herab. Kassidy hatte das Gefühl, als würde ihr der Atem abgeschnitten.

Railes dunkle Augen tasteten ihr Gesicht ab und wanderten zu der Rundung ihrer Brüste. Seine Hand fuhr durch ihr Haar und entwirrte sanft die Strähnen.

Der Klang seiner Stimme drang bis tief in ihre Seele und entfachte in ihr ein Feuer, das ihren Widerstand aufzuzehren begann. »Vielleicht könnten Sie mich von meinem Versprechen erlösen, Kassidy. Vielleicht könnten Sie nur heute abend so tun, als wären wir Mann und Frau, die aus den richtigen Gründen geheiratet haben.«

Sie schaute zu ihm auf und verfluchte ihren Körper, der einen eigenen Willen zu besitzen schien. »Warum sollte ich das tun?« flüsterte sie. »Wir haben aus den absolut falschen Gründen geheiratet. Wir wissen, daß wir einander nicht lieben.«

Railes Lächeln war umwerfend. »Wir könnten so tun, als wären wir Geliebte, wenn es das einfacher für Sie macht.«

»Ich habe die dumpfe Ahnung, daß Sie Frauen nicht mögen, die Ihr Herz an Sie verlieren. Wahrscheinlich würden Sie sie nicht länger begehren.«

»Dich schon, Kassidy«, flüsterte er. Als seine Lippen die ihren berührten, konnte sie sich nicht mehr bewegen, nicht mehr denken, sie konnte sich nur näher an den Körper schmiegen, der ihr Herz und ihre Seele zu wärmen schien.

Seine Liebkosung weckte Gefühle in ihr, die sie bisher nicht gekannt hatte, und als sein Kuß fordernder wurde, seine Hände ihre Taille umfaßten und sie gegen seine Hüften zog, wandelten sich die Gefühle zu purer Begierde.

Kassidy konnte sich nicht gegen seine Verführungskünste wehren. Ihr war, als wäre ein Wirbelsturm heraufgezogen, dessen Kraft sie unweigerlich mitreißen würde.

Kapitel 25

Ein angstvolles Stöhnen entrang sich Kassidys Kehle, als sie versuchte, sich seinen Lippen zu entziehen. Sein Kuß schien ihr alle Willenskraft auszusaugen und weckte in ihr gleichzeitig eine Sehnsucht nach mehr.

In dem verzweifelten Versuch, sich zu retten, holte sie aus und verpaßte ihm eine Ohrfeige. Raile packte ihre Handgelenke, und einen endlos scheinenden Moment lang starrten sie einander stumm an. Kassidy sah ihren Handabdruck auf seiner Wange, während er in ihren Augen Verwirrung entdeckte.

»Ich … ich wollte Sie nicht schlagen«, sagte sie, entsetzt von ihrer Tat. »Ich weiß auch nicht, warum ich das getan habe. Ich habe noch nie im Leben jemanden geschlagen!«

Raile ließ sie los und entfernte sich von ihr. Am Kamin blieb er stehen und blickte in die tanzenden Flammen. »Dann ist es für uns beide etwas Neues. Mich hat auch noch nie eine Frau geschlagen.« In der Hoffnung, seine brennende Begierde unterdrücken zu können, atmete er ein paarmal tief ein. Dies war der denkbar schlechteste Moment, um die Beherrschung zu verlieren. Er durfte sie nicht erschrecken.

Kassidy stand auf und preßte sich die verschränkten Hände vor die Brust. »Bitte, verzeihen Sie mir, Raile. Es war nur so, daß … Als Sie mich geküßt haben, dachte ich, ich hätte keine Kontrolle mehr über mich selbst. Das hat mir Angst gemacht. Ich weiß nicht, was mit mir geschieht.«

»Ich weiß nicht einmal, was mit *mir* geschieht, Kassidy.« Plötzlich fiel ihm ein, was sie ihm von dem Wärter in Newgate erzählt hatte, und er verfluchte sich selbst, daß er nicht mehr Verständnis für ihre Angst gezeigt hatte. Er wandte sich mit einem Lächeln zu ihr um. »Möchten Sie ein Glas Wein?«

»Nein«, lehnte Kassidy ab. »Ich möchte einen klaren Kopf behalten.«

Raile streckte die Hand nach ihr aus, aber Kassidy wich zurück. Bevor er ihr folgen konnte, begann sie hastig zu sprechen. »Ich habe mir alle Mühe gegeben, Sie gar nicht erst zu mögen. Doch als ich bei der Schneiderin Miss Candeur begegnet bin, war ich dennoch tief getroffen. Immer wieder habe ich mir vor Augen gehalten, daß nicht Sie es sind, der für den Tod meiner Schwester verantwortlich war, sondern Ihr Bruder. Aber ich weiß dennoch nicht, ob ich Ihnen trauen darf.«

»Trotzdem haben Sie mich geheiratet.«

»In dem Moment schien es meine einzige Möglichkeit gewesen zu sein.«

Wieder streckte er die Hand aus, nahm die ihre und zog sie an sich. »Sie müssen mir nicht vertrauen – Sie können mich sogar hassen, wenn es nicht anders geht. Aber versagen Sie mir nicht, was mein Recht ist.«

Mit einem erstickten Aufschluchzen barg sie ihr Gesicht an seiner Hemdbrust und sog seinen Duft in sich auf. Niemals bisher hatte sie sich zugestanden, bewußt über ihre Gefühle zu Raile nachzudenken. Doch ihre Träume hatten sie verraten, denn oft genug war sie nachts aufgewacht und hatte eine tiefe Sehnsucht verspürt, die sie weder begriff noch empfinden wollte.

Seine Hände glitten ihren Rücken hinauf, und preßten sie fest an seinen Körper. »Komm freiwillig in mein Bett, kleine Duchesse«, flüsterte er, dann strichen seine Lippen sacht über ihre Wange.

Kassidy wandte leicht den Kopf, und ihre Lippen trafen sich. »Aber wir wissen doch beide, daß ich nicht mehr …«

Sein harter Mund erstickte ihre Worte und weckte in ihrem Inneren eine so starke Begierde, daß sie sich plötzlich wünschte, ein Teil seines Körpers werden zu können.

»Denk nicht daran, was in Newgate geschehen ist«, flüsterte er. »Glaub mir, daß es für mich nicht von Bedeutung ist. Im übrigen kenne ich mich mit Jungfrauen nicht aus.« Wieder legten sich seine Lippen über ihre, und einen Augenblick konnte sie nicht atmen. Ihre Knie wurden weich, und es war, als hätte ihr Körper keine Kraft, keine Substanz mehr.

»Ja«, sagte er leise. »Du willst auch, nicht wahr?«

Seine Worte drangen nicht in ihr Bewußtsein. Sie wollte ihn nur noch intensiver spüren. Sie merkte nicht, daß er ihr Kleid öffnete und von den Schultern schob, bis es zu Boden fiel.

Es war wie ein Schock, der durch ihren ganzen Körper fuhr, als sein forschender Mund über ihre Schulter glitt, ihre Brüste fand und flüchtig über die harten Spitzen strich, die sich unter dem dünnen Hemdchen deutlich abzeichneten.

»Nein«, keuchte sie, »das geht doch nicht.«

Raile lächelte sie zärtlich an. »Wieso nicht? Wir sind Mann und Frau.« Sein Blick wanderte erneut zu ihren Brüsten.

Erst jetzt bemerkte Kassidy, daß der dünne Stoff des Unterhemds nichts verbarg, und sie kreuzte schützend die Arme vor der Brust. »Ich … ich bin noch nicht bereit dazu.«

Er zog ihre Arme fort und bewunderte ihren perfekten Körper. »Du wirst es sein, bevor der Morgen kommt«, sagte er. »Glaub mir, Kassidy, ich werde nichts tun, das du nicht willst.«

Raile konnte seinen Blick nicht von ihr abwenden. Ihr Haar fiel ihr ins Gesicht, ihre Brüste unter dem dünnen Stoff schienen ihn zu locken, und sie wirkte so unschuldig und doch so sinnlich, daß ein Schauder durch seinen Körper lief.

»Komm, laß uns diese Klatschmäuler, die dich ›jungfräuliche Duchesse‹ nennen, endlich zum Schweigen bringen.«

»Aber der Gefängniswärter …«

»Vergiß den Mann. Er existiert für uns nicht.«

Bevor sie etwas sagen konnte, lagen seine Lippen wieder auf ihren, und der Kuß war so betörend, daß sie sich nur an ihm festhalten konnte, um nicht zusammenzusinken. Als Raile sie auf seine Arme hob und zum Bett trug, protestierte sie nicht. Fort waren die Angst und die Unsicherheit. Sie empfand nur noch eine Begierde, die so stark war, daß sie kaum noch atmen konnte.

Seine herrlichen dunklen Augen schienen sie zu hypnotisieren. Entkräftet legte sie ihren Kopf auf das Kissen.

»Hast du immer noch Angst vor mir, Kassidy?« fragte er. Er nahm ihr Kinn in die Hand und brachte sie dazu, ihn anzusehen.

»Ich … ich glaube nicht. Aber ich weiß nicht, was … was von mir erwartet wird.«

»Willst du wirklich meine Frau werden?«

»Ich … weiß es nicht. Ich weiß nicht, was ich tun muß.«

Er lächelte. »Das macht nichts.« Dann legte er sich neben sie auf die Seite, stützte sich auf einen Ellenbogen ab und sah auf sie herab. Er konnte ihre Anspannung spüren und wünschte sich nichts mehr, als sie zu beruhigen. So nahm er ihre Hand, führte sie an seine Lippen und küßte jeden Finger einzeln.

»Kassidy …, du erinnerst mich an einen Vogel – eine Nachtigall –, die ich einmal gefangen habe. Sie war versehentlich in mein Fischernetz geflattert und kam nicht mehr heraus. Als ich sie fand, hatte sie sich böse verletzt und war überaus mißtrauisch.«

Kassidy versuchte, sich auf seine Erzählung zu konzentrieren, aber sein Blick glitt wieder zu ihren Brüsten, und sie spürte ein süßes Brennen in ihrem Inneren, das es ihr fast unmöglich machte.

»Und was haben Sie getan?« fragte sie atemlos.

Raile zog sie langsam zu sich, bis ihr Kopf an seiner Schulter ruhte. Dann spürte er, wie sie sich plötzlich versteifte. »Nachdem ich das arme Wesen aus dem Netz befreit hatte«, fuhr er fort, »hielt ich es ganz vorsichtig in meiner Hand.« Seine Hand glitt ihren Hals herab. »Ich konnte spüren, wie das kleine Herz heftig schlug.« Seine Hand bewegte sich abwärts, bis sie über ihrem Herzen liegenblieb. »Wie deines jetzt.«

Kassidy fühlte sich wie betäubt. »H… Haben Sie den Vogel freigelassen?«

Railes Finger kreisten um ihre Brust, und sie biß sich auf die Lippe, um nicht laut aufzuschluchzen. Sie wollte ihm noch näher sein, wollte mit ihm verschmelzen, aber sie verstand nicht, wie es sein konnte. Sie kannte diesen Menschen nicht einmal!

»Nein, Kassidy! Das tat ich nicht, denn die Nachtigall war schwer verletzt. Ich mußte ihr Vertrauen gewinnen und ihre Wunde versorgen.«

Er zog ihr das Hemdchen über die Schultern, während seine Hände unablässig streichelten, liebkosten und um ihre nun entblößten Brüste kreisten. »Ich habe ihre Federn ganz sanft glattgestrichen.« Wie um zu demonstrieren, strichen seine Hände sinnlich erst über die eine, dann über die andere Brust und jagten Kassidy wohlige Schauer über die Haut.

»Und was geschah dann?« brachte sie mit bebender Stimme hervor.

Seine Hand glitt über ihren Bauch. »Genau wie du hatte die Nachtigall zuerst Angst vor mir.« Er beugte sich herab und hauchte ihr zart ins Ohr. Dann flüsterte er: »Aber nach einer Weile begann das Vögelchen, mir zu vertrauen.« Seine Hand wanderte weiter zu ihrem Oberschenkel, und die Berührung entlockte ihr ein leises Stöhnen.

»Dann schließlich versuchte ich, die Hand zu öffnen, und tatsächlich – die Nachtigall blieb dort hocken und flog nicht davon.«

»Sie hat nicht versucht, wegzufliegen?« fragte sie atemlos. Doch sie konnte sich nicht wirklich darüber wundern. Plötzlich erkannte sie, daß auch sie – wie die Nachtigall! – ihn niemals mehr würde verlassen wollen.

»Nein, Kassidy. Als die kleine Nachtigall wieder gesund war, mußte ich sie in die Luft werfen, damit sie endlich davonflog.« Seine Lippen wanderten über ihre Wange. »Und sie kreiste noch lange hoch über mir, bevor sie endlich fort war.«

Seine Hand glitt zwischen ihre Beine, und begann, sie langsam dort zu massieren. Seine Stimme klang tief, als er weitersprach. »Und ich schwöre dir, Kassidy, daß diese Nachtigall einen Sommer lang jede Nacht vor meinem Fenster sang.«

Sein Mund war nur noch Zentimeter von ihrem entfernt. »Du bist wie diese Nachtigall, Kassidy.«

Raile hätte fast über sich selbst gelächelt, daß ihm die Geschichte mit dem verletzten Vogel eingefallen war, denn das Ereignis lag sehr lange zurück. Und doch lag der Vergleich nahe: Kassidy war zu ihm gekommen wie ein Vogel mit einem gebrochenen Flügel, und er als ihr Ehemann mußte dafür sorgen, daß sie wieder gesund wurde.

Ihre Haut war so glatt und weich, und der Duft ihres Haares war wie ein exotisches Parfum. Er, der noch niemals wegen einer Frau den Kopf verloren hatte, war bezaubert von diesem zarten, eingeschüchterten Mädchen, und er mußte sich eingestehen, daß er nicht nur ihren Körper besitzen wollte, sondern ihr ganzes Wesen. Er wollte ihr Vertrauen, wollte sie festhalten, so daß sie nicht wie die Nachtigall davonfliegen würde.

Er blickte in die grünen Augen, die so unschuldig und so wundervoll lebhaft waren. Und als er seine Lippen erneut auf die ihren legte, wünschte er sich nichts mehr, als die letzten Barrieren, die zwischen ihnen bestanden, niederreißen zu können und sie ganz und gar, mit Haut und Haaren zu besitzen.

Raile streifte seine Kleider ab und zog sie fest an sich. Er bebte am ganzen Körper, als er ihre seidige Haut auf seiner spürte.

»Ich wußte nicht, daß es zwischen Mann und Frau so sein kann«, sagte sie mit belegter Stimme.

»Da ist noch viel mehr«, antwortete Raile. Er konnte seine Erregung kaum noch im Zaum halten. Er würde derjenige sein, der Kassidy die Wonnen der Liebe zeigen durfte, und auch wenn er nicht der erste Mann in ihrem Leben war, so würde er ihr doch immer als erster in Erinnerung bleiben.

Raile wagte nicht, über seine Gefühle für Kassidy intensiver nachzudenken. Er spürte, daß er mehr für sie empfand, als er es je für einen Menschen getan hatte, und er mußte sich eingestehen, daß es ihn zutiefst beunruhigte. Was geschah nur mit ihm?

Vielleicht hatte Kassidy etwas von seiner Unsicherheit gespürt, denn plötzlich bekam sie wieder Angst vor dem, was sie erwartete. Sie packte einen Zipfel des Lakens und versuchte, es über ihre Blöße zu ziehen. »Können wir nicht noch warten?« fragte sie.

»Nein, Kassidy«, erwiderte er und löste ihre Finger vom Laken, dann legte er ihre Hand auf seine breite Brust. »Heute nacht. Du bist so bereit für mich, wie du es nur sein kannst.«

Er stützte sich ab und schob sich langsam über sie. »Hab keine Angst, Kassidy. Ich werde sehr sanft sein.«

Mit einem Knie drückte er ihre Schenkel auseinander und ließ sich zwischen ihnen herab. Als Kassidy seine Erektion sah, riß sie entsetzt die Augen auf. »Aber Sie wollen doch nicht etwa ...«

Seine Lippen legten sich auf ihre und brachten sie zum Schweigen. Kassidy war fast erleichtert, daß sie sich wieder ihm überlassen konnte. Sie gab auf, öffnete die Beine und hieß ihn und die Wonnen, die er ihr zu geben versprach, willkommen.

Ihre Körper waren schweißnaß, als er vorsichtig in sie hineinglitt. Seine pulsierende Erektion füllte die Höhlung ihres Körpers, füllte ihre Seele mit unbekannten Empfindungen und ihr Herz mit überquellender Liebe.

Raile gab sich Mühe, nicht zu stürmisch voranzugehen. Millimeterweise schob er sich in sie hinein, denn sie durfte keine Furcht vor ihm haben, auch wenn es ihn jeden Fetzen von Selbstbeherrschung kostete, den er aufbringen konnte.

»Es wird nicht weh tun«, flüsterte er rauh. »Es tut nur beim ersten Mal weh.«

»Nein«, keuchte sie auf, als er heftiger vorwärtsstieß. »Es tut doch weh.«

Doch auch der Schmerz bremste ihre Erregung nicht. Sie atmete seinen Duft ein und ließ die Finger durch sein Haar gleiten. Ihre Lippen teilten sich, als seine Zunge eindringen wollte.

Plötzlich fuhr Raile mit einem einzigen Stoß in sie hinein, und Kassidys Kehle entrang sich ein tiefes Stöhnen, das sowohl Schmerz als auch Lust ausdrückte. Sie ließ den Kopf zur Seite fallen und drückte ihm instinktiv die Hüften entgegen.

Raile hob sich ein wenig von ihr und starrte sie verwundert an. »Kassidy«, flüsterte er. »Sieh mich an. Du warst unberührt, weißt du es nicht? Du bist in der Tat die jungfräuliche Duchesse gewesen. Glaub mir, kein Mann ist je in dir gewesen.«

Sie öffnete die Augen und sah ihn sehnsuchtsvoll und glücklich an. »D… du würdest das nicht sagen, wenn es nicht stimmte, nicht wahr?«

»Bestimmt nicht. Ich versichere dir, ich bin der erste Mann, der je mit dir intim war.« Plötzlich verspürte er ein gewaltiges Glücksgefühl. »All deine Angst und deine Sorgen waren unbegründet.«

»Bist du … bist du sicher, Raile?«

Er zog sie ganz fest in seine Arme. »So sicher wie man nur sein kann, Kassidy.«

Dann beugte er den Kopf hinab, und Kassidy erwiderte seinen Kuß voller Begierde. Sie hatte gedacht, nichts könnte das wunderbare Gefühl übertreffen, das sie nun empfand, doch sie hatte sich geirrt. Raile begann, sich in ihr in einem langsamen Rhythmus zu bewegen, der die Intensität ihrer Empfindungen steigerte und ihr den Atem raubte.

Langsam und zärtlich nahm Raile ihren Körper in Besitz. Und als sie den Höhepunkt erreichte, hielt er sie in seinen Armen, bis das Beben und Zucken ihrer Glieder und Muskeln abgeebbt war.

Eine lange Weile blieb Kassidy einfach still liegen und genoß die angenehme Erschöpfung, die sie überkam. Endlich wußte sie, warum man heiraten sollte. Sie hatte sich noch nie einem Menschen so verbunden gefühlt, und sie war gewiß, daß nur noch der Tod sie würde trennen können.

Endlich öffnete sie wieder die Augen und sah, daß Raile auf sie herabblickte. Schüchtern wandte sie den Blick zu der reichverzierten Zimmerdecke.

Raile konnte seinen Blick nicht von ihr lassen. Sie war so schön, daß er kaum sprechen konnte. Er streichelte über das seidenweiche goldene Haar und tippte ihr Kinn an, bis sie ihn ansah. »Du brauchst in meiner Gegenwart nicht schüchtern zu sein, Kassidy. Was zwischen uns war, ist ganz natürlich und wird noch oft geschehen.«

»Ist es das, was Liebe ausmacht?« fragte sie, während sie sich wünschte, sie würde wagen, sich an ihn zu kuscheln und in seinen Armen einzuschlafen.

Raile versteifte sich. »Was du fühlst, ist keine Liebe, aber was macht das? Das, was wir gefühlt haben, ist tiefer als Liebe.« Er lächelte und drehte das Messer in ihrem Herzen noch um. »Nennen wir es beim richtigen Namen. Es ist Lust, Begierde, Leidenschaft.«

Kassidy versuchte, ihm nicht zu zeigen, wie sehr seine Worte sie getroffen hatten, doch ihre Stimme klang verwirrt. »Aber bleibt so etwas bestehen? Glaubst du das? Nur die Liebe dauert doch ewig, nicht wahr?«

Er hob ihr Kinn an und sah ihr tief in die Augen. »Die Lust kann sehr lange andauern. Und vielleicht habe ich eben den Sohn gezeugt, den ich mir so dringend wünsche.«

Seine Worte taten so weh!. »Du hast wohl recht. Wenn du es in dieser Nacht schon geschafft hast, dann werde ich die nächste Zeit nicht mehr in dein Bett kommen müssen.«

Er wußte, daß sie auf seine harten Worte reagierte, und es tat ihm leid, daß er ihr nicht sagen konnte, was sie hören wollte. »Es wird dauern, bis wir etwas wissen. Ich finde, du solltest bei mir schlafen, bis wir sicher sind, daß du ein Kind empfangen hast.«

»Hast du vergessen, daß du mir meine Freiheit versprochen hast, sobald ich dir deinen Sohn gebäre?« fuhr sie ihn an.

Raile schlang seine Arme um sie und zog ihren versteiften Körper an sich. »Nein, ich habe es nicht vergessen.« Er küßte sie zärtlich auf den Mund. »Aber im Augenblick kommt es mir unbedeutend vor. Du erwartest doch ohnehin nicht, daß ich das Versprechen einlöse, oder?«

Sie konnte nicht antworten, denn sein Mund lag auf ihrem, und wieder konnte sich Kassidy nur seinen Liebkosungen ergeben. Sie wollte sich sträuben, ihn von sich stoßen, aber ihr Körper schien sie einmal mehr zu verraten. Sie erbebte unter seinen erfahrenen Berührungen und seufzte, als er sich erneut auf sie schob.

Dieses Mal war sein Liebesspiel wilder, heftiger, und Kassidy klammerte sich atemlos an seine Schultern. Ihr Körper kribbelte und zitterte, und der Höhepunkt war so gewaltig, daß sie anschließend entkräftet in seinen Armen liegenblieb.

Wie konnte dies etwas anderes als Liebe sein? Wenn ein Mann und eine Frau eine derart starke gemeinsame Erfahrung machten – mußte es sie dann nicht auf Lebenszeit aneinanderbinden?

Auch Raile schien der Akt aus der Bahn geworfen zu haben, denn sonst hätte er seine nächsten Worte sicher nicht geäußert. »Du hast eine seltsame Macht über mich, Kassidy«, murmelte er. »Ich kann mich vor dir nicht schützen.«

Kassidy blickte in seine Augen und wünschte sich innig, sie hätte nichts für ihn empfunden. In einer einzigen Nacht hatte sie Verzweiflung für höchste Leidenschaft eintauschen dürfen, und war nun doch wieder zur Verzweiflung zurückgekehrt.

»Wir haben eine Abmachung getroffen, und ich werde meinen Teil einhalten, Raile. Aber wenn ich dir deinen Erben zur Welt gebracht habe, dann erwarte ich, daß du mir meine Freiheit gibst.«

Er zog eine Augenbraue hinauf, und seine Augen funkelten amüsiert. »Kaum zwei Stunden in meinem Bett, und schon hast du genug von mir?«

Sie rückte von ihm ab, kletterte aus dem Bett und stellte sich in ihrer ganzen Pracht vor ihn hin. »Bis ich schwanger bin, komme ich willig zu dir. Dann aber gehe ich!«

Er starrte sie an und begriff erst jetzt, wie sehr er sie verletzt hatte. Aber welche Wahl hatte er denn gehabt? Aufrichtigkeit war besser als eine fromme Lüge.

Raile rollte sich aus dem Bett und stand ebenfalls auf. Dann zog er sich rasch an und bewegte sich auf die Tür zu. Dort drehte er sich noch einmal um und betrachtete die schöne Frau, die er geheiratet hatte. Es wäre so schön gewesen, sie wieder in die Arme ziehen und mit ihr zusammen einschlafen zu können! Wie lange hatte er sich nicht mehr so lebendig gefühlt? »Das Schlafzimmer ist deins. Ich werde dich heute nacht nicht mehr belästigen.«

Ehe Kassidy sich daran hindern konnte, waren die Worte schon heraus: »Gehst du zu dieser Frau?«

Verärgert starrte er sie an. »Ich gehe in das Zimmer nebenan, damit ich ein wenig Schlaf bekomme. Du solltest dasselbe tun, denn die Reise nach Ravenworth ist lang und anstrengend.«

»Ich gehe nicht ohne Arrian.«

»Kassidy, ich halte mein Wort. Das Kind wird mit den Dienern nachkommen.«

»Und ich möchte Tante Mary und Onkel George Lebwohl sagen.«

»Auch das sollst du tun.«

Dann verließ er ohne ein weiteres Wort das Zimmer. Kassidy blieb allein zurück.

Ravenworth. Nun sollte sie also dort leben. Wie mochte es wohl sein, mit diesem seltsamen Mann zusammenzusein? Kassidy lächelte traurig. Wenigstens würde Arrian dort sein – der einzige Mensch, der zu ihr gehörte.

Dennoch …, war das Baby wirklich der einzige Mensch? Raile hatte Gefühle in ihr geweckt, die sie gleichzeitig beängstigten und faszinierten. Raile … Ihr Herz wurde schwer, als sie daran dachte, daß sie von ihm nie bekommen würde, was sie sich am meisten wünschte.

Eines Tages würde er erwarten, daß sie fortging. Wie bei der Nachtigall, die er gezähmt hatte, würde er seine Hand öffnen und sie davonschicken. Und der Gedanke daran war ihr schon jetzt unerträglich …

Kapitel 26

Kassidy erwachte, als die Zofe die Vorhänge aufzog und helles Sonnenlicht hereinließ.

»Verzeihung, Euer Gnaden.« Das Mädchen knickste höflich. »Ich bin Polly, und Seine Gnaden hat mich angewiesen, für Sie zu packen, damit Sie gegen Mittag reisefertig sind.«

Kassidy kletterte widerwillig aus dem Bett und sah sich in dem Zimmer um, in dem sie die Nacht zuvor Railes Verführungskünsten erlegen war.

»Wo ist Seine Gnaden?«

Polly zog einen Koffer hinter einem großen Schrank hervor. »Er ist heute morgen nach dem Frühstück fortgegangen. Er hat mir gesagt, ich soll Ihnen mitteilen, daß er alles arrangiert hat, damit Sie so bequem wie möglich reisen können.«

Kassidy war erleichtert, daß sie Raile nicht sofort gegenübertreten mußte. Selbst wenn er zu seiner Geliebten gegangen war … Nun, was kümmerte es sie schon?

Sie sah zu, wie Polly ihr blaues Reisekleid herauslegte. »Seine Gnaden hat heute morgen Ihre Habe herüberschaffen lassen, Euer Gnaden«, antwortete die Zofe auf Kassidys fragenden Blick. »Außerdem soll ich Ihnen ausrichten, daß Mr. Rindhold und Lady Mary später Ihre Nichte herbringen werden.«

Kassidy schluckte ihre zornigen Worte hinunter, denn schließlich war die Zofe ja nur die Überbringerin der Botschaften. Raile hatte offenbar an alles gedacht. Mit einem Hauch von Bitterkeit fragte sie sich, ob es wohl möglich war, in seiner Gegenwart eigene Entscheidungen zu treffen.

Erst jetzt bemerkte Kassidy, daß die Zofe sie unsicher ansah. Sie warf ihr einen aufmunternden Blick zu, und Polly sagte zögernd: »Ich möchte Sie wirklich nur ungern damit belästigen, Euer Gnaden, aber in der Halle wartet eine Person von überaus zweifelhafter Natur. Ich hätte sie weggeschickt, Euer Gnaden, aber diese Person behauptet steif und fest, sie würde Sie kennen.«

»Wie heißt sie?«

»Sie sagte, ihr Name sei Elspeth O'Neill, Euer Gnaden.«

Kassidy starrte Polly eine Weile an. »Sie hat Ihnen die Wahrheit gesagt«, antwortete sie schließlich. »Wir kennen uns. Bringen Sie sie herauf.«

Polly schien immer noch nicht glauben zu wollen, daß eine Duchesse eine solche Person kennen konnte, und so mußte Kassidy ihre Anweisung wiederholen. »Bringen Sie die Frau augenblicklich zu mir. Und veranlassen Sie, daß Frühstück für zwei vorbereitet wird.«

Endlich gehorchte die Zofe und trollte sich. Kassidy trat zum Waschtisch und goß Wasser in eine Schüssel. Dann zog sie ihr Nachthemd aus, wusch sich rasch und hatte gerade ihr Kleid übergestreift, als es auch schon an der Tür klopfte.

Einen Augenblick später steckte Elspeth schüchtern den Kopf durch den Türspalt.

»Ich wußte nich', ob Sie mich sehen wollen, weil Sie ja jetzt 'ne Duchesse sind«, sagte sie zögernd. »Aber ich hab' ja versprochen, nach Ihnen zu sehen, wenn ich rauskomme, na, und das tu' ich jetzt hiermit. Aber 's geht Ihnen ja besser, als ich dachte, also bin ich jetzt auch wieder weg.«

Kassidy freute sich so sehr, Elspeth zu sehen, daß ein strahlendes Lächeln auf ihrem Gesicht erschien. »Du wirst nicht gehen, Elspeth. Wenn du nicht gewesen wärest, dann wäre ich im

Gefängnis gestorben. Ich werde dir immer zu Dank verpflichtet sein.«

Elspeth schien auf einmal zu merken, wie schäbig sie gekleidet war, denn sie drückte sich unsicher an der Tür herum. »Ich will aber nich', daß Sie meinen, Sie wär'n mir was schuldig. Ich hab' nur getan, was ich tun mußte.«

Kassidy ging zu ihr und nahm ihre Hand. Plötzlich kam ihr eine Idee. »Was weißt du über die Arbeit einer Kammerzofe?«

»Wenig bis nichts«, erwiderte das Mädchen aufrichtig.

»Aber du könntest es lernen, nicht wahr?«

Die junge Irin wußte sehr gut, daß die persönliche Dienerin der Herrin eine hohe Stellung in einem Haushalt innehatte. Wer Kammerzofe der Lady war, wurde von allen anderen Bediensteten hoch geachtet und respektiert. Ein solcher Posten war begehrt – sollte es wahr sein, daß die Duchesse ihr, Elspeth, diese Anstellung anbot?

Elspeth konnte nicht verhindern, daß ihre Augen hoffnungsvoll aufleuchteten. »Ja, Euer Gnaden. Ich kann das bestimmt lernen.«

»Hast du vor, zu deiner Familie zurückzukehren?«

»Na, ich glaub' nich, daß die mich wollen. Meine Mutter ist tot, und meine Geschwister sind erwachsen und verheiratet.«

»Dann komm mit mir nach Ravenworth Castle ... als meine Zofe und meine Freundin.«

Elspeth schüttelte den Kopf. »Ich will Ihnen ja gerne treu und ergeben dienen, aber Ihre Freundin kann ich nich' sein. Wir kommen aus zwei ganz verschiedenen Welten, und was nich' sein kann, kann eben nicht sein.«

»In Newgate waren wir Freundinnen, Elspeth«, rief Kassidy ihr in Erinnerung.

»Sie haben mir ja auch geholfen. Ich war nicht so allein.«

»Und du hast an mich geglaubt, obwohl kein anderer es getan hat. Du hast dich um mich gekümmert, als wäre ich deine eigene Schwester. Für mich wirst du immer eine Freundin sein, und ich will, daß jeder weiß, was du für mich getan hast.«

Elspeth wurde blaß. »Nein, Euer Gnaden, machen Sie bloß keinen Unsinn. Sie dürfen doch nicht erzählen, daß Sie an so 'nem schrecklichen Ort waren! Ich will Ihnen gerne dienen. Ich versuch' sogar, mein ungehobeltes Benehmen zu verfeinern und anders zu sprechen, damit ich zu der Stellung besser passe, ja, bestimmt. Aber ich will weder Sonderbehandlung noch sonst was.«

Endlich begriff Kassidy, daß sich Elspeth in der Rolle einer Freundin tatsächlich unwohl fühlen würde. Vielleicht hatte die Irin recht – man konnte Standesunterschiede nicht so einfach vergessen. Doch Kassidy hatte die junge Frau so gerne, daß sie weder auf sie verzichten, noch sie in eine unangenehme Situation bringen wollte. »Dann, bitte, bleib als meine treue Zofe bei mir. Sei ehrlich zu mir, und sag mir immer, was du denkst!«

Elspeth nickte glücklich. »Das tu' ich gern, Euer Gnaden. Niemand wird aufrichtiger mit Ihnen sein als ich.«

In diesem Moment klopfte es an der Tür, und Elspeth öffnete. Als sie die hochnäsige Dienerin sah, die sie eben so widerwillig hinaufgeführt hatte, vertrat sie ihr den Weg. Das Mädchen hatte ein Tablett in der Hand, und Elspeth nahm es ihr wie selbstverständlich ab und schaute auf sie herab.

»Wie heißt du?« fragte Elspeth.

Die Dienerin schien einen Augenblick zu empört, um zu antworten, doch irgend etwas an der Art der Irin ließ sie sich eines Besseren besinnen. »Polly«, sagte sie also zögernd.

»Tja, Polly, von jetzt an wird Ihre Gnaden nur noch von mir bedient.«

Das Mädchen sah entgeistert von Elspeth zu der Duchesse hinüber.

»Richte der Dienerschaft aus, daß Elspeth O'Neill ab heute meine Kammerzofe ist«, sagte Kassidy im Befehlston, wobei sie sich das Lachen verkneifen mußte.

Polly nickte. »Ja, Euer Gnaden. Natürlich, Euer Gnaden.«

Dann war sie fort, und Kassidy lächelte noch immer, während sie zusah, wie Elspeth das Frühstück auf den Tisch stellte. Mit dem bisherigen Verlauf des Morgens konnte sie zufrieden sein. Sie hatte nicht nur eine Schuld tilgen können, sondern würde von nun an auch ein vertrautes und freundliches Gesicht um sich haben.

Raile stieg aus der Kutsche, bedeutete Oliver, sitzen zu bleiben und ging die Stufen zu Gabrielle Candeurs Haus hinauf. Er hob die Hand, um zu klopfen, besann sich dann aber eines anderen und schob den Schlüssel ins Schloß.

Als er eingetreten war, hörte er Stimmen, die aus der Richtung des Wohnzimmers kamen, also ging er ohne zu zögern darauf zu.

Raile blieb im Türrahmen stehen und ließ seinen Blick durch das Zimmer schweifen. Gabrielle saß mit dem Rücken zu ihm auf einem Sofa. Der Mann, mit dem sie sprach, war Hugh. Raile brauchte einen Moment, um sich von der Überraschung zu erholen,und da keiner von beiden ihn zu bemerken schien, verhielt er sich still, um einen Augenblick lang zuzuhören.

»Liebster Hugh«, sagte Gabrielle gerade, »ich würde Sie wirklich zu gerne als meinen Beschützer haben, aber bitte verstehen Sie doch, daß es nicht möglich ist. Sie haben kein Geld, und außerdem erzählt man sich, daß Raile nicht einmal mit seiner Frau geschlafen hat. Er wird also auf jeden Fall bald zu mir zurückkommen.«

»Geld ist nicht alles, Gabrielle«, sagte Hugh eindringlich. »Gewiß wäre ich aufmerksamer und rücksichtsvoller als Raile. Ich würde Sie niemals so lange allein lassen.«

»Mein Bruder hat recht.« Railes tiefe Stimme ließ beide zusammenzucken. »Geld ist wahrhaftig nicht alles, denn es gibt Wichtigeres. Zum Beispiel die Loyalität eines Bruders oder die Treue einer Frau.«

Gabrielle sprang rasch auf die Füße, stürmte auf Raile zu und warf ihm die Arme um den Hals. »Oh, Raile, Liebster! Ich wußte ja, daß du kommen würdest.«

Er schob ihre Hände beiseite und stand sehr gerade vor ihr. Gabrielle schauderte, als sie die Kälte in seinen Augen entdeckte.

»Ich bin nur gekommen, um dir mitzuteilen, daß ich mich nicht länger als deinen Beschützer betrachte, Gabrielle. Es steht dir also frei, dir einen neuen zu wählen, sei es ein Gentleman mit Geld oder mein Bruder, der letzteres nicht besitzt.«

Gabrielle erbleichte. »Aber das meinst du doch nicht wirklich, nicht wahr?« Sie legte ihm flehend die Hand auf den Arm. »Ich will dich doch nur glücklich machen. Wenn du wütend bist, weil Hugh hier ist, dann laß dir gesagt sein, daß er als Freund gekommen ist.«

»Es kümmert mich nicht, mit wem du dich abgibst, Gabrielle. Aber mach dir keine Sorgen: Ich zahle deinen Unterhalt, bis du eine andere Möglichkeit gefunden hast. Allerdings habe ich das Konto bei Madame Estelle sperren lassen.«

Gabrielle wurde noch eine Spur bleicher. »Dann hast du gehört, was geschehen ist. Wahrscheinlich hat deine Frau es dir erzählt.«

Railes Blick war kalt. »Hast du wirklich geglaubt, ich halte still, wenn du meine Frau in aller Öffentlichkeit beleidigst?«

Tränen glitzerten in Gabrielles Augen. »Ich liebe dich, Raile. Ich war so entsetzlich eifersüchtig ..., so verzweifelt.« Sie legte ihm bittend beide Hände auf die Brust. »Verstehst du das denn nicht? Deine Frau ist so jung, so selbstsicher, daß ich ihr einfach nur ...«

Sie brach ab, als sie sah, daß seine Augen nur noch härter wurden. Angewidert nahm er ihre Hände von seiner Brust und wandte sich zu Hugh um. »Du kannst sie haben, wenn du willst, aber vergiß nicht, daß sie ein teures Geschenk ist.«

Mit diesen Worten drehte er sich auf dem Absatz um und ging zur Tür.

Gabrielle stand im Zimmer, ihre Hände krampften sich um die Stuhllehne. Am liebsten wäre sie hinter ihm hergelaufen, hätte ihn angefleht, ihr zu verzeihen, sie wieder in die Arme zu schließen. Aber auch sie besaß ihren Stolz. Außerdem kannte sie Raile gut genug, um zu wissen, daß er sie nur verachten würde, wenn sie ihn zu halten versuchte.

Während Hugh aus dem Zimmer stürmte, um seinem Bruder hinterherzulaufen, kämpfte sie tapfer die Tränen nieder. Doch als sie allein war, war es mit ihrer Beherrschung vorbei. Sie sank auf den Boden, und verzweifelte Schluchzer schüttelten ihren Körper. Es war aus und vorbei! O Gott, das konnte doch alles nicht wahr sein!

Hugh holte Raile ein, als dieser gerade in die Kutsche steigen wollte. »Tja, Bruderherz, wie gewöhnlich hinterläßt du in deinem Kielwasser gebrochene Herzen.«

Raile sah ihn mit gerunzelter Stirn an. »Das ist doch sonst eher deine Methode, Hugh.«

Hugh grinste jungenhaft. »Ich war ziemlich entsetzt, als ich hörte, daß du dieses Maragon-Mädchen geheiratet hast. Hast du dich mal wieder verpflichtet gefühlt, die Familienehre zu retten?« Hugh hielt einen Moment inne, dann setzte er hinzu: »Gott, du mußt mich ja für eine ziemliche Last halten.«

»Eine Last, die ich nicht mehr zu tragen gewillt bin«, erwiderte Raile scharf. »Hör zu, ich habe keine Lust, auf der Straße zu stehen und über Familienehre zu reden. Willst du mitfahren oder gehst du zurück?«

Mit einem Schulterzucken stieg Hugh in die Kutsche, während Oliver rasch den Platz räumte, um sich neben den Kutscher zu setzen.

»Arme Gabrielle«, sagte Hugh. »Es wäre besser für sie gewesen, wenn sie sich in mich verliebt hätte. Dein Problem ist, Raile, daß du kein Herz hast.«

Raile setzte sich seinem Bruder gegenüber. »Du bist wohl

kaum der Mensch, der sich darüber auslassen sollte, wie man mit Frauen umgeht, Bruder. Wenn ich mich recht entsinne, dann haben die Frauen, die dumm genug sind, sich in dich zu verlieben, immer ernsthafte Probleme. Entweder müssen sich ihre Ehemänner duellieren oder sie sterben bei der Geburt deiner Bastarde«, erwiderte Raile trocken.

»Ich möchte nicht über Abigail nachdenken«, sagte Hugh düster. »Ich glaube, ich habe wirklich Liebe für sie empfunden – soweit, wie ich dazu in der Lage war. Es tut mir leid, daß sie sterben mußte.«

»Hast du eigentlich ein einziges Mal einen Gedanken an deine Tochter verschwendet?«

»Nein, habe ich nicht«, erwiderte er ehrlich.

»Hugh, du bist wie ein kleiner, unreifer Junge, der Erwachsensein spielt. Wenn du eines Spielzeugs müde geworden bist, dann suchst du dir das nächste, ohne darüber nachzudenken, was du im Leben anderer vielleicht zerstört haben magst.«

»Und was ist bitteschön mit Gabrielle? Sie ist fertig, Raile! Und das, weil du ihr das Herz gebrochen hast.«

»Gabrielle wußte von vornherein, was sie von mir zu erwarten hatte. Sie war diejenige, die die Spielregeln nicht eingehalten hat. Ich zweifle nicht daran, daß sie noch vor Sonnenuntergang jemand anderen gefunden hat, der meinen Platz einnimmt … Nur du wirst es nicht sein, Hugh. Täusch dich nicht, Bruder, die Dame ist absolut gewieft und gerissen. Sie verfolgt ihre Ziele hartnäckig, und sie nimmt sich nur Männer, die ihr hübsche kleine Geschenke machen können. Das, was du von mir zum Leben bekommst, wird kaum reichen, ihre Strümpfe zu bezahlen.«

Es gefiel Hugh nicht, daß Raile ihn daran erinnerte, wer das Geld in der Familie besaß. Verärgert wechselte er das Thema. »Ich habe seltsame Gerüchte über deine neue Frau gehört, Raile. Man erzählt sich, daß du nicht einmal mit ihr geschlafen hast. Das scheint mir ziemlich untypisch für dich.«

Raile warf Hugh einen warnenden Blick zu. »Sag mir, wohin du fahren willst, und ich werde meinen Kutscher anweisen, dich dorthin zu bringen. Ich steige beim Club aus.«

»Ah, da habe ich ja offenbar einen wunden Punkt berührt. Sag mir doch, Bruder, hast du aus Liebe geheiratet, oder nur, weil du wirklich etwas gutmachen wolltest? Wie ist Abigails Schwester denn so? Abigail war eine echte Schönheit, aber sie hat immer behauptet, daß ihre kleine Schwester schöner sei als sie.«

»Ich habe keine Lust, mit dir über meine Frau zu reden, Hugh, aber wir können gern über deine Tochter sprechen«, erwiderte Raile kalt. »Ich glaube zwar nicht, daß es dich interessiert, aber Kassidy kümmert sich um sie. Ich habe für das Kind eine beträchtliche Summe angelegt, so daß sie später alles haben wird, was sie braucht.«

Hugh lehnte sich zurück und sah Raile neugierig an. »Wie hoch ist die Summe denn?«

»Das geht dich nichts an.«

Hugh beugte sich vor. »Ich bin nicht ganz so übel, wie du denkst – jedenfalls nicht, was Abigail betraf. Ich habe dir nie davon erzählt, weil meine Mutter es nicht wollte, aber ich denke, du solltest wissen, daß ich Abigail geheiratet habe. Du hättest mir also gar nicht drohen müssen – ich war bereits ihr Ehemann.«

Zorn flammte in Raile auf. »Und du wagst es, mir das jetzt zu erzählen? Wir wissen doch beide, daß du dir nichts aus der Mutter gemacht hast, und deine Tochter interessiert dich noch weniger. Du willst Abigail Maragon geheiratet haben? Erwartest du, daß ich dir glaube?«

»Es stimmt. Ich gebe zu, ich war damals nicht ganz bei Sinnen. Tja, sie wollte sich mir nicht hingeben, bis die Verbindung legal war, und zu der Zeit war ich Feuer und Flamme für sie.« Hugh zuckte die Achseln. »Ich kann es leicht beweisen. Es gibt nämlich einen öffentlichen Eintrag.«

Raile klopfte an die vordere Kutschenwand, und der Kutscher

hielt an. »Raus mit dir, Hugh. Und laß dich nicht eher wieder blicken, bis du begriffen hast, was Verantwortung bedeutet.«

Hugh lachte, als er aus der Kutsche stieg. »Heißt das, du kommst nicht mehr für meinen Unterhalt auf?«

Raile sah seinen Bruder voller Abscheu an. »Ich zahle so lange, bis du dir eine Anstellung gesucht hast, mit der du dich selbst erhalten kannst.«

Hughs Stimme kippte. »Ich und arbeiten? Niemals! Mutter würde mir das nicht erlauben.«

Raile wies den Kutscher an, anzufahren. Als sich die Kutsche mit einem Ruck in Bewegung setzte, dachte er verbittert daran, daß dieser Tag nicht gerade gut begonnen hatte. Vielleicht hatte Hugh recht, vielleicht besaß er wirklich kein Herz. Es war ihm zumindest nicht schwergefallen, seine Beziehung zu Gabrielle zu beenden.

Raile schloß die Augen und dachte an seine Frau. Sie war so ganz anders als die Frauen, die er kannte. Sie war stolz und unabhängig, das hatte er schon bei ihrem ersten Zusammentreffen spüren können. Kassidy würde bald nach Ravenworth Castle reisen. Sollte er mit ihr fahren? Oder später folgen?

Er wußte sehr gut, wie man mit einer Mätresse umging, aber wie zum Teufel behandelte man eine Ehefrau? Kassidy konnte er nicht einfach ein teures Schmuckstück kaufen und erwarten, daß sie dafür sofort in sein Bett kam – nicht nach der vergangenen Nacht!

Kassidy blickte aus dem Kutschenfenster und sah Felder von Primeln, die sich in der leichten Brise wiegten. Wie sehr sich diese Reise doch von ihrer ersten unterschied! Damals war ihr Kummer so frisch und so stark gewesen, daß sie kaum auf die Landschaft geachtet hatte. Sie war in einer öffentlichen Kutsche mit wenig Komfort gereist, doch diesmal hatte sie einen eigenen Kutscher, einen Lakaien und vier Begleiter dabei, die zu ihrem Schutz neben dem Wagen herritten.

Als sie sich dem Dorf näherten, verlangsamte die Kutsche das Tempo. Zu Kassidys Überraschung kamen plötzlich Menschen in die Straßen gerannt und winkten dem Wagen zu.

»Willkommen, Euer Gnaden«, rief eine Frau lächelnd. »Willkommen zu Hause!«

Kassidy warf Elspeth einen unsicheren Blick zu. »Woher wußten sie bloß, daß wir durch das Dorf kommen würden?«

»Ich bin sicher, daß man Sie angekündigt hat. Und sie scheinen sich wirklich zu freuen!«

»Aber sie kennen mich doch gar nicht!«

»Nein, aber sie kennen natürlich den Duke, und mir scheint, daß sie ihn respektieren und mögen, denn ansonsten würden sie Sie gewiß nicht mit einer solch fröhlichen Offenheit willkommen heißen.«

Kassidy konnte nur den Kopf schütteln. Die Zuneigung, die man ihr entgegenbrachte, verwirrte und betäubte sie. »Es ist fast, als käme man nach einer langen Reise nach Hause.«

Sie blickte hinauf zu der mächtigen Burg, die sich auf den Hügeln über dem Tal erhob, und das Gefühl der Geborgenheit schwand. Ravenworth Castle war eine andere Sache. Sie würde sich gewiß wie eine Hochstaplerin vorkommen. Was hatte sie dort zu suchen? Sie konnte nur darum beten, daß sie bereits Railes Erben in sich trug, so daß sie nicht allzu lange würde bleiben müssen.

Ob er schon da war? Bei dem Gedanken verspürte sie eine seltsame Erregung in sich aufkommen, doch als sie zu den Zinnen hinaufblickte, konnte sie kein Banner entdecken. Die Enttäuschung legte sich wie eine kalte Hand um ihr Herz – Raile war also nicht anwesend.

Elspeth beobachtete ihre neue Herrin mit dem Beschützerinstinkt einer Mutter, die über ihre Kinder wacht. Sie sah den Kummer in Kassidys Augen und fragte sich, was in der jungen Frau vorging. War die Ehe nicht besonders glücklich? Sie folgte Kassidys Blick zu den Zinnen und verstand plötzlich ein wenig.

»Es war ’n langer Weg von Newgate bis hierher, Euer Gnaden. Sie ham es aber in recht kurzer Zeit geschafft.«

»Ja, Elspeth. Ein sehr langer Weg!«

»Da, schauen Se mal. Die Leutchens rennen hinter der Kutsche her. ’ne feine Begrüßung, was?«

Kassidy lächelte, als sie die fröhlichen Rufe von Kindern vernahm. Doch dann wanderte ihr Blick zurück zur Burg, die ihr auf einmal finsterer und uneinnehmbarer denn je vorkam. Was würde sie hinter diesen dicken Mauern erwarten?

Kapitel 27

Die Kutsche rumpelte über den gewundenen, steilen Pfad durch üppige Kornfelder und saftiges Weideland. Dann klapperten die Pferdehufe über einen gepflasterten Weg, der durch einen hohen Torbogen in den Burghof führte. An der massiven Steintreppe hielt die Kutsche an, und der Lakai sprang heraus, um Kassidy die Tür aufzuhalten.

Sie blickte zum Eingang hinüber und sah, daß die Dienerschaft sich auf den Stufen versammelt hatte, um sie zu begrüßen. Mit einem Lächeln wandte sich Kassidy der Haushälterin zu. »Mrs. Fitzwilliams. Ich freue mich, Sie zu sehen.«

»Und wir sind sehr glücklich, daß Sie nun bei uns sind, Euer Gnaden.« Mrs. Fitzwilliams erwiderte das Lächeln herzlich. »Und, wenn ich das sagen darf, ich bin sehr froh, daß Sie wieder genesen sind!«

»Vielen Dank. Das habe ich zum großen Teil Ihrer guten Pflege zu verdanken.« Kassidy drehte sich zu Elspeth um, die hinter ihr stand. »Dies ist meine Kammerzofe, Elspeth O’Neill. Wir haben London in solch einer Eile verlassen, daß sie nicht einmal die richtigen Kleider hat. Ich hoffe, Sie helfen ihr, zu besorgen, was immer sie braucht.«

Mrs. Fitzwilliams hatte auch für die junge Irin ein warmes Lächeln übrig. »Selbstverständlich. Sagen Sie mir einfach, was Sie benötigen, Miss O'Neill.«

Elspeth hob den Kopf. Zum ersten Mal seit vielen Jahren fühlte sie sich wohl in ihrer Haut. Ihr Haar steckte ordentlich unter einer weißen Haube, sie trug ein graues Kleid, das mit weißer Spitze gesäumt war, und ihre neuen Schuhe waren so hübsch, daß sie selbst das Zwicken und Kneifen nicht störte. Als die Dienerschaft von Ravenworth Castle sie respektvoll begrüßte, konnte sie ein stolzes Lächeln nicht unterdrücken.

Das alles hatte sie der jungen Duchesse zu verdanken. Endlich war sie an einem Ort angekommen, an dem sie sich zu Hause fühlte und etwas Nützliches tun durfte. Endlich konnte sie ihre dunkle Vergangenheit vergessen und sich auf eine strahlende Zukunft freuen.

»Verzeihen Sie, Euer Gnaden, aber ich würde gerne wissen, ob Ihre reizende Nichte ebenfalls bald eintreffen wird«, fragte Mrs. Fitzwilliams nun.

Kassidy betrachtete die Dienerschaft, die gespannt auf ihre Antwort zu warten schien. »Sie kommt morgen an, Mrs. Fitzwilliams. Und sie heißt Arrian.«

Mrs. Fitzwilliams hatte den Morgen damit verbracht, Kassidy durch die Burg zu führen. Sie waren durch die gewaltige Galerie mit den Familienporträts gewandert, hatten die verschiedenen Salons mit ihren herrlichen Deckenmalereien besichtigt und waren Treppen hinauf- und hinabgegangen, die mit roten Läufern neu ausgelegt worden waren.

Das Anwesen besaß fünf Stockwerke und war aus massiven Steinen gebaut worden. Bogenfenster und ein rotes Schieferdach rundeten das Bild ab. Kassidy stieg bis zu den Zinnen hinauf und bewunderte träumerisch das Mauerwerk, das in Jahrhunderten glatt und blank geworden war. Vor ihrem inneren Auge erschien das Bild von Rittern, die mit ihren Damen in Samtschuhen hier oben gestanden haben mochten.

Kassidy erfuhr, daß zur Burg fünfundfünfzig Hektar bewirtschaftetes Land und Jagdgebiet gehörten. Es gab eine Wassermühle, die noch immer in Betrieb war. Insgesamt waren das Land und das Gebiet um das Dorf herum dreitausend Hektar groß, und es war der DeWinter-Familie 1214 gemeinsam mit einer stattlichen Geldsumme zum Bau der Burg zugesprochen worden.

»Kennen Sie meinen Mann schon lange, Mrs. Fitzwilliams?« fragte Kassidy, als sie wieder in die riesige Eingangshalle zurückkamen.

»Oh, aber ja. Ich kenne ihn seit seiner Geburt.«

»Sagen Sie ..., wie läuft ein ganz normaler Tag auf Ravenworth ab?«

»Nun, wie Sie sicherlich wissen, ist Seine Gnaden ein Frühaufsteher. Normalerweise beginnt sein Tag um sechs Uhr morgens. Nach dem Frühstück setzt er sich mit Verwaltern und Jägern zusammen, danach gibt er den Arbeitern, die für die Reparaturen am Haus eingestellt worden sind, ihre Anweisungen.«

Kassidy nickte. Sie sah keinen Grund, der Haushälterin zu verraten, wie wenig sie tatsächlich von ihrem Ehemann wußte. Sie sah zu, wie Mrs. Fitzwilliams die gewaltigen Kronleuchter herabließ und die Kerzen anzündete. Das weiche Licht lenkte ihre Aufmerksamkeit auf einen wunderschönen Wandteppich aus Seide, auf dem eine Lady mit einem Einhorn abgebildet war. Sie trat heran und entdeckte mit einem Anflug von Trauer, daß der Teppich aus der Nähe abgewetzt und verblichen war. Als sie sich in der Halle umblickte, entdeckte sie insgesamt zwölf Gobelins, die sich alle in einem ähnlich jämmerlichen Zustand befanden.

Sie drehte sich zur Haushälterin um. »Gibt es nichts, was man tun kann, um diese herrlichen Teppiche zu retten?«

»Ich fürchte nicht. Seine Gnaden hat extra einige Experten aus London kommen lassen, jedoch nur, um zu erfahren, daß die Teppiche unwiderbringlich verloren seien. Seine Gnaden will sie aber dennoch nicht abnehmen lassen. Nur ich darf sie reinigen, und glauben Sie mir, auch mich macht es sehr traurig, so eine Pracht verfallen zu sehen.«

Kassidy warf einen Blick auf die Freitreppe, die zu den Schlafzimmern hinaufführte, und verspürte plötzlich eine Woge der Melancholie. Wie viele Bräute der DeWinters waren schon durch das Haus gestreift, wie sie es heute getan hatte? Wie viele einsame Ladys waren die Treppe hinaufgegangen, um dort auf ihre Männer zu warten? Wie viele hatten aus Liebe geheiratet – wie viele hatten niemals Liebe erfahren dürfen?

Sie wandte sich wieder zu Mrs. Fitzwilliams um und wollte sie gerade fragen, ob sie wüßte, wann Raile eintreffen würde, besann sich dann aber eines anderen. Sie konnte schließlich nicht einer Bediensteten gegenüber eingestehen, daß sie es selbst nicht wußte.

Langsam stieg sie also Stufe für Stufe hinauf und gab sich Mühe, das Gefühl der Einsamkeit niederzukämpfen. Als sie ihre Zimmerflucht erreichte, stellte sie fest, daß Elspeth bereits die Koffer ausgepackt und ihr ein heißes Bad bereitet hatte.

Nachdem sie gebadet und eine leichte Mahlzeit zu sich genommen hatte, kroch Kassidy zwischen die seidenen Laken ihres Bettes und seufzte. Die erste einsame Nacht auf Ravenworth Castle stand ihr bevor.

In jener Nacht träumte Kassidy wieder von Newgate. Unruhig warf sie sich im Bett hin und her, bis ihr eigener Schrei sie weckte. Mit hämmerndem Herzen und schweißüberströmt setzte sie sich auf.

Das Zimmer war dunkel, und sie glitt aus dem Bett, trat zitternd ans Fenster und tastete die Scheiben hinter den Vorhängen ab. Keine Gitterstäbe – sie war nicht in Newgate! Langsam beruhigte sich ihr Herzschlag wieder, und ihr Atem verlangsamte sich. Dann zog sie die schweren Vorhänge beiseite und starrte hinaus in die Finsternis. Eine finstere Wolke hatte sich vor den Mond geschoben.

»Was tue ich eigentlich hier?« fragte sie laut, und das Geräusch ihrer Stimme tröstete sie ein wenig. Nach einer Weile kehrte sie zum Bett zurück und legte sich mit offenen Augen nieder. Sie war nicht in Newgate, das allein war beruhigend. Aber was würden ihr die nächsten Tage bringen? Was würde ihr die Zukunft bringen? Betend, daß der Alptraum nicht zurückkehren möge, schloß sie die Augen und sank schließlich in einen sanften Schlummer.

Ein leichter Dunst hing über dem Tal, und Kassidy zügelte ihr Pferd, um den Anblick zu genießen. Sie wandte sich zu Atkins, dem Stallburschen, um, der ein paar Meter hinter ihr ritt. »Es ist herrlich, ein so prächtiges Tier reiten zu dürfen«, sagte sie begeistert und klopfte dem grauen Araber den Hals.

»Ja, aber Rounder ist auch etwas ganz Besonderes, Euer Gnaden. Der Vater hat schon dreimal in Ascot gewonnen und noch zwei andere Klasserennpferde gezeugt.«

Kassidy nahm ihren Hut ab und ließ ihren Blick langsam durch das Tal schweifen. »Ich mag diese Landschaft. Ich habe fast das Gefühl, als könnte man die Gegenwart von Generationen der DeWinter-Familie hier spüren.«

Der alte Stallmeister verzog sein wettergegerbtes Gesicht zu einem Lächeln. Diese junge Duchesse war wirklich ganz entzückend. Jedermann auf der Burg schien sie schon jetzt heiß und innig zu lieben, und auch Atkins hatte nichts dagegen, ihr ergebener Diener zu sein. »Ich darf mit Stolz sagen, daß ich schon für drei Dukes of Ravenworth gearbeitet habe.«

»Tatsächlich?«

»Seine Gnaden liebt dieses Land, wie sein Großvater es getan hat. Leider konnte man das von seinem Onkel, dem letzten Duke of Ravenworth, nicht sagen. Er hat die meiste Zeit seines Lebens in London verbracht, so daß wir ihn hier kaum gesehen haben.«

»Dann darf ich annehmen, daß Sie meinen Mann schon von Kind an kennen?«

»Ja, so ist es. Er war noch sehr klein, als er zu uns zog. Seine Mutter war gestorben, und der Junge hat sehr lange um sie getrauert.« Atkins hielt inne und schien sich zu erinnern. »Ach ja, Seine Gnaden und Lord John wuchsen sozusagen zu meinen Füßen auf, und beide waren ganz vernarrt in dieses Land. Aber ich denke, Master Raile hat es noch eine Spur mehr geliebt als Lord John.«

»John war also der Vetter meines Mannes?«

»Ja, Euer Gnaden. Er starb unter tragischen Umständen.«

»Ich habe davon gehört. Wie traurig ... Ich hätte ihn gerne kennengelernt.«

Als Kassidy nun zum Horizont blickte, stellte sie fest, daß der Himmel sich bedrohlich schnell bezog. Atkins folgte ihrem Blick.

»Wir sollten umkehren, Euer Gnaden. Da wir so nah an der See sind, ziehen hier sehr rasch Gewitter auf. Am besten reiten wir zügig nach Hause, und selbst dann werden wir vermutlich völlig durchnäßt dort ankommen.«

Kassidy lachte und wendete ihr Pferd. Sekunden später jagte sie in vollem Galopp und mit fliegendem Haar über die Wiese. Sie ritten die Hügel hinauf und wieder hinunter ins Tal, und erreichten die Ställe in dem Moment, als die ersten Tropfen zu fallen begannen.

Im Boxengang schwang sich Kassidy aus dem Sattel und machte sich daran, das Pferd abzusatteln und abzuzäumen.

»So ist das also«, sagte eine Stimme hinter ihr. »Während ich fort bin, reitet eine ungezähmte Lady auf meinen Pferden.«

Kassidy wirbelte herum und starrte in Railes lächelndes Gesicht.

Augenblicklich schlug ihr Herz schneller, und ein Glücksgefühl durchströmte sie. »Du hast wunderschöne Tiere, Raile, ich konnte einfach nicht widerstehen. Aber wenn wir schon dabei sind – ganz Ravenworth ist herrlich.«

Raile suchte nach einem Zeichen in ihrer Miene, das ihn willkommen hieß, doch er fand nichts. Ihr windzerzaustes Haar hing ihr wirr ins Gesicht, und es kam ihm vor, als wäre sie mit jedem Tag noch ein wenig schöner geworden. Himmel, er hatte sich für großherzig gehalten, als er sie geheiratet hatte – er hatte geglaubt, er würde sie vor einem Leben als alte Jungfer bewahren!

Ein Blitz zuckte über den Himmel, und ein kurz darauffolgender Donnerschlag ließ die Stallwände vibrieren. Kassidy trat an die Doppeltür und sah eine Weile dem Regen zu, der vom Himmel herabrauschte. Als Raile sich zu ihr gesellte, schaute sie lächelnd zu ihm auf. »Ich liebe Regen. Du auch?«

»Ich muß gestehen, daß ich bisher wenig Gedanken daran verschwendet habe. Höchstens in dem Sinne, daß Regen hinderlich sein kann, wenn es um die Reparaturarbeiten am Schloß geht.«

Sie streckte den Arm aus und ließ die hohle Hand voll Wasser laufen. »Die Liebe zum Land und zum Regen, der es nährt, habe ich von meinem schottischen Großvater. Man weiß erst, was lebendig sein bedeutet, wenn man nach einem anständigen Guß im Moor gestanden hat. Die Luft ist so geschwängert von Düften, so feucht, daß man sie fast anfassen kann.«

Raile mußte über Kassidys Enthusiasmus lächeln. Es war lange her, daß er für irgend etwas eine Leidenschaft verspürt hatte. Verwundert stellte er fest, daß sie etwas tief in seinem Inneren weckte, das er für tot gehalten hatte.

»Du hast also schottische Vorfahren … Das erklärt deine helle Haarfarbe.«

Kassidy nickte. »Ich bin meinem Großvater in vieler Hinsicht ähnlich.« Sie grinste ihn schelmisch an. »Man sagt, ich hätte sein Temperament.«

»Na, dann muß ich mich ja bei ihm bedanken«, sagte er amüsiert.

»Ich glaube, du würdest ihn mögen«, sagte sie, schwieg dann jedoch eine Weile nachdenklich, um schließlich hinzuzusetzen: »Nein, ich glaube doch nicht. Großvater mag die Briten nicht und läßt sich niemals eine Gelegenheit entgehen, dies auch zu sagen.«

»Aber deine Mutter hat einen Engländer geheiratet, und deine Tante Mary ebenfalls.«

»Großvater ist ein Earl, aber er läßt sich lieber als Laird Gille MacIvors anreden, wie sein Clan es tut. Er hat sich geweigert, mit meinem Vater auch nur ein Wort zu reden, und bis zum heutigen Tag hält er es noch so mit Onkel George.«

»Aber euch Kinder hat er akzeptiert?« fragte Raile mit mildem Erstaunen.

»O ja, denn wir sind ja schließlich nur halbe Engländer, zudem können wir nichts dafür. Für Großvater ist die Familie sehr wichtig, wenn er auch die Verbindung mit den Briten nicht billigt. Abigail und ich haben herrliche Sommer an der wilden Küste Schottlands verbracht. Oft sind wir mit unseren schottischen Vettern und Kusinen am Meer entlanggaloppiert und haben gespielt, wir seien Wikinger, die das Land eroberten. Abigail war selbstverständlich immer die edle Prinzessin, die von den plündernden Barbaren entführt wurde.«

Raile musterte ihr schönes, nun so fröhliches Gesicht. »Und du warst bestimmt der Wikingerhäuptling.«

Ihre Augen funkelten vergnügt. »Stimmt. Immer.«

»Wie haben sich denn deine Eltern kennengelernt?«

»Mein Vater reiste nach Schottland, um Pferde zu kaufen. Dort traf er meine Mutter, verliebte sich Hals über Kopf und kehrte mit Frau und Pferden nach England zurück.«

»Und dein Großvater ist noch am Leben?«

Kassidy grinste breit. »So lebendig, wie man nur sein kann«, antwortete sie. »Denk daran: Er wird weder unsere Ehe billigen, noch ein einziges Wort mit dir reden. Wahrscheinlich hat er gehofft, ich käme eines Tages nach Schottland, um den in seinen Augen passenden Mann zu heiraten.«

»Und? Hatte er dir schon einen ausgesucht?«

»Ja, allerdings. Laird Fraser Robertson.«

»Aber du wolltest nicht?«

»Bewahre. Laird Fraser ist dreimal so alt wie ich und hat schon drei Frauen überlebt.«

Raile packte Kassidy um die Taille, hob sie auf ein hölzernes Faß und zog sich selbst eins heran. Ihm gefiel diese Unterhaltung – endlich konnte er mehr über seine Frau herausfinden. »Hattest du eine glückliche Kindheit, Kassidy?«

Ihre Augen leuchteten auf. »O ja. Meine Mutter war einfach wunderbar. Sie hat immer gelacht und gescherzt. Mein Vater betete sie an. Abigail und ich hatten wirklich eine wunderschöne Kindheit.« Ihre Augen wurden traurig. »Dann gingen meine Eltern fort, und mein Bruder und seine Frau zogen mit ihren Töchtern in unser Haus. Danach gab es nicht mehr viel Schönes für Abigail und mich.«

»Und wieso nicht?«

»Henry und Patricia meinen, daß Lachen etwas Unanständiges ist. Du weißt ja, was Abigail passiert ist. Du weißt, daß ich in Newgate war. Aber daß Henry eine unnatürliche Zuneigung zu mir hegt, das habe ich dir noch nicht gesagt. An dem Abend, an dem er mir Arrian weggenommen hat, habe ich es erfahren. Ich möchte ihn wirklich nie wieder sehen.«

»Das mußt du auch nicht.« Raile streckte den Arm aus, um ihr einen Strohhalm aus dem Haar zu zupfen. »Aber du hast mir noch nie etwas von Verehren erzählt. Du mußt doch jede Menge davon gehabt haben.«

Kassidy vernahm das Knirschen von Leder und blickte sich um. Atkins polierte außer Hörweite einen Sattel, also bestand keine Gefahr. »Henry hat weder mir noch Abigail erlaubt, auf irgendwelche Partys zu gehen. Er findet solche gesellschaftlichen Ereignisse unanständig, frivol. Wenn Abigail nur die Gelegenheit gehabt hätte, andere Männer kennenzulernen, dann, so glaube ich, hätte sie sich nicht sofort in deinen Halbbruder verliebt.«

Raile hätte sich selbst verfluchen können, daß er erneut Zorn und Trauer in ihr geweckt hatte. Er wollte sie lachen hören, wollte ihre Augen fröhlich funkeln sehen.

Atkins hatte seine Arbeit beendet, winkte ihnen einen kurzen Gruß zu und rannte dann hinaus in den Regen, um einigermaßen trocken in seinem Haus anzukommen. Nun waren sie also allein im Stall. Es duftete nach frischem Heu, und das Prasseln des Regens übertönte jedes Geräusch von draußen. Drinnen war nur das Schnauben dösender Pferde zu hören.

Kassidy starrte durch die offene Tür in das Unwetter hinaus. Das Schloß war vor lauter Regen kaum zu sehen.

»Ich hoffe, du kannst Ravenworth Castle bald als dein Zuhause betrachten«, sagte Raile und beobachtete ihr Gesicht, um sich keine Reaktion entgehen zu lassen. Dann erst fiel ihm auf, wie seltsam es war, daß ihm ihre Reaktion so wichtig war.

»Seit Arrian da ist, bin ich sehr zufrieden«, antwortete sie zögernd und drehte ihren Kopf zur Seite. »Nur daß …«

»Nur daß was?«

»Es ist nicht wirklich wichtig. Eigentlich erwähne ich es nur ungern.«

»Es interessiert mich, also sag mir, was dir auf dem Herzen liegt.«

Kassidy kam sich dennoch ziemlich dumm vor. »Die … die Alpträume sind zurückgekommen«, brachte sie schließlich hervor und senkte den Kopf. »Ich weiß, wie albern es ist, aber in der Nacht sind sie immer so schrecklich wirklich und beängstigend. Ich habe oft schon Angst vor dem Einschlafen.«

Der Regen hörte so plötzlich auf, wie er eingesetzt hatte, und genauso plötzlich trat eine merkwürdige Stille ein, die nur durch das gelegentliche Stampfen eines Pferdes unterbrochen wurde.

»Niemand kann nachvollziehen, was du alles hast durchmachen müssen, Kassidy. Ich wünschte, ich hätte eine Möglichkeit, die entsetzlichen Erinnerungen aus deinen Gedanken zu löschen.

Vielleicht verlieren sie ein wenig von ihrem Schrecken, wenn du dich deiner Angst stellst.«

»Das meint Tante Mary auch. Aber wie soll das funktionieren?«

Er stand auf und reichte ihr die Hand, um sie auf die Füße zu ziehen. »Ich weiß es noch nicht. Aber wenn du das nächste Mal Alpträume hast, dann komm zu mir. Alles ist nur halb so schlimm, wenn man zu zweit dagegen ankämpft.«

Sie sah ihn erstaunt und verblüfft an. »Danke, Raile. Ja, ich glaube, das werde ich tun.«

»Fein. Dann haben wir das ja geklärt.«

Zusammen traten sie aus dem Stall und wanderten über den gepflasterten Hof zur Burg hinüber. Als Raile das Gebäude betrachtete, verspürte er wie immer einen gewaltigen Besitzerstolz.

Aber plötzlich erkannte er, daß es nicht nur das Anwesen war, das ihm eine Art von Frieden verschaffte.

Nach seiner Rückkehr nach England war nichts mehr so gewesen, wie er es in Erinnerung gehabt hatte. Sein Onkel und sein Vetter waren tot, und er war in eine Rolle gedrängt worden, die er gar nicht hatte spielen wollen. Manchmal hatte er sich wie ein Hochstapler gefühlt, der sich zu Unrecht auf dem Platz seines Onkels breitmachte. Doch an diesem Tag, mit dieser Frau an seiner Seite, spürte er zum ersten Mal, daß er hierhergehörte.

Er schaute hinauf zu den Zinnen, wo die durchnäßte Fahne flatterte, und legte Kassidy einen Arm um die Taille. Ja, es war, als hätte er sein inneres Gleichgewicht wiedergefunden. Nun brauchte er nur noch einen Sohn.

Doch als er seiner Frau einen Blick zuwarf, dachte er, daß eine goldblonde Tochter mit grünen Augen auch nicht zu verachten sein würde …

Lavinias Augen funkelten haßerfüllt auf. »Und du bist sicher, daß Raile für das Kind eine große Summe angelegt hat?«

»Das hat er mir zumindest gesagt, Mutter«, erwiderte Hugh.

Nachdenklich tappte sie mit dem Fuß auf den Boden. »Wir müssen uns etwas ausdenken, wie wir das Kind an uns bringen können.« Sie lehnte sich in das dicke Kissen zurück und betrachtete ihren Sohn, ohne ihn richtig zu sehen. »Hast du Raile gesagt, daß du rechtmäßig verheiratet warst?«

»Ja, das habe ich. Und dann hat er mich förmlich aus der Kutsche geworfen. Ich denke, er hat es mir nicht geglaubt.«

»Wenn wir nur irgendwie an das Geld herankämen.« Lavinia stand auf und begann, im Zimmer auf und ab zu laufen. »Laß mich nachdenken.«

»Wir haben ohnehin keine Chance, Mutter. Railes Frau scheint für das Baby echte Muttergefühle zu entwickeln. Und so, wie ich es verstanden habe, wird Raile sich bemühen, ihr alles zu geben, was sie sich wünscht.«

Lavinia legte die Finger aneinander. »Vom Gesetz her hast du ein Anrecht auf das Kind. Wir müssen nur beweisen, daß du der Vater bist. Ist es nicht grausam von Raile, daß er mir mein einziges Enkelkind vorenthalten will?«

»Du magst ja deine Befriedigung darin finden, Railes Zorn zu erregen, Mutter, aber glaub mir – bei mir ist das nicht der Fall. Im Augenblick unterstützt er mich noch, aber wenn er richtig verärgert ist, wird er mir den Unterhalt ganz streichen. Und dann? Im übrigen …, was soll ich schon mit dem Kind anfangen?«

»Du Idiot! Unfähiger Dummkopf! Du willst dich doch nicht ernsthaft mit den lächerlichen Geldbeträgen zufriedengeben, die Raile dir zugesteht! Es gibt mehr zu holen! Du hättest Duke werden sollen, begreifst du nicht?«

Hugh gähnte. Er hatte all dies schon so oft gehört, daß er es langsam leid wurde. »Du vergißt, daß mein Bruder verheiratet ist. Es kann doch sein, daß er sie schon geschwängert hat – und dann ist die Erbfolge klar!«

»Ich habe Gerüchte gehört, daß er nicht mit ihr schläft.«

Hugh nahm sich einen Apfel aus der Obstschale. »Vielleicht war es einmal wahr, aber ich kann mir nicht vorstellen, daß es inzwischen immer noch so ist. Ich weiß zufällig aus erster Hand, daß die Beziehung mit Gabrielle Candeur beendet ist.«

»Hmmm«, machte Lavinia. Ihre Miene wirkte plötzlich ausgesprochen zufrieden. »Ich mochte dieses Weib ohnehin nicht.«

»Wie kannst du so etwas behaupten? Du kennst sie doch gar nicht.«

Sie brachte ihn mit einem Blick zum Schweigen. »Wir wissen beide, daß Railes Ehe nicht aus Leidenschaft geschlossen wurde. Raile hat es ohne Zweifel für seine Pflicht gehalten, das Mädchen zu heiraten. Wir müssen also nur einen Weg finden, einen Keil zwischen die beiden zu treiben. Das sollte nicht allzu schwer werden.«

Hugh, der gerade in den Apfel beißen wollte, hielt mitten in der Bewegung inne. »Ich habe Leute klatschen hören, daß Lord Justin Callaret von Railes junger Frau überaus eingenommen war. Vielleicht ist da ja etwas gelaufen.«

»Wird er sich mit uns verbünden?«

»Nein, bestimmt nicht. Er hält sich für Railes Freund. Ich denke, er ist einer von den Typen, die sich etwas auf ihre Prinzipien einbilden.« Hugh warf den Kopf zurück und lachte. »Ist das nicht lächerlich, Mutter? Warum vergißt du Raile, seine Frau und meine Tochter nicht einfach? Du hast Luxus genug um dich herum – sei doch zufrieden!«

Lavinia warf ihm einen bösen Blick zu.

»Du darfst nicht vergessen, daß Raile ziemlich schnell in Zorn gerät, Mutter. Er ärgert sich über mich schon genug. Er erwartet, daß ich mich endlich ändere und ein normales Leben beginne, und ich wüßte nicht, was ich anderes tun sollte, als ihm zu gehorchen.«

»Er hat kein Recht, dir zu sagen, was du tun sollst. Du bist *mein* Sohn.«

»Du kannst nichts gegen ihn ausrichten, Mutter. Warum findest du dich nicht endlich damit ab? Raile ist gar nicht so übel, wie du denkst!«

»Du bist wirklich ein ausgemachter Narr. Du solltest niemals vergessen, wie nahe du dem Titel des Dukes bist!«

Hugh starrte auf den Apfel, dann biß er erneut hinein. »Und du solltest niemals vergessen, wie nahe du am Abgrund stehst, Mutter. Wenn du versuchst, Railes Leben zu zerstören, wird er *dich* vernichten!«

Lavinia musterte ihren Sohn angewidert. »Du bist so schwach wie dein Vater es war. Offenbar werde ich ohne deine Hilfe Raile und seine Frau loswerden müssen.«

Hugh schwieg. Was hätte er darauf schon sagen sollen? Seine Mutter hatte ohnehin immer das letzte Wort.

Kapitel 28

Für Kassidy war Arrian ein Quell steter Freude. Das Kind war so wichtig für sie geworden, daß sie den größten Teil des Tages damit verbrachte, sich selbst um ihre Nichte zu kümmern, anstatt diese Arbeit der Amme zu überlassen.

Eines Abends ging Kassidy, wie sie es sich inzwischen zur Gewohnheit gemacht hatte, durch den Flur ins Kinderzimmer, um Arrian in den Schlaf zu wiegen. Arrian quiekte vor Freude, als sie ihre Tante sah. Sie streckte Kassidy ihre Ärmchen entgegen, während ihr kleines Gesicht vor Glück strahlte. Kassidy entließ die Amme mit einem Nicken und hob das Baby aus der Wiege.

»Meine kleine Sweety«, murmelte sie und küßte das Kleine auf den Scheitel. »Deine Mama hätte dich innig geliebt.« Ein wenig traurig ließ Kassidy sich in einem Schaukelstuhl nieder und begann, für Arrian ein schottisches Schlaflied zu singen, wie ihre Mutter es bei ihr früher immer getan hatte.

Das Baby kuschelte sich in Kassidys Arm und zupfte schläfrig an einer blonden Locke.

Als das Lied zu Ende war, betrachtete Kassidy bezaubert das winzige Wesen in ihren Armen, bis Arrian plötzlich die Lider aufschlug.

Die blauen Augen erinnerten Kassidy so stark an Abigail, daß es ihr den Atem verschlug. »Kleine Arrian, deine Tante liebt dich genauso innig. Und ich schwöre dir, ich werde dafür sorgen, daß dir in deinem Leben nur Schönes widerfährt.«

Tränen brannten in ihren Augen, als das Kind zu lächeln begann. »Du hast keinen Nachnamen, aber du kannst nichts dafür. Du sollst niemals unter den Taten anderer leiden müssen, auch das verspreche ich dir, meine Sweety.«

Raile stand im Türrahmen und beobachtete Kassidy und das Baby. Im Schein der Kerze wirkte ihr Gesicht noch weicher als sonst, und die Liebe, die sie ausstrahlte, war fast spürbar. Aus einem Grund, den er selbst nicht verstand, zog sich sein Inneres in einem dumpfen Schmerz zusammen.

»Arrian wird niemals leiden müssen«, sagte er mit tiefer Stimme, als er das Zimmer betrat. Kassidy hatte nicht bemerkt, daß er sie beobachtet hatte, und so zuckte sie beim Klang seiner Stimme leicht zusammen und schaute verwirrt auf. Raile ging zu ihr und ließ sich auf die Kante einer Truhe neben ihrem Schaukelstuhl nieder.

»Was meinst du damit?« fragte sie schließlich.

»Ich wollte mich erst vergewissern, bevor ich es dir erzähle, aber nun tue ich es trotzdem. Hugh hat mir gesagt, daß deine Schwester und er tatsächlich verheiratet waren.«

Kassidy blickte ihn erleichtert an. »Oh, ich wußte doch, daß Abigail sich niemals einem Mann hingegeben hätte, mit dem sie nicht vom Gesetz her verbunden war. Allerdings hattest du mich schon fast vom Gegenteil überzeugt.«

»Nun, es ist nicht schwierig, den Beweis dafür zu erhalten. Ich habe bereits meinen Anwalt angewiesen, der Sache nachzugehen. Wenn Hugh die Wahrheit gesagt hat, trägt Arrian den Namen DeWinter rechtmäßig.«

Kassidy sah auf das Kind hinab, das inzwischen eingeschlafen war. »Es wäre zu schön, wenn es wahr wäre.« Doch dann fiel ihr plötzlich etwas ein. »Raile, ich werde deinem Bruder niemals das Kind überlassen, verstehst du? Ich werde mich mit allen Mitteln wehren, falls er jemals etwas in dieser Richtung unternimmt. Und wenn du etwas Derartiges im Sinn hast, dann sei gewarnt!«

»Du solltest inzwischen wissen, daß ich niemals etwas täte, was dich verletzt oder Arrian schadet.«

Railes Augen wirkten so dunkel und undurchdringlich, daß Kassidy nicht wußte, was sie daraus lesen sollte. »Ich möchte dir gerne glauben, Raile.«

»Kennst du mich denn so wenig?«

»Ich kenne dich überhaupt nicht.«

Er stand auf und zögerte einen Moment. Dann verließ er ohne ein weiteres Wort das Zimmer.

Kassidy legte das Baby in die Wiege und schlich auf Zehenspitzen hinaus. Wieso hatte sie nur das Gefühl, als wäre ihr Mann enttäuscht gewesen?

Während sie den dunklen Korridor entlangging, über den schon Hunderte von Füßen gelaufen waren, versuchte sie, ihre Gedanken zu ordnen. Raile hatte soviel für sie getan; er hatte sie aus Newgate herausgeholt, Arrian vor dem Findlingsheim gerettet und das Kind zu ihr zurückgebracht. Das durfte sie niemals vergessen. Zum Glück hatten sie ein Abkommen geschlossen, so daß sie ihm zurückgeben konnte, was sie ihm schuldete. Und so Gott wollte, würde sie ihm bald den Sohn schenken, den er sich so dringend wünschte.

Raile lag wach im Bett und lauschte dem Grollen des Gewitters, das sich über dem Tal zusammenbraute. Blitze zuckten über den Himmel und tauchten sein Schlafzimmer immer wieder in fahles Licht.

Raile mußte sich eingestehen, daß er zu lange allein gewesen war. Es fiel ihm schwer, sich auf die Bedürfnisse und Gefühle einer Frau – seiner Frau! – einzustellen. Das Schicksal war bisher nicht gerade freundlich mit ihm umgesprungen – er hatte gelernt, daß er sich in erster Linie auf sich selbst verlassen mußte. Er war im Krieg gewesen und hatte Männer sterben sehen. Seine Stiefmutter war ihm bei seiner Heimkehr mit Lug und Trug begegnet. Er hatte eine Frau aus Pflichtgefühl und Mitleid geheiratet. Und trotz alledem hatte er heute im Stall, als er sich mit Kassidy unterhalten hatte, eine seltsame Zusammengehörigkeit verspürt, als ob sie etwas geeint hätte.

Und aus diesem Grunde hatte er nicht den Mut, zu ihr zu gehen. Nicht in dieser Nacht.

Er hörte ein Geräusch im Korridor und vermutete, daß es Oliver war. Eher beiläufig drehte er den Kopf zur Tür und schoß plötzlich hoch. Dort stand Kassidy mit einer Kerze, die sie mit einer Hand abschirmte.

Raile stockte der Atem. Ihr blondes Haar fiel offen über ihre Schultern, und die Locken federten sanft, als sie auf ihn zukam. Ihr Nachthemd war fast transparent, und Raile mußte sich zwingen, den Blick von ihrer schönen Gestalt zu lösen und ihr ins Gesicht zu sehen.

»Raile«, flüsterte sie. Ihre Hand zitterte so stark, daß Kerzenwachs auf den Boden tropfte. »Ich hatte wieder einen Alptraum. Du hast doch gesagt, ich könnte zu dir kommen, wenn ich Angst habe.«

Sie war nahe genug herangekommen, daß er sehen konnte, wie bleich und verschreckt sie aussah. Er nahm ihr die Kerze ab und blies sie aus. Dann griff er nach ihrer Hand und zog sie sanft neben sich aufs Bett.

»Du bist ja ganz kalt«, sagte er, während er sie an seinen warmen Körper drückte. Kassidy wehrte sich nicht, sondern schlang die Arme um seinen Nacken und vergrub ihr Gesicht an seiner Brust. Immer noch bebte sie am ganzen Körper.

Raile wollte plötzlich nichts anderes mehr, als sie zu beschützen. Er wünschte sich inständig, daß er die Nacht vertreiben und ihre Alpträume ungeschehen machen könnte.

»Es war entsetzlich. Und so wirklich. Als wäre ich wieder in Newgate. Ich hatte schrecklichen Hunger, und mir war eiskalt. Ich war allein, und niemand wußte, wo ich war. Ich habe geschrien, doch niemand hörte mich, niemand kam.«

Er strich ihr das Haar aus dem Gesicht und spürte die Tränen auf ihren Wangen. »Liebe Kassidy«, sagte er, wobei er ihr zärtlich über den Rücken streichelte. »Ich schwöre dir, nichts kann dir passieren, solange du unter meinem Schutz stehst.«

»Ja«, flüsterte sie halb erstickt. »Ich wußte, daß du die Alpträume verscheuchen kannst. Deswegen bin ich ja zu dir gekommen.«

Er legte seine rauhe Wange an ihre. »Kassidy, ach, Kassidy, was kann ich denn noch tun, um dir die Angst zu nehmen?«

»Sprich einfach mit mir, damit ich abgelenkt bin. Erzähl mir irgend etwas, das meine Gedanken von Newgate abbringt. Erzähl mir von dem Feldzug der Franzosen. Wie war Wellingtons Strategie in Waterloo?«

Ein Blitz erhellte den Raum, und Raile sah in ängstliche grüne Augen. Ihr Mund stand ein wenig offen, und es war so verlockend, daß Raile sich zusammenreißen mußte, um sich auf ihr Problem zu konzentrieren.

»Frage niemals einen Mann nach dem Krieg, denn es gibt Dinge, die nicht für zarte Damenohren bestimmt sind«, versuchte er zu scherzen. Er konnte sich nicht vorstellen, daß es ihr in ihrem augenblicklichen Zustand guttun würde, wenn sie von den Schrecken des Krieges hörte.

Sie rückte ein Stück von ihm ab. »Mit anderen Worten – da ich eine Frau bin, ist es für mich ungebührlich, mich in Männersachen einzumischen, ja? Die Tatsache, daß ich einen Rock trage, macht mich also zu einem dümmlichen Wesen, das man behüten und beschützen muß, weil es nicht über den Haushalt hinaus denken kann, ist es das?«

Für einen Moment lang war Raile verblüfft. Wie konnte ein verschüchtertes Kind sich von einer Sekunde zur anderen in Johanna von Orleans verwandeln? Doch dann konnte er sich nicht mehr zurückhalten und lachte laut auf.

»Du bist aus Angst zu mir gekommen und nutzt gleich die Chance, mir die Hölle heiß zu machen?«

Kassidy versuchte, ein Grinsen zu unterdrücken. »Das ist mir gelungen? Um so besser. Du mußt wissen, daß ich entsetzlich aufbrausend bin. Ich habe dich ja gewarnt, daß ich wie mein Großvater bin.«

»Aber hübscher.«

»Ganz entschieden, ja.«

»Gott mag mir helfen. Hoffentlich habe ich keine Jakobitin geheiratet.«

Wieder erhellte ein Blitz das Zimmer, und Kassidy rückte näher an Raile heran. Ihre Augen funkelten lebendig, und ihr Haar glitt weich über ihre Schultern.

»O doch, das haben Sie, Euer Gnaden. Eine Jakobitin, die Engländer verzehrt!«

Railes Arme schlangen sich um sie und zogen sie fest an sich. »Hier hast du einen Engländer, der sich dir freiwillig zum Fraß vorwirft, kleine Jakobitin«, murmelte er. Und es war die Wahrheit. Das Feuer, das sie in ihm entfacht hatte, war inzwischen so mächtig, daß er sich nichts anderes wünschte, als sich mit ihr zu vereinen.

Er zerrte ihr das Nachthemd über den Kopf und vergrub sein Gesicht zwischen ihren weichen Brüsten.

Kassidy berührte sein Gesicht. »Du bist es, der mich verzehrt, Raile«, sagte sie mit belegter Stimme. Sie schmiegte sich enger an ihn, genoß das Gefühl der harten Muskeln unter seiner Haut und wollte ihn nur noch in sich spüren.

»Willst du mich?« flüsterte er ihr ins Ohr.

»Ja«, antwortete sie und entspannte sich wohlig in seinen Armen.

Das Gewitter über dem Tal verlor an Kraft, doch der Sturm der Leidenschaft zwischen Kassidy und Raile wuchs und wuchs. Seine Hand bebte, als er sie zwischen den Beinen berührte und sie sich begierig seinen heißen Küssen hingab.

Dann verschmolzen ihre Körper, ihre Seelen vereinten sich, und es gab nichts anderes mehr auf der Welt – nur noch sie und ihre Lust.

Im Dorf Ravenworth blickten feindliche Augen hinauf zu der gewaltigen Burg. Mit haßverzerrtem Gesicht beobachte Lavinia, wie die Wolken sich verzogen und das mächtige Bauwerk in das silbrige Licht des Mondes getaucht wurde. Das massive, uneinnehmbare Gemäuer wirkte nun fast unwirklich und ätherisch – doch Lavinia gestand sich keinen Augenblick des Zögerns zu. Sie war am Zug, und sie hatte sorgfältig geplant.

Es war ärgerlich, daß sie keine Duchesse sein würde – doch sie würde ihrem Sohn dazu verhelfen, daß er zum Duke würde, ob er es nun wollte oder nicht. Und dazu mußte sie Raile und seine kleine, junge Frau für immer auseinanderreißen.

Ein böses Lächeln huschte über Lavinias Gesicht. Bald hatte sie es geschafft. In nicht allzu ferner Zeit würde sie durch die Korridore von Ravenworth wandeln und wissen, daß die Burg ihr und Hugh gehörte.

Für Kassidy war eine glückliche Zeit angebrochen. Jede Nacht ging sie in Railes Schlafzimmer und wurde mit offenen Armen empfangen. Ihre Angst ebbte ab, die Alpträume verschwanden.

Eines Abends kam Oliver mit einer Nachricht von Raile zu ihr. Es würde spät werden, und sie sollte in ihrem eigenen Zimmer schlafen. Kassidy war verwirrt, machte sich aber nicht viel Gedanken darüber.

Am nächsten Morgen warf sie als erstes einen Blick in das

Frühstückszimmer, das jedoch leer war. Als sie Mrs. Fitzwilliams fragte, ob Raile schon auf war, schüttete die Haushälterin den Kopf.

»Oliver teilte mir mit, daß Seine Gnaden auf seinem Zimmer bleibt. Gestern abend ging es ihm sehr schlecht, und er wird den ganzen Tag liegenbleiben. Vielleicht sogar morgen noch.«

Kassidy war verblüfft. Warum hatte Raile ihr nicht gesagt. daß er krank war? »Was ist denn mit ihm los?«

»Es liegt an der Kopfwunde, die er sich bei Waterloo zugezogen hat. Manchmal sind die Kopfschmerzen so stark, daß das kleinste bißchen Licht ihm schrecklich weh tut. Er liegt dann einfach nur in der Dunkelheit und wartet darauf, daß es vorbeigeht.«

»Das wußte ich nicht. Er hat mir nie etwas gesagt.«

»Seine Gnaden ist ein ziemlich stolzer Mann. Und wie die meisten Männer mag er es nicht, wenn andere denken, er könnte körperliche Gebrechen haben.«

»Aber vielleicht bin ich in der Lage, ihm zu helfen. Mrs. Fitzwilliams. Sagen Sie Elspeth, sie soll meinen Kräuterkorb holen. Möglicherweise brauche ich auch noch verschiedenes aus dem Garten, um mein Schmerzmittel zu brauen.«

»Ihr was, Euer Gnaden?« fragte die Haushälterin neugierig.

»Meine Mutter war in der Heilkunst bewandert, und sie hat viel von ihrem Wissen auf mich übertragen.«

Im Handumdrehen stand ein Topf mit brodelnder Flüssigkeit auf dem Feuer, und in der Küche roch es stark nach Kampfer und Kräuterölen. Nachdem sie eine Weile konzentriert gearbeitet hatte, fügte Kassidy zum Schluß noch Apfelessig hinzu, schüttete die Flüssigkeit in eine Flasche und stellte sie in eiskaltes Wasser.

»Das sollte ihm eigentlich helfen«, sagte sie zufrieden, nahm die Flasche und ging entschlossen aus der Küche. Die Haushälterin und Elspeth starrten ihr mit Unbehagen hinterher.

»Seine Gnaden will niemanden sehen, wenn er sich so fühlt.

Er gibt Oliver Anweisungen, niemanden zu ihm zu lassen«, sagte Mrs. Fitzwilliams.

»Oliver hat sich noch nie den Befehlen seines Herrn widersetzt«, fügte Elspeth hinzu.

»Niemals«, bestätigte Mrs. Fitzwilliams. »Niemals.«

Dann stießen beide einen resignierten Seufzer aus.

Kassidy klopfte nicht erst an die Tür des Schlafzimmers, sondern öffnete sie leise und trat ein. Drinnen war es dunkel, aber sie konnte die Umrisse Olivers sehen, der am Fenster stand.

Der Kammerdiener kam rasch auf Kassidy zu und flüsterte: »Seine Gnaden hat heute furchtbare Kopfschmerzen. Er möchte nicht, daß man ihn in einem solchen Zustand sieht.«

»Ich bin hier, um ihm zu helfen, Oliver. Zünden sie eine Kerze an, und stellen Sie sie ans Fußende des Bettes, damit sie nicht soviel Licht gibt.«

»Wer ist das?« fragte Raile.

Kassidy trat zu ihm. »Ich bin's nur, Raile. Ich will dir helfen.«

»Geh weg«, stöhnte er. »Niemand kann mir helfen.«

»Das weißt du nicht, wenn du es mich nicht probieren läßt.«

»Bist du eine Hexe?« fragte er und drehte den Kopf von dem schmerzenden Licht weg.

»Manche Leute dachten, meine Mutter sei eine, und möglicherweise hatten sie recht damit«, erwiderte Kassidy leichthin. »Zeig mir jetzt, wo dein Kopf weh tut.«

»Es wäre einfacher, wenn ich dir sagen sollte, wo er *nicht* weh tut«, knurrte er. »Laß mich einfach in Ruhe.«

Kassidy begriff, daß Raile ihr nicht helfen würde, also wandte sie sich an den Kammerdiener. »Wo ist er verwundet worden?«

Oliver trat zu ihr und ließ sich ausnahmsweise nicht von Railes zornigem Blick einschüchtern. »Genau hier, Euer Gnaden. Man kann die Narbe sehen, wenn man das Haar wegstreicht.«

»Aha. Ja, ich sehe es. Was hat ihn verwundet – ein Schrapnell oder eine Stichwaffe?«

»Schrapnell, Euer Gnaden. Der Doktor, der ihn behandelt hat, meinte, er hätte noch ein Stück im Schädel, aber er traute sich nicht, es zu entfernen, weil es zu dicht am Hirn saß. Das Ding ist für die Kopfschmerzen verantwortlich.«

Raile seufzte, als er erkannte, daß er keine Ruhe haben würde, bevor Kassidy nicht ihren Willen bekommen hatte. Sie berührte die Narbe und winkte Oliver, die Kerze näher heranzubringen. »Lieber Himmel«, keuchte sie plötzlich auf. »Ich kann etwas Spitzes fühlen. Ich glaube, der Splitter kommt heraus.«

»Blödsinn«, knurrte Raile. »Laß mich allein.«

Kassidy ignorierte ihn. »Oliver, bringen Sie mir mein Nähzeug und einen Kessel heißes Wasser. Außerdem brauche ich mehr Licht und Elspeth. Sie muß mir helfen.«

Raile richtete sich ein wenig auf. »Kassidy, laß mich in Frieden. Wenn ein Arzt, der Hunderte von Kopfwunden behandelt hat, sagt, ich würde für den Rest meines Lebens Kopfschmerzen haben, dann wird er damit wohl recht haben!«

Sie zog das Kissen unter seinem Kopf weg, damit er flach liegen konnte. »Versuch, dich möglichst wenig zu bewegen. Und vertrau mir einfach, Raile. Ich weiß, was ich tue.«

»Verdammt, Kassidy, du bist doch nur eine Frau! Wie kannst du mehr wissen als studierte Doktoren?«

Sie lächelte nur und legte ihm eine kühle Hand auf die Stirn. »Du mußt dich erst einmal so gut wie möglich entspannen.« Sie nahm etwas von dem gekühlten Mittel, das sie zubereitet hatte, und massierte ihm die Stirn damit, wie sie es ihre Mutter früher so oft hatte tun sehen. »So ist es gut. Ich kann fühlen, daß du dich entspannst.«

Inzwischen war Elspeth mit dem Nähkorb und einem Kessel mit dampfendem Wasser eingetreten.

Kassidy spähte in den Korb und gab der Zofe Anweisungen, was sie brauchen würde. »Nimm die Nadeln und die Pinzette, und schütte kochendes Wasser darüber. Dann kommst du her und hältst die Kerze an den Kopf meines Mannes, damit ich mehr sehen kann. Oliver, Sie bitte auch.«

»Verdammt, Kassidy …«

»Raile, du verspannst dich schon wieder«, warnte Kassidy. »Du mußt lockerer werden.«

Er verdrehte resigniert die Augen und ergab sich. Was konnte er in seinem Zustand schon gegen sie tun? Sie hörte nicht auf seine Befehle, und offenbar hatte Oliver sich mit ihr verbündet.

Schweigen senkte sich über das Zimmer, als Kassidy Railes Haar teilte und die Narbe ertastete. Sie ließ den Finger vorsichtig drübergleiten und fühlte schließlich die Spitze des Splitters. »Reich mir die Pinzette«, sagte sie zu Elspeth.

Die Spannung im Raum war fast greifbar, als Kassidy die Narbe genauer untersuchte. »Ich brauche ein Messer. Auch das muß in kochendes Wasser gehalten werden.«

Railes Blick war nun so stumpf vor Schmerz, daß es Kassidy in der Seele weh tat. Dennoch mußte sie ihm noch mehr Schmerzen zufügen. Sie hatte ihren Mann noch nie so gesehen wie in diesem Augenblick, und sie war einerseits entsetzt, doch andererseits furchtbar zornig, daß irgendein unfähiger Arzt etwas in seinem Schädel hatte steckenlassen.

Kassidy packte den Messergriff und nickte Oliver zu, der Railes Kopf festhalten sollte. Als sie seine Schädelhaut aufschnitt, stöhnte Raile auf. Kassidy ließ das Messer fallen und griff nach der Pinzette. Mit ruhiger, sicherer Hand zog sie den Granatsplitter, der gut zwei Zentimeter lang war, heraus. Sie ließ ihn in Olivers Hand fallen und machte sich sofort daran, die Wunde auszuwaschen und ihre Heilkräutertinktur darauf zu verteilen.

Anschließend nahm sie saubere Streifen Stoff und verband damit Railes Kopf. Dann reichte sie ihm ein Glas mit einem Schlafmittel. »Es tut mir leid, daß ich dir weh tun mußte«, flüsterte sie und nahm seine Hand.

»Gib mir das Ding, das du aus meinem Kopf geholt hast«, preßte er hervor.

Oliver reichte Raile den Splitter, und Raile betrachtete ihn nachdenklich. »Das war also der Grund, warum ich all die Monate solche Schmerzen gehabt habe.«

Kassidy nickte. »Ich nehme an, der Splitter hat einen Nerv berührt, während er sich aus dem Knochen gedrückt hat. Du siehst zwar schon etwas besser aus, aber ich fürchte, du wirst noch ein paar Tage einen brummenden Schädel haben.«

Raile starrte seine Frau an. »Was bist du eigentlich? Eine Hexe oder ein Engel?«

Sie sammelte ihre Instrumente ein und lächelte ihn an. »Das darfst du selbst entscheiden.«

»Der Berufsstand der Doktoren könnte von deinem Wissen profitieren«, bemerkte Raile trocken.

»Nein, danke. Ich habe leider anderweitige Verpflichtungen. Ich bin mit einem hochnäsigen Duke verheiratet, der sich nur widerwillig helfen läßt. Das beansprucht meine Zeit ganz und gar.«

Raile griff nach ihrer Hand. Er spürte, daß das Schlafmittel zu wirken begann. »Ich sollte dir wohl danken.«

»Schlaf jetzt. Morgen wird es dir bessergehen.«

Raile sah ihr nach, wie sie das Zimmer verließ und die Tür hinter sich schloß.

Oliver konnte sich eine Bemerkung nicht verkneifen. »Ihre Frau ist eine überaus bemerkenswerte Person, Euer Gnaden.«

»Ja«, sagte Raile, schon im Halbschlaf. »Die Schmerzen sind fort. Sie ist mein Engel.«

Am nächsten Morgen erwachte Raile früh. Er richtete sich auf und wartete darauf, daß der Schmerz einsetzte. Als nichts geschah, berührte er den Verband über der Narbe und fühlte ein leichtes Brennen dort, wo Kassidy den Granatsplitter entfernt hatte. Verwundert stand er auf und trat zum Fenster. Seit Monaten hatte er mit den Schmerzen gelebt – manchmal waren sie leicht gewesen, manchmal heftig. Heute spürte er so gut wie gar nichts.

Doch das Gefühl umfassender Zufriedenheit wollte sich nicht einstellen. Im Gegenteil ... Es beunruhigte Raile, daß Kassidy zu wichtig für ihn wurde. Sie machte sich zu einem unentbehrlichen Teil seines Lebens, und das war etwas, das ihn ängstigte. Er mußte Abstand zu ihr bekommen. Er mußte seine Gedanken ordnen – darüber nachdenken, was er sich für seine Zukunft wünschte.

Entschlossen rief er Oliver und wies ihn an, die Koffer zu packen.

»Wie lange werden wir fort sein? Nur kurz oder für eine längere Weile?« fragte der Kammerdiener.

Raile überlegte kurz. »Mindestens zwei Wochen«, antwortete er schließlich.

Kassidy legte Arrian in die Wiege, während sie einmal mehr darüber staunte, wie schnell sich so ein kleines Wesen entwickelte. Das Kind konnte schon krabbeln, und an diesem Tag hatte sie zum ersten Mal ganz allein auf den Füßen gestanden.

Zufrieden verließ Kassidy das Zimmer und wanderte den Korridor hinab. Sie summte leise vor sich hin, als sie in ihrem grünen Reitkleid die Treppe hinablief. Ach, das Leben konnte manchmal wirklich schön sein.

Als sie an der geschlossenen Tür von Railes Arbeitszimmer vorbeikam, widerstand sie nur mühsam dem Drang, anzuklopfen. Sie war fast sicher, daß sie schwanger war und freute sich sehr darauf, es ihm mitzuteilen. Aber es war besser, erst die Bestätigung zu bekommen, bevor sie in ihm Hoffnungen weckte.

Sie konnte spüren, daß Raile begann, mehr für sie zu empfinden. Vielleicht liebte er sie noch nicht, aber er begehrte sie, und sie wußte, daß er sich in ihrer Gesellschaft sehr wohl fühlte. Und wenn das Baby erst einmal da war – würde es sie nicht fast zwingend einander näherbringen?

Als sie ein lautes Poltern auf der Treppe hörte, drehte sie sich um und sah, daß Diener Koffer die Treppe hinabtrugen, während

Oliver Anweisungen gab, das Gepäck in eine Kutsche zu verladen.

Kassidys Herz schlug schneller.

»Oliver? Will mein Mann verreisen?«

Der Kammerdiener versuchte, Kassidys Blick auszuweichen. »Er ist bereits fort, Euer Gnaden. Ich soll Ihnen mitteilen, daß er eine Weile in London verbringen wird.«

Kassidy wandte sich rasch um, damit Oliver nicht sah, wie niedergeschlagen sie war. Eben hatte sie sich noch über das Leben gefreut, doch jetzt …

Sie straffte die Schultern und ging mit resoluten Schritten die Treppe hinauf, ohne zu merken, daß der Kammerdiener ihr traurig hinterherblickte.

Dr. Worthington bestätigte Kassidy, daß sie in der Tat schwanger war.

Diese Nachricht löste in ihr widerstreitende Gefühle aus. Einerseits war es wie ein Wunder, ein Kind zu bekommen. Kassidy sah und empfand Dinge, die sie vorher niemals so gesehen und empfunden hatte, doch andererseits lag sie manchmal des Nachts wach und wurde von Erinnerungen an Abigail gequält, die im Kindbett gestorben war.

Das Wetter war umgeschlagen. Es war kalt geworden, und Kassidy konnte die Burg kaum verlassen. Die Zeit schien nicht vergehen zu wollen, und Raile hatte ihr noch keine Nachricht zukommen lassen.

Die Tage verstrichen, dann die Wochen, und Kassidys Taille verschwand. Bald konnte niemand mehr übersehen, daß sie in anderen Umständen war. Die Dienerschaft behandelte sie höchst rücksichtsvoll und aufmerksam, aber Kassidy konnte nur an eines denken.

Warum ließ Raile nichts von sich hören?

Kapitel 29

Ein lautes Klopfen riß Jack Beale aus dem Tiefschlaf.

»Sieh nach, wer da ist!« brüllte er seinem Bruder verärgert zu. »Und egal, wer es ist – schick ihn zum Teufel!«

Gorden murmelte etwas über die Unverschämtheit, mitten in der Nacht andere Leute aus dem Schlaf zu reißen, und ging zur Tür. Er riß sie auf und starrte verblüfft auf die zwei Männer in zweireihigen blauen Röcken und jenen berühmt-berüchtigten roten Westen, die ihnen den Spitznamen *Robin Redbreasts* eingebracht hatten.

»Also, wer ist es?« rief Jack aus der anderen Kammer.

Wortlos schob einer der beiden Männer Gordon zur Seite, ging schnurstracks zu Jacks Schlafkammer, während der andere mit wenigen Handgriffen den verdatterten Gordon überwältigte.

Jack sprang aus dem Bett, als der Mann hereinstürmte. »Polizei!« brüllte er alarmiert und blickte sich hastig nach einem Fluchtweg um. Schnell mußte er jedoch erkennen, daß der einzige Ausgang durch den Mann versperrt war.

»Mr. Jack Beale, Sie und Ihr Bruder, Gorden Beale, sind verhaftet. Sie werden der Verbrechen gegen den König angeklagt.«

Jack konnte nur hilflos dastehen, als der Polizist ihm die Eisen um die Handgelenke schloß. »Was … was soll denn das? Mein Bruder und ich ham nichts getan!«

»Ich soll euch etwas mitteilen«, sagte der Polizist und schubste Jack grob aus dem Zimmer, um ihn an seinen Bruder zu ketten. »Ich soll euch von dem Duke of Ravenworth fragen, wie es euch wohl gefallen würde, den Rest eures Lebens in Newgate zu verbringen!«

Gorden sah seinen älteren Bruder zornig an. »Du bist schuld daran, Jack. Du hast doch immer gesagt, wie schlau du bist, und daß du'n Freund hast, der 'n hohen Rang hat. Na, jetzt siehste ja, wie uns dein verdammter Freund in die Pfanne gehau'n hat.«

Zum ersten Mal in seinem Leben war Jack sprachlos, während

Gorden sich nach all den Jahren endlich einmal Luft gemacht hatte – und er war noch nicht fertig!

»Klar, nun läßt er uns nach Newgate schleppen, wetten? Er will uns klarmachen, wie sie sich da drinnen gefühlt hat!«

»Halt die Schnauze, Gorden«, fuhr Jack ihn an, hielt den Blick jedoch zu Boden gesenkt. Und obwohl Gorden schließlich gehorchte, konnte Jack keinen Triumph empfinden. Denn leider würde sein Bruder vermutlich recht behalten.

Der Winter rückte näher, und über London hingen düstere Wolken. Es hatte keinen Tag in der vergangenen Woche gegeben, an dem nicht ein kalter Regen niedergegangen war.

Raile besuchte jeden Tag den Club, in dem er sich die Zeit zu vertreiben suchte, doch er mußte feststellen, daß Karten- und Glücksspiele ihn nicht länger reizten oder auch nur ablenkten. Zudem hatte er mit seinen ehemaligen Freunden nicht mehr viel gemein.

Als Raile eines Abends in sein Stadthaus zurückkehrte, fragte er sich einmal mehr, warum er sich sinnlosen Beschäftigungen hingab. Was war mit ihm los, daß er so freimütig seine Zeit verschwendete?

In der Eingangshalle nahm ihm Oliver sofort den feuchten Mantel ab. »Lady Mary ist hier, Euer Gnaden. Ich habe ihr gesagt, daß Sie vermutlich spät heimkehren würden, aber sie bestand darauf, auf Sie zu warten. Ich habe sie ins Wohnzimmer geführt.«

»Kassidy ist doch nicht krank, oder?«

»Ihre Ladyschaft wollte nichts sagen.«

Raile eilte in den Salon, um dort Lady Mary vorzufinden, die auf der Fensterbank saß. Wie schon zuvor, war er von der Schönheit und der Ausstrahlung dieser Frau beeindruckt.

»Haben Sie eine Nachricht von Kassidy?« entfuhr es ihm.

»Letzte Woche kam ein Brief. Sie schrieb, daß ihre Taille so sehr auseinandergeht, daß sie kaum noch ihre Kleider schließen kann.« Lady Mary sah Raile prüfend an. »Ich nehme an, Sie freuen sich darauf, Vater zu werden, obwohl es mir schwerfällt, Sie mir als solchen vorzustellen.«

»Doktor Worthington hat es mir gestern mitgeteilt. Ich habe sehr lange auf einen Sohn gewartet.«

»Ich hätte gedacht, daß Sie diese Zeit mit Kassidy gemeinsam verbringen wollten«, sagte Lady Mary, und der leise Vorwurf in ihren Worten war alles andere als ungewollt.

Raile knöpfte seinen Rock auf. »Ich habe Doktor Worthington angewiesen, jedes Wochenende nach Ravenworth zu fahren und nach ihr zu sehen. Er wird mich über ihren Zustand auf dem laufenden halten.«

»Wirklich bewundernswert fürsorglich«, sagte sie bissig. Erst jetzt bemerkte sie, daß Raile einen Gesellschaftsanzug trug. »Sie waren den ganzen Abend unterwegs, sehe ich.«

Müde ließ Raile sich nieder. »Bevor Sie fragen … Ich war im Club. Den ganzen Abend. Ich habe beim Kartenspiel gewonnen und nichts getrunken. Der Abend war langweilig, und Frauen sind nicht aufgetaucht.«

»Das geht mich ohnehin nichts an. Ich bin nur gekommen, um Ihnen etwas zu geben, das Kassidy gehört.«

Er blickte auf das geschnitzte Kästchen, das in Lady Marys Schoß lag. »Schätze aus der Kindheit?« fragte er.

»Zum Teil. Aber auf jeden Fall befindet sich darin alles von Kassidys weltlicher Habe. Ihr Bruder Henry hat es mir geschickt, damit ich das Kästchen an Kassidy weiterleite. Er hat einen Brief dazugeschrieben, in dem er mir mitteilt, daß ihre Kleider selbstredend in den Besitz ihrer Nichten übergegangen sind.«

»Und warum bringen Sie die Sachen mir?«

»Sie sind Ihr Mann, oder nicht? Es wird Ihnen hoffentlich nichts ausmachen, ihr diese Erinnerungen mitzubringen …, wenn Sie nach Ravenworth zurückkehren.«

Diesmal hatte ihre Stimme nicht vorwurfsvoll geklungen, doch etwas wie Sorge drückte sich in ihrer Miene aus.

»Natürlich. Ich werde … meiner Frau das Kästchen mitbringen …, wenn ich nach Ravenworth zurückkehre.«

Lady Mary öffnete das Kästchen und zog ein gelbes Taschentuch heraus. Sie strich mit dem Finger sanft über die eingestickten Initialen. »Ich habe in dem Kasten etwas ziemlich Verwunderliches gefunden, und ich wollte es Ihnen zeigen.« Sie gab ihm das Tuch und sah ihn neugierig an. »Haben Sie das schon einmal gesehen?«

Raile erkannte das Taschentuch sofort. »Ja. Es ist meins. Oliver läßt sie bei einer Näherin in Dorchester machen. Aber wie kommt es zu Kassidys Sachen?«

»Das ist eine gute Frage. Kassidy besitzt dieses Tuch schon eine sehr lange Zeit. Ich kann mich noch an den Tag erinnern, als Sie es ihr gegeben haben. Sie hat mir damals in all ihrer kindlichen Begeisterung von einem gutaussehenden Offizier erzählt, den sie im Park getroffen hat.«

»Ich begreife gar nichts, Lady Mary. Wann soll das gewesen sein?«

»Es ist schon seltsam, wie das Leben manchmal so spielt. Stellen Sie sich einmal vor, Sie und Kassidy wären sich schon vor vielen Jahren einmal begegnet, aber keiner von Ihnen kann sich daran erinnern.«

»Wenn Sie mein Interesse wecken wollten, so haben Sie das geschafft.«

»Der Tag, an dem Sie Kassidy dies gaben, war derselbe, an dem sie erfahren mußte, daß ihre Eltern mit einem Schiff untergegangen waren.«

»Bitte erzählen Sie weiter, Lady Mary.«

Sie lächelte, denn nun hatte sie in der Tat seine volle Aufmerksamkeit. »Erinnern Sie sich noch an ein kleines Mädchen, das ein Kaminkehrerbursche in einen Teich schubsen wollte?«

Er runzelte die Stirn, als er sich plötzlich vage erinnerte. »Ja …, ich glaube … Ja! Jetzt weiß ich es wieder! Der Junge hat das Kleid des Mädchens ganz dreckig gemacht und ich …« er blickte auf das Taschentuch in seiner Hand »... ich habe ihr geholfen, es wieder sauberzubekommen.«

Raile schüttelte verwundert den Kopf.

»Ich habe mich oft gefragt, was aus diesem entzückenden kleinen Mädchen geworden ist. Sie hatte überaus beeindruckende grüne ... Ach, du lieber Himmel! Die grünen Augen! Kassidy!«

»An diesem Tag hat Kassidy bitterlich um ihre Eltern geweint und sich die Tränen mit diesem Taschentuch getrocknet. Und sie hat ihren hübschen Offizier jeden Abend in ihre Gebete eingeschlossen, damit er den Krieg überleben würde.«

Raile spürte, wie sich ein Klumpen in seinem Hals bildete. »Ich ... nein.«

Lady Mary lächelte zufrieden. »Tja, wer weiß schon, was das Schicksal für einen bereithält?«

Raile strich fast zärtlich über das Taschentuch. »Meinen Sie, sie weiß noch, daß ich es damals war? Ich glaube, sie nannte mich ihren Ritter an jenem Tag.«

»Ich weiß es nicht. Warum fahren Sie nicht nach Hause und fragen Sie?«

»Ich lese Tadel in Ihrer Miene, Lady Mary.«

»Kein Tadel, Raile. Vielleicht Besorgnis.«

»Sie denken aber, daß ich alles falsch mache, nicht wahr?«

»Nein. Das würde ich mir nicht anmaßen. Wußten Sie, daß Kassidy wieder Alpträume hat?«

Railes Eingeweide zogen sich zusammen, als er daran dachte, wie sehr die Träume sie erschüttert hatten. »Nein. Der Doktor hat nichts davon gesagt.«

»Kassidy hat es mir nur geschrieben, weil sie befürchtet, das Baby könnte dadurch in Mitleidenschaft gezogen werden. Raile, Sie sind jetzt schon zwei Monate fort. Glauben Sie nicht, daß Sie zurückkehren sollten?«

Zerknirscht sah er sie an. »Ich glaube, ich bin so lange fortgeblieben, um mich selbst damit zu bestrafen.«

»Ich weiß nicht, was zwischen Ihnen beiden vorgefallen ist. Aber bitte, Raile, kehren Sie heim. Kassidy braucht Sie.«

»Ja, Sie haben wohl recht. Aber zunächst muß ich mich noch um verschiedene Dinge hier in London kümmern. Vielleicht interessiert es sie, aber ich habe Jack und Gorden Beale verfolgen lassen. Der Mann, den ich dafür engagiert habe, hat genügend Beweise gegen sie gesammelt, so daß man sie verurteilen wird, ohne daß Kassidy hinzugezogen werden muß. Sie haben so viele Verbrechen begangen, daß man sie zweifellos für eine lange Zeit einsperren wird.«

»Sie sind gerissen, Raile. Ich möchte Sie nicht als Feind haben. Ich dachte mir schon, daß Sie einen Weg finden würden, um die beiden zu bestrafen, aber ich hätte nicht geglaubt, daß es Ihnen so bald gelingen würde.«

»Was Kassidy betrifft, ist diese Sache abgeschlossen. Sie muß die beiden nie wieder fürchten.« Raile reichte Lady Mary das Taschentuch, das sie wieder in das Kästchen legte.

»Auch ich würde gerne wissen, ob Kassidy Sie jemals mit ihrem Offizier in Verbindung bringt.«

»Der Mann, der ich damals war, existiert ohnehin nicht mehr.«

»Kassidy ist auch nicht mehr das kleine Mädchen von damals. Sie wird Ihr Kind auf die Welt bringen. Sie braucht ihren tapferen Ritter an ihrer Seite.«

Er sah in ihre Augen und entdeckte nur Wärme. »Machen Sie sich keine Sorgen, daß Kassidy bei der Niederkunft allein sein wird. Ich bin nicht mein Bruder. Ich werde bei ihr sein, wenn sie das Kind bekommt.«

Dr. Worthington hatte Kassidy das Reiten verboten, so daß sie nun auch auf ihre täglichen Ausritte verzichten mußte. Da sie es aber im Haus nicht aushielt, ließ sie die Kutsche vorfahren, um einen Ausflug ins Dorf zu machen.

Nachdem sich Kassidy in der Kutsche niedergelassen hatte, legte ihr Elspeth eine Wolldecke über die Beine. »Sie müssen sich warm halten, Euer Gnaden. Wir wollen ja nicht riskieren, daß Sie sich erkälten.«

Es war wirklich kalt. Die Wiesen waren bereift, und selbst in der Kutsche konnte man den Atem sehen. »Ich mochte den Winter eigentlich noch nie, Elspeth. Aber ich glaube, daß dieses Tal wundervoll aussieht, wenn es erst einmal geschneit hat.«

»In Irland kommt der Schnee sehr früh und bleibt lange liegen. Manchmal fehlt mir meine Heimat sehr, aber den langen Winter – den vermisse ich nicht!«

»Vielleicht gehst du ja eines Tages nach Hause, Elspeth.«

»Ach, es wäre doch nicht mehr dasselbe. Nein, warum sollte ich zurückgehen? Außerdem lasse ich Sie nicht allein.«

»Darüber bin ich zwar sehr froh, aber ich finde dennoch, daß du deine Familie einmal wiedersehen solltest.«

Elspeth zuckte mit den Schultern, denn nun hatten sie das Dorf erreicht. Wie immer kamen die Leute herbeigelaufen und begrüßten sie mit freundlichen Rufen.

»Schau mal da, Elspeth«, sagte Kassidy und streckte den Finger aus. »Das Geschäft mit dem Porzellan im Fenster, dahin will ich.«

Elspeth signalisierte dem Kutscher, daß er anhalten sollte, und der Mann half Kassidy zu Boden.

Als die Ladenbesitzerin Kassidy herankommen sah, riß sie die Tür auf und lächelte die Duchesse herzlich an. »Willkommen, Euer Gnaden. Ich bin Sally Mayhew. Wie kann ich Ihnen zu Diensten sein?«

Kassidy erwiderte das Lächeln und blickte sich um. Der Laden war größer, als er von draußen ausgesehen hatte. Gebrauchs- und Ziergegenstände standen ordentlich aufgereiht auf Regalen, die in die dicken Steinwände geschlagen worden waren.

»Ihr Laden ist bezaubernd, Mrs. Mayhew«, bemerkte Kassidy.

»Oh, vielen Dank, Euer Gnaden. Hätten Sie gerne eine Tasse Tee? Es ist so frostig draußen, und ich habe gerade eine frische

Kanne gemacht.« Mrs. Mayhews Augen leuchteten hoffnungsvoll auf.

Kassidy nahm eine Teetasse aus feinstem Porzellan in die Hand und bewunderte die zarte blauweiße Malerei unter der Lasur. Sie hatte eine solche Handarbeit noch nie gesehen. »Noch nicht, danke, Mrs. Mayhew. Vielleicht später. Sagen Sie ..., wer hat denn dieses wunderschöne Muster entworfen?«

»Oh, das ist eine Tradition in unserem Dorf. Niemand weiß, wer das Muster erfunden hat, aber die Kunst wird seit Generationen von Mutter zu Tochter weitergegeben. Es heißt sogar, daß Königin Elizabeth schon von Tellern aus Ravenworth gegessen hat.«

»Es ist wirklich außergewöhnlich schön.«

»Wenn nur andere Leute auch so denken würden wie Sie, Euer Gnaden! Wir verkaufen kaum genug, um den Laden geöffnet zu halten.«

»Aber das Dorf liegt doch nicht weit von der Überlandstrecke nach London. Es müßten doch genug Durchreisende in Ihren Laden kommen.«

»Ravenworth geht es gar nicht gut, Euer Gnaden. Die Familie meiner Schwester mußte nach London ziehen, weil sie hier nicht genug verdienen konnte, um jeden Abend das Essen auf den Tisch zu bringen. Die jungen Leute hier wandern ab, sobald sie alt genug dafür sind. Sicher, die Arbeit an der Burg hat vielen Familien wieder Arbeit verschafft, und dafür sind wir überaus dankbar.«

Kassidy dachte einen Augenblick nach. Schließlich sagte sie: »Mrs. Mayhew, ich möchte mich ein wenig im Dorf umsehen. Ich komme später wieder zu Ihnen, dann können wir Tee trinken, einverstanden?«

Mrs. Mayhew strahlte sie an. »Oh, und ich habe auch noch ein paar leckere kleine Kuchen für Sie, Euer Gnaden.«

In jedem Geschäft, in das Kassidy ging, begegnete ihr dieselbe Freundlichkeit, aber auch dieselbe Geschichte von Armut und Elend. Und in jedem Laden fand Kassidy das wunderbare Porzellan.

Es war seltsam, daß Raile noch nichts gegen die Mißstände in seinem Dorf unternommen hatte. Dabei war es nicht zu übersehen, daß die Kinder zu dünn waren und die Eltern eine Miene der Hoffnungslosigkeit zur Schau trugen. Sie konnte nur vermuten, daß Raile mit dem Wiederaufbau seiner Burg zu beschäftigt gewesen war, um zu bemerken, daß der Ort verfiel.

Gleichzeitig empfand Kassidy eine seltsame Euphorie. Dies war eine Aufgabe für sie, mit der sie wirklich etwas Gutes tun konnte. Es *mußte* einen Weg geben, den Dorfbewohnern zu helfen. Und sie würde ihn finden!

Als sie schließlich zu Mrs. Mayhew zurückkehrte, wartete die Ladenbesitzerin schon an der Tür. »Ich habe den Tee in der Küche serviert, weil ich dachte, es wäre gemütlicher für Sie. Ich schenke Ihnen nur eben ein, dann lasse ich Sie in Frieden.«

»Nein«, sagte Kassidy rasch. »Bitte bleiben Sie. Ich möchte mit Ihnen sprechen.«

Mrs. Mayhew hielt einen Vorhang beiseite, damit Kassidy und Elspeth in den Wohnbereich treten konnten. Der Raum war winzig, aber blitzsauber, und duftete nach Zitronenwachs. Ein weißes Tuch lag über dem Küchentisch, auf dem bereits Tee und Kuchen warteten.

Kassidys Blick wanderte zu dem herrlichen Wandteppich, der an der Wand hinter dem Tisch hing. »Wunderschön. In der Burg hängen auch einige Gobelins«, sagte sie, während sie vorsichtig darüberstrich. »Aber dieser ist erst vor kurzem gewebt worden, nicht wahr?«

»Ja, Euer Gnaden. Meine Großmutter beherrscht die Kunst, und meine Töchter helfen ihr.«

»Könnte Ihre Großmutter auch alte Teppiche wieder restaurieren? Selbst wenn sie sehr fadenscheinig und in schlechtem Zustand sind?«

»Ich denke schon, Euer Gnaden. Meine Großmutter scheint manchmal magische Hände zu haben.« Sie schenkte den Tee ein. »Sie ist dreiundachtzig und fast blind, aber sie erschafft immer noch die schönsten Gobelins.«

»Bitte setzen Sie sich zu mir, Mrs. Mayhew«, sagte Kassidy mit einem Lächeln. »Ich glaube, ich hätte eine Idee, wie wir unser beider Probleme lösen könnten.«

Neugierig öffnete Lady Mary das Paket, das ein Bote aus Ravenworth gebracht hatte. Obenauf lag Kassidys Brief, und sie begann zu lesen.

Liebste Tante Mary,
in diesem Paket findest Du ein außergewöhnlich feines, zwanzigteiliges Porzellanservice, das, wie Du mir sicher zustimmen wirst, einzigartig ist. Es ist ein Geschenk der Bewohner von Ravenworth. Ich möchte Dich bitten, dieses Service bei Deinem nächsten Empfang aufzudecken und dabei ein paarmal verlauten zu lassen, woher Du es hast. Die Dorfbewohner hier brauchen dringend neue Verdienstmöglichkeiten, und ich denke, das Porzellan läßt sich bestens verkaufen, wenn man nur die richtigen Leute anspricht. Es wäre natürlich herrlich, wenn mein Dorf in Mode käme, aber in erster Linie soll Ravenworth mehr Wohlstand erreichen. Und deine Hilfe wäre in dieser Sache überaus wertvoll.

Lady Mary lächelte breit und reichte den Brief an George weiter. »Das ist typisch Kassidy. Und Raile hat geglaubt, er würde ein leichtes Leben mit ihr haben.«

Nun mußte auch George lachen. »Ich denke, ich hätte da schon ein paar Ideen, wie ich potentielle Kunden nach Ravenworth schleusen könnte. Ich habe schon oft gedacht, ich hätte

Handelsmann werden sollen. Ich wäre sicher erfolgreich gewesen.«

»Und ganz gewiß hast du ein paar Pfund übrig, die du in dieses sinnvolle Unternehmen stecken kannst«, sagte Lady Mary ausgelassen. Dann nahm sie einen der feinen Teller in die Hand und drehte ihn langsam. »Das Porzellan ist wirklich außergewöhnlich. Es wird sich ganz wunderbar auf meinem Tisch machen.«

Dann lächelte sie wieder, und ihre Augen blitzten schelmisch. »Ich glaube, ich werde sehr bald Lady Talmadge zum Tee einladen. Sie hat einen exquisiten Geschmack, und wenn ich sie für das Porzellan interessieren kann, wird bald jedermann in London ein Service davon haben wollen.«

Ihr Ehemann wurde plötzlich wieder ernst. »Kassidy ähnelt dir tatsächlich in vieler Hinsicht. Ihr seid beide wie eine Katze, die immer wieder auf den Füßen landet. Deine Nichte scheint sich jedenfalls mal wieder bestens gefangen zu haben.«

»Ich lande auf den Füßen, weil du bei mir bist, George. Ich kann nur inständig hoffen, daß Kassidy auch jemanden hat …, daß sie den Richtigen hat!«

Kapitel 30

Obwohl das Wetter immer unangenehmer und rauher wurde, begab sich Kassidy jeden Morgen ins Dorf, wo sie begeistert empfangen wurde. Inzwischen war sie zu einer vertrauten Gestalt in den Gassen geworden, und meistens war sie von Kindern umringt, die sie ein Stück begleiten wollten.

Kassidy hatte außerhalb von Ravenworth eine leere Scheune entdeckt, die mit Hilfe der enthusiastischen Dorfbewohner in eine Werkstatt umgewandelt worden war. Die Männer, die nicht an der Burg eingesetzt worden waren, arbeiteten nun unermüdlich nach den Anweisungen von Mrs. Mayhew.

Zwölf Töpferscheiben waren herangeschafft worden, und drei schwere Öfen zum Brennen der Rohlinge standen an der Rückwand der ehemaligen Scheune. Für Mrs. Mayhew, ihre Töchter und einige weitere begabte Porzellanmaler waren Tische aufgestellt worden, auf denen das Ravenworth-Porzellan das Muster bekam, das es so außergewöhnlich machte.

Kassidy betrat die Fabrik und blieb im Eingang stehen, um einen Augenblick das geschäftige Treiben in dem großen Raum zu beobachten. »Ist das nicht wunderbar, Elspeth?« fragte sie ihre Zofe voller Zufriedenheit.

Mrs. Mayhew sah die Duchesse, legte ihre Arbeit nieder und eilte zu ihr. »Verzeihen Sie die Farbe auf meinen Händen, Euer Gnaden«, sagte sie strahlend und wies mit einer umfassenden Geste auf die Tische. »Wir sind fast fertig mit den fünf Bestellungen, die Sie uns letzte Woche besorgt haben.«

Kassidy reichte Mrs. Mayhew einige Briefe und lächelte. »Dann können Sie ja ohne Probleme mit den nächsten zwölf beginnen. Ihr Ruf verbreitet sich. Wenn es so weitergeht, dann werden wir bald eine größere Werkstatt benötigen.«

»Und das verdanken wir alles Ihnen, Euer Gnaden.«

»Unsinn. Es sind doch Ihr Talent und die harte Arbeit, die die Leute hier vollbringen, die es möglich gemacht haben. Ich habe nur geholfen, einen Markt für das Porzellan zu finden.«

Jetzt bemerkte Kassidy, daß sich die anderen Arbeiter um sie versammelten. Kassidy sah Mrs. Mayhew verwirrt an.

»Euer Gnaden«, begann diese, »wir wollten Ihnen mit einem kleinen Geschenk unsere Dankbarkeit beweisen.«

Mrs. Mayhew schaute in die Runde, und die anderen nickten zustimmend. Dann wandte sie sich wieder an Kassidy. »Würden Sie bitte mitkommen, Euer Gnaden?«

Neugierig folgte Kassidy der Malerin aus der Tür hinaus. Dort bildeten die Arbeiter einen Kreis um sie und Mrs. Mayhew und warteten lächelnd darauf, daß die ältere Frau ihre offenbar geplante kleine Rede begann. »Seit Generationen leben wir aus dem Dorf Ravenworth im Schatten der Burg. In den vergangenen Jahrhunderten haben unsere Vorfahren gelegentlich dort Schutz gesucht, manchmal haben wir vom Tisch der Dukes Mahlzeiten bekommen, aber niemals bisher ist es geschehen, daß die Herrin heruntergekommen ist, um uns zu helfen.« Sie strahlte wieder über das ganze Gesicht. »Euer Gnaden, bitte sehen Sie sich das an.«

Sie wies auf eine Porzellanplakette, die an der Wand befestigt war. Die Plakette war mit demselben herrlichen Muster versehen, das auch Tassen und Teller zierte, und als Kassidy die Worte darauf las, traten ihr die Tränen in die Augen.

In tiefster Dankbarkeit Ihrer Gnaden, Kassidy DeWinter, der achtzehnten Duchesse of Ravenworth gewidmet.

Kassidy wandte sich zu den Leuten zu, die sie erwartungsvoll anblickten. »Vielen Dank. Ich …« Sie spürte den Kloß im Hals und mußte sich erst räuspern, bevor sie weitersprechen konnte. »Ich kann Ihnen gar nicht sagen, wie gerührt ich bin. Ich weiß nicht, wie ich meine Freude über dieses schöne Geschenk ausdrücken soll. Aber ich kann nur betonen, daß das Lob Ihnen allein gebührt. Sie haben hart gearbeitet, um dies zu erreichen, und ich bin überaus glücklich, daß ich einen kleinen Teil dazu habe beitragen dürfen.«

Sie blickte erneut von einem Gesicht zum anderen und wußte plötzlich, daß sie hierhergehörte. Dies war der Ort, wo sie bleiben und ihr Kind aufziehen wollte. Sie hatte diese Menschen kennengelernt, bewunderte ihre Arbeit, ihre Unermüdlichkeit, und ihr Wohlergehen war ihr wichtig. Und sie wußte, daß die Sympathie gegenseitig war.

Plötzlich war Kassidy so gerührt, daß sie befürchtete, in Tränen auszubrechen. Also winkte sie den Leuten nur noch einmal kurz und wandte sich dann abrupt ab. Mit Elspeth im Schlepptau ging sie zur Kutsche zurück. Sie war glücklich, doch gleichzeitig überkam sie eine dumpfe Vorahnung. Wie lange würde das Glück bei ihr bleiben?

Kassidy stand am Fenster ihres Schlafzimmers und starrte in den Hof hinunter. Zum ersten Mal in diesem Jahr schneite es, und dicke weiche Flocken fielen lautlos auf die Pflastersteine.

Sie seufzte und drehte sich zu Elspeth um, die am Feuer saß und Kleider flickte. »Ach, Elspeth, mir kommt es vor, als hätte jede Jahreszeit hier ihren ganz besonderen Zauber.«

»Aber es wird ein harter Winter werden, Euer Gnaden. Gut, daß wir hier auf dem Land sind und nicht in London.«

»Ja, du hast recht. Nur … nur manchmal fühle ich mich sehr einsam hier.«

»Nun, das ist ja kein Wunder. Sie haben schließlich nur die Dienerschaft, mit der Sie sich unterhalten können. Sie brauchen gerade in so einer Zeit Ihren Ehemann!«

Kassidy legte sich die Hand auf den schwellenden Bauch. »Manchmal hoffe ich ja, daß dies der Junge ist, den Raile sich wünscht«, sagte sie gedankenverloren. »Aber manchmal hoffe ich auch, daß es ein Mädchen wird.«

Elspeth steckte die Nadel in den Stoff und nähte eine Weile schweigend. Schließlich schaute sie wieder auf. »Sie haben darauf ohnehin keinen Einfluß. Das Baby ist, was es ist!« Sie legte die Arbeit beiseite, stand auf und ging zu ihrer Herrin.

»Sie dürfen nicht ständig auf den Füßen sein, Euer Gnaden«, sagte sie und führte Kassidy zu einem Sessel. Als sie saß, legte sie ihr eine Decke über den Schoß. »Sonst erkälten Sie sich nachher noch«

Kassidy ergab sich. Sie konnte sich ohnehin nicht gegen Elspeths Fürsorge wehren, und so legte sie den Kopf zurück, schloß die Augen und lauschte dem Knistern des Feuers im Kamin. Ein Gefühl des Friedens überkam sie. Sie liebte diese Burg, und es kam ihr vor, als würde das Kind, das in ihr wuchs, sie zu einem Teil von Ravenworth machen.

»Ich gehe nur kurz nach unten und mache Ihnen eine Tasse Schokolade, Euer Gnaden. Das wird sie schön aufwärmen.« Mit diesen Worten verließ Elspeth das Zimmer.

Kassidy schob die Decke von den Knien und trat wieder ans Fenster. Inzwischen war das Pflaster des Hofes unter einer weißen Decke verschwunden. Wind war aufgekommen und wirbelte die Schneeflocken auf.

Der Anblick des tanzenden Schnees ließ Kassidy traurig werden. Abigail hatte diese Jahreszeit geliebt. Vor ihrem inneren Auge erschien das Bild ihrer Schwester, wie sie als Kind durch den Schnee gestoben war, wie sie draußen stand, ihr Gesicht zum Himmel hob und die weichen Flocken mit der Zunge auffing.

Ach, wenn Abigail nur jetzt hätte bei ihr sein können! Das Baby in ihrem Bauch regte sich, und Kassidy blinzelte, um die Tränen zurückzudrängen.

Der Wind zerrte an Railes dickem Mantel, als er abstieg und Oliver die Zügel seines Pferdes zuwarf. Der Kammerdiener führte beide Pferde auf die Ställe zu und sprach beruhigend auf sie ein. Sein Herr hatte die ganze Strecke von London zur Burg ein solches Höllentempo vorgelegt, daß die Pferde ihre Ruhe dringend benötigten.

Raile stürmte die Treppe hinauf und warf dem Butler in der Eingangshalle seinen Mantel zu. »Wo ist Ihre Gnaden?«

»Ich glaube, in ihrem Zimmer, Euer Gnaden«, erwiderte der Butler, ohne sich anmerken zu lassen, ob ihn das plötzliche Auftauchen des Dukes überraschte. »Ihre Zofe ist eben gerade in die Küche gegangen.«

Raile durchquerte mit raschen Schritten die Eingangshalle.Er hätte nicht zu erklären gewußt, woher seine plötzliche Sehnsucht kam, aber er mußte sich eingestehen, daß er zum ersten Mal seit vielen Jahren einen anderen Menschen vermißt hatte. Nun, da er Kassidy so nahe war, konnte er keine Sekunde länger warten.

Kassidy stand mit dem Rücken zur Tür am Fenster, als er hereinkam. Raile musterte ihre schöne Gestalt, die in einen fließenden grünen Hausmantel aus Samt gehüllt war. Ihr goldenes Haar fiel ihr bis zur Taille, und ihr Gesicht spiegelte sich im Fenster. Sie schien ihn noch nicht bemerkt zu haben. Als er die Tränen sah, die ihr die Wangen herabliefen, war es, als hätte man ihm ein Messer ins Herz gestoßen.

Dann entdeckte auch sie sein Spiegelbild in der Scheibe. Langsam wandte sie sich zu ihm und sagte mit ruhiger Stimme: »Ich war mir nicht sicher, ob es eine Erscheinung war oder du selbst.«

Mit zwei Schritten war er bei ihr. »Du weinst ja, mein Kind«, sagte er, zog ein Taschentuch hervor und drückte es ihr in die Hand.

Kassidy wischte sich die Tränen aus dem Gesicht und hätte sich am liebsten verflucht, daß er sie in einem Moment der Schwäche erlebte. »Das ist schon vorbei.«

Sie wollte ihm das Taschentuch zurückgeben, doch er schloß ihre Hand darum. »Behalte es. Man weiß nie, wann man es wieder braucht.«

Kassidy blickte auf das Taschentuch und zeichnete gedankenverloren das schwarze eingestickte R mit dem Finger nach. Plötzlich flog ihr Kopf hoch, und sie starrte Raile an, während eine vergrabene Erinnerung in ihr Bewußtsein drang. Ihr fiel wieder ein, wie sie vor so vielen Jahren im Park von einem attraktiven Offizier gerettet worden war – einem Offizier, der fortgehen wollte, um die Franzosen zu besiegen. Wie hatte sie diese Szene und den Mann, der ihr das Taschentuch gegeben hatte, nur vergessen können?

»Du warst es, Raile? Mein Ritter?« flüsterte sie ungläubig. »Warst du das an jenem Tag?«

Er nahm ihre Hand und zog Kassidy an sich. »Du wußtest es nicht mehr?« fragte er, während er den Duft ihrer Haare einsog.

»Was damals geschehen ist, habe ich niemals vergessen, aber ich konnte mich nicht an dein Gesicht erinnern.« Kassidy schloß die Augen und genoß das Gefühl der Geborgenheit, das seine starken Arme ihr vermittelten. Wenn er bei ihr war, schien nirgendwo Finsternis zu herrschen, und keine Alpträume schienen zu existieren.

Sie hob den Kopf. »Wie kann es nur möglich sein, daß du und mein Ritter ein und dieselbe Person seid?«

Raile legte ihr die Hand unters Kinn und sah in die verschleierten grünen Augen. »Wie kann es sein, daß du das niedliche kleine Mädchen bist, die dem Kaminkehrer vermutlich den Garaus gemacht hätte, wenn ich nicht zufällig vorbeigekommen wäre, um ihn zu retten?«

Kassidy erwiderte sein Lächeln. »Ich habe so oft an meinen Ritter gedacht. Ich habe inständig gehofft, daß er den Krieg überleben würde.« Sie schüttelte den Kopf. »Ich kann es einfach nicht glauben. Wir haben uns einen kurzen Moment getroffen und Jahre später wiedergefunden. Hätte ich dich an jenem Tag, an dem ich auf die Burg kam, erkannt, dann hätte ich gleich gewußt, daß du nicht derjenige sein konntest, der Abigail so mißbraucht hat.«

Er lachte auf. »Ich muß damals im Park ja einen enormen Eindruck auf dich gemacht haben.«

»Ja, das hast du auch«, sagte sie ernsthaft. »Vielleicht weil ich am gleichen Tag die Nachricht erhielt, daß meine Eltern tot waren. Der Gedanke an dich und das, was auf dem Kontinent auf dich wartete, half mir, den Kummer durchzustehen und zu verarbeiten. Im Laufe der Jahre vergaß ich dein Gesicht. Ich konnte mich nur noch an die Uniform erinnern und …«, sie schaute ihm in die Augen, »… an deine herrlichen dunklen Augen. Daran hätte ich dich sofort erkennen müssen, Raile.«

Er streichelte ihr übers Haar. »Und ich hätte deine faszinierenden grünen Augen sofort wiedererkennen müssen.« Raile legte seine kühle Wange an die ihre. »Oh, Kassidy, ich habe inzwischen begriffen, daß der Blick aus Frauenaugen tatsächlich jeden Widerstand im Herzen eines Mannes schmelzen lassen kann.«

»Und das habe ich getan?«

Er rückte ein Stück von ihr ab. »Wenn nicht dies, dann auf jeden Fall ein Stück aufgetaut.«

Erst jetzt bemerkte er ihren gerundeten Bauch, hätte sie am liebsten fest an sich gedrückt, traute sich aber nicht. In ihrem Körper trug sie sein Kind – vielleicht seinen Sohn! Plötzlich stellte er sich das Ungeborene zum ersten Mal als eine Person vor, als einen Teil von ihm und Kassidy. Gemeinsam hatten sie neues Leben erschaffen!

»Geht es dir gut?« fragte er besorgt.

Sie ging zum Kamin und blieb dort stehen. »Ja, mir geht es gut«, antwortete sie nach einer Weile.

»Man hat mir gesagt, daß du wieder Alpträume hast!«

»Das kannst du nur von meiner Tante wissen.«

»Warum hast du es mir nicht gesagt? Ich wäre viel eher zurückgekehrt.«

Sie wandte sich ab, damit er ihr Gesicht nicht sehen konnte, und blickte in die tanzenden Flammen. »Es ist nicht nötig, daß du mich in den Schlaf wiegst. Freust du dich auf das Baby, Raile?«

Raile hatte erwartet, daß sie ihm Vorwürfe machte, weil er sie Monate vernachlässigt hatte, aber offenbar hatte sie dies nicht vor. Zärtlich glitt sein Blick über ihren Bauch. »Und wie! Und ich werde nicht wieder fortgehen, bis das Kind auf die Welt gekommen ist.«

Sie ließ sich in einen Stuhl fallen. »Das wird frühestens in drei Monaten geschehen, Raile. Können wir dich so lange hier festhalten?«

Er kniete sich vor sie und nahm ihre beiden Hände. »Kassidy, kannst du mir verzeihen, daß ich dich so lange allein gelassen habe?«

Sie zögerte nicht. »Ja. Ich verzeihe dir.«

Er erhob sich und blieb vor ihr stehen. »Ich hoffe, ich habe niemals mehr einen Grund, dich um Verzeihung bitten zu müssen.«

Kassidy lächelte ihn spitzbübisch an. »So, wie ich dich kenne, Raile«, sagte sie genüßlich, »wird es noch viele Gründe dafür geben.«

Kapitel 31

Meg Dower betrat den Raum, so schnell es ihr verkrüppelter Fuß erlaubte. Sie ließ die Tür hinter sich zukrachen und humpelte zu Lavinia hinüber, die vor ihrem Ankleidetisch saß, und mit aufgestützten Ellenbogen ihr Spiegelbild musterte.

»Heute ist mein Geburtstag, Meg. Ich werde siebenundvierzig ... So alt bin ich schon. Früher lagen mir die Männer zu Füßen, doch jetzt ... Schau!« Sie nahm eine Kerze und hielt sie nah an den Spiegel. »Ich habe Falten um Augen und Mund.«

Meg raffte ihr Kleid und wich zum Kamin zurück. »Ich hab' die Sechzig schon überschritten. Für mich sind Sie nicht alt.«

»Ich bin immer schön gewesen und habe mir niemals Gedanken über das Altern gemacht – bis ich das Mädchen gesehen habe, das Raile geheiratet hat.« Sie hielt einen Moment inne und fügte dann zähneknirschend hinzu: »Selbst in meiner Jugend war ich nicht so schön wie sie. Sie gehört zu den Frauen, die mit den Jahren nur noch schöner werden.«

»Warum quälen Sie sich denn nur selbst?« fragte Meg furchtsam. Wie sie nur allzugut wußte, wurde Lavinia unberechenbar, wenn sie sich in ihren Zorn und ihr Selbstmitleid hineinsteigerte. Meg beschloß, das Gespräch auf sicherere Themen zu lenken. »Draußen schneit es heftig. Das ist einfach kein Wetter für mich. Eben hat mich ein Wagen naßgespritzt. Dem Kerl hab' ich's aber gegeben, das können Sie mir glauben.«

Lavinia drehte sich zu der alten Frau um. »Hast du etwas über meinen Stiefsohn in Erfahrung gebracht?«

Meg wand sich innerlich, denn sie wußte, sie mußte Lavinia etwas berichten, was diese überhaupt nicht gerne hören würde.

»Ich hab' mit einem Straßenverkäufer gesprochen. Der ist nämlich in eine Magd vom Haus des Dukes verschossen.«

»Ja, schon gut, red nicht um den heißen Brei herum. Was hat der Mann gesagt?«

»Er sagte, daß der Duke gestern nach Ravenworth zurückgekehrt ist. Ganz früh morgens.«

Lavinia tauchte den Finger in das Töpfchen mit Wangenrot und tupfte sich die Farbe auf. »Ist das alles, was du herausgefunden hast?«

Meg bewegte sich in Richtung Tür. Falls ein schneller Rückzug vonnöten sein würde, war sie dort sicherer. »Der Mann sagt, er habe gehört, daß die Duchesse in anderen Umständen ist.«

»Nein!« Lavinia sprang mit wutverzerrtem Gesicht auf die Füße. »Das kann nicht sein! Niemand wird mir meine Pläne durchkreuzen!«

Meg war schon halb aus der Tür hinaus. »Ich habe Sie immer dafür bewundert, daß Sie wissen, wann das Spiel aus ist! Das, was Sie für Mr. Hugh wollen, ist einfach nicht zu erreichen!«

Lavinia griff nach dem Rougetöpfchen und holte damit aus. »Ich gebe nicht auf, bis Hugh an Railes Stelle steht«, kreischte sie und schleuderte den Topf gegen die Tür, wo er zerbarst. Dicke rote Farbtropfen glitten das Holz hinab.

Meg war schon draußen, als das Geschoß die Tür traf. Sie hinkte, so schnell sie konnte, durch den Korridor, bis sie außer Atem war. Sie mußte ihrer Herrin eine Weile fernbleiben und warten, bis diese sich wieder ein wenig beruhigt hatte.

Die alte Dienerin schüttelte den Kopf. Es kam ihr vor, als würde Lavinia mit jedem Tag verbitterter und hinterhältiger. Meg hatte einiges von ihren Machenschaften mitbekommen, und ihr war gar nicht wohl dabei. Die alte Frau hatte eine Schwester, die sie kürzlich gebeten hatte, zu ihr zu ziehen, und langsam kam Meg zu dem Schluß, daß sie es tun sollte. Wenn Mrs. DeWinter nicht bald aufgab, dann würde sie eines Tages bestimmt vor Gericht landen. Raile DeWinter war kein Mann, der mit sich spaßen ließ.

Raile hatte sich gerade hinter seinen Schreibtisch gesetzt, als Ambrose ins Arbeitszimmer trat. »Mr. Mayhew aus dem Dorf ist hier und möchte Ihre Gnaden sprechen. Ich sagte ihm, sie spaziere im Garten umher, und da fragte Mr. Mayhew, ob Sie ihm vielleicht die Bestellungen geben könnten, falls welche eingetroffen wären.«

Raile sah den Butler verwirrt an. »Was für Bestellungen?«

»Die, die jede Woche für das Ravenworth-Porzellan kommen.«

»Ich habe nicht die leiseste Ahnung, wovon Sie sprechen, Ambrose. Führen Sie bitte Mr. Mayhew herein. Vielleicht kann er mich aufklären.«

Kassidy wanderte über den gefrorenen Pfad, und ihr weißer Samtumhang verschmolz mit der verschneiten Landschaft. Sie war so in Gedanken versunken, daß sie Raile nicht bemerkte, bis er sie rief.

»Bei dieser Kälte solltest du aber doch nicht draußen sein, Kassidy.«

Sie wandte sich um und lächelte. »Unsinn. Ich bin schließlich nicht aus Zucker.«

Er sah zu, wie sie die Furchen entlangwanderte, die zur Bepflanzung des Küchengartens im Frühling gedacht waren. »Darf ich fragen, was du da tust?«

Statt ihm eine Antwort zu geben, fragte sie: »Raile, warum werden Kartoffeln und Gemüse nur in den Küchengärten gepflanzt?«

»Um die Hausbewohner zu ernähren, denke ich.«

Nachdenklich schaute sie von den gefrorenen Furchen zu Raile und zurück. »Ich habe ziemlich intensiv über eine Idee nachgedacht, von der ich glaube, daß sie dem Dorf einiges an Wohlstand bringen wird.«

Er zog spielerisch an einer blonden Locke, die unter der Kapuze hervorlugte. »Dann erzähl mir davon. Ich habe vorhin erfahren, wie du dem Dorf mit dem Vertrieb von Porzellan geholfen hast.«

»Die Leute haben hervorragende Arbeit geleistet, Raile. Ich bin sicher, daß sie die Fabrik bald vergrößern können.«

Er sah, wie eine Flocke auf ihren Wimpern landete, und hatte das starke Bedürfnis, sie wegzuküssen. »Was hast du jetzt vor?«

»Ich denke, die Dorfbewohner sollten noch unabhängiger werden. Sie könnten Wälder roden und verschiedene Getreidesorten anbauen. Nicht zum Eigenbedarf, sondern zum Verkauf auf den Londoner Märkten.«

»Aha? Das ist aber eine außergewöhnliche Idee.«

»Aber gar nicht, Raile. Ich habe mich über das Thema informiert, und in Amerika macht man das schon länger.« Ihre Augen leuchteten nun vor Aufregung. »Außerdem könnten sie Klee säen, um ihr Vieh zu ernähren.«

»Immer vorausgesetzt, sie haben Vieh.«

»Sie könnten mit dem Verdienst aus dem Porzellanverkauf welches erstehen.«

»Natürlich. Und warum habe ich nicht daran gedacht?«

»Raile, die Leute aus dem Dorf könnten sogar eine Mühle bauen und mit einem Pächter besetzen, so daß das Korn in Nachbardörfer verkauft werden kann, wo man nicht annähernd so ehrgeizig ist wie hier. Ich habe die Frauen, die nicht in der Fabrik arbeiten, schon ermutigt, einen Laden aufzumachen, wo sie die Früchte ihrer Arbeit verkaufen können. Dadurch werden sie von ihren Männern unabhängig und haben etwas, worauf sie stolz sein können.«

»Willst du etwa, daß ich ein Kaufmann werde?«

Sie grinste über das gespielte Entsetzen in seiner Miene. »Nein, ganz bestimmt nicht. Ich möchte nur, daß du anderen die

Chance dazu gibst. Die Dorfbewohner brauchen nur den Anstoß, anfangs vielleicht Kapital, die nötigen Ideen und das Wissen, dann wird sich alles von allein entwickeln.«

Kassidy schwieg einen Moment, dann fragte sie: »Hast du eigentlich immer noch Kopfschmerzen?«

»Nein, mein kleiner Doktor. Nicht, seit du mich operiert hast.«

»Fein. Ich habe mir darüber schon Sorgen gemacht.«

»Tatsächlich?«

»Ja, natürlich.«

Er zog sie in die Arme und wünschte, er hätte ihr sagen können, daß sein Herz überzuquellen schien. Sie war intelligent, schlagfertig – und er betete sie an. »Ich helfe dem Dorf, wenn du mir versprichst, sofort hereinzukommen. Es schneit immer heftiger, und ich will nicht, daß du ausrutschst.«

Raile nahm sie auf den Arm und trug sie auf die Burg zu. Als er auf sie hinabblickte, fand er einmal mehr, daß sie mit jedem Tag schöner wurde. Und mit jedem Tag konnte er sie weniger entbehren.

»Ist dir kalt?« flüsterte er.

»Nein. Ich liebe Schnee, du nicht?«

Sie hatten das Haus erreicht und traten nun ein. Drinnen stellte Raile Kassidy wieder auf die Füße, während Ambrose erschien und ihnen die Mäntel abnahm. Raile führte Kassidy auf die Treppe zu, dann gab er ihr endlich eine Antwort. »Ich habe eine ganze Zeit kaum darauf geachtet, daß sich die Jahreszeiten ändern.«

»Ist das wahr?«

»Ja, allerdings. Traurig genug, nicht wahr?«

Sie blieb stehen und legte ihm eine Hand auf den Arm. »Was ist denn nur geschehen, daß du dem Leben gegenüber so zynisch und unbeteiligt geworden bist, Raile?«

»Zynisch ist vielleicht nicht das richtige Wort. Ich bin mißtrauisch geworden.«

»Und warum das?«

Er holte tief Atem. »Sagen wir einfach, ich kenne die Natur des Menschen. Ich weiß, daß andere Fehler haben.«

Er nahm ihren Arm und führte sie nun die Treppe hinauf. »Wie sind wir nur auf dieses Thema gekommen? Irgendwie habe ich den Faden verloren.«

»Oh, ich aber ganz und gar nicht.« Kassidy musterte ihn prüfend und wünschte wieder einmal, den echten Raile kennenlernen zu dürfen. Aber zu einem Teil seines Wesens wollte er ihr keinen Zugang gewähren. »Du sprichst nicht gerne über dich selbst, nicht wahr?«

Sie hatten ihr Zimmer erreicht, und er öffnete die Tür und bedeutete ihr, einzutreten. Dort führte er sie zu einem Sessel, nötigte sie, sich hinzusetzen und kniete sich nieder, um ihr die Stiefel abzustreifen. »Ich weiß nicht, Kassidy. Ich finde es recht ermüdend, über mich selbst zu sprechen.« Er lächelte zu ihr auf. »Ich bin sicher, deine Mama hat dir beigebracht, daß man Männer über ihr Leben und ihre Gedanken ausfragen muß, weil die meisten sich schrecklich wichtig vorkommen.«

Sie lachte auf. »Du kennst dich mit Frauen aus, nicht wahr?«

»Ich dachte, ich kenne dich, Kassidy, aber ich bin mir nicht mehr sicher, ob das stimmt.«

Ihre Augen blitzten schelmisch. »Gelegentlich vermittle ich einem Mann den Glauben, mich zu kennen, damit er sich überlegen fühlt.«

Nun konnte sich auch Raile nicht mehr beherrschen und lachte laut los. »Du Biest. Gott möge dem Mann helfen, der glaubt, dich in- und auswendig zu kennen!« Er half ihr in die Halbschuhe und stand dann wieder auf. »Aber ich werde mir dennoch Mühe geben.«

Wieder bückte er sich, hob ihre Beine an und legte sie auf einen Hocker, dann deckte er sie mit einem Plaid zu. »Möchtest du hier zu Abend essen?«

Seine Aufmerksamkeit verblüffte und rührte sie, bis ihr einfiel, daß sich seine Sorge wohl auf den Erben konzentrierte. »Das wäre schön. Ißt du mit mir?«

»Ja, wenn es dir nichts ausmacht. Ich sage Oliver, daß er sich darum kümmern soll.« Er ging auf die Suche nach seinem Kammerdiener, kam kurze Zeit später wieder zurück und setzte sich neben sie. »Bist du sicher, daß es dir gutgeht?«

»Ich bin nie gesünder gewesen«, versicherte Kassidy ihm.

»Ich weiß nicht viel über Schwangerschaften, und ich kann es mir auch nur schlecht vorstellen. Es ist sicher beschwerlich. Ich nehme an, du ermüdest schnell.«

Kassidy erkannte, daß sein Interesse aufrichtig war. »Nein, es ist überhaupt nicht beschwerlich, Raile – seltsam höchstens. Und es ist ein wunderschönes Gefühl, wenn sich das Baby in mir bewegt. Ich fühle mich mit ihm sehr verbunden.«

»Ihm?«

»Ich glaube, es ist ein Sohn. Vielleicht, weil du ihn dir so sehr wünschst.« Sie sah in seine Augen, die voller Zärtlichkeit waren. »Ich möchte dir wirklich gerne einen Sohn schenken, Raile.«

»Um unsere Abmachung einzulösen?«

Sie spürte, wie sich ihre Kehle verengte. »Um unsere Abmachung einzulösen.«

»Du magst Kinder, nicht wahr? Arrian liebst du heiß und innig, und sie sieht dich längst als ihre Mutter.«

»Das Schöne an Kindern ist ihre Aufrichtigkeit. Man weiß immer, was sie denken und fühlen.«

»Und das ist bei mir nicht immer der Fall, richtig?«

Sie dachte einen Augenblick nach, bevor sie ihm eine Antwort gab. Er war ein komplizierter Mensch, und selbst, wenn sie ein ganzes Leben mit ihm verbrachte, würde sie ihn wahrscheinlich nie vollständig kennen. »Du verbirgst deine wahren Gefühle sehr gut.«

Er stand auf und ging zur Tür. »Sag Elspeth, sie soll mich holen, wenn du zum Essen bereit bist.«

Bevor Kassidy etwas antworten konnte, war er fort.

Der Tisch stand vor dem knisternden Feuer, und Kassidy und Raile saßen sich gegenüber. Kassidy hatte Mühe, überhaupt etwas zu schmecken, da Raile sie nicht aus den Augen ließ. Endlich kam die Nachspeise, und Elspeth und die Magd zogen sich zurück.

»Du hast wenig gegessen, Kassidy.«

Sie schob ihr Vanilleeis zur Seite. »Der Doktor hat mir versichert, daß ich mich sehr vernünftig ernähre.«

Raile streckte den Arm aus und ergriff ihre Hand. »Ich muß mich ja schon wie Elspeth anhören.«

»Ja, ihr beide neigt dazu, überängstlich zu sein. Raile, ich bin kräftig und gesund und werde dir ein kräftiges und gesundes Baby zur Welt bringen.«

Er ließ ihre Hand los und lächelte, daß es ihr den Atem raubte. »Ich bin einfach noch nicht in der Situation gewesen. Ich werde versuchen, nicht allzu besorgt zu tun.«

Sie lehnte sich im Stuhl zurück und verschränkte die Hände. »Eigentlich macht es mir nicht viel aus. Ich bin froh, daß du hier bist, Raile.«

»Wirklich?«

»Ja.« Sie stand auf, und er tat es ihr nach. »Tatsächlich ermüde ich schnell. Würde es dir etwas ausmachen, wenn ich jetzt ins Bett gehe?«

»Willst du in meins kommen, oder soll ich bei dir bleiben?«

»Das ... das ist nicht nötig. Ich ... ich bin jetzt daran gewöhnt, allein zu schlafen.«

»Aber du hast doch wieder Alpträume.«

»Ja.«

Er ging um den Tisch herum und zog sie in die Arme. »Ich möchte lieber bei dir bleiben, damit du sicher sein kannst, daß weder Träume noch etwas Reales dir etwas anhaben können.«

Sie erbebte in seiner Umarmung, und plötzlich brach es aus ihr heraus. »O ja, bitte, Raile, bleib bei mir und hilf mir. Es kommt mir immer so wirklich vor – als wäre ich wieder und wieder in Newgate!«

»Hab keine Angst, Kassidy«, sagte er und hielt sie noch fester. »Du mußt dich nie wieder vor den Träumen fürchten.«

Sie wollte es zu gerne glauben, wollte sich ihm anvertrauen, wollte sich der Liebe hingeben, die sie für ihn empfand. Aber wenn sie es tat, würde sie dann nicht nur letztendlich wieder verletzt werden? Würde sie in der Lage sein, ihn zu verlassen, wenn die Zeit gekommen war?

»Raile, obwohl du es warst, der mich heiraten wollte, hältst du von der Ehe an sich nicht besonders viel, richtig?«

»Ich finde sie gelegentlich schwierig«, gab er zu. »Du kannst die Geduld eines Mannes ziemlich strapazieren.«

Kassidy starrte in die dunklen Augen, die ihr Herz zum Aussetzen brachten, und drückte sich leicht gegen ihn. »Ich möchte keine Belastung für dich sein, Raile.«

Er lachte und hielt sie ein Stückchen von sich ab. »Madame, Sie haben keine Ahnung, was ich Ihretwegen schon alles durchgemacht habe.« Er küßte sie auf die Stirn und fügte immer noch lächelnd hinzu: »Seit du in mein Leben getreten bist, herrscht nur noch Chaos darin.«

Aber ich bereue nichts, fügte er in Gedanken hinzu.

Kapitel 32

Zufrieden kuschelte sich Kassidy unter ihre Daunendecke. Raile arbeitete noch in der Bibliothek, aber sie wußte, er würde später zu ihr kommen, so daß sie friedlich in seinen Armen schlafen konnte.

Ihre Gedanken wanderten zurück zu dem Tag, als sie das kleine Mädchen war, das in den Park gelaufen und dort auf den rüpelhaften Burschen getroffen war, der sie in den Teich werfen wollte. Sie dachte an ihren Retter – den Offizier in der roten Uniform, dessen dunkle Augen so sanft und freundlich wirkten. Natürlich war es Raile gewesen. Sie sah ihn jetzt sehr deutlich vor ihrem inneren Auge. Wieso hatte sie ihn nur nicht sofort als den Ritter ihrer Kindheit erkannt?

Er war jünger gewesen, doch er war noch immer genauso attraktiv wie damals. Zu der Zeit hatte er nur traurig gewirkt, nicht so verbittert wie heute. Vielleicht hatte er im Krieg zu viele Menschen sterben sehen, vielleicht hatte es ihn verändert, daß er selbst so oft dem Tod nahe gewesen war.

Dennoch: Kassidy hatte das Gefühl, als hätte Raile in seinem Leben bisher nicht viel Zärtlichkeit erfahren dürfen – irgend etwas plagte ihn und hinderte ihn daran, glücklich zu sein. Aber vielleicht war sie auch nicht die Frau, die ihn glücklich machen konnte …

Kassidy legte die Hand auf den Bauch und spürte wieder die überwältigende Liebe zu dem Baby, das in ihr wuchs. Railes Baby – es fiel ihr nicht schwer, sich den kleinen Jungen mit seinen wundervollen braunen Augen vorzustellen.

Irgendwo im Haus schlug eine Uhr zehnmal. Ihre Lider fielen zu, und sie schlief mit einem Lächeln auf den Lippen ein.

Als Kassidy später erwachte, war das Feuer erloschen, und ihr war kalt, doch im gleichen Moment zogen starke Arme sie an einen warmen Körper. Zufrieden schmiegte sie sich an ihren Mann.

Sie berührte seine Hand und zog sie sich an die Lippen. Sie war so erfüllt von der Liebe zu ihm, daß sie kaum atmen konnte. Wie hatte er in so kurzer Zeit nur so wichtig für sie werden können?

Sein Atem kitzelte ihr Ohr. »Ich wollte dich nicht stören, Kassidy, aber ich habe gesehen, daß du gefroren hast. Geht es jetzt besser?«

Sie drehte sich um und schmiegte ihre Wange an seine Brust. »Ja. Jetzt ist mir warm.«

Er ließ seine Hand zu ihrem Bauch wandern, zog sie aber

sofort zurück. »Ist dir das unangenehm, wenn ich dich da berühre?«

Sie lächelte, nahm seine Hand und legte sie wieder auf ihren Bauch. »Nein, bestimmt nicht.«

Sanft glitt seine Hand über die Rundung. Der Gedanke, daß dort drin ein Kind wuchs, erfüllte ihn mit ehrfurchtsvollem Staunen. Plötzlich spürte er eine Bewegung unter der Hand. Verblüfft riß er die Augen auf und zog die Hand rasch fort.

»Kassidy, hast du das gespürt?« fragte er.

»Ja. Das war das Baby.«

»Du meinst, ich habe gefühlt, daß es sich bewegt hat?«

»Ja, natürlich.« Sie zog ihr Hemd hinauf und legte seine Hand auf die nackte Haut. »So kannst du es besser fühlen. Vor allem nachts wird es sehr aktiv.«

Raile spürte wieder eine Bewegung unter der seidigen Haut. Sein Herzschlag beschleunigte sich vor Aufregung – die Erfahrung war zu unglaublich, zu neu! Durch die Bewegung wurde das Kind in seiner Vorstellung realer, und er empfand plötzlich so eine Flut von Gefühlen, daß es fast nicht zu ertragen war.

»Das ist also ein Stück Unsterblichkeit«, sagte er, während seine Hand aufwärts zu ihren Brüsten glitt.

Kassidy schloß die Augen und biß sich auf die bebende Unterlippe. Etwas an Railes Verhalten war heute anders. Seine Liebkosung war zärtlich und ohne Leidenschaft. Er gab ihr das Gefühl, behütet und geliebt zu werden. Wenn es doch wahr wäre! Ihr Herz war so voll, doch sie durfte ihm nichts von ihrer Liebe erzählen.

Er zog ihr Nachthemd wieder herunter und drückte sie an sich. »Ist dir wirklich warm?«

»Ja.«

Das Zimmer war nun vollkommen dunkel, und Raile hielt Kassidy so fest, daß sie jeden seiner Atemzüge spüren konnte.

»Schlaf ein, kleine Mutter«, flüsterte er und schob seine Finger durch ihre.

Kassidy schloß die Augen. Raile hatte sie soeben wieder daran erinnert, daß es vor allem die Mutter seines Erben war, um die er sich so rührend kümmerte, aber es machte ihr nichts aus. Sie würde dennoch jede seiner Berührungen genießen, jedes seiner Worte in Erinnerung behalten.

»Es schneit wieder heftiger«, murmelte Raile. »Wenn es so weitergeht, sind wir bald eingeschneit.«

Plötzlich kam Kassidy eine Idee. »Heute ist der zehnte Dezember. Können wir ein Julscheit holen und so feiern, wie ich es als Kind getan habe?« fragte sie mit plötzlicher Sehnsucht.

Er lächelte. »Kassidy, du bekommst alles von mir, was dich glücklich macht.«

»Ich möchte ein schönes Weihnachtsfest für Arrian.«

»Und das sollst du haben«, versprach er.

Die Sonne strahlte am Himmel, und der Schnee funkelte blendend weiß. Raile half Kassidy in den Schlitten, während Atkins auf den Bock kletterte und die Zügel aufnahm. Raile legte Arrian in Kassidys Arme und hüllte sie beide in einen weichen Umhang. Elspeth deckte Kassidys Füße zu und ermahnte sie, sich ja nicht zu erkälten. Raile sprang neben ihr in den Schlitten, und die zwei Pferde zogen unter dem fröhlichen Geklingel der Glocken am Geschirr an.

Elspeth rief Raile noch einige Anweisungen hinterher. »Und lassen Sie ja Ihre Gnaden nicht aussteigen«, brüllte sie. »Sie bleibt im Schlitten, während Sie das Julscheit holen!«

Kassidy lächelte und blickte auf Arrian herab, deren Wangen von der kalten Luft rosig waren. »Das wird ein wunderbares Weihnachtsfest, Arrian. Für deine Mutter war es die schönste Zeit im Jahr.«

Mit ihrem pelzverbrämten Kapuzenmantel, der nur ihr süßes Gesicht sehen ließ, wirkte Arrian wie ein kleiner Engel. Nun streckte das kleine Mädchen die Arme nach Raile aus.

»Ich glaube, sie will zu dir, Raile.«

Ungeschickt hob Raile das Mädchen auf und setzte sie sich auf den Schoß. Arrian kuschelte sich an ihn und belohnte ihn mit einem umwerfenden Lächeln.

Kassidy grinste. »Tja, Onkel Raile, ich denke, sie mag dich.«

Raile zupfte sanft an einer goldenen Locke, die unter Arrians Samtkapuze hervorlugte. »Das ist mein Problem mit den Frauen«, neckte er sie. »Sie lassen mich einfach nicht in Ruhe.«

Arrian suchte sich ausgerechnet diesen Moment aus, um ihm einen dicken Kuß auf die Wange zu geben.

Kassidy mußte über den verdatterten Ausdruck in Railes Gesicht lachen, doch es war auch nicht zu übersehen, daß er überaus erfreut war.

»Sieht sie eigentlich wie deine Schwester Abigail aus?«

»O ja. Ich wünschte, du hättest sie gekannt. Sie war ein Schatz. Jeder liebte sie, und sie war niemals auf jemanden böse … Außer natürlich auf Henry.«

»Kurz, sie war ganz anders als du«, bemerkte Raile trocken.

Kassidy zog eine Augenbraue hinauf. »Hauptsache, du behältst das in Erinnerung.«

Raile sah Arrian in die Augen. »Hast du gewußt, daß deine Tante Kassidy ein Biest ist?«

Das Kind lächelte keß und warf ihrem attraktiven Onkel unter langen Wimpern einen hinreißenden Blick zu.

Als sie die Weide erreicht hatten, hielt der Schlitten, und Raile stieg mit Arrian auf dem Arm aus. »Wink deiner Tante zum Abschied, Arrian. Sie muß im Schlitten bleiben, während wir uns jetzt amüsieren!«

Kassidy sah zu, wie Raile Arrian auf seine Schultern setzte und mit ihr durch den Schnee stapfte. Atkins folgte mit der Axt ein paar Schritte hinter ihnen. Zufrieden öffnete Kassidy den Korb, den Elspeth ihr mitgegeben hatte, und schenkte sich eine Tasse heiße Schokolade ein.

Allein der Gedanke an Raile verursachte ihr ein Kribbeln im Bauch. Sie hatte versucht, nichts für ihn zu empfinden, doch es half nichts: Sie liebte ihn, und sie konnte nichts dagegen tun. Sie liebte ihn innig und bedingungslos, und mit ihm zusammen war jeder Tag wie ein Abenteuer. Er hatte sie schon so oft gerettet, aber immer wenn sie ihm ihre Dankbarkeit ausdrücken wollte, wechselte er das Thema.

Sie spürte, wie sich das Baby in ihr regte. Das Kind war das größte Geschenk, das sie ihm machen konnte. Und sie betete darum, daß es der Sohn sein würde, den er sich so sehr wünschte!

Sie dachte daran, wie zärtlich er mit Arrian umging. O ja, einer Sache war sie sich ganz sicher: Ein Kind konnte sich keinen besseren Vater wünschen.

Weihnachten war vorüber, und das neue Jahr war bereits zwei Wochen alt. Kassidy saß im Wohnzimmer und hatte gerade einen Brief von ihrer Tante zu Ende gelesen, als sie eine männliche Stimme aus dem Korridor hörte.

»Schon gut, Ambrose. Ich kann mich selbst ankündigen.«

Der Mann, der kurz darauf in das Zimmer trat, war Kassidy unbekannt. Er war blond, attraktiv, und seine blauen Augen funkelten humorvoll. Mit einem breiten Lächeln trat er auf sie zu.

»Ah, meine liebe Schwägerin. Endlich lernen wir uns kennen.«

Hugh DeWinter! Kassidy sprang auf die Füße, der Brief entglitt ihren zitternden Händen, und ihr Herz begann vor Furcht zu rasen.

Hugh bückte sich, sammelte die verstreuten Seiten auf und reichte sie ihr. Kassidy riß die Hand zurück, als hätte sie eine Giftschlange berührt. »Mein … mein Mann ist nicht daheim«, brachte sie hervor, wünschte sich jedoch gleichzeitig, sie hätte ihn anschreien und schlagen können. Er hatte ihre Schwester verlassen, er war für ihren Tod verantwortlich! Und hier stand er und lächelte sie an.

»Kassidy! Mir kommt es vor, als würden wir uns schon lange kennen!«

Ihr Blick glitt zur Tür, und sie fragte sich, ob sie es bis dorthin schaffen konnte, bevor er sie erreichte. Sollte sie nach Ambrose rufen? Aber nein, das Haus war voller Diener …, dieser Mann würde doch bestimmt nicht wagen, ihr oder dem ungeborenen Baby unter diesen Umständen etwas anzutun! Kassidy wußte, daß sie nicht mehr vernünftig reagierte, aber sie konnte nichts gegen die überwältigende Furcht tun, die ihr den Atem abzuschneiden drohte.

Hugh sah die Angst in der Miene seiner Schwägerin und trat einige Schritte zurück. »Ich schätze, es war nicht besonders klug von mir … Ich hätte wohl besser gewartet, bis Raile mich Ihnen vorstellt. Ich wollte nur meine Tochter sehen. Wie heißt sie überhaupt? Nicht einmal das weiß ich.«

Kassidys Stimme war ein kaum hörbares Flüstern. »Nein …, ich lasse Sie nicht zu ihr. Bitte gehen Sie jetzt. Und wenn Sie wiederkommen müssen, dann tun Sie es erst, wenn Raile wieder hier ist.«

Hugh sah, wie sie schwankte und streckte den Arm aus, um sie festzuhalten, doch Kassidy schrie augenblicklich auf. »Nein! Fassen Sie mich nicht an! Gehen Sie weg! Bleiben Sie Arrian oder meinem Baby fern! Nach allem, was Sie meiner Schwester angetan haben …«

Hugh war schockiert. Eine solche Reaktion hatte er wahrhaftig nicht erwartet. »Aber ich wollte doch nicht …«

»Hugh, was zum Teufel tust du hier?«

Raile, der im Türrahmen erschienen war, zögerte keine Sekunde, sondern stürzte auf Kassidy zu. Er schlang die Arme um sie und spürte ihr heftiges Zittern. »Du hast meine Frau aufgeregt«, sagte er zornig, während er Kassidy bereits durch die Tür führte, um sie in ihr Zimmer zu bringen. »Warte in meinem Arbeitszimmer auf mich, Hugh!«

Kassidy konnte nicht aufhören zu zittern, und so hob Raile sie auf seine Arme und trug sie hinauf.

Elspeth befand sich in Kassidys Schlafzimmer. Als sie das

bleiche Gesicht ihrer Herrin sah, kam sie mit entsetzter Miene herbeigeeilt.

»Bleib bei ihr«, wies Raile sie knapp an und legte Kassidy aufs Bett. »Ich komme bald wieder.«

Kassidy griff nach Railes Hand. »Er darf mir Arrian nicht wegnehmen. Bitte!«

Raile drückte die schmale Hand. »Ich lasse ihn nicht einmal zu ihr, wenn du es nicht willst, und ganz sicher erlaube ich ihm nicht, sie dir wegzunehmen.«

»Was will er hier? Ist seine Mutter auch gekommen?«

Raile warf Elspeth einen Blick zu. Die Magd deckte Kassidy mit einem Wollplaid zu, das vor dem Feuer gehangen hatte. »Nein, Kassidy«, flüsterte er. »Lavinia würde es nicht wagen, herzukommen.«

Immer noch war Angst in ihrem Gesicht zu lesen, und das Zittern hörte nicht auf.

»Kümmere dich um sie, Elspeth«, sagte Raile und wandte sich um. »Versuch, sie zu beruhigen. Ich bin gleich wieder da.«

Die Zofe nickte. »Verstehe ich es richtig, daß Ihr Halbbruder hier ist, Euer Gnaden?«

»Ja. Ich hätte nie gedacht, daß seine Anwesenheit Kassidy derart erschüttern würde.«

Elspeth sah ihn ernsthaft an. »Sie können sich eben nicht vorstellen, was sie wegen ihm hat durchmachen müssen.«

Raile warf seiner Frau noch einen Blick zu. »Hugh ist in spätestens einer Stunde verschwunden. Und ich gebe Ambrose Anweisungen, daß er ihn nicht wieder einlassen soll. Ist dir damit geholfen?«

»Sie finden mich, Raile! Wo auch immer ich bin, sie werden mich finden!«

Raile strich ihr über die Stirn und stellte fest, daß sie glühend heiß war. »Elspeth, sag Oliver, er soll Dr. Worthington holen«, sagte er besorgt. Dann ging er hinaus und direkt in sein Arbeitszimmer, wo Hugh auf ihn wartete.

»Was zum Teufel hast du dir dabei gedacht, Hugh? Ich habe dir doch verboten, in die Burg zu kommen.«

»Ich schwöre dir, Raile, ich wollte deiner Frau keine Angst einjagen. So etwas ist mir noch nie passiert, und ich kann dir versichern, daß ich mich ganz und gar nicht wohl dabei fühle.«

»Kannst du nicht *einmal* in deinem Leben an andere Menschen und ihre Gefühle denken, Hugh? Ich könnte dich umbringen für das, was du Kassidy angetan hast!«

Hugh war ernsthaft zerknirscht. »Meine Mutter hat es ihr angetan, Raile – nicht ich! Aber ich gebe zu, ich hätte sie aufhalten müssen, als ich die Möglichkeit dazu hatte.« Er sah Raile eindringlich an. »Und das ist der wirkliche Grund, warum ich hier bin! Ich wollte dich warnen! Meine Mutter scheint nun wirklich den Verstand verloren zu haben. Selbst ihre treue Meg hat sie aus Furcht verlassen.«

Raile war nicht bereit, sofort nachzugeben. »Und woher soll ich wissen, daß das nicht wieder einer eurer höllischen Pläne ist?«

»Ich kann es dir nicht beweisen, aber ich schwöre dir, daß ich die Wahrheit sage. Ich brauche deine Hilfe, Raile! Sie muß aufgehalten werden, bevor sie etwas Schreckliches tut!« Er brach ab und fügte nach kurzem Zögern hinzu: »Sie will euer Kind töten, noch bevor es geboren ist!«

»So ein Unsinn! Glaubst du etwa, ich würde sie auch nur in Kassidys Nähe lassen?«

Hughs Miene wurde furchtsam. »So einfach ist das nicht, Raile – Mutter erreicht, was sie erreichen will! Sie vernichtet jeden, der ihr im Weg steht, und im Augenblick sind es Kassidy und ihr Baby. O Gott, du weißt gar nicht, was sie schon alles getan hat!«

»Ich höre, Hugh. Erzähl's mir doch.«

»Als sie erfuhr, daß deine Frau schwanger ist, ist sie vollkommen außer sich geraten. Sie hat mir Dinge erzählt, die ich vorher nicht gewußt habe.« Er schauderte. »*Hätte* ich es nur vorher gewußt – ich hätte sie vielleicht davon abhalten können!«

»Rede schon, Hugh!« befahl Raile mit mühsam unterdrücktem Zorn.

»Zuerst die Sache mit John. Ich hätte nie gedacht, daß meine Mutter wirklich bösartig ist. Sicher, ich wußte, daß sie ehrgeizig und mißgünstig war, aber daß sie eines Mordes fähig ist …, nein!«

Während Raile zuhörte, überkam ihn eine heftige Übelkeit. Als Hugh ihm berichtete, wie Lavinia die Gebrüder Beale angeheuert hatte, um seinen Vetter umzubringen, hätte er sich vor Wut fast übergeben.

»Wo ist Lavinia jetzt?« preßte er hervor. »Es wird Zeit, daß sie ihre Strafe bekommt.«

Hugh schüttelte den Kopf. »Ich habe keine Ahnung, wo sie ist. Aber ich habe das dumpfe Gefühl, daß sie sich in der Nähe aufhält und die Burg beobachtet. Du solltest Kassidy Tag und Nacht bewachen lassen.«

»Wie schützt man sich gegen eine Verrückte, Hugh?«

»Ich weiß es auch nicht, Raile, aber ich mußte kommen und dich warnen!« Nun sah er seinem Bruder direkt in die Augen. »Und es tut mir wirklich furchtbar leid, daß ich deine Frau so erschreckt habe. Ich würde sie gerne näher kennenlernen, weil Abigail sie so sehr geliebt hat. Außerdem würde ich gerne meine Tochter sehen.«

»Im Augenblick ist nichts davon möglich. Ich weiß ohnehin immer noch nicht, ob ich dir trauen kann.«

»Das kann ich dir nicht verübeln. Aber bitte, glaub mir wenigstens eine Sache: Meine Mutter ist gefährlich!«

Raile sah seinen Bruder eine Weile schweigend an. Dann sagte er: »Du gehst jetzt besser. Ich habe Kassidy versprochen, dich wegzuschicken.«

»Natürlich. Aber ich werde im Dorf bleiben. Du hältst hier nach meiner Mutter Ausschau und ich unten im Ort. So sollten wir sie eigentlich finden können.«

Das Fieber war zurückgekehrt, und Raile blieb Tag und Nacht an Kassidys Seite. Er fühlte sich entsetzlich hilflos, und er hatte sowohl um Kassidy als auch um das Ungeborene Angst.

In der Dämmerung des dritten Tages war das Schlimmste überstanden. Als sie sich ein wenig erholt hatte, schämte sie sich, daß sie auf Hughs Erscheinen hin derart überreagiert hatte. Dennoch tat es ihr nicht leid, daß Raile seinen Bruder fortgeschickt hatte. Sie würde ihm niemals erlauben, Arrian nahe zu kommen.

John Fielding, bekannt als der blinde Richter des Bow-Street-Reviers, lauschte aufmerksam dem Brief des Duke of Ravenworth, den sein Sekretär ihm vorlas.

»... Und deswegen, Mr. Fielding, bin ich mir sicher, daß Sie einen Weg finden werden, die Gebrüder Beale wegen Mordes an meinem Vetter, Lord John DeWinter, zum Tod durch den Strang zu verurteilen. Wenn ich das nächste Mal nach London komme, werde ich Ihnen noch weitere Informationen liefern können.«

John Fielding nickte. »Ich werde mich darum kümmern: Die beiden werden gehenkt«, sagte er zufrieden. »Ich wußte ja schon immer, daß sie einiges auf dem Kerbholz haben, aber ohne den Duke of Ravenworth hätten wir es ihnen nie beweisen können.«

»Ich würde nur gerne wissen, warum er uns so bereitwillig hilft«, sagte der Sekretär nachdenklich.

»Er hat uns geholfen, sie nach Newgate zu befördern, nun hilft er uns, sie aufzuknüpfen. Das reicht! Warum sollten wir nach den Gründen fragen?«

Kapitel 33

Die milde Aprilsonne verdrängte die kalten Winde, und die Vorboten des Frühlings weckten die Lebensgeister. Arrian und Kassidy besuchten öfter die Ställe oder die Zwinger, denn Arrian konnte sich an den Welpen nicht satt sehen. Sie quiekte stets vor Wonne, wenn die kleinen Hunde ihr mit der rauhen Zunge über das Gesicht leckten, auf ihren Schoß sprangen oder sich mit ihr auf dem Boden umherkugelten. Kassidy hatte langsam den Verdacht, daß sie beobachtet wurde – oder vielleicht war »beschützt« das bessere Wort. Solange sie sich in der Burg aufhielt, waren entweder Elspeth oder Mrs. Fitzwilliams ständig um sie herum. Wenn sie hinausging, folgte ihr entweder Atkins oder Oliver.

Eines Abends wollte sie gerade ins Bett kriechen, als Raile eintrat und seinen Rock über eine Stuhllehne hängte.

»Oliver ist nach London gefahren, und ich stehe ohne Kammerdiener da. Ich muß mich wohl allein ausziehen.«

»Das ist das dritte Mal in den letzten Wochen, daß Oliver in London ist. Raile, ich bin nicht dumm – ich merke schon, wenn du mir etwas verschweigst. Warum fahren Oliver und Atkins abwechselnd nach London? Und warum schläft Elspeth in meinem Zimmer, wenn es bei dir spät wird?«

»Du warst sehr krank und bekommst mein Kind«, sagte er ausweichend.

»Das hört sich nicht sehr überzeugend an. Raile, ich weiß, daß es noch einen anderen Grund hat. Sag mir jetzt, was du vor mir verbergen willst!«

Er tat, als sei er überrascht. »Wie kommst du nur auf so einen dummen Gedanken.«

»Gib dich nicht so herablassend. Glaubst du, ich finde es lustig, daß jedermann weiß, was sich abspielt, nur ich nicht?«

Raile seufzte innerlich. Irgendwie mußte er sie ablenken. »Böse Unterstellungen. Von solchen Lippen sollten nur süße Worte kommen.«

Kassidy krabbelte unter die Decke und stützte den Kopf mit einem dicken Kissen ab. »Raile, mach mich nicht wütend. Nichts kann so schlimm sein, wie ich es mir in der Phantasie schon ausmale.«

Das Bett schwankte unter seinem Gewicht, als er sich niedersetzte. Er blies die Kerze aus, so daß nur noch das Feuer ein sanftes Licht spendete. »Du hast recht, Kassidy, ich versuche, etwas vor dir zu verbergen. Aber nur, weil ich dich nicht aufregen will.«

»Bitte erzähl es mir trotzdem.«

Er zögerte einen Moment, um zu entscheiden, wieviel er ihr sagen sollte. »Ich bin müde, Kassidy. Können wir nicht morgen darüber sprechen?«

»Nein. Jetzt!«

»Wirst du zu einem zänkischen Eheweib?«

»Willst du wieder vom Thema ablenken?«

Er zeichnete ihre Lippen mit einer Fingerspitze nach. »Bist du wirklich wütend auf mich?«

»Ich … nein. Bin ich nicht.«

Er stützte sich auf und grinste. »Na, da wir das ja jetzt geklärt haben – darf ich endlich schlafen?«

»Oh, nein, darfst du nicht«, fuhr sie ihn an. »Erzähl mir jetzt endlich, warum mir ständig jemand auf den Fersen ist.«

Raile stieß ungeduldig den Atem aus. »Also gut, Kassidy.« Sanft zog er sie in die Arme, denn er hoffte, er würde ihre Furcht ein wenig lindern können, wenn sie von ihr übermannt werden sollte. »Erinnerst du dich an den Tag, an dem Hugh hier auftauchte?«

»Natürlich. Wie könnte ich den vergessen?«

»Er kam damals, um mich vor Lavinia zu warnen. Sie ist wahnsinnig.«

»Und weiter?«

»Lavinia hat sich in den Kopf gesetzt, daß Hugh an meiner Stelle Duke sein sollte.«

Kassidy schauderte. Sie wußte schließlich nur allzu gut, wie bösartig Railes Stiefmutter war. »Und du vertraust Hugh?«

»Nicht gänzlich. Aber ich denke, in diesem Punkt hat er die Wahrheit gesagt.«

»Ich merke aber nur, daß du Vorkehrungen zu meinem Schutz triffst, Raile. Was ist mit dir?«

»Ich befinde mich in keiner Gefahr, mit der ich nicht umgehen könnte.«

Plötzlich begriff Kassidy. Sie riß voller Schrecken die Augen auf, und ihre Hand wanderte unwillkürlich zu ihrem Bauch. »Willst du damit sagen, sie ist hinter dem Baby her? Ist es das? Will sie …« Die Angst packte sie mit solcher Gewalt, daß sie nicht weitersprechen konnte.

Raile drückte sie fest an sich. »Ich werde nicht zulassen, daß sie dir etwas antut, Kassidy – das schwöre ich dir! Du glaubst mir doch, oder?«

»Ja, Raile. Ich weiß, daß du alles für meine Sicherheit tust, was in deiner Macht steht. Ich habe auch keine Angst um mich, sondern um unser Kind.«

Sie vergrub ihr Gesicht in seiner Halsbeuge, während sie sich mühte, die drohenden Tränen niederzukämpfen. Sie mußte stark sein! Schließlich hob sie den Kopf und sah Raile in die Augen. »Lieber sterbe ich, als daß ich jemandem die Chance gebe, dem Baby etwas anzutun!«

»Wir haben schon alles in Bewegung gesetzt, um Lavinia zu finden.« Er küßte sie auf die Nasenspitze. »Versprich mir, daß du keinen Unsinn machst, wenn du dich außerhalb der Burg bewegst. Geh niemals ohne Elspeth, Atkins oder Oliver fort.«

»Ja, Raile. Ich verspreche es.«

Raile streichelte ihr Haar, ohne es zu merken. »Sie muß erst an mir und dem Teufel vorbei, um zu dir zu gelangen. Und ich schwöre dir, Kassidy, mit dem Teufel wird sie es leichter haben als mit mir!«

Lavinia hielt sich bereits wieder im Dorf von Ravenworth auf. Sie trug ein schlichtes, schmuckloses Kleid, ihre Strümpfe waren aus dicker Wolle und ihre Schuhe plump und unbequem wie die, die die Frauen aus dem Dorf trugen. Ihr Haar verschwand unter einem abgetragenen Kopftuch, und niemand hätte sie als Stiefmutter des Dukes erkannt. Sie konnte sich unauffällig unter das Volk mischen und ihre Augen und Ohren unablässig offenhalten.

Nach einer gewissen Beobachtungszeit hatte sie festgestellt, daß Thomas Creag der Mann war, an den sie sich halten mußte, wenn sie an Railes Frau herankommen wollte. Thomas Creag war ein gutgläubiger Bauer, der jeden Samstag Sahne und Butter auf die Burg lieferte. Es war ein Kinderspiel gewesen, ihn davon zu überzeugen, daß sie eine bettelarme Witwe namens Betty Daniels war, die nur für ein Dach über dem Kopf und zwei Mahlzeiten am Tag für ihn arbeiten würde.

Lavinia hatte nichts gegen harte Arbeit, solange sie ihren Zielen diente. Sie wusch und flickte, sie schrubbte den Boden und kochte das Essen. Sie paßte auf die fünf Kinder des Bauern auf und kümmerte sich um seine Frau, die bald das sechste zur Welt bringen würde.

Lavinias Hände waren aufgeschürft und rauh geworden, aber auch das kümmerte sie nicht. Ihr Ziel war nah, so nah. Wenn sie erst wieder auf der Burg lebte, dann würden ihre Diener jeden Handschlag für sie erledigen. O ja, sie würde eines Tages Herrin von Ravenworth Castle sein!

Sie schaute aus dem Fensterchen des kleinen strohgedeckten Hauses zur Burg hinauf und kicherte heiser. »Hier unten wirst du mich niemals finden, du Narr«, flüsterte sie fröhlich.

Gabrielle Candeur stürzte mit klopfendem Herzen die breite Treppe zur Burg hinauf. Sie hatte sich schon damit abgefunden, Raile niemals wiederzusehen, doch dann war der Brief gekommen, in dem er sie bat, sofort zu ihm zu reisen. Er hatte ihr seine

Liebe erklärt! Gabrielle konnte ihr Glück noch immer nicht fassen.

Gabrielle war viel zu euphorisch gewesen, um sich Gedanken darüber zu machen, warum Raile sie plötzlich auf seinen Familiensitz einlud, und es war ihr auch egal, was mit seiner Frau geschehen sein mochte – sie wußte nur, daß er sie wollte, und sie hatte keine Sekunde gezögert und sich auf den Weg gemacht.

Der Butler, der ihr die Tür öffnete, war höflich, aber reserviert. »Verzeihung, Miss, aber Seine Gnaden hat mir nicht mitgeteilt, daß er Besuch erwartet. Wenn Sie bitte hier warten möchten«, sagte er, während er ihr den Salon zeigte, »ich werde ihm melden, daß Sie ihn sprechen möchten.«

Allein im Salon, schaute Gabrielle sich beeindruckt um. Der in Sonnengelb gehaltene Raum strahlte Tradition, Würde und besten Geschmack aus.

Würde Raile sie bitten, endlich ein Teil dieser Welt zu werden? Gabrielle empfand ein solches Glücksgefühl, daß ihr Herz überzuquellen schien. Er würde sie bestimmt nie wieder gehenlassen. Vielleicht würde er sie anflehen, für ihn die Schauspielerei aufzugeben …, und sie würde es nur allzu gerne tun!

Raile starrte Ambrose ungläubig an. Er mußte den Butler mißverstanden haben. »Würden Sie bitte wiederholen, welchen Namen die Dame Ihnen genannt hat?«

Der Butler wiederum begriff nicht, warum sein Herr ihn so befremdet anblickte. »Sie sagte, sie heißt Miss Gabrielle Candeur.«

Raile sprang auf und stürmte zornbebend an Ambrose vorbei. »Wenn sich da jemand einen Scherz erlaubt, dann finde ich ihn nicht besonders spaßig.«

Doch es war kein Scherz. Als Raile das Wohnzimmer betrat, flog Gabrielle mit offenen Armen auf ihn zu.

»O Raile, ich bin so schnell gekommen, wie es mir möglich war.« Sie rückte ein wenig von ihm ab und blickte ihm in die

Augen. »Ich bin so froh, daß ich dir genauso gefehlt habe wie du mir.«

Er schob sie nicht gerade sanft von sich. »Was soll dieser Unsinn, Gabrielle? Was willst du hier?«

Die Freude in Gabrielles Miene wich einem ungläubigen Entsetzen. Ihre Unterlippe begann zu zittern. »Aber der Brief, den du mir geschrieben hast …, du wolltest doch, daß ich …«

Raile wandte sich ab. »Ich habe keinen Brief geschrieben«, sagte er verärgert.

Gabrielle nahm ihren Muff vom Sofa und bewegte sich mit steifen Schritten auf die Tür zu. Tränen brannten in ihren Augen. »Ich habe offenbar einen Fehler gemacht«, brachte sie mühsam hervor. »Ich werde dich nicht mehr belästigen, Raile. Leb wohl.«

Raile dämmerte langsam, was geschehen war, und er griff nach ihrer Hand, um sie zurückzuhalten. Augenscheinlich war Gabrielle ein Opfer von Lavinias grausamen Scherzen geworden. »Warte noch einen Augenblick, Gabrielle. Es tut mir leid, daß ich so unhöflich war. Erzähl mir von dem Brief, und sag mir, was deiner Meinung nach geschehen ist.«

Sie schüttelte den Kopf und versuchte, die Tränen zurückzudrängen, die erneut zu fließen drohten. Sie fühlte sich entsetzlich gedemütigt. »Aus deinen Worten schließe ich, daß du mich nicht hergebeten hast. Aber wer tut denn so etwas? Wer kann denn Interesse daran haben, mich zu quälen und dich zu ärgern?«

Er zog sie sanft zum Kamin, nahm ihr den Muff ab und legte ihn auf einen Sessel. »Der Brief ist wahrscheinlich von einer Verrückten geschrieben und dir geschickt worden.«

»Deine Stiefmutter?« sagte Gabrielle ohne zu zögern.

»Und wie kommst du darauf?«

»Weil Mrs. DeWinter zu mir kam, nachdem du … geheiratet hast. Sie machte keinen Hehl daraus, daß sie dich haßt, und ich hatte das dumpfe Gefühl, daß sie Pläne schmiedete, um etwas gegen dich zu unternehmen. Offenbar hat sie sich dafür meine Unterstützung zusichern wollen.«

»Aber du bist ihr in dieser Hinsicht nicht entgegengekommen?«

»Natürlich nicht. Auch wenn ich dir zu der Zeit am liebsten etwas angetan hätte!«

Raile hatte plötzlich Mitleid mit Gabrielle. Er war schließlich in gewisser Weise für diese Demütigung verantwortlich. »Geht es dir gut, Gabrielle?«

Sie sah ihn mit Tränen in den Augen an. »Nicht besonders«, erwiderte sie ehrlich, lächelte aber dabei. Er mußte schließlich nicht wissen, wie sehr sie tatsächlich unter dem Ende der Beziehung gelitten hatte. »Ich konnte eine ganze Weile nicht arbeiten. Ich bin aus dem Haus ausgezogen und habe mir etwas Kleineres außerhalb von London gesucht. Ich habe schon überlegt, ob ich nach Frankreich zurückgehen soll.«

Zu Railes Mitleid mischte sich das schlechte Gewissen. Er hatte sie abgelegt wie einen alten Mantel, und Gabrielle besaß offenbar kaum noch Geld. Und nun hatte ihr Lavinia auch noch einen Schlag versetzt.

Er mußte ihr helfen.

Als Kassidy von den Ställen zum Haus hinüberging, entdeckte sie die unbekannte Kutsche und fragte sich, wer wohl zu Besuch gekommen sein mochte. Mit Elspeth an ihrer Seite stieß sie die Tür auf und reichte dem Butler ihr Cape.

»Haben wir Gäste, Ambrose?«

»Ja, Euer Gnaden«, erwiderte Ambrose, der immer noch absolut ahnungslos war. »Eine Miss Candeur. Sie ist mit Seiner Gnaden im großen Wohnzimmer.«

Kassidy zögerte keine Sekunde. Wütend setzte sie sich in Bewegung! Wie konnte Raile es wagen, seine Geliebte auf Ravenworth Castle zu empfangen!

Als Kassidy den Salon erreicht hatte, blieb sie wie angewurzelt im Türrahmen stehen. Die Szene, die sich ihr bot, krampfte ihr das Herz zusammen.

Raile hatte die Schauspielerin in die Arme gezogen und sprach sanft auf sie ein.

»Mach dir keine Sorgen. Ich werde mich darum kümmern, daß du wieder in die Action Street zurückziehen kannst. Ja, ich werde dir das Haus sogar überschreiben, dann kannst du damit tun, was du willst. Laß deine Rechnungen an meine Adresse schicken. Ich werde sie bezahlen.«

»Oh, Raile«, schluchzte Gabrielle. »Du bist so gut zu mir.«

Kassidy wollte kein einziges Wort mehr hören. Ihr war übel, und sie wandte sich abrupt ab. Elspeth, die direkt hinter ihr gestanden hatte, bot ihr mitfühlend einen Arm und half ihr ohne ein Wort die Treppe hinauf.

»Sag meinem Mann auf keinen Fall, daß ich ihn mit dieser Frau gesehen habe«, fauchte Kassidy.

»Wer ist das denn?« fragte Elspeth.

Kassidy betrat ihr Schlafzimmer und setzte sich dort auf die Bettkante. »Das ist Gabrielle Candeur, die Schauspielerin. Sie ist Railes Geliebte. Ich dachte, er hätte sie schon vor einiger Zeit aufgegeben, aber offenbar habe ich mich geirrt.«

Elspeth kannte den Duke inzwischen gut genug, um es für unwahrscheinlich zu halten, daß er seine Geliebte zu Hause empfangen würde. Er war immer so besorgt um Kassidys Gesundheit, daß er das Risiko gewiß nicht eingehen würde. Nein …, da stimmte irgend etwas nicht. »Ich habe Seine Gnaden als Menschen kennengelernt, den man respektieren muß, weil er ein starkes Ehrgefühl besitzt. Ich glaube einfach nicht, daß er ein Mann ist, der seine Geliebte in seinem Haus empfängt, in der auch seine hochschwangere Ehefrau wohnt. Es muß eine Erklärung dafür geben, Euer Gnaden.«

Kassidy legte sich zurück und starrte den Betthimmel an. Sie fühlte sich verletzt und verraten. Auch wenn sie wußte, daß Raile sie nicht liebte, so hatte sie doch immerhin gehofft, daß er sie respektierte. Sie hatte sich einmal mehr geirrt. »Aber du kannst nicht bestreiten, daß sie in seinen Armen gelegen hat.«

Elspeth schüttelte den Kopf. Sie spürte den Schmerz ihrer Herrin fast so, als wäre es ihr eigener. »Nein, sicher nicht. Euer Gnaden.«

»Du hast ebenfalls gehört, daß er ihre Rechnungen bezahlen und ihr das Haus geben will, nicht wahr?«

»Auch das.«

»Dann gibt es dazu wohl nichts mehr zu sagen.«

»Ich denke trotzdem, Sie sollten erst mit seiner Gnaden reden. Bestimmt gibt es einen Grund dafür, warum diese Frau hier ist. Vielleicht ist sie ja auch ohne Einladung hergekommen.«

Kassidy setzte sich auf und sah Elspeth entrüstet an. »Könntest du mir bitte einen einzigen Grund nennen, warum er sie in den Arm nehmen sollte?«

»Nur einen«, antwortete die Kammerdienerin mit der ihr üblichen Ehrlichkeit.

»Gut. Dann denken wir beide dasselbe«, sagte Kassidy und legte sich wieder zurück. Der Schmerz in ihrem Herzen war so stark, daß sie glaubte, nicht mehr aufrecht sitzen zu können.

Es war dunkel im Schlafzimmer, als Raile eintrat. Da er dachte, daß Kassidy schon schlief, schlich er sich lautlos zum Bett hinüber. Er war davon ausgegangen, daß Kassidy zu ihm kommen würde, doch Elspeth hatte ihn darüber informiert, daß Ihre Gnaden diese Nacht lieber in ihrem eigenen Schlafzimmer verbringen wollte. Er hatte nicht einmal mit ihr zu Abend gegessen. Sie hatte ihm ausrichten lassen, sie wolle sehr früh schlafen gehen.

Kassidy hörte, wie er sich dem Bett näherte, und richtete sich halb auf. »Raile, bitte, ich habe die letzte Woche nicht besonders gut geschlafen. Ich bin so unruhig, daß ich dich nur wecken werde. Ich denke, es ist besser, wenn ich eine Weile nachts allein bin.« Sie war froh über die Finsternis, denn so konnte er ihre Tränen nicht sehen.

Doch Raile spürte, daß etwas nicht stimmte. »Was ist mit deinen Alpträumen?«

»Da ist nichts mehr. Diesen Unsinn habe ich inzwischen unterdrücken können.«

Obwohl Kassidy sich bemüht hatte, sich nichts anmerken zu lassen, entging Raile nicht, daß ihre Stimme seltsam unterkühlt klang. Dann plötzlich wußte er, was sie auf dem Herzen hatte. »Du hast heute Gabrielle und mich gesehen, richtig?«

Sie schwieg einen Moment, doch dann entschied sie sich, die Wahrheit zu sagen. »Ja.«

Er setzte sich auf die Bettkante und tastete nach ihrer Hand, doch sie entzog sie ihm rasch. »Es war nicht so, wie du vielleicht denkst, Kassidy. Ich weiß, daß es ausgesehen haben muß, als ob wir …«

»Es interessiert mich nicht, was du mit deiner Geliebten machst, Raile!« Sie wischte sich eine Träne von der Wange. »Ich möchte dich nur bitten, daß du deine Rendezvous' in Zukunft woanders abhältst. Ich fand es ziemlich erniedrigend.«

Er stand mit einem Gefühl der Hilfslosigkeit auf. »Verdammt, Kassidy. Es ist nicht so, wie du denkst!«

Sie drehte ihm den Rücken zu, und ihre Stimme bebte. »Bitte geh jetzt, Raile. Ich bin müde.«

Er hätte sie am liebsten gepackt und geschüttelt, aber er hatte Angst, sie noch mehr aufzuregen. Morgen konnte er ihr die Sache mit dem Brief erklären. Morgen würde sie sich ein wenig beruhigt haben. »Ich lasse die Verbindungstür offen, damit ich dich hören kann, falls du mich brauchen solltest.«

Da sie ihm keine Antwort gab, blieb ihm nichts anderes übrig, als sein eigenes Zimmer aufzusuchen. Dort zog er sich resigniert Hemd und Hosen aus und legte sich nieder. Doch er hatte sich so daran gewöhnt, daß Kassidy bei ihm war, daß er ihr Kissen nahm und es sich unter den Kopf schob, so daß er den Duft ihres Haares einatmen konnte.

Plötzlich mußte Raile über sich selbst lächeln. Kassidy war so sehr zu einem Teil von ihm geworden, daß er sich nicht vorstellen konnte, wie sein Leben ohne sie aussehen würde. Sie hatte ihn tatsächlich in einen Ehemann verwandelt – in die Sorte Mensch, die er in der Vergangenheit immer verachtet hatte: ein Mann, der sich nichts weiter wünschte, als es seiner Frau recht zu machen!

Oh, er wußte noch sehr gut, daß er ihr gesagt hatte, er würde sie niemals lieben, aber er hatte sich selbst etwas vorgemacht. Er liebte sie – tief und innig, und die Liebe war so verzehrend, daß er nicht mehr ohne sie sein wollte.

Sein Wunsch, einen Sohn zu bekommen, war längst von dem Bedürfnis überschattet, Kassidy bei sich zu haben. Er hätte sie auch geliebt, wenn sie unfruchtbar gewesen wäre und ihm nicht seinen ersehnten Erben hätte schenken können.

Ja, dachte er zuversichtlich. Morgen werde ich ihr die Sache mit Gabrielle erklären. Sie wird es gewiß verstehen.

Kapitel 34

Raile wurde mitten in der Nacht aus dem Schlaf gerissen, als Oliver an seiner Schulter rüttelte. »Wachen Sie auf, Euer Gnaden. Atkins meint, Sie müßten sofort zu den Ställen kommen.«

Raile setzte sich auf und schüttelte den Kopf, um wach zu werden. Er wußte genau, daß Oliver ihn nicht aufwecken würde, wenn er nicht einen verdammt guten Grund dazu hätte.

»Hat er gesagt, um was es geht?«

»Atkins ist vollkommen außer sich. Es hat irgend etwas mit einem der Pferde zu tun, Euer Gnaden.«

Raile zog sich rasch an und lief hinter Oliver durch den mit Kerzen erhellten Flur, die Treppe hinab und hinaus auf den Hof. An den Ställen wartete Atkins bereits aufgeregt.

»Es ist die neue Araberstute, Euer Gnaden. Die, die jeden Tag fohlen sollte.«

»Und was ist mit ihr?«

Atkins starrte zerknirscht auf seine verschränkten Hände. »Es ist meine Schuld, Euer Gnaden, aber ich hätte nie gedacht, daß so etwas passieren kann. Hätte ich nur besser aufgepaßt!«

Railes Geduld war am Ende. »Nun reden Sie schon, Atkins«, befahl er barsch.

»Man hat ihr die Kehle durchtrennt, Euer Gnaden. Das Fohlen … das Fohlen ist aus ihrem Bauch rausgeschnitten worden und ebenfalls tot.« Atkins schluckte heftig, doch seine Augen blitzten vor Zorn. »Ich hörte die Stute entsetzlich schreien …, wiehern konnte man das nicht mehr nennen. Bis ich angezogen und in der Box war, war es für jede Hilfe zu spät.«

Der Stallmeister schloß die Augen, als müßte er den Gedanken an den Anblick verdrängen. »Wer … wer tut nur so etwas Grausames, Euer Gnaden?«

Raile betrat die Box, während Atkins ihm eine Kerze hielt. Als er die niedergemetzelten Tiere sah, drehte sich ihm sein Magen um. Gott, wie konnte jemand ein so edles Tier töten? Und dann noch eines, das trächtig war?

Railes Augen verengten sich zu Schlitzen. »Bei Gott, ich werde den Täter finden! Wer auch immer es gewesen ist – er wird bitter dafür bezahlen müssen!«

Zögernd reichte Atkins seinem Herrn einen blutbeschmierten Zettel. »Ich denke, das wird einiges erklären, Euer Gnaden. Die Nachricht war mit demselben Messer, mit dem Stute und Fohlen ermordet wurden, an die Tür geheftet.«

Raile nahm den Zettel und las die krakelige Schrift, während Haß und ohnmächtiger Zorn ihn zu überwältigen drohten. Er wußte, wer der Täter war, bevor er zu Ende gelesen hatte.

So leicht kann ich auch Deine Frau und Dein Kind erwischen. Du wirst mich nicht daran hindern. Niemand kann mich aufhalten!

Raile zerknüllte den Zettel in seiner Faust. »Atkins, haben Sie irgend jemanden in der Nähe gesehen, der hier nichts zu suchen hat?«

»Nein, Euer Gnaden. Niemanden.«

»Holen Sie sich zehn Männer aus dem Dorf, denen Sie vertrauen. Sie sollen Tag und Nacht auf dem Grundstück Wache halten. Niemand kommt durch die Ummauerung, es sei denn, er ist persönlich bekannt, klar?«

»Glauben Sie, daß Mrs. DeWinter für diese Tat verantwortlich ist, Euer Gnaden?« fragte Atkins.

»Ich glaube es nicht, ich weiß es! Sie ist gefährlich und hat es auf die Duchesse abgesehen.«

»Sie können sich auf mich verlassen, Euer Gnaden«, versicherte der Stallmeister ihm inbrünstig.

Raile deutete mit dem Kopf auf die Box. »Sie sorgen mir dafür, daß so etwas nie wieder geschieht!«

Atkins' Schultern sackten nach vorn. »Selbstverständlich, Euer Gnaden.«

»Bei Tagesanbruch brauche ich die Kutsche. Ich fahre nach London. Ich verlasse zwar meine Frau in diesem Augenblick höchst ungern, aber ich muß die Obrigkeit vor meiner Stiefmutter warnen. Etwas muß unternommen werden!« Dann wurde sein Blick hart. »Außerdem muß ich für die Zukunft meiner Frau und des Kindes Vorkehrungen treffen, für den Fall, daß mir etwas geschieht.«

Oliver und Atkins tauschten Blicke aus, sagten aber nichts.

»Niemand wird über das sprechen, was diese Nacht geschehen ist, habe ich mich klar ausgedrückt?« fragte Raile.

Die beiden Männer nickten schweigend.

Als Kassidy am nächsten Morgen herunterkam, spürte sie, daß etwas nicht stimmte. Niemand hätte ihr etwas zu sagen brauchen – die wachsamen Blicke und das Geflüster hinter ihrem Rücken reichten vollkommen aus.

Als man ihr sagte, daß Raile nach London gereist war, konnte sie nur annehmen, daß es etwas mit Gabrielle Candeur zu tun hatte, denn sonst hätte er ihr gewiß Bescheid gesagt. So zog sie schließlich den Schluß, daß die Dienstboten sie schlichtweg bemitleideten.

Zornig und gekränkt kehrte Kassidy in ihr Zimmer zurück. Wie sollte sie nur die Wochen überstehen, bis das Baby geboren war? Freude und Glück konnte ihr nur Arrian bringen, und so verbrachte sie die meiste Zeit in der verspielten Welt des Kindes – ihre eigene schien ihr zu schmerzvoll.

Zwei Tage verstrichen, dann der dritte, und Raile war noch immer nicht zurückgekehrt. Und als er dann schließlich kam, war Kassidy nicht darauf vorbereitet.

Sie saß auf der Fensterbank im Kinderzimmer und las Arrian gerade etwas vor, als er im Türrahmen erschien.

»Wie geht es meinen beiden Lieblingsmädchen?« fragte er sanft.

Arrian kletterte von Kassidys Schoß und rannte mit ausgestreckten Armen und fröhlichem Gejauchze auf Raile zu.

Kassidy legte das Buch beiseite und stand auf. »Du kommst und gehst in so raschem Wechsel, daß ich mich frage, wie Oliver mit dir Schritt halten kann.«

Raile fing den mitfühlenden Blick von Elspeth auf. »Es tut mir leid, daß ich nach London fahren mußte, ohne dir Bescheid geben zu können, aber die Sache konnte nicht aufgeschoben werden.«

Kassidy ging an ihm vorbei in den Flur hinaus. Raile reichte Arrian an die Amme weiter und folgte seiner Frau.

»Ich kann mir denken«, begann Kassidy, sobald sie außer Hörweite waren, »was du in London zu tun hattest. Ich müßte schwachsinnig sein, wenn es nicht so wäre.«

»Verdammt, Kassidy, willst du mich verurteilen, ohne mich vorher anzuhören?«

Sie drehte sich zu ihm um, und ihre Augen funkelten wie grünes Feuer. »Denk, was du willst, Raile, aber laß mich zufrieden, einverstanden?«

Mit raschen Schritten ging sie davon und ließ ihn einfach stehen. Raile konnte ihr nur hinterherstarren. Als Kassidy in ihrem Zimmer verschwunden war und die Tür fest hinter sich zugezogen hatte, mußte er gegen den Drang ankämpfen, ihr hinterherzulaufen. Gabrielles Anwesenheit auf Ravenworth Castle hatte Kassidy zutiefst verletzt, und es fiel ihm nicht schwer, nachzuvollziehen, weshalb sie die falschen Schlüsse zog. Vielleicht hätte er ihr von Lavinias grausamer Drohung erzählen sollen, aber er hatte Angst, daß er sie dadurch nur noch mehr aufregen würde. Verflucht, es war nicht leicht, ein Ehemann zu sein! Was sollte er nur tun?

Langsam ging Raile die Treppe hinab und hinaus zu den Ställen. Dort sattelte er sein Pferd und ritt ins Dorf hinunter. Da Kassidy hochschwanger war, oblag es ihm, sich um die Porzellanfabrik des Dorfes zu kümmern. Inzwischen war die Nachfrage nach Ravenworth-Porzellan stark gestiegen, und der Ort begann zu erblühen.

Er trieb dem Pferd die Fersen in die Flanken und galoppierte über das Weideland. Er konnte nicht mehr leugnen, daß Kassidy der wichtigste Mensch in seinem Leben geworden war. Sie hatte ihn verändert, hatte ihn zu einer anderen Person gemacht, und sie gab ihm das Gefühl, eine Familie zu haben – ein Gefühl, nach dem er sich sein ganzes Leben lang gesehnt hatte!

Und nun mußte er um diesen wunderbaren Menschen bangen, weil irgendwo eine Verrückte herumlief, die seine Frau umbringen wollte und sich von nichts und niemandem abhalten lassen würde, ihre Pläne durchzuführen.

Lavinia war inzwischen zu einer vertrauten Gestalt im Dorf von Ravenworth geworden. Oft brachte sie Käse vom Bauern hinunter in den Ort, damit er nach London transportiert werden konnte.

Sie hatte es satt, die Dorfbewohner darüber schwärmen zu hören, wie entzückend, lieb und großzügig ihre Duchesse doch war. Sie, die dem Dorf Wohlstand und Glück gebracht hatte … Oft genug mußte Lavinia zähneknirschend lauschen, wie die Frauen über das Kind redeten, das die Duchesse bald zur Welt bringen würde. Aber noch weniger konnte sie es ertragen, wenn der Name Raile DeWinter fiel.

Lange und intensiv hatte Lavinia darüber nachgedacht, was ihm am meisten Schmerz zufügen würde. Alles lief auf seine Frau und sein Kind hinaus. Sie konnte ihm bei lebendigem Leib das Herz herausreißen, wenn sie der Duchesse und seinem zukünftigen Erben das Leben nahm.

Sie hatte einen Plan – und sie würde ihn durchführen!

Doch sie mußte es bald tun, noch bevor das Baby geboren war. Sie wußte, daß Raile wegen ihr in höchster Alarmbereitschaft war, und genauso sollte es auch sein. Dabei war es ein Kinderspiel gewesen, an den Wachen, die er an der Toreinfahrt postiert hatte, vorbeizuschlüpfen, seine kostbare Araberstute und das Fohlen zu töten, und wieder unbemerkt vom Grundstück zu verschwinden. Raile unterschätzte sie – das war sein Pech! Sie würde zuschlagen, ohne daß er etwas dagegen unternehmen konnte.

Lavinia war so in Gedanken gewesen, daß sie den Reiter nicht hatte herankommen hören. Nun blickte sie auf, und sah das verhaßte Gesicht nur wenige Meter von ihr entfernt – Raile!

Lavinia wandte rasch den Kopf ab und tat, als würde sie in ein Ladenfenster schauen. Raile ritt direkt an ihr vorbei, ohne auch nur in ihre Richtung zu blicken.

Ein finsteres Lächeln umspielte Lavinias Lippen. Sie hatte geduldig auf genau diesen Tag gewartet. Endlich hatte sie Thomas Creag dazu überredet, daß er sie mit nach Ravenworth Castle nahm, wo er Sahne und Butter abliefern wollte.

Nun trottete sie mit gesenktem Kopf neben dem Ochsenkarren her, als er durch den Torbogen auf das Anwesen fuhr. Der Mann im Wärterhäuschen winkte sie nur mit einer gelangweilten Geste hinein, ohne dem Bauern Creag oder der alten Frau in den einfachen Kleidern viel Aufmerksamkeit zu schenken.

Der ramponierte Karren rumpelte ächzend über das Kopfsteinpflaster und umrundete eine Hausecke, um zur Küchentür zu gelangen.

Lavinia mußte mit all ihrer Kraft das glückliche Lachen unterdrücken, das in ihrer Kehle aufstieg. Der Karren hielt, und die Köchin öffnete die Hintertür.

»Komm schon, Alte, wir haben nicht den ganzen Tag Zeit. Bring uns den Käse herein.«

Lavinia hielt immer noch den Kopf gesenkt, als sie mit dem Käse auf einer Schulter die Küchentreppe hinaufstieg. Ihre Augen funkelten triumphierend, und sie krümmte sich noch ein wenig mehr, damit es niemandem auffiel.

Endlich war sie im Inneren der Burg!

Kassidy saß am Eßtisch und stocherte in ihrer Mahlzeit herum, während Railes Ungeduld wuchs.

»Verschlägt es dir den Appetit, in meiner Gegenwart zu essen, Kassidy?«

»Natürlich nicht, Raile. Ich bin nur nicht besonders hungrig«, erwiderte sie und hob schließlich den Kopf. »Du brauchst dir keine Sorgen zu machen. Ich fühle mich einfach nur ziemlich schwerfällig und ermüde schnell.«

Raile konnte dennoch nicht umhin, sich zu sorgen. Er fand sie zu blaß, obwohl der Doktor ihm versichert hatte, daß sie bei bester Gesundheit war. Er hatte sie seit langer Zeit nicht mehr lachen hören, und die meiste Zeit verbrachte sie im Kinderzimmer bei Arrian.

»Kassidy, du gehst freundlich mit den Dienstboten um, und du gehst freundlich mit den Leuten im Dorf um. Warum werde ich ausgeschlossen?«

Kassidy fiel nichts ein, was sie darauf hätte antworten können. Er mußte doch wissen, daß sie immer noch traurig und wütend wegen Gabrielle Candeur war. »Ich war doch nicht unfreundlich zu dir, Raile.«

»Nein«, gab er zu, »nicht wirklich.«

»Was erwartest du denn von mir?«

Er schob den Teller von sich und sah sie einen Moment lang schweigend an. »Ich erwarte, daß du ein gesundes Baby zur Welt bringst«, erwiderte er schließlich. »Sonst nichts.«

Ihre Augen verengten sich. »Ich werde mein Bestes tun, Euer Gnaden!«

Raile seufzte. »Kassidy, was soll ich nur mit dir machen? Vielleicht können wir, nachdem das Kind auf der Welt ist …«

Sie stand auf und schnitt ihm damit das Wort ab. »Wenn das Kind auf der Welt ist, habe ich meinen Teil der Abmachung erfüllt und kann gehen, wann immer ich will.« Panik krampfte ihr Herz zusammen, als sie daran dachte, ihr Baby verlassen zu müssen, aber sie riß sich zusammen. Sie würde nicht weinen – auch dann nicht! Sie würde Raile diese Befriedigung nicht geben!

»Kassidy …«

Sie wollte nichts mehr hören. Rasch verließ sie das Eßzimmer und durchquerte die Eingangshalle, um hinaus in den Hof zu treten.

Nach einem Augenblick der Unschlüssigkeit ging sie in Richtung Garten. Die Tulpen waren zu einem dunkelroten Blütenmeer erblüht, doch Kassidy fühlte sich so elend, daß sie sich nicht daran erfreuen konnte. Rastlos wanderte sie die Pfade entlang, bis sie sich ein wenig beruhigt hatte.

Was kümmerte es sie schon, ob Raile sie liebte oder nicht? Wenn das Baby erst auf der Welt war, konnte sie nach London gehen oder wohin auch immer es ihr beliebte …

Kassidy schluchzte auf, als sie plötzlich erkannte, daß sie sich selbst etwas vormachte. Lieber würde sie auf Ravenworth bleiben, wo sie Raile wenigstens nahe sein konnte. Selbst wenn er sie nicht liebte, konnte sie sich nicht vorstellen, wie sie ohne ihn weiterleben sollte.

Mit einem tiefen Seufzer wandte sie sich um und ging zum Haus zurück. Langsam stieg sie die Treppe hinauf, wobei sie sich am Geländer abstützen mußte. Ihr Rücken schmerzte, seit sie aufgewacht war, und inzwischen spürte sie das Ziehen auch in ihrem Bauch. Sie würde sich etwas hinlegen, damit die Schmerzen abebben konnten.

Als sie oben angelangt war, mußte sie einen Moment innehalten, um wieder zu Atmen zu kommen. In diesem Augenblick trat eine Dienstmagd aus einem dunklen Winkel im Korridor.

»Euer Gnaden«, begann sie mit devoter Stimme, »Seine Gnaden möchte, daß sie hinauf ins Turmzimmer kommen. Er möchten Ihnen etwas zeigen.«

Kassidy sah die Frau verwirrt an. »Ich habe Sie noch nie gesehen. Sie müssen neu sein.«

»Ich bin Betty Daniels. Arbeite in der Küche, Euer Gnaden. Die Köchin hat mich angewiesen, den Arbeitern im Turm ihr Essen zu bringen, und Seine Gnaden war auch da. Er hat gesagt, ich soll Sie holen.«

»Ich wußte gar nicht, daß heute im Turm gearbeitet wird«, erwiderte Kassidy, der der Gedanke, die vielen Stufen hinaufzusteigen, gar nicht behagte. Doch dann nickte sie der Frau zu. »Vielen Dank, Betty. Sie können in die Küche zurückkehren. Ich kann allein hinaufgehen.«

»Aber Seine Gnaden hat mich extra angewiesen, Sie zu begleiten«, erwiderte die Frau weinerlich. »Er will nicht, daß Sie allein sind.«

»Wenn es sein muß«, seufzte Kassidy. »Ich fühle mich auch nicht besonders gut. Darf ich mich auf Sie stützen?«

Lavinia konnte den Jubelschrei, der in ihr aufstieg, kaum unterdrücken. Wie schnell dieses dumme Mädchen in ihre Falle getappt war! »Sicher, Euer Gnaden«, sagte sie lächelnd, »stützen Sie sich ruhig auf mich. Ich helfe Ihnen doch gern.«

Kassidy war noch nie im Turmzimmer gewesen. Raile hatte jedem im Haus verboten, hinaufzugehen, bis die Reparaturen durchgeführt worden waren, denn er hielt es für zu gefährlich.

Im zweiten Stock mußte Kassidy wieder eine Pause machen, um zu Atem zu kommen. »Ich fürchte, ich sollte mich heute nicht mehr so viel bewegen«, sagte sie keuchend.

»Es ist nicht mehr weit, Euer Gnaden«, sagte Lavinia aufmunternd.

Schließlich erreichten sie die schmale Wendeltreppe, die gerade breit genug war, um einer Person Platz zu bieten. »Gehen Sie vor, Euer Gnaden. Ich gehe hinter Ihnen, damit sie nicht fallen können.«

Kassidy erkannte, daß sie einen Fehler begangen hatte, als sie die Hälfte der Treppe hinter sich hatte. Der Schmerz schnitt wie ein Messer in ihren Bauch, und sie mußte anhalten und sich auf das Geländer stützen. Doch das heftige Stechen wollte nicht aufhören. Schweißperlen traten ihr auf die Stirn, und Schwindel überkam sie, als sie sich an das Geländer klammerte, um aufrecht stehenzubleiben.

»Nur noch wenige Stufen, Euer Gnaden.«

Kassidy biß die Zähne zusammen und stieg Stufe für Stufe weiter hinauf. Endlich war sie oben angelangt und trat in die Turmkammer. Die eine Seite des Turms fehlte fast vollständig. Man hatte die alten, maroden Steine herausgerissen, um neue einzusetzen, und im Augenblick klaffte in der Mauer ein gewaltiges Loch, durch das der Wind hereinfegte. Ein breites, hölzernes Gerüst, das mit Stricken befestigt war, reichte bis hinaus ins Freie.

Kassidy blickte hinaus, sah nur Himmel und wich erschreckt zur anderen Wand zurück. »Ich habe gar nicht gewußt, daß es so hoch ist. Ich … ich fühle mich nicht so besonders gut.« Sie blickte sich nach Raile um, aber hier oben war niemand außer der Dienstmagd, die sie zuvor noch nie gesehen hatte.

»Wo ist mein Mann?«

»Er wird sicher gleich zurückkommen.« Lavinia ging an Kassidy vorbei und betrat die dicken Planken des Gerüstes, die über das Mauerwerk hinausragten. »Sehen Sie sich das nur an, Euer Gnaden. Eine herrliche Aussicht. Von hier oben können Sie das ganze Land überblicken.«

Kassidy schüttelte den Kopf. »Lieber nicht, danke. Ich werde hier auf meinen Mann warten. Vielleicht können Sie ihn suchen und zu mir schicken. Ich möchte so schnell wie möglich wieder hinunter.«

Lavinia sah Kassidy an, die inzwischen leichenblaß geworden war. »Ist es das Baby?«

»Ja, ich glaube schon. Bitte beeilen Sie sich.«

Lavinia griff nach Kassidys Hand und zog sie vorwärts. »Sie sollten sich setzen. Kommen Sie noch ein Stück vor, ich helfe Ihnen. Ja, so ist es gut. Noch ein kleines Stück.«

»Nein!« Kassidy versuchte, der Magd ihre Hand zu entziehen, aber diese hatte erstaunliche Kräfte. »Ich gehe nicht näher an den Abgrund heran. Ich bleibe hier und warte auf meinen Mann.«

Lavinias Augen glitzerten. »Ich fürchte, das nützt nichts. Denn weißt du, Liebchen, Raile wird gar nicht kommen. Niemand wird kommen, um dir zu helfen!«

Kassidy versuchte, sich gegen den Griff der Frau zu wehren, die sie auf die Planken zuzerrte. »Nein!« schrie sie. »Was tun Sie da?«

Lavinia begann laut zu lachen, und das unheimliche Geräusch wurde von den Turmmauern zurückgeworfen. »Du weißt doch bestimmt, wer ich bin, nicht wahr? Denk einmal scharf nach, Herzchen. Kannst du dir nicht vorstellen, warum ich dich hierhergelockt habe?«

Eiskalte Angst packte Kassidy. Dies mußte Railes Stiefmutter sein – die Frau, die dafür gesorgt hatte, daß sie nach Newgate verschleppt worden war! Die Frau, die sie umbringen wollte!

»Sie sind Lavinia DeWinter ... Aber warum tun Sie das? Ich habe Ihnen doch nichts getan!«

Lavinia ignorierte ihre flehenden Worte. »So lange habe ich Pläne geschmiedet, so lange warten müssen. Jetzt, endlich, ist es soweit! Wie schade, daß Raile nicht dabei ist, um dich sterben zu sehen.«

»Nein, bitte nicht! Denken Sie an mein Kind!« schrie Kassidy. In diesem Moment überspülte sie erneut eine Woge des Schmerzes, und sie begriff das Entsetzliche: Die Wehen hatten eingesetzt. Railes Kind würde zur Welt kommen!

Sie streckte eine Hand bittend nach der Frau aus. »Mrs. DeWinter, denken Sie doch an das Baby. Sie werden doch kein unschuldiges Baby umbringen wollen.«

»Aber doch, genau das will ich! Raile darf keinen Erben haben. Mein Sohn soll seinen rechtmäßigen Platz einnehmen!«

Nun packte Lavinia Kassidys Handgelenke und zerrte sie wieder auf das klaffende Loch in der Mauer zu.

Kassidy wehrte sich heftig gegen die schier übermenschliche Kraft der älteren Frau, doch es war sinnlos. Lavinia brachte sie näher und näher an das Gerüst heran, das ins Freie hinaushing.

Sie war verloren!

»Nun, war die Zeit in Railes Bett das wert?« spottete Lavinia. »Raile, der immer so hochnäsig, immer so selbstsicher ist. Die Frauen lieben ihn, aber er spielt mit ihnen und verstößt sie, wenn er keine Lust mehr hat. Auch ich hätte ihn lieben können, aber er hat mich niemals eines Blickes gewürdigt!«

Ihr Gelächter jagte Kassidy eine Gänsehaut über den Rücken. Lavinia versetzte ihr einen harten Stoß, und Kassidy stolperte hinaus auf die Planken. Zitternd vor Furcht und Kälte blieb sie im eisigen Wind stehen und schloß die Augen, um nicht hinuntersehen zu müssen.

»Ich hoffe inständig, daß ich Railes Gesicht sehen kann, wenn das, was er sich am dringendsten in seinem ganzen Leben gewünscht hat, zerschmettert unten auf den Steinen liegt.«

Die Planken schwankten, und Kassidy hätte fast das Gleichgewicht verloren. Im letzten Moment bekam sie einen dünnen Strick zu fassen, an dem sie sich festklammerte.

»Aber du solltest wissen, daß ich nichts gegen dich persönlich habe«, sagte Lavinia grinsend. »Dein Pech ist, daß du im Weg stehst. Sterben mußt du nun in jedem Fall!«

Kassidy hob den Kopf und sah die Frau an, die für soviel Leid verantwortlich war. »Sie sind wahnsinnig.«

»Vielleicht. Aber was kümmert es dich.« Lavinia trat auf die Planken hinaus und bewegte sich auf Kassidy zu. »Es ist gleich vorbei. Denk nicht an die Schmerzen.«

Als Kassidy der älteren Frau in die Augen sah, drohte die Panik sie zu überwältigen.

Lavinia meinte es ernst – todernst!

Kapitel 35

Thomas Craig hatte den Karren entladen und blickte sich suchend nach Betty Daniels um. »Haben Sie die Frau gesehen, die mit mir hergekommen ist?« fragte er die Köchin. »'ne große Hilfe war sie beim Entladen ja nicht!«

Die Köchin sah Mr. Craig gleichgültig an. »Was hab' ich denn mit Ihren Leuten zu tun? Suchen Sie sie, und verschwinden Sie wieder. Seine Gnaden hat im Augenblick etwas gegen Fremde auf dem Grundstück.«

»Ich habe die Wachen an den Toren gesehen. Was ist denn los?«

»Weiß auch nicht genau. Die Herrschaften Hausdiener wissen's wohl, aber uns sagt man ja nie was! Alles, was wir wissen, ist, daß irgend 'ne Frau die Duchesse zu bedrohen scheint, und wir sind alle angewiesen worden, nach Leuten Ausschau zu halten, die hier nichts zu suchen haben.« Plötzlich erbleichte die Köchin, als sie begriff. »Und Sie sagen, Sie wissen nicht, wo Ihre Magd ist?«

»Ach, um die brauchen Sie sich keine Sorgen zu machen. Die arbeitet erst seit zwei Wochen für mich.«

»Mit anderen Worten, Sie kennen Sie nicht besonders gut, richtig?« Die Köchin wischte sich die Hände an der Schürze ab und betrachtete den Bauern empört. »Dann sehen Sie zu, daß Sie sie finden. Aber schnell.«

»Ich sag' Ihnen doch, Sie müssen sich wegen der keine Sorgen machen. Die Frau kann keiner Fliege was zuleide tun. Sie paßt ja sogar auf meine Kleinen auf.«

Die Köchin schubste Thomas Craeg durch die Tür. »Sie suchen im Hof nach ihr. Ich schicke Diener durch die einzelnen Stockwerke. Wir müssen sie finden.«

Bevor die Köchin ihren Plan in die Tat umsetzen konnte, kam Thomas Craeg zurück in die Küche gestürmt und brüllte: »Holt den Duke – schnell! Im Turm! Sie sind im Turm!«

Kassidy spürte, wie die Planken des Gerüsts unter ihrem Gewicht nachgaben, als Lavinia sie Zentimeter für Zentimeter hinausdrängte. Kassidy hielt den Blick stur geradeaus, denn sie hatte Angst, sie würde augenblicklich das Gleichgewicht verlieren, falls sie in den Hof hinunterschaute.

Lavinias irres Gelächter ließ ihr das Blut in den Adern gefrieren. »Ich glaube, ich bin entdeckt worden. Ha, nun dauert es nicht mehr lange, bis dein Mann zu deiner Rettung eilt.« Sie zupfte an einigen Stricken, die das Gerüst an der Mauer hielten. »Ich warte noch ein wenig, bis er hier oben ist. Dann darfst du dich verabschieden.«

»Bitte tun Sie das nicht«, flehte Kassidy. »Sie haben doch auch einen Sohn! Sie müssen doch wissen, was eine Mutter für ihr Kind empfindet!«

Lavinia griff in ihre Tasche, zog ein Messer heraus und schnitt mit raschen Bewegungen zwei der sieben Stricke durch. Das Gerüst schwankte bedrohlich, und Kassidy klammerte sich verzweifelt fest.

»Zwei Leben, die an so dünnen Fäden hängen ... Seltsam, nicht wahr? Nur noch ein paar Hanffasern trennen dich vom Tod, mein Kind. Wenn ich die Seile durchschneide, stürzt du in die Tiefe!«

Kassidy mußte sich auf die Lippe beißen, um nicht laut zu schreien. Sie wollte der Frau nicht auch noch die Befriedigung geben, sich an ihrer Angst weiden zu können. »Dann tun Sie es endlich!«

Einen Augenblick lang war Lavinia aus dem Konzept gebracht, dann musterte sie Kassidy mit einer Art erwachendem Respekt. »Du hättest besser meinen Sohn geheiratet. Du wärst seiner wert gewesen.«

In diesem Moment hörte man hastige Schritte auf der Treppe, und beide wußten, wer dort heraufstürmte.

»Ah, mein innigster Wunsch wird wahr«, seufzte Lavinia und stieß erneut ihr unheimliches Gelächter aus. »Raile wird zusehen, wie du stirbst!«

Dann erschien Raile auch schon an der Treppe. »Kassidy! Halt dich fest!« brüllte er und wollte sich auf Lavinia stürzen. Doch diese packte die verbleibenden Stricke und hielt das Messer daran.

»Tu das besser nicht, Raile! Wenn du mir zu nahe kommst, ist deine Frau erledigt!«

Sie schnitt ein weiteres Seil durch, und das Gerüst sackte ein beträchtliches Stück ab. Ein Schrei entrang sich Kassidys Kehle, als sie das Gleichgewicht verlor. Hilflos mußte Raile zusehen, wie sie stolperte, stürzte und sich im letzten Moment noch an den Planken festklammerte. Doch ihre Füße hingen im Leeren, und es konnte nicht mehr lange dauern, bis die Kraft sie verließ.

»Kassidy!« schrie Raile außer sich. Was sollte er nur tun? »Halt durch, Liebes! Halt dich fest!«

Eine heftige Wehe krampfte Kassidys ganzen Körper zusammen. Ihre Hand löste sich von dem Strick. »Es tut mir leid, Raile! Ich ... ich kann nicht mehr! Das Baby ... das Baby kommt!«

Raile trat einen Schritt vor, aber Lavinia schnitt sofort einen weiteren Strick durch, und Raile blieb wie angenagelt stehen. Wieder sackte das Gerüst ein Stück ab. »Tu das nicht, Lavinia« Meine Frau hat dir nichts getan! Du willst doch mich! Laß sie gehen!«

»Tut es dir so weh, daß du glaubst, deine Eingeweide würden dir rausgerissen?« fragte Lavinia mit sachlicher, kalter Stimme, wobei sie ihm neugierig ins Gesicht starrte.

»Ja, verdammt! Und das ist es, was du willst, oder?«

Lavinias Augen glänzten fiebrig. »Du kannst es nicht ertragen, deine Frau um ihr Leben kämpfen zu sehen, während das Baby auf die Welt drängt, nicht wahr? Was glaubst du, was zuerst geschieht?« fragte Lavinia glucksend. »Wird sie erst stürzen, oder kommt das Kind vorher? Wie lange, denkst du, kann sie sich noch festhalten? Sieh nur, wie ihr das Blut aus dem Körper tropft!«

»Bitte, Lavinia, laß mich ihren Platz einnehmen. Du kannst mit mir tun, was du willst! Ich bin es doch, auf den du es abgesehen hast!«

Lavinias Blick wurde hart. »Hältst du mich für so dumm, Raile? Du sollst nicht sterben – noch nicht! Ich will, daß du dich durch dein Leben quälen mußt, will, daß du nachts schreiend aufwachst, weil du in deinen Träumen den zerschmetterten Körper deiner geliebten Frau siehst!«

Kassidy blickte Raile an und sah die unglaubliche Pein in seinen Augen. Sie hätte ihm gerne so vieles gesagt, doch sie brachte keinen Ton hervor. Ihre Kräfte ließen nach, und sie konnte nur versuchen, sich so lange wie möglich festzuhalten.

Plötzlich erklang hinter Raile eine Stimme. Er hatte nicht bemerkt, daß Hugh heraufgekommen war, bis dieser ihn leicht an der Schulter berührte. »Laß mich das machen, Raile«, sagte Hugh ruhig. »Tritt zur Seite.«

Raile bewegte sich nicht von der Stelle. Konnte er Hugh trauen? War er gekommen, um Kassidy zu retten, oder wollte er in

Wirklichkeit seiner Mutter helfen? »Ich schaffe das schon, Hugh.«

»Sei kein Narr, Raile. Sie ist nicht mehr zurechnungsfähig. Nur ich kann versuchen, sie von der Tat abzuhalten.«

Hugh konnte die verzweifelte Unschlüssigkeit aus Railes Miene lesen. »Was auch immer du denken magst, Bruder – ich könnte dir oder den Menschen, die du liebst, niemals etwas antun!«

Raile trat einen Schritt zur Seite – er hatte keine Wahl. »Ich muß dir vertrauen, Hugh. Ich weiß nicht, wie lange Kassidy sich noch festhalten kann! Beeil dich!«

Die Brüder wechselten einen Blick und wußten plötzlich beide, was zu tun war. Hoffnung glomm ins Railes Augen auf, während Hughs sich traurig verdunkelten. »Ich lasse nicht zu, daß deiner Frau etwas geschieht«, sagte Hugh leise.

Lavinia hatte Hugh nun auch entdeckt und lächelte ihn an. »Du kommst gerade rechtzeitig, um unseren Triumph zu erleben, Sohn. Komm zu mir.«

Aus dem Augenwinkel sah Hugh Kassidy um Halt kämpfen. Sie konnte sich nicht mehr lange halten. Er mußte rasch handeln, und so begann er, mit einschmeichelnder Stimme auf seine Mutter einzureden, als wäre sie ein Kind, das man beruhigen mußte.

»Du wußtest doch, daß ich kommen würde, Mutter. Ich habe dich überall gesucht. Wo bist du nur gewesen?« Langsam, Schritt für Schritt, bewegte er sich auf Lavinia zu. »Auch heute, als ich den Karren in den Hof fahren sah, habe ich dich gar nicht sofort erkannt.«

»Ich tue dies alles doch nur für dich, Hugh. Ich habe John für dich beseitigt.« Sie warf Raile einen Blick zu. »Und du mußt zugeben, daß es sehr gerissen von mir war, die Schauspielerin nach Ravenworth zu locken. Ich bin ganz sicher, daß sie dich in ziemliche Schwierigkeiten gebracht hat.«

Hugh trat näher an Lavinia heran. »Gib mir das Messer, Mutter!«

»Ja, du kannst es machen, wenn du willst!« Doch plötzlich wurde ihre Miene mißtrauisch, und sie zog die Hand mit dem Messer zurück. »Nein. Ich weiß nicht, ob du wirklich auf meiner Seite stehst. Du hast ja nie wirklich an Railes Stelle sein wollen. Du hast diesen Dummkopf ja immer noch bewundert!«

»Komm, Mutter, gib mir das Messer, und wir beide gehen fort.«

»Nein!« Lavinia wirbelte herum und schlug die Klinge in die verbleibenden Stricke. Das Gerüst krachte ein Stück herab, und Kassidy rutschte noch weiter von den Planken.

In diesem Augenblick machte Hugh einen Satz nach vorn und rammte Lavinia mit der Schulter. Die Wucht seines Stoßes war so groß, daß sie beide durch das klaffende Loch in der Turmmauer taumelten und ins Leere stürzten. Ein gellender Schrei zerriß die Luft.

Kassidy schrie auf, als der dumpfe Laut der zwei Körper, die auf dem gepflasterten Hof aufschlugen, zu ihr heraufdrang. Im selben Moment packte Raile ihr Handgelenk und zog sie hinauf in seine Arme. Fest drückte er sie an sich, küßte ihre Lider, ihre Wangen, ihre Lippen. »Liebste«, flüsterte er. »Es ist vorbei. Du bist jetzt in Sicherheit! Gott sei Dank bist du in Sicherheit!«

Kassidy zitterte am ganzen Körper. »Raile …, das Baby!«

Sanft hob Raile sie auf die Arme und trug sie die Wendeltreppe hinunter, auf der ihnen nun entsetzte Dienstboten entgegenhasteten.

Oliver und Elspeth rannten voraus, um Raile die Türen zu öffnen. Als sie Kassidys Schlafzimmer erreicht hatten, legte Raile sie aufs Bett und ließ sich daneben auf die Knie fallen. »Elspeth, hilf ihr«, sagte er und sah die Zofe flehend an. »Das Baby kommt!«

Elspeth nickte, machte kehrt und rannte zum Fuß der Treppe, von wo aus sie nach heißem Wasser und sauberen Tüchern schrie.

Raile wandte sich an Oliver. »Reite so schnell du kannst, und hol den Doktor. Und schicke jemanden ins Dorf, der eine Hebamme holt, bis Dr. Worthington hier ist.«

Kassidy wand sich vor Schmerzen. Immer wieder biß sie sich auf die Unterlippe, um nicht laut aufzuschreien. »Es ist … zu spät, Raile.« Sie schluchzte auf und suchte seinen Blick. »Werde ich … werde ich wie meine Schwester im Kindbett sterben?«

»Kassidy, red keinen Unsinn! Halt meine Hand, und mach dir keine Sorgen. Wir werden das gemeinsam durchstehen!«

Als eine weitere Wehe kam, umklammerte sie seine Hand fester. »Du … du mußt mir etwas versprechen, Raile.« Sie lächelte plötzlich traurig, als sie begriff, was Abigail in ihren letzten Minuten gefühlt haben mußte.

»Alles, was du willst.«

»Wenn … wenn ich es nicht schaffe, Raile, dann bitte erlaube meinem Kind und Arrian, einige Zeit bei Tante Mary zu verbringen. Ich will, daß sie sie kennen- und liebenlernen, wie ich es getan habe.«

»Du wirst es schaffen! Du glaubst doch nicht, daß ich dir erlaube, zu sterben!«

Doch seinen aufmunternden Worten zum Trotz sah sie die Furcht in seinen Augen, und sie streichelte seine Wange. »Du darfst keine Angst haben, Raile.«

In diesem Moment überspülte sie eine so heftige Woge des Schmerzes, daß sie den Aufschrei nicht mehr unterdrücken konnte. Hilflos hielt Raile ihre Hand und sah zu, wie ihr Körper sich verkrampfte. Er wünschte sich inständig, er hätte ihr den Schmerz abnehmen können.

»Das Baby …, es ist zu früh!« Sie schrie noch einmal auf, dann flatterten ihre Lider, und sie verlor das Bewußtsein.

Raile zog sie in seine Arme und wiegte sie verzweifelt hin und her. Tränen schossen in seine Augen. »Mich kümmert das Baby nicht«, schluchzte er. »Kassidy, du mußt durchhalten. Ich liebe dich!«

Doch Kassidy hörte und spürte nichts mehr. Sie dämmerte in

der Bewußtlosigkeit dahin, in der es keinen Schmerz und keine Furcht mehr gab.

Elspeth kam zurückgeeilt und sog scharf die Luft ein, als sie die Tränen in den Augen des Dukes sah. »Ich darf sie nicht verlieren, Elspeth«, flüsterte er. »Das darf einfach nicht sein!«

»Na, na, Euer Gnaden«, sagte Elspeth. Wie gerne hätte sie etwas gesagt, das dem Duke neuen Mut eingeben konnte, doch sie selbst verspürte eiskalte Furcht, als sie die reglose Gestalt Kassidys sah. »Ich habe ein wenig Erfahrung als Hebamme. Sie ist einfach erschöpft. Denken Sie nur daran, was sie hat durchmachen müssen.«

»Hilf ihr! Bitte!« Raile hob die kraftlose Hand seiner Frau an die Lippen, und strich ihr eine goldene Locke aus der Stirn. Sie war so zerbrechlich, so bleich. »Gott, Elspeth, es ist alles meine Schuld. Ich habe mich nicht gut genug um sie gekümmert! Ich hätte besser aufpassen müssen!«

Die Zofe tippte ihm auf die Schulter. »Sie müssen mir schon Platz machen, Euer Gnaden. Gehen Sie hinaus.«

Widerwillig ließ Raile Kassidys Hand los und stand auf. »Ich bete zu Gott, daß sie es überlebt!«

»Und ich auch, Euer Gnaden. Aber sie hat einen starken Willen und Temperament. So leicht ist sie nicht unterzukriegen!«

Als Raile zögernd das Zimmer verließ, konnte er nur hoffen, daß Elspeth recht behalten würde. Was sollte er nur ohne Kassidy tun ...?

Eine düstere Stimmung legte sich über die Burg. Die Leichname von Hugh und Lavinia waren vom Hof geholt worden. Hugh wurde in die Kapelle der Burg gebracht, wo man ihn aufbahrte, während Lavinia ohne Aufsehen im Dorf begraben werden sollte.

Die Dienstboten schlichen bedrückt durch die hallenden Flure der Burg und wagten nur im Flüsterton miteinander zu sprechen. Alle warteten darauf, eine befreiende Nachricht über ihre junge Duchesse zu hören.

Es dauerte keine Stunde, bis der Bericht der Ereignisse auf der Burg bis ins Dorf gedrungen war. Männer, Frauen und Kinder machten sich auf den Weg hinauf und versammelten sich im Burghof. Sie würden die ganze Nacht bleiben, wenn es sein mußte.

Und die vielen Gebete, die in den folgenden Stunden zum Himmel geschickt wurden, hatten nur eines zum Ziel: Mochte Gott die junge Duchesse und ihr Baby retten!

Dr. Worthington war eine Stunde zuvor eingetroffen, doch das Baby war immer noch nicht auf der Welt. Raile stand am Fuß des Bettes und wandte den Blick nicht von Kassidys bleichem Gesicht. »Es dauert viel zu lange. Sie kann bestimmt nicht noch mehr ertragen.«

»Der Schock der Ereignisse war gewaltig, Euer Gnaden. Aber sie ist kräftig«, antwortete Dr. Worthington zuversichtlich.

»Und was ist mit dem Baby?« wollte Raile wissen.

»Es wird innerhalb der nächsten Stunden kommen.«

Lady Mary wanderte händeringend neben dem Bett auf und ab. »Bei ihrer Schwester hat es auch so lange gedauert! Sie ist dabei gestorben.«

Dr. Worthington zog ein Augenlid Kassidys hinauf und legte ihr eine Hand auf den Bauch. »Es dauert wirklich lange, aber so etwas kommt manchmal vor. Ich tue, was ich kann.«

Raile stand am Fenster seines Schlafzimmers und starrte in die Nacht hinaus. Dann trat er einmal mehr zu der Verbindungstür, die ihre Zimmer verband, und blieb dort wartend stehen.

Oliver brachte ihm etwas zu essen, aber Raile wollte nichts. Wie sollte er etwas herunterbekommen, wenn Kassidy in Lebensgefahr schwebte? Er wanderte wieder zum Fenster, stieß es auf und atmete die frische Luft ein. Dann plötzlich sah er in den Ästen einer Eiche eine Nachtigall sitzen. Doch sie sang nicht, und als Raile die Hand ausstreckte, schwang sich der Vogel in die Luft und verschwand in der Dunkelheit.

»Sie wird sterben, Oliver. Ich weiß es.«

Der Kammerdiener hatte seinen Herrn noch nie so erlebt. Er war nicht einmal annähernd so niedergeschlagen gewesen, als er sich selbst im Sterben gewähnt hatte.

»Gott wird das nicht zulassen, Euer Gnaden. Er wird sie uns nicht wegnehmen.«

Raile wandte sich um und sah Oliver an. »Du magst sie sehr, nicht wahr?«

»Ich kenne niemanden, der das nicht tut. Vielleicht erinnern Sie sich, daß ich Ihnen von Anfang an gesagt habe, sie sei außergewöhnlich.«

Raile lehnte sich gegen das Fenster und dachte an das erste Mal zurück, daß er Kassidy begegnet war. »Zuerst habe ich sie nicht dafür gehalten, und selbst später konnte ich es nicht richtig erkennen. Und nun, da ich weiß, was sie mir bedeutet, ist es vielleicht zu spät.«

»Ach, Unsinn. Es wird alles gut werden, Euer Gnaden.« Oliver gab sich Mühe, zuversichtlich zu klingen, während er Wasser in eine Schüssel goß und Raile ein Handtuch reichte. »Sie werden bald Vater sein.«

Im gleichen Moment hörten sie beide einen Schrei – den kräftigen Schrei eines Babys, das zum ersten Mal Luft atmete. Das Gebrüll übertönte das Lied der Nachtigall, die zu ihrem Ast vor dem Fenster zurückgekehrt war und dort zu singen begonnen hatte.

Kapitel 36

Raile atmete tief die frische Luft ein. Niemand mußte ihm sagen, daß er einen Sohn bekommen hatte. Wie Kassidy auch, war er die ganze Zeit davon überzeugt gewesen, daß das Kind ein Junge sein würde.

Doch er konnte sich nicht darüber freuen. Sein Kummer war zu stark, als daß ein anderes Gefühl Platz gehabt hätte – Kassidy war tot, er wußte es! Wie sollte er ohne sie leben?

Oliver, der nichts von der Seelenqual seines Herrn ahnte, strahlte ihn an. »Herzlichen Glückwunsch, Euer Gnaden!«

Raile ging zur Verbindungstür und öffnete sie. Er sah den Doktor, der sich über Kassidy beugte, sah das viele Blut an seinen Händen, auf dem Bett, auf Kassidy …

Lady Mary kam mit dem Baby auf dem Arm zu ihm. »Sie haben einen Sohn, Raile. Er ist gesund und kräftig und sieht Ihnen wirklich ähnlich.«

Raile blickte hinab auf das winzige, rote Gesicht und dachte nur, daß dieses Wesen wohl niemandem ähnlich sehen konnte. Das war der Sohn, den er sich immer gewünscht hatte, und er empfand nichts – gar nichts! Er konnte nur an Kassidy denken, die reglos und fahl auf dem Bett lag.

»Sie ist sehr schwach, Raile«, sagte Lady Mary ruhig. »Kommen Sie mit mir hinaus, und lassen Sie uns gemeinsam warten, während der Doktor sich um sie kümmert. Möchten Sie Ihren Sohn einmal halten?«

»Nicht jetzt«, sagte er barsch, ließ sie stehen und ging zum Bett. Kassidy war fast so weiß wie das Laken unter ihr, und er spürte, wie sein Herz schwer wurde.

»Wird sie es schaffen, Doktor?«

»Ich tue alles, was ich kann, Euer Gnaden.«

Raile verließ das Zimmer, ging den langen Flur entlang und stieg die Treppe hinauf, bis er an die schmale Wendeltreppe kam, die zum Turmzimmer hinaufführte. Oben angekommen, stand er vor dem Loch in der Mauer, wo sich wenige Stunden zuvor der Kampf um Leben und Tod zugetragen hatte. Er durchlebte jede der quälenden Sekunden noch einmal. Hätte er mehr tun können, um Kassidy zu retten?

Lavinia war tot, und er war froh darum. Sein Bruder hatte sich als Mensch erwiesen, der mehr Charakterstärke besaß, als Raile sich je hätte vorstellen können, und mochte er auch kein gutes Leben geführt haben, so war er doch tapfer in den Tod gegangen. Er hatte sein Leben für das von Kassidy und dem Baby gegeben, und dieser Akt der Selbstaufopferung erstaunte und erschütterte Raile. Nun blieb ihm nur noch die Reue, daß er sich nicht schon früher intensiver um Hugh gekümmert hatte. Vielleicht wäre er in der Lage gewesen, seinen Bruder vor Lavinias Einfluß zu bewahren.

Raile senkte den Kopf und flüsterte ein Gebet. »Gott, du hast mir doch Kassidy nicht geschenkt, um sie mir wieder zu nehmen, wenn ich sie am dringendsten brauche …«

Er wußte nicht, wie lange er im Turmzimmer gestanden hatte, als sich der Horizont im Osten mit dem ersten Licht färbte.

Als die Sonne schließlich aufging, erklangen die Glocken von Ravenworth, um zu verkünden, daß der Duke und die Duchesse einen Sohn hatten.

Doch der Herr über Burg und Land, das sich so weit erstreckte, wie das Auge blicken konnte, stand über all dem, was ihm einst wichtig war, und wollte am liebsten sterben.

Kassidy erwachte vom Sonnenlicht, das in ihr Schlafzimmer flutete. Sie fühlte sich schwach, und jeder Knochen, jeder Muskel schien zu schmerzen, als sie sich bewegen wollte.

»Kassidy«, flüsterte Lady Mary und nahm ihre Hand. »Du hast ja ewig geschlafen.«

Kassidys Lippen zitterten. »Ich habe das Baby verloren, nicht wahr?«

»Wie kommst du denn auf diesen Unsinn? Du hast einen prächtigen Jungen zur Welt gebracht. Willst du ihn sehen?«

Überwältigende Freude und Erleichterung durchdrangen Kassidy, und sie wollte sich aufsetzen, doch Tante Mary drückte sie sanft zurück. »Du bleibst ganz still liegen. Ich hole ihn dir.«

Kassidy schloß die Augen und schickte ein rasches Dankgebet zum Himmel. Das Baby lebte – alles andere zählte nicht. Sie versuchte, nicht an Lavinia und Hugh zu denken. Wenn sie wieder etwas zu Kräften gekommen war, würde sie vielleicht auch ein Gebet für die beiden sprechen.

Lady Mary kehrte mit dem Baby zurück und streckte es Kassidy entgegen, damit sie es betrachten konnte. »Doktor Worthington sagt, du darfst es noch nicht halten. Hübscher Bursche, nicht wahr?«

Kassidy berührte ehrfürchtig das winzige Händchen ihres Sohnes. »Er sieht ganz wie Raile aus«, sagte sie und hauchte einen Kuß auf die Lippen des Babys. »Oh, er ist so niedlich, Tante!«

»Natürlich ist er das. Nun muß der kleine Mann etwas essen, und du hast ebenso einen Happen nötig. Du mußt wieder zu Kräften kommen, Kassidy.«

»Hat Raile den Jungen schon gesehen?«

Lady Mary blickte sie bekümmert an. »Er ist völlig zerstört, Kassidy. Er gibt sich die Schuld an dem, was gestern geschehen ist.«

»Aber das ist doch Unsinn.«

»Gib ihm Zeit.« Tante Mary ging zur Tür. »Als er gehört hat, daß du wieder genesen würdest, ist er nach London abgereist. Ich soll dir sagen, daß er zurückkehrt, sobald er ein paar Dinge geregelt hat. Außerdem soll ich dich in seinem Namen bitten, den Jungen nach seinem Vater Michael Donovan DeWinter zu nennen. Er wird zur Taufe in jedem Fall wieder hier sein. Ach, und du sollst daran denken, daß der Junge einen der geringeren Titel der DeWinters geerbt hat – er ist ein Earl.«

Kassidy verspürte einen Stich in ihrem Herzen. »Offenbar hat er es nicht für nötig befunden, mich persönlich über den Namen des Kindes zu informieren.«

Lady Mary sah Kassidy zärtlich an. Wie gut konnte sie nachvollziehen, was Kassidy empfinden mußte. »Manchmal sind Männer schwer zu verstehen, Kassidy. Ich habe schon oft festgestellt, daß sie sich in sich zurückziehen, wenn es ihnen schlechtgeht.«

Kassidy fuhr durch den Sinn, daß Raile vielleicht eine besondere Art Trost brauchte – Trost, den ihm nur Gabrielle Candeur verschaffen konnte! Aber sie schwieg und sah stumm ihrer Tante nach, die das Kind hinausbrachte.

Kassidy wurde mit jedem Tag kräftiger und genoß die Zeit, die sie auf den Füßen sein und mit ihrem Sohn und Arrian verbringen durfte. Arrian glaubte natürlich, daß der kleine Michael ihr gehörte. Sie vereinnahmte und liebte ihn mit einer Hingabe, die Kassidy entzückte.

Die Trauer über Hughs Tod geriet in Vergessenheit, als ein herrlicher Sommer Einzug hielt. Die Felder waren saftig grün und versprachen eine üppige Ernte. Doch die Tage und Wochen verstrichen, ohne daß der Herr von Ravenworth Castle zurückkehrte.

Kassidy war gerade dabei, den Arbeitern Anweisungen zu erteilen, wie die Wandbehänge in der Eingangshalle aufgehängt werden sollten. Die Frauen im Dorf hatten sie gereinigt und repariert, um damit dem Duke und der Duchesse ihre Dankbarkeit auszudrücken.

Kassidy trat näher an ihren Lieblingsteppich heran, der die Frau mit dem Einhorn darstellte.

»Elspeth, ich könnte nicht einmal sagen, wo die Frauen etwas ausgebessert haben. Sie haben wirklich großartige Arbeit geleistet. Mrs. Mayhew hat mir gesagt, es sei eine Liebesmüh gewesen … Hat sie das nicht lieb ausgedrückt?«

»Dabei bin ich sicher, daß sie es ernst gemeint hat«, sagte eine tiefe, sehr vertraute Stimme. »Schließlich lieben sie dich alle, Kassidy.«

Kassidy wirbelte zu Raile herum, der hinter ihr stand. Ihr Herz hämmerte vor Aufregung, doch diese wandelte sich schnell in Zorn. »Dann ist Seine Gnaden also endlich heimgekehrt.«

Seine Augen wanderten über ihr Gesicht und nahmen jede

Einzelheit in sich auf. Sie hatte nie schöner ausgesehen. »Ja«, sagte er schließlich. »Ich bin wieder da.«

»Und, war Miss Candeur gutgelaunt?« entfuhr es ihr, bevor sie es verhindern konnte. Sofort tat es ihr leid, daß sie die Worte ausgesprochen hatte.

Raile zögerte einen Moment. »Ich war tatsächlich bei Gabrielle, Kassidy. Und ich sage dir das nur, weil du Fragen zu diesem Thema hast und es zwischen uns keine Mißverständnisse geben sollte.«

Kassidy fand, er hätte dieses eine Mal durchaus weniger ehrlich sein können. Um ihre Demütigung zu überspielen, fragte sie eisig: »Gefallen dir die Wandbehänge?«

»O ja. Man hat mir gesagt, daß du sie zu den Frauen im Dorf hast schicken lassen, aber ich hätte nie gedacht, daß sie solch ein Wunder vollbringen würden. Du hast einmal mehr das Richtige getan.« Er packte sie an den Schultern und drehte sie zu sich. »Du hast meine Burg verschönert, dich der Dorfbewohner angenommen, und die Dienerschaft vergöttert dich.«

Ihre Augen brannten. »Du hast vergessen, zu erwähnen, daß ich dir den Erben verschafft habe, den du dir so dringend gewünscht hast.«

»Ja, auch das hast du getan.«

»Ich verstehe dich nicht, Raile. Du hast unbedingt einen Sohn haben wollen, und als er auf der Welt war, bist du nach London verschwunden, ohne ihn eines Blickes zu würdigen.«

Gutmütiger Spott ließ seine Augen funkeln. »Willst du mich strafen, weil ich meine Pflichten als Ehemann und Vater vernachlässigt habe?«

Verlegen senkte Kassidy den Blick. »Ich hoffe nicht, aber vielleicht habe ich mich tatsächlich in ein zänkisches Weib verwandelt.«

Er schmunzelte vergnügt. »Wenn es mein Schicksal ist, mit einem zänkischen Weib leben zu müssen, dann soll es so sein.«

Sie wandte sich ab, ging zu dem nächsten Wandteppich und

tat so, als würde sie ihn genau betrachten. Doch sie hätte sich nicht darauf konzentrieren können, selbst wenn sie es gewollt hätte. Ihre Gedanken waren nur bei ihm, denn es war, als wäre ihr ganzer Körper seit langer Zeit zum ersten Mal wieder richtig erwacht.

»Ich habe gestern bei deiner Tante Mary und deinem Onkel George zu Abend gegessen. Sie lassen dich herzlich grüßen.«

»Ich habe gestern allein gegessen«, sagte sie, während ihr Zorn langsam wuchs.

Er nahm ihren Arm und führte sie den Korridor entlang. »Ich muß dir etwas sagen, Kassidy. Ich denke, daß nun die Zeit gekommen ist, um über unsere Zukunft zu sprechen.«

Also war es nun soweit. Er hatte den Sohn, den er sich gewünscht hatte, und nun wollte er seine Freiheit haben. Die Pein in Kassidys Herz war stärker als alles andere, das sie bisher erfahren hatte. Doch sie würde ihm bestimmt nicht zeigen, wie getroffen sie war!

Aber würde er verlangen, daß sie Michael zurückließ? Das war zumindest Teil ihrer Abmachung gewesen, oder nicht? Damals hatte sie jedoch nicht daran gedacht, wie sehr sie das Baby lieben würde. Ehemann *und* Kind zu verlassen – wie sollte sie das überleben?

Raile setzte sie in einen riesigen Sessel, während er sich auf die Kante seines Schreibtisches hockte. Kassidy sah ihn herausfordernd an. »Ich weiß schon, worüber du mit mir sprechen willst, Raile.«

»Wirklich? Vielleicht kannst du mir dann helfen. Ich weiß nämlich nicht, wie ich es formulieren soll.«

»Du kannst mit dem Haus in London anfangen. Du hast gesagt, ich könnte dort einziehen, aber ich denke, ich möchte lieber nicht. Ich habe mir überlegt, daß ich vielleicht einige Zeit auf dem Kontinent verbringen könnte.«

Er stand auf, und Kassidy folgte ihm mit dem Blick. Raile war alles, was eine Frau sich nur wünschen konnte: Er war großzügig, rücksichtsvoll, mitfühlend, attraktiv. Er konnte sie mit einem Lächeln bezaubern und ihr Herz mit einem einzigen Blick zum Rasen bringen. Er war der Ritter ihrer Kindheit, der Vater ihres Kindes und der Retter in der Nacht, der sie festhielt, damit die Alpträume fernblieben. Aber er würde ihr niemals gehören, und so mußte sie ihn freilassen.

Raile schenkte zwei Gläser Brandy ein und reichte ihr eins, doch sie schüttelte den Kopf. Er zuckte die Schultern und kippte seines mit einem Zug herunter.

»Ich brauchte das, um die nächsten Minuten zu überstehen.«

»Es gibt nichts, worüber du dir Sorgen machen müßtest, Raile. Ich kann mich noch sehr gut an die Bedingungen erinnern, die wir vor der Eheschließung festgesetzt haben. Ich werde meinen Teil einhalten.«

Er sah sie an, als suchte er etwas in ihren Augen. »Willst du damit sagen, du würdest ohne das Baby gehen?«

Kassidy schluckte. Sie würde nicht weinen! Sie würde ihm gegenüber keine Schwäche zeigen – aber, oh, ja, es würde so weh tun, ihren Sohn zu verlassen.

»Ich bin bereit, meinen Teil unserer Abmachung einzuhalten«, wiederholte sie gepreßt.

Raile atmete langsam ein, um den Schmerz über den drohenden Verlust niederzukämpfen. »Ich hatte gehofft, daß meine lange Abwesenheit dich so sehr an das Baby bindet, daß du es nicht verlassen würdest.«

Kassidy verschränkte nervös die Hände im Schoß. »Sagst du das, um mich zu quälen, Raile?«

Er rutschte von der Tischkante und setzte sich auf seinen Stuhl. »Ich könnte dir etwas über Qualen erzählen, Kassidy.«

»Das weiß ich, Raile. Ich kann mir vorstellen, wie es sein muß, mit jemandem verheiratet zu sein, aber eine andere zu lieben.«

Er sah sie verwirrt an. »Redest du von mir?«

»Ich weiß, was du für Gabrielle Candeur empfindest.«

Er legte die Hände aneinander und stützte die Ellenbogen auf den Tisch. »Das kann ich mir kaum vorstellen, Kassidy. Daß ich zu Gabrielle ging, hatte einen anderen Grund. Vielleicht sollte ich es dir endlich erklären.«

»Das mußt du nicht, Raile. Ich habe immer schon gewußt, wie du zu ihr stehst.«

»Kassidy, hast du gehört, was Lavinia über Gabrielles Erscheinen gesagt hat, als wir oben auf dem Turm waren?«

»Nein, habe ich nicht.«

»Nun, du hattest mit anderen Dingen zu kämpfen«, sagte er nachsichtig. »Aber laß uns zu Gabrielle zurückkehren. Als sie nach Ravenworth kam, dachte sie, ich hätte sie zu mir gebeten. Sie hatte einen Brief erhalten, der, wie sie glaubte,von mir unterzeichnet war.«

»Oh.«

»Richtig. Lavinia hat den Brief geschickt.«

»Die arme Frau. Sie war wirklich wahnsinnig.«

»Kommen wir wieder auf Gabrielle zu sprechen, Kassidy«, fuhr Raile fort. »An diesem Tag empfand ich nur Mitleid für sie, weil sie von Lavinia mißbraucht worden war. Außerdem hatte ich in gewisser Weise ein schlechtes Gewissen, weil ich meine Beziehung zu ihr nach unserer Eheschließung abrupt und auf ziemlich feige Art und Weise beendet hatte. Sie hat erst durch andere erfahren müssen, daß wir geheiratet hatten. Darauf bin ich nicht besonders stolz.«

»Du hast die Affäre beendet, nachdem wir geheiratet haben?« wiederholte Kassidy erstaunt. »Aber ich dachte, du liebst sie.«

»Nein. Ich habe sie auch nie geliebt, Kassidy. Aber damit keine Mißverständnisse entstehen, sollst du wissen, daß ich ihre Rechnungen weiterhin bezahle und alles in die Wege geleitet habe, damit sie nach Frankreich zurückkehren kann. Doch glaub mir bitte, dies geschieht aus Mitgefühl – aus keinem anderen Grund!«

Kassidy senkte den Blick. »Ich habe dich auch als einen sehr mitfühlenden Menschen kennengelernt.«

Er grinste, lachte dann jedoch plötzlich laut auf. »Hochmütig wie ich war, habe ich gedacht, ich täte dir etwas Gutes, wenn ich dir Mitgefühl entgegenbringe. Ich dachte, wenn ich dich heirate, dann bewahre ich dich vor dem Schicksal, eine alte Jungfer zu werden. Dabei hättest du in Wahrheit jeden Mann haben können, den du gewollt hättest. Kannst du mir je verzeihen?«

Sie starrte ihn ernst an. Kein Lächeln verzog ihre Lippen. »Offenbar hast du jedem gegenüber deine Pflicht erfüllt, Raile. Du hast mich vor einem Leben in Einsamkeit bewahrt, Miss Candeur vor Demütigung, und Arrian hast du sogar vor dem Waisenhaus gerettet. Es scheint, als wäre es dein Schicksal, den Heiligen zu spielen.«

Raile begriff, daß er sich nicht besonders geschickt ausgedrückt hatte. »Vielleicht freut es dich, zu erfahren, daß Abigail und Hugh in der Tat verheiratet waren. Das Kind trägt also rechtmäßig den Namen DeWinter.«

Kassidy versuchte, ihre Freude über diese Nachricht nicht zu zeigen – war es denn jetzt noch wirklich wichtig? »Es sieht so aus, als hättest du zum guten Schluß doch das wohlgeordnete Leben, das du immer haben wolltest.«

»Nicht, wo du ins Spiel kommst, Kassidy.«

»Ich bin deine Frau, Raile. Du mußt nur sagen, was du von mir erwartest, und ich werde tun, was du willst.«

Er verdrehte die Augen zur Decke. »Schön wär's.«

»Kein Mann wird mich je beherrschen, Raile. Inzwischen solltest du das wissen.«

Er dachte an jenen Tag zurück, an dem sie Arrian zu ihm gebracht hatte. »In diesem Zimmer haben wir uns zum ersten Mal gesehen, Kassidy. Wahrscheinlich hätte ich dich gemieden wie die Pest, wenn ich gewußt hätte, was die Zukunft für mich bereithält.«

»Wenn du klug gewesen wärest, schon. Aber es stimmt nicht ganz, daß wir uns zum ersten Mal in diesem Zimmer getroffen haben. Es war im Park, als ich noch ein Kind war.«

»Richtig. Es war mein Pech, daß ich es vergaß. Aber du warst damals so jung.«

»Und du so traurig.«

»Das bin ich immer noch, Kassidy.«

Sie sah ihn mit brennenden Augen an. »Es wäre besser gewesen, wenn wir niemals geheiratet hätten, Raile. Aber wenigstens haben wir dadurch unseren Sohn.«

Raile schloß einen Moment die Augen, als ihn erneut quälende Furcht überkam. Dann ging er zu ihr und zog sie auf die Füße. »Wie du weißt, habe ich am Anfang unserer Ehe wenig Bedeutung zugemessen, Kassidy.«

»Ja, du hast mir das überaus deutlich gemacht. Ich habe dich in dem Wissen geheiratet, daß wir uns irgendwann trennen werden.«

»Bitte hör einfach nur zu, was ich zu sagen habe.«

Sie schaute zu ihm auf und glaubte, ihr Herz müßte brechen. Warum konnte er sie nicht einfach gehen lassen? Mußte er aussprechen, was alles nur noch schlimmer machen würde? »Also gut. Ich höre zu.«

Raile holte tief Atem. »Auch wenn es lange gedauert hat, so habe ich in den vergangenen Monaten doch etwas gelernt. Ich muß es dir unbedingt sagen, Kassidy, aber es ist nicht ganz einfach.« Er hielt inne, als müßte er neuen Mut fassen. »Nun ..., es ist so. Wenn ein Mann eine Frau hat, die zufällig die grünsten Augen besitzt, die je einer gesehen hat ...« Er griff in ihr seidiges Haar, das sich in seiner Hand fast lebendig anfühlte. »Und wenn ihr goldenes Haar einen Sonnenuntergang im Sommer verblassen läßt ...« Seine Hand glitt zu ihrem Nacken und zog sie sanft näher an sich heran. »Wenn sie loyal, großherzig und zu wahrer Liebe fähig ist, wenn sie ein Temperament wie ein Vulkan hat und dennoch verzeihen kann, wenn sie stur ist und immer ihre Meinung herausposaunt ...«, er schloß die Augen für einen Moment, bevor er fortfuhr, »... dann kann ein Mann sich wahrhaftig glücklich schätzen.«

Sein Brustkorb dehnte sich, als er versuchte, mit einem tiefen Atemzug die quälende Furcht zu unterdrücken, daß sie ihn nicht mehr wollte. »Ich frage dich, Kassidy, darf ein Mann solch ein kostbares Juwel einfach wegwerfen?«

Sie starrte ihn an. Hatte sie ihn richtig verstanden? Oh, sie hoffte es inständig, doch es war fast zu schön, um wahr zu sein … »Willst du mir damit sagen, du bist gerne mit mir verheiratet?« fragte sie vorsichtig.

Er zog ihren Kopf an seine Schulter und wünschte sich, er hätte sie ewig so halten können. »Jeder Tag, den ich von dir getrennt war, war eine Folter für mich. Ich habe mich daran gewöhnt, dich ständig um mich zu haben. Ich habe niemanden mehr vermißt, seit meine Mutter gestorben ist, Kassidy, aber ich habe mich nach deinem Anblick gesehnt, nach deinem Lachen, dem Gefühl deiner Hand in meiner …«

In Kassidy keimte Hoffnung auf, doch immer noch wagte sie nicht, ihren Ohren zu trauen. »Raile, ich …«

»Bitte vergib mir, Kassidy«, unterbrach er sie. Er befürchtete, nicht weitersprechen zu können, wenn sie seinen Redefluß nun bremste. »Versteh bitte – ich habe noch nie zuvor in meinem Leben eine Frau geliebt, und ich weiß einfach nicht, wie ich damit oder mit dir umgehen soll. Ich weiß, daß ich alles falsch gemacht habe.«

Sie trat einen Schritt zurück, um ihn anzusehen. Sie konnte nun nicht mehr verhindern, daß ein überwältigendes Glücksgefühl ihr Herz durchdrang. »Du meinst, du … du liebst mich, Raile?«

Er lächelte auf sie herab. »Ich liebe dich so sehr, wie man nur jemanden lieben kann, meine kleine Frau.«

»Aber du hast doch gesagt, du würdest nie …«

Er legte ihr einen Finger auf die Lippen. »Ich habe viele dumme Dinge gesagt, Kassidy. Ich hoffe, du kannst großzügig darüber hinwegsehen und mich nicht dauernd daran erinnern.«

Sie hob ihre Hand und berührte seine Wange, als sich neuer

Zweifel in ihr regte. »O Raile, du kannst mich doch gar nicht lieben. Bisher war ich doch nur eine Last für dich. Seit du mich kennst, hast du nur Ärger.«

Seine Lippen verzogen sich zu einem Grinsen. »Ja, das kann ich nicht leugnen. Seit du in mein Leben getreten bist, ist nichts mehr, wie es vorher war.« Doch dann wurde er wieder ernst, und sein Blick suchte den ihren. »Kassidy, ich frage mich …, ob ich noch ein Versprechen, das ich dir einmal gegeben habe, brechen darf.«

Kassidy hätte vor Glück am liebsten geweint. Ihr Herz schien überquellen zu wollen, und sie hatte Mühe, die nächsten Worte hervorzupressen. »Welches Versprechen?«

»Ich sagte dir, du bekämst deine Freiheit, wenn du mir einen Sohn gebierst.«

Ihre grünen Augen sahen plötzlich aus wie die einer Sirene. »Versuch nur, mich wegzuschicken, Raile. Ich werde einen Schritt hinter dir sein, wo auch immer du hingehst.«

»Ich bin nicht immer gut mit dir umgegangen.«

»Das ist nicht wahr, Raile. Immer, wenn ich in Schwierigkeiten war, hast du sofort an meiner Seite gestanden, um mich zu retten.«

Mit Triumph in den Augen hob er sie auf seine Arme und trug sie durch die Flügeltüren in den Garten hinaus. »Nun – jetzt bist du ewig an mich gebunden, Kassidy. Ich lasse dich nie wieder los.«

Kassidy drückte ihre Wange an die seine und hatte das Gefühl, als würden die verstorbenen Frauen der früheren DeWinter-Generationen kopfschüttelnd und lächelnd von dem alten Gemäuer auf sie herabsehen. »Oh, Raile, mein Geliebter, warum sollte ich dieses Paradies verlassen wollen?«

Er neigte seinen Kopf und legte die Lippen auf ihren Mund. Sie gab sich seiner Liebkosung hin, und so standen sie ineinander verschlungen eine Weile da, bis er seinen Kopf wieder hob.

»Du hast dafür gesorgt, daß ich wieder leben kann, daß ich endlich wieder an Dinge wie Liebe und Ehre glauben darf.«

In diesem Augenblick hob sich ein Vogel von einem nahen Ast und schwang sich in die Lüfte, und Kassidy folgte ihm mit dem Blick. Dann sah sie, daß Raile ein verzaubertes Lächeln auf den Lippen hatte. Auch er hatte die Nachtigall entdeckt.

»Schau.« Raile deutete auf eine große Eiche, die weit hinten im Garten stand. »Das Männchen wartet auf dem höchsten Ast auf sie – siehst du es?«

»Ja«, sagte Kassidy atemlos.

»Hör nur, meine Geliebte«, flüsterte Raile und zog sie so fest an sich, wie er es wagte. »Hörst du, wie er für seine Gefährtin singt?«

»Ja«, erwiderte sie glücklich. »Ich höre es.«

Er legte ihr einen Finger unter das Kinn, damit sie zu ihm aufblickte. »Und die Nachtigall singt auch für uns.«

Sie barg ihren Kopf an seiner Brust und lauschte der süßen Melodie der Nachtigall. Dann legten sich seine Lippen auf ihren Mund, und er küßte sie erst zärtlich, dann immer fordernder und leidenschaftlicher, bis selbst das Lied der Nachtigall im Hämmern zweier liebender Herzen unterging.

Band 12443

Nancy Thayer

Orchideen Träume

Ein opulenter Roman, dessen außergewöhnliche Heldin den Willen und den Mut hat, ihre beruflichen und privaten Träume zu verwirklichen.

Die Weltstadt New York, Englands wunderschöne Parklandschaft und Amsterdams berühmter Blumenmarkt sind die Schauplätze. Catherine Eliot erfüllt sich einen langgehegten Wunsch: Sie eröffnet einen Blumenladen auf der New Yorker East Side. Ihr Talent, außergewöhliche Blumenarrangements zusammenzustellen, verschafft ihr bald Reichtum und Ansehen. Auch privat ist ihr Leben durch die Liebe zu einem attraktiven Anwalt aus Boston ausgefüllt. Doch dann lernt sie einen Mann kennen, der in ihr eine Leidenschaft entfacht, vor der sie sich schon bald zu fürchten beginnt…

BASTEI LÜBBE

Band 12449

Barbara Cartland

Die Todesarznei

Weil Lady Alice, sein Mündel, unter einer mysteriösen Krankheit dahinsiecht, gibt ihr der Earl von Ingleton, um sie ihrer tödlichen Lethargie zu entreißen, mit Gina eine etwa gleichaltrige Gesellschafterin an die Seite. Und schon bald schöpft diese einen schrecklichen Verdacht: Immer, wenn Mrs. Denver, die Haushältern, der Kranken ihre Arznei verabreicht, verschlechtert sich deren Zustand offensichtlich. Kurzentschlossen läßt Gina die Medizin heimlich verschwinden, und Alice geht es von Tag zu Tag besser. Doch als Mrs. Denver dahinterkommt, richtet sich ihre Rache gegen den unerbetenen Eindringling – und sie verfügt auch über ein todsicheres Gewahrsam…

BASTEI
LÜBBE